소설가
구보씨의
일생

지은이 **박일영**

박태원의 맏아들. 1939년 추석, 서울 종로 예지동에서 태어났다. 혜화국민학교 5학년 때 전쟁을 겪고 큰댁을 따라 남쪽으로 피난을 갔다가 1956년 서울로 돌아와 1959년 경동고등학교를, 1963년 서울대학교 문리과대학 수학과를 졸업했다. 1962년 가을부터 7년간 도서출판 정음사의 편집자로 근무하다가, 1969년 여름 미국으로 건너가 오늘에 이르렀다.

소설가 구보씨의 일생
──경성 모던보이 박태원의 사생활

초판 1쇄 발행 2016년 5월 25일
초판 3쇄 발행 2020년 2월 28일

지은이 박일영
펴낸이 이광호
펴낸곳 ㈜**문학과지성사**
등록번호 제1993-000098호
주소 04034 서울 마포구 잔다리로 7길 18(서교동 377-20)
전화 02)338-7224
팩스 02)323-4180(편집) 02)338-7221(영업)
전자우편 moonji@moonji.com
홈페이지 www.moonji.com

ISBN 978-89-320-2854-5 03810

이 도서의 국립중앙도서관 출판예정도서목록(CIP)은 서지정보유통지원시스템 홈페이지(http://seoji.nl.go.kr)와 국가자료공동목록시스템(http://www.nl.go.kr/kolisnet)에서 이용하실 수 있습니다.(CIP제어번호: CIP2016008049)

박일영 지음 | 홍정선 감수

소설가 구보씨의 일생

경성
모던보이
박태원의
사생활

문학과지성사

일러두기

1. 이 책은 국립국어원의 맞춤법과 외래어표기법을 따랐으나, 인용문과 서지 사항 등 일부는 저자의 의도를 존중하여 예외를 두었다.
2. 대다수 인용문의 한자는 한글로 풀어 썼으며 생소한 단어일 경우 병기하여 표기하였다.
3. 본문에 수록된 이미지 중 일부는 청계천문화관에서 제공하였다.

젊어서부터 '책 실컷 읽는데도 생계가 해결된담 얼마나 좋을까' 했는데 운수 좋게도 한다하는 출판사 편집부에 적을 두게 되어 한 7년 동안 책만 읽고 살았던 적이 있다. 그러다 뒤늦게 셈평이 조금 펴서 공부 좀 더 해보려 미국엘 갔다가 그냥 눌러살게 되었다.

나이 예순다섯에 하던 일 접고 집에서 뭉개게 되자 예의 그 남의 글 접하고 싶은 욕망이 되살아나서, 우선은 내 서가의 것들을 다시 읽어치우고 카운티 도서관으로 달려갔것다. 가보니 어림잡아 한국 책이 한 5백 권가량 꽂혀 있기에 닥치는 대로 빼다 읽었는데, 얼마 가지 않아 읽은 책을 다시 뽑아오게 됨에 딴에 궁리해낸 것이, 책을 돌려주기 전에 내가 좋아하는 숫자의 쪽 번호에다 몽당연필로 살짝 동그라미를 치는 묘안을 생각해내곤 혼자 재미있어했다.

한데 나 말고도 한국 책 대출해가는 이가 많은지(미국은 대출이 잦은 섹션의 통계를 내서 같은 계통의 책을 더 구입한다) 신간을 계속 사다가 쟁여놓는 거라. 그래 이즈막엔 책을 뽑아 서문, 발문에 평이 달려 있으면 선 채로 그걸 다 읽고 나서 대출을 결정하는 습관을 들여왔는데, 어느 책이고 저자의 말 끝에는 천편일률적으로 출판사 대표에게, 그리고 편집 선생이나 책을 쓰게 동기를 부여한 사람, 또는 스승에게 고맙단 인사말 빠뜨리지 않는 걸 알아버려 '이 자리를 빌려서' 어쩌고 하면 그냥 다음 장으로 넘어가곤 했다. 그런데 내가 막상 이 자리에 서보니 나는, 인사치레 같던 그 대목을 맨 앞으로 불러내야겠다는 생각이 들었다. 나처럼 처음 책을 내게 된 사람을 작가로 인정해 계약서를 쓰게 한 출판사 대표 및 편집 선생에, 이런 용기를 갖게 해준 이들과 내 원고를 읽고 눈을 그려 넣을(畵龍點睛) 방도를 일러주신 사계의 저명한 평론가 선생께도 이 자리를 빌려 인사를 차려야겠다는 생각에서다.

나의 부친 구보는 우리 문학사에 큰 획을 그은 분으로서, 난리 후 북에서도 작품 활동을 활발히 하여 큰 자리를 차지하게 된 분이다. 그러나 아버지가 북에서 발표한 작품들이 일상 우리가 갖고 있는 그런 고정관념을 깬 문학 작품이었다는 데 생각을 멈추면, '구보 평전'은 내가 아니라 차라리 사계의 권위자의 몫이어야 함을 내 자신이 익히 잘 알고 있다. 그럼에도 불구하고 이렇게 감히 회고록으로나마 엄두를 냈던 일은, 내가 '아버지의 유전자를 가진 아들'이라는 사실 외에 비록 길진 않지만 열두 살까지 모시고 살아 아직도 아버지와의 많은 추억을 가지고 있는 까닭이다.

돌아보아 마냥 부끄럽기만 한 내용을 이런 쪽 프로인 홍정선 선생이 감수까지 해주셔 얼마나 다행인지 모르겠어 하면서 이렇게 얼굴을 깊이 묻은 채 여러분 앞에 섰다. 책잡힐 일 한두 군데가 아닐 걸 알지만 너그러이 여겨 우선은 읽어주십사 부탁드리며, 쉬 사계의 권위자께서 더 자세하고 권위도 있는 평전을 쓰시리라 믿으면서, 외람되나마 그분들께서는 작가의 내력, 사상적 배경 및 집필 환경을 참작한 샤를 생트뵈브처럼 역사주의 비평 방식으로 접근을 하셨으면 하는 시건방진 생각을 해본다. 왜냐하면 구보는 성격상 집필 환경이 변할 때마다, 특히 식민지 시기에 당신대로의 자기합리화가 되지 않은 상태에서는 집필을 하지 못

했고, 실제로 북에 가서 처음 수삼 년간은 작품 활동을 제대로 할 수 없었던 사실이 있기 때문이다.

　끝으로 여기 실린 자료의 많은 부분이 동생 재영이 구한 것임을 밝히며, 어느 책 편집할 때보다 애를 많이 쓰신 우리 편집 선생, 내 고집이 엔간해놔서, 독자분들이 수월히 읽게 손보자는 걸 끝내 마다하고 애를 먹인 점, 하긴 내가 본디 구보(九甫)가 못 되고 팔보(八甫)인 데다 위인이 귀빠진 날(생일이 음력으로 8월 보름: 여덟 달 반)처럼 덜되었기에 구보의 글처럼 매끈할 수 없는 걸 독자 제현이 어련히 아실까 하는 생각에 고집을 부린 점, 이해를 빈다.
　때론 제 탓인 줄 번연히 알면서도 짜증을 부릴 때 모른 척 내버려둔 평생의 반려에게도 고맙단 말 하면서, 여기까지 읽어주신 모든 분들께 심심한 사의를 표합니다.

미국 워싱턴 근교 페어팩스에서

일영

차례

1부

경성
모던보이의
탄생

1장

–

소년 태원, 청년 구보가 되다

탄생과 성장

　　구보 박태원(朴泰遠)은 1909년 12월 7일, 경성부 다옥정 7번지에서 약종상인 박용환(朴容桓)을 부친으로, 남양(南陽) 홍씨(洪氏)를 모친으로 하여 4남 2녀 중 차남으로 태어났다. 어려서는 등에 요새 10원짜리 동전만 한 점이 있어 점성(点星)이라 불렸다는데, 호적을 살펴보니, 형 진원(震遠)도 아명이 있어서 창성(昌星)이라 하였다. 구보는 이 이름을 학령이 될 때[1]까지 그대로 사용했던 모양이나, 당신은 단 한 번도 그 이름에 대해 언급을 하신 일이 없다. 당신이 손수 쓰신 일곱 살 적 얘기에서도, 약방에서 일하는 사람들이 자기를 부를 때 '태원아, 태원이'만 연발했다고 하는 걸 보면 점성이란 아명은 집안에서조차 쓰지를 않던 이름이었는지, 아니면 당신은 그런 아명이 세상에 알려지기를 원치 않으셨던 건지……

　　당시에는 여느 집이나 한가지로 유아기를 벗어나기 전에 홍역이다 손님(마마)이다 '엠병(장티푸스)'이다 하여, 갓난애들이 온갖 전염병에

---

1) 구보는 1918년 경성사범부속보통학교에 입학할 때 개명했는데, 큰아버지 진원은 그 이전에 개명한 기록이 남아 있다.

노출되어 채 사람 구실을 하기도 전에 실패하는 일들이 허다하였다. 하여 어느 집에서는 출생신고도 하지 않은 채 대여섯 살이 되도록 내버려두는 일도 흔했다. 이 집 또한 신통하게 약효가 빠르다는 양약국집인데도 불구하고 육남매 중 둘을 어려서 잃었던 모양으로, 태원과 문원(文遠, 삼남) 사이가 10년 터울인데, 그사이 딸 하나와 아들 하나를 여의었다고 하니, 문원은 사남이었던 셈이고, 막내인 경원(璟遠)은 차녀(次女)가 되는 셈이나, 여기서는 그냥 삼남에 고명딸로 하련다.

그리고 한 가지 짚고 넘어갈 일은 본적지가 다옥정(茶屋町)인데, 1930~40년대에 나온 『조선문학선집』의 단편과 수필 편의 저자 소개란을 보면, 예의 그 오갑빠 머리에 대모테 안경[2]을 쓴 얼굴의 주인공인 구보 박태원의 출생지가 '수중박골'로 되어 있다. 조선 마지막 황제인 순종 융희 연간의 민적부 등본상으로 아버지의 본적란에 경성부 서린방에서 수진방 수동 21통 10호로 이도를 한 기록이 있고, 다옥정은 인사동과 관철동 다음으로 등장하긴 한다. 내 어림짐작으로는 다옥정 7번지로 이사한 때가 '한일합방' 직전이나 그 어름인 듯한데 정확한 시기는 알 수 없다.[3] '수진방(壽鎭坊)'과 '수중박골'의 연관성을 알아보기 위해 조선 영조조인 1750년에 나온 「한성전도」를 찾아봤다. 거기에 모곳다리 북쪽이 바로 수진방이던데, 그곳이 수중박골로 불렸다는 소리는, 서

---

2) '오갑빠 머리'는 일본 민담에 나오는 하동(河童)의 머리처럼 일자로 고른 헤어스타일로 당시 일본에서 유행한 머리 모양이다. 박태원은 자신의 머리 모양에 대해 「여백을 위한 잡담」이란 글에서 "악취미로 출발한 것이 결코 아니다. 까닭을 찾자면 나의 머리 터럭이 인력으로는 어찌할 도리가 없게 억세다는 것, 내 천성이 스스로 구제할 도리가 없게 게으르다는 것에 있다"라고 변명하고 있다. '대모테 안경'은 거북의 일종인 대모(玳瑁)의 딱딱한 등판을 가공하여 만든 고급 안경이다. 당시 멋쟁이 식자층 사이에 유행하였다.

3) 아마 시행령이 자꾸 바뀌어 그리도 민적부 본적란의 주소들을 어이고 다시 써넣고 하질 않았나 생각도 해보나, 어디까지나 고개 꼿고 눈 치떠 하늘바라기하며 공상하기 좋아하는 늙은이의 추측일 뿐, 짚이는 게 없으니 보지 않은 걸로 하는 수밖에 도리가 없다.

울 토박이로 올해 백 세를 바라보시는, 아직 기억력이 좋으신 편인 벗의 춘부장 어른께서도 모르겠다 하시고, 서울에 있는 지명에 얽힌 유래라든가 어원에 대해 해박한 지식을 가져 책도 내신 분에게 물어보아도 이 수중박골은 오리무중이라, 혹 나중에라도 수진방이 수중박골로 불렸다는 기록 같은 거라도 나온다면 다시 논의하기로 하고 일단 '박태원 출생지'를 논할 때 다옥정(다방골)을 우선으로 하여 수중박골은 접어버린다.

그런데 다시, 달리 생각을 해보면, 길지 않은 기간에 주소가 자주 바뀐 것은 아마 구보의 선대 형제분이 약방과 의원을 개업하시려고 큰길가를 선호해, 관철동 집을 그냥 둔 채로 다옥정에 나란히 5번지와 7번지 집을 장만하지 않았을까 싶기도 하다. 명치정 아주머니(구보의 숙부 박용남의 장녀 정원)가 어렸을 때는 관철동 집과 다옥정 집을 건너다녔다는 말씀을 하시던 게 기억나기에 나대로 짐작해보는 것이다. 그러나 이것은 어디까지나 나 혼자만의 상상이고, 어디에도 근거가 될 만한 기록이나 윗대로부터 들은 말이 없으니 이 문제는 그냥 민적에 나온 대로 지금의 중구 다동 7번지로 알고 있는 게 속이 편할 듯하다.

짚고 넘어갈 또 다른 한 가지는 구보의 생년월일이다. 구보는 조선 왕조의 마지막 임금인 순종 황제의 대한제국 연호 융희(隆熙) 3년, 단군기원으로는 4242년, 서력기원으로는 1909년에 태어났으니, 때는 음력 섣달 초이레(12월 7일)고 기유생(己酉生) 닭띠다. 이것을 굳이 양력으로 환산하자면 1910년 1월 17일 생이 되는데, 1910년은 경술년(庚戌年)으로, 그러면 구보는 닭띠가 아니라 개띠가 되는 셈이다. 한데 우리 아버지께 혹 '개띠 하실래요?' 하면 결코 안 하실 일이, 당신은 늘 우리들에게 당신은 '닭띠가 돼 놔서 노래를 잘 부르는 거'라고 하셨으니, 개띠 하라면 고개를 절레절레 흔드시며 예의 그 어딘가에 늘어놓으셨던 「축견무용(畜犬無用)의 변(辯)」까지 들고 나오시리.

어쨌건, 당시에 태어난 다른 분들은 차치하고라도 문인들을 두루 살펴본대도 하나같이 음력으로들 호적이며 학적부에 올린 터에 아버지만 혼자 양력으로 바꿔놓는다면 형평성(?)에도 문제가 있으니 그냥 그대로 두는 것이 타당한 일인 듯하다.

당신이 닭띠여서 노래를 잘 부른단 얘기가 나왔으니 한마디 덧붙이자면, 우리 아버지 구보는 창가(唱歌)를 하려면 먼저 눈을 지그시 감고 감정을 고른 다음, 성악가들처럼 두 손을 마주 잡는다든가 한 손을 조끼 주머니에 꽂는다든가 하는 게 아니라, 오른손을 들어 먼저 목정강이를 어루만지곤(쓰다듬곤) 하셨다. 왜냐하면 바야흐로 음정이 높아지면 자연 목떨림을 동반해야 할 텐데(성악가들은 무대에서나 유성기판에서나 다 그렇게 떨지, 아마) 그게 임의대로 잘 되질 않으니 오른손 엄지와 검지로 '애덤스 애쁠(목에 톡 튀어나온 뼈)' 있는 데를 꼭 집어 늘여(보기에도 아주 아프게, 그렇게 꼬집어), 목소리가 떨려 나오도록 사정없이 잡아 흔들어대야 하므로—거의 체수에 어울리잖게 방정맞을 정도로—그 언저리 살갗의 혹사야 말로는 형용할 수 없기 때문이다. 하긴 그렇게 떨면 길게 뽑을 때일수록 비슷하게 성악가가 가곡이나 오페라 아리아를 부를 때처럼 멋지게 들리기도 했다.

그런, 보통은 훨씬 넘는 스승(성악가) 밑에서 갈고 닦은 실력이니, 내 레퍼토리는 다양하기가 이루 말할 수 없어, 영어 창가니 독일어 원어로 된 「보리수」니 하는 가곡들로 줄을 이루었고, 음악 점수는 국민학교 적부터 상급 학교까지 줄곧 최고였다는 것 아닌감! 이러니 구보의 노래 실력은 그만하면 더 말할 나위가 없겠고, 영어 창가는 가사까지 당신이 직접 의역(意譯)을 하셔서, 가령 「올드 블랙 죠」의 마지막 구절은, 그냥 '올드 블랙 죠' 하는 대신에, '어서 오게 죠 첨지~' 하고 부른다든가, 「켄터키 옛집」의 1절 마지막 구절 '옥수수는 벌써 익었다' 하면 얼른 내가 옆에 있다가 '따먹자~'로 베이스를 넣게 연습을 미리 시키신다든가 등등, 내 어린 시절의 저녁 먹고 난 뒤에 벌어지던 그 재미는 말로 다 형용할 수가 없을 정도였다.

구보네 집안은 조부(필자의 증조부) 시절부터 양약방을 하더니 부친(필자의 조부)이 약종상이 되셔서 공애당약방(共愛黨藥房)을 경영하고, 숙부(필자의 종조부)가 양의로서 공애의원을 아래윗집에서 개업했다. 그리고 딸 하나 있는 거 경성여자고등보통학교(지금의 경기여고)에서 공부시켜 신식 여성으로 이화고녀 선생을 만들었으니, 일찌감치 개화한 '중인 집안'이란 약삭빠른 소리 들어도 싸다. 하지만 정말로는 '한다하는 양반 집 출신'이지 구보가 '중인 출신'이란 말은 천부당만부당하고 허무맹랑한 소리다. 이참에 아주 확실히 해둘 필요가 있겠다.

서울 도심에서 멀지도 않은 도봉구 창동에 초등학교 교정을 조금 벗어난, 아파트가 숲처럼 휘둘린 곳에 의젓하게 자리들을 잡고 계신 내 15대

오른쪽 비석은 박태원의 14대조 효(孝) 자 건(健) 자 되시는 공조참판 할아버지의 것. 왼쪽은 박태원의 16대조 수(守) 자 환(還) 자 되시는 분의 비석으로, 통정대부 장예원 판결사(判決事)를 지내셨다(사진 속 인물은 필자, 1967년 결혼 직후, 이장하기 전 초한제에서). 두 분은 지금 서울특별시 도봉구 창2동, 근자에 녹지대로 편입된 곳에 누워 계시다.

밀양(密陽) 박공(朴公) 비문(碑文) 증 공조참판 박공 묘갈명
(贈工曹參判朴公墓碣銘) 조선국 증 가선대부 공조참판 겸
오위도총부 부총관 박공 묘갈명.

조 사진 들어가며, 비석 뒷면 얘기 맛깔스럽게 풀어주신 정후수 교수님께 이 자리를 빌려 고맙다는 사례 올리면서 구보의 집안 내력에 대해 펼쳐 보이겠다.

신라 박씨 10왕의 뒤에 지금까지 일컬어진[蟬聯] 자는 거의 없다. 오직 왕자 밀성군 언심(彦沈: 밀양 박씨 시조)만이 덕이 높고 벼슬을 해서 대대로 이어져 오늘날까지 자손이 내려왔다. 그리고 밀성군부터 수십 대를 전해 내려와 효건(孝健) 공(公)에 이르게 되어 숙종 임금 때에 통정대부에 오르셨고 뒤에 공조참판이 되셨다. 공의 자(字)는 인실(仁實)이다. 공의 증조의 이름은 의숙(義淑)인데 군자감정(軍資監正)을 지냈고, 조(祖)의 이름은 수환(守還)인데 판결사(判決事)를 지냈다.

부의 이름은 묵선(墨善)이며 증(贈) 경조부윤(京兆府尹)을 지냈는데 이분들이 공의 3대 선대이시다. 공의 부인은 증(贈) 정부인(貞夫人) 평산 신씨 첨추(僉樞)를 지낸 신대수(申大壽)의 따님이다. 공은 인조(仁祖) 정축년(1637) 정월 13일에 태어나 숙종 을축년(1685) 정월 19일에 돌아가셨으니 49세를 사셨다. 양주(楊州) 해등촌(海等村) 마산리(馬山里) 부자(負子: 남향) 둔덕에 장사지냈다.

아! 공께서 효도로 부모를 섬기고, 예를 다해 부모 장사를 모시자 모두들 그의 어질고 두터운 덕과 아랫사람을 사랑하고 돌봐주는 풍도를 아

는 사람이라 널리 칭송하여 지금까지 자자하였다. 그러나 안타깝게도 세상에 많이 알려지지 않은 것은 무슨 이치인가?

공의 부인은 정부인(貞夫人) 안산(安山) 김씨로 동지중추부사(同知中樞府事)를 지낸 오남(午楠)의 따님으로 인조(仁祖) 기묘년(1639) 3월 5일 태어나 숙종 기유년(1669) 7월 22일 돌아가셨는데 30세를 사셨다. 계배(繼配)는 증정부인(贈貞夫人) 영산(靈山) 신씨(辛氏) 어린(於璘)의 따님으로, 효종(孝宗) 신묘년(1651) 9월 13일에 태어나 숙종 경신년(1680) 2월 18일에 돌아가셨으니 역시 30세까지 사셨으며, 모두 공보다 먼저 세상을 떠나셨다.

김씨는 공(公)의 묘 우측에 부좌(祔左)하고, 신씨는 좌측에 부좌하였다. 김씨는 1남을 낳았는데 이름은 창완(昌完)이며, 벼슬은 정헌(正憲)과 지중추부사(知中樞府事)를 지냈다.

신씨는 1남 1녀를 낳았는데 아들 이름은 창관(昌寬)으로 벼슬은 동지중추부사(同知中樞府事)를 지냈다. 따님은 명빈(禨嬪)[4]으로 이분이 연령군(延齡君) 헌(昍)(1699~1719)[5]을 낳았는데, 연령군은 숙종의 왕자이시다.

[……]

아! 연령군(延齡君)은 바로 나(球)[6]의 종증조(從曾祖)이시다. 공(公)의 현손(玄孫) 명규(明奎)가 공의 덕을 드러내는 문장을 지어서 후손들에게 오래도록 전해지도록 한마디 지어달라고 요청하였다. 그러니 내가 어찌 감히 문장 실력이 부족하다고 해서 사양할 수 있겠는가.

효성스럽고 인자하며 하늘의 복을 영원히 받을 수 있겠도다.
어찌 인색하랴 진실로 이치를 끝까지 찾기란 반드시 어려운 것.
지위는 하대부(下大夫)에 지나지 않지만 오래 수양하고 제 분수에 맞아

---

4) 숙종의 여섯째 빈(嬪).
5) 영조가 임금에 오를 당시 연령군을 임금으로 추대하려는 움직임이 있었다고 한다.
6) 흥선 대원군 이하응의 아버지 남연군(南延君).

조금도 어긋남이 없도다.

후생(後生)들은 아는 것이 넓지 않아 위대한 업적을 남기지 못했네.

시시한 말을 저 돌에 새기려고 하니 마산(馬山: 경기도 양주)에 우뚝 높기도 하여라.

興祿大夫 南延君 球는 짓고,

資憲大夫 知中樞府事 玄在德[7]은 쓰다.

승정 기원 후 네번째 기축년(1829) 월 일 세우다.

구보의 부친은 구보가 고등보통학교(고보)도 졸업하기 전에 돌아가셨다. 구보는 4년제 경성사범부속보통학교를 졸업하고 5년제 제일고보에 입학해서 4학년을 마쳤을 때, 자기처럼 문학에 뜻을 둔 천재는 정규 교육이 필요치 않으리란 판단이 서 졸업 1년을 앞두고 신경쇠약이란 핑계로 학교를 쉬고 집에서 문학 서적 탐독과 원고지 메우는 일로 소일하고 있었다. 그때 약주가 좀 과하신 점 이외엔 누구보다 건강하시던 부친께서 갑자기 유명을 달리하셨다. 당시 다옥정 7번지에 있던 공애당약방이라면 청고약(靑膏藥)[8] 본포(本鋪)로서, 유명하기는 보명수(寶命水)라는 소화제 물약[9]도 그 한 예로 들 수 있겠고, 그 밖에도 무려 38종의 매약을 제조해 전국으로 매약 행상[10]들이 나가던, 나의 할아버지 박용환은 그런 규모의 제약회사의 창업자셨다.

---

7) 당대 유명한 서예가.
8) 중국 청나라에서 들여온 청가루를 넣고 쑤어 만들어, 발지에 근을 잘 빨아내기로 정평이 난 종기에 붙이는 고약. 지금의 이명래 고약—나중엔 근을 잘 빨아낸다는 새끼 고약을 따로 포장해 넣었더만—이나 '묘고약' 같은 것이라면 이해가 좀은 되시려나.
9) 후에 체한 데 먹던 영신환이나 사향 소합원과 함께 들던 활명수, 생명수의 효시라면 이해가 빠를까.
10) 그들도 아마 약종상이라 불렸던 거 같은데……

박용환의 부고.

　　1928년 3월 17일 자 『동아일보』에 난 부고를 볼작시면, 장지(葬地)가 동소문 밖 쌍갈문리 선영(東小門外雙渴門里先瑩)이라 돼 있고, 서거 일자니 입관에 출관, 하관 일자가 모두, 앞에 '주강생(主降生)'하고, 연월일이 양력, 그러니까 서력기원(西曆紀元)으로 기재가 되어 있을 뿐 아니라 영결식장이 종로 중앙 예배당이고, 교인 대표로는 한다하는 두 분의 이름이 올라 있는 걸 보니, 구보의 윗대에서 '오바아상'[11]으로 불리시던 이화 학당 선생님이 '야소교' 신자셨던 건 아는 일이지만, 우리 할아버지께서도 교회당 출입을(무엄한지고) 하셨다는 일은 나로서도 뒤늦게야 알게 된 사실이다.

　　구보의 숙부 박용남, 즉 나의 작은할아버지는 머리가 은빛이시고, 키는 6척에 달해 용태가 아주 관후하셨다. 백화 양건식[12]과 화가 구본웅이

11) 종조부 박용남의 누이동생 용일(容日).

12) 白華 梁健植(1889~1944): 번역가, 언론인. 경기도 양주에서 태어나 한성 관립학교에서 수학하였다. 『불교진흥회월보』의 책임 편집을 맡으면서 여기에 불교적 색채가 짙은 소설 「석사자상」「미(迷)의 몽(夢)」 등을 발표하였다. 이후 소설과 비평 영역에서 활발한 활동을 했다. 그의 소설로는 자신이 작품을 써서 출간하기까지의 과정을 다룬 이색적인 작품인 「귀거래」, 현실에 대한 비판적 인식을 드러낸 「슬픈 모순」 등이 있다. 평론 중에는 문학의 미적 가치를 중요시하면서도 효용적 가치를 적극적으로 인정할 것을 주장한 「춘원의 소설을 환영하노라」가 당시 획기적인 미의식을 보여주었다고 회자되고 있다. 1930년대에는 중국 문학을 번역 소개하는 번역문학가로 활동했다. 소설집으로 『빨래하는 처녀』(1927)가 있다. '백화'라는 호를 쓰며 1919년 『매일신보(每日申報)』에 가극(歌劇) 「비파기(琵琶記)」를 번역하여 연재하였고, 1921년 입센 원작의 『인형의 집』을 박계강(朴桂岡)과 함께 번역하여 『매일신보』에 연재, 서구신극을 소개하였으며, 언론계의 중진으로 활약하였

종로통을 걸어가면 아이들이 장안에 곡마단이 들어온 줄 알고 뒤를 따르곤 했다는 얘기가 있는데,[13] 키도 그만하신 데다 백화와도 막역한 사이셨던 듯. 작은할아버지는 글씨가 일품인 데다 난을 잘 치셨으며 한학에도 조예가 깊었다. 게다가 신식 교육(관립경성의학교 2회 졸업생 2인 중 1인)을 받으신 양의사(洋醫士)로서, 의료시설이 없는 데서 사는 사람들이 응급처치를 할 수 있도록 『가정구급방(家庭救急方)』이란 책도 내시고 형편 어려운 사람들을 위한 무료 진료도 하시는 등 매사에 모범이 되셨다 한다.

구보는 문학의 길을 택한 자기의 의중을 가장 잘 이해해주는 분이 집안 어른 중 숙부라고 믿었던 듯하다. 숙부가 조카에게 당대 중국 문학의 대가 양백화 선생을 사사할 수 있도록 도와준 것만 봐도 박용남은 구보의 문학 수업에 지대한 관심을 갖고 있었다고 보겠다. 구보는 그런 숙부를 깊이 의지했으며 훗날 중국의 사대기서를 심혈을 기울여 번역한 일도 그의 삶에 숙부 박용남이 있어서가 아니었나 하고 생각게 한다. 부언하자면 1930년대 구보가 구인회의 일원으로, 당시 서구를 풍미하던 모더니즘을 이 땅에 심어보겠다는 생각으로 그의 작품에 도입한 새롭고 독특한 실험정신이 돋보이는 제(諸) 시도 또한 숙부에게서 받은 영향에 연유하지 않았나 하는 생각이 든다.

두 할아버지는 담 하나를 두고 쪽문으로 왕래할 만큼 의좋게 사셨는데 이와 관련된 이야기를 하나 소개할까 한다.

다(권영민, 『한국현대문화대사전』, 서울대학교출판부, 2004 참조).

13) "이상과 꼽추 화가인 구본웅과 또 한 사람 이종명인가의 키 큰 친구 3인이 짝이 되어 해주에 문예 강연을 떠났다. 역에 내려서 거리를 걸어가는 동안에 하나둘 애들이 모여 큰 떼가 되어 3인의 뒤를 쫓았다. 구경거리, 필경 곡마단 일행일 것이란 것이었다." 이 같은 곡마단 이야기의 중심은 이상과 구본웅의 키 차이다. 따라서 키 큰 양건식과 꼽추 구본웅의 이야기도 가능할 것이다(백철, 「측면으로 본 신문학 60년」, 『동아일보』 1968년 8월 31일 자 참조).

공애당약방집 큰손자(진원의 장남 상건, 구보의 조카)는 공애의원댁 둘째 딸(구보의 사촌여동생)과 너덧 달 사이를 두고 태어났는데,[14] 상건의 엄마(필자에겐 큰어머니)가 해산 후 젖이 안 나와 암죽을 쑤어 먹이게 되니, 작은할머니께서 어린것이 애처로워 당신 젖을 나눠 먹이셨다고 한다. 너덧 달 먼저 나온 고모가 어쩌나 영악했는지, 왼쪽 젖만 제 것으로 알고, 어쩌다 엄마(작은할머니)가 다른 쪽 젖을 물릴라치면 도리질을 하며, 그건 '샹그니 젖'이라고 했단다. 그 통에 고모는 학교를 나오도록 사촌 올케(상건의 어머니, 내 백모)로부터 생일 선물을 늘 푸짐하게 받곤 했다는 이야기다. 그런데 젖먹이가 '샹그니 젖'이라 엉겄다면(엄마만이 알아들을 수 있는 옹알이에 가까운 말이라 하더라도) 도대체 몇 살까지 젖들을 먹었다는 건지……

1937년 구보는 『조광』 10월호에 자기의 어렸을 적 이야기를 실은 바 있다. 그것을 여기 옮겨본다.

일곱 살 적—옛날 얘기

어린 구보는 얘기를 좋아한다. 큰댁 할아버지(朴圭秉)를 사랑에다 모셔다 놓기는 천자문(千字文)과 통감(通鑑)을 배우기 위하여서이지만 구보는 틈만 있으면 할아버지를 졸라 옛날 얘기를 들었다. 할아버지는 얘기를 잘 하신다. 또 별별 얘기를 다 아신다. 구보는 아주 만족이다. 그러나 이윽고 구보는 이야기를 듣는 것만으로는 마음이 흡족지 못하다. 그는 이번에는 할아버지에게서 들은 얘기를 할아버지 이외에 사람에게 하여주느라 골몰이다. 구보가 약방에를 나가면 약봉피를 붙이면서 김 서방이,

"태원이 심심한데 얘기나 하나 허지."

---

14) 내겐 사촌 형과 오촌 고모가 되겠다. 작은할아버지가 할아버지보다는 10년 아래시어, 나의 큰아버지와는 나이 차가 그리 크지 않았던 데다 작은할아버지는 결혼을 늦게 하셨다고 들었다.

그러나 얘기는 허구많은 얘기—어떠한 얘기를 들려주어야 할지 구보는 분간을 못 한다.

마침내 구보는 낡은 공책에다 얘기 목록을 꾸몄다. 물론 옛날 얘기에는 특히 제목이라 할 것이 없다. 까닭에 구보는 그것들을 제 자신 만들어 놓지 않으면 안 되었다.

구보는 툭하면 공책을 들고 약방으로 나간다. 제약실의 장 서방이 목록을 뒤적거려 보고, 가령,

"꿀똥 누는 강아지 얘기 하나 해라."

하고 청한다. 구보는 얘기를 시작한다. 구보는 얘기를 제법 재미있게 한다. 어른들은 한 자락 얘기가 끝날 때마다,

"얘기 참 재미있게두 헌다."

"애가 정신두 참 좋다."

그래 구보는 또 다른 얘기를 시작한다. 당시의 구보가 암만해도 그중 득의였던 듯싶다.

아홉 살 적—얘기책

어머니를 따라 일가집에 갔다 온 나 어린 구보는 한꺼번에 다섯 개나 먹을 수 있었던 침감보다도 그 집의 젊은 아주머니가 재미나게 읽던 '얘기책'이 좀더 인상 깊었다.

"어머니 그 책 나두 사 주."

"그 책이라니 얘기책? ……그건 어린앤 못 읽어. 넌 그저 부지런히 학교 공부나 해애."

어린 구보는 떠름한 얼굴을 하고 섰다가, 슬쩍 안짬재기에게로 가서 문의하였다.

"얘기책은 한 권에 을마씩 허우?"

"대중 없지 십 전두 허구 십오 전두 허구…… 왜 데련님이 볼라구 그

러우?"

"응."

"볼랴면야 가게서 일 전이면 세두 내오지."

"단 일 전에? 그럼 하나 내다 주우."

"마님께서 그거 봐두 좋다십디까?"

"……"

"어유 마님께 꾸중들으면 으떡허게……"

그는 다듬이질만 하다가 문득 혼잣말같이

"재밌긴 춘향전이 지일이지."

이튿날 안짬재기가 '주인 마님' 몰래 세를 내온 한 권의 춘향전을, 나는 신문지에 싸들고 약방으로 나가 이층 구석진 방에서 반일(半日)을 탐독하였다. 아모러한 구보로서도 아홉 살이나 그 밖에 안 된 소년으로는 광한루의 가인 기연(佳人奇緣)을 흥겨워한다는 수가 없었으나 변학도의 패덕(悖德)에는 의분을 느끼지 않을 수 없었고, 여인(麗人) 춘향의 옥중 고초에는 쏟아져 흐르는 눈물을 또한 어찌할 수 없었다.

다음날 구보는 역시 안짬재기의 의견에 의해 『춘향전』 다음으로 재미있는 『심청전』을 세 내다가 읽었다. 그러나 또 그 다음날 『소대성전(蘇大成傳)』을 얻어다 보려고 하였을 때 어머니는 마침내 우리의 '비밀'을 알아내고 그래 꾸중을 단단히 들은 안짬재기는 나의 그러한 심부름을 더는 하려고 안 하였다. 어린 구보는 얼마 동안 어찌할 바를 몰랐으나 어느 날 종각 모퉁이에서〔아마 어데 책사(冊肆)에서 불이라도 났던 게지……〕한 귀퉁이가 타고 눌고 한 '얘기책'을 산과 같이 쌓아놓고서 한 권에 이 전씩 삼 전씩에도 방매하는 사나이를 발견하자 그는 곧 안짬재기도 모르게 그것을 매일같이 구하야 보름 뒤에는 오륙십 권의 얘기책이 어린 구보의 조고만 책상 밑에 그득 쌓였다.

이러한 아들은 어머니로서도 또한 어찌할 수 없어 학교 공부 아닌 것
도 어머니는 이내 묵허(默許)하게 되고 구보는 누구 꺼리지 않고 맹렬한
형세로 그해 가을 한철을 완전히 얘기책으로 보냈다.

이것이 구보의 취학 이전까지의 이야기이다.

학창 시절

내가 들은 희미한 기억으로는 작은할아
버지(박용남)가 궁중에도 드나드시고, 월남 이상재가 관여하던 기독교
청년회YMCA에도 나가시어 전속 의사 노릇을 하셨는데, 그 연줄로 해서
큰아버지 진원은 조양 유치원에 다니게 되었다고 한다. 그동안 구보는
한창 얘기책 속에 묻혀 보내다가 취학할 때가 되자 이름을 점성(點星)에
서 태원(泰遠)으로 개명하고(1918년 8월 14일) 형 진원과 함께 경성사범
부속보통학교에 동시에 입학했던 걸로 안다.

큰아버지 진원은 우리 박씨 집 내력으로 키가 작고 옆으로 퍼진 데
다 얼굴도 둥글넓적하고 도량이 커 보이며 마음씨도 유한 반면, 아버
지 태원은 삐죽한 데다 키가 훌쩍 크고 외고집에 저만 아는 경향이 있
었다. 이런 내력은 종갓집(큰댁)이나 우리 쪽이나 삼대가 비슷비슷한 걸
느끼겠는데, 우리 집만은 어쩌다 내가 난리 통에 부적 자라버려 아우
형제가 키도 크고 마른 편이라, 조금은, 돌연변이까지는 아니더라도 박
씨 집 내력을 깬 편이라고 하겠다.

좌우지간 윗대는 크고 작고 부하고 마르고 했던 모양인데, 입맛 또
한 정반대로, 형 진원은 국이 없으면 밥을 못 먹는 줄 아는가 하면 아우
태원은 마른 반찬만으로도 한 그릇을 비웠다. 한편 갖은 젓갈이란 젓갈
은 무엇이든 다 좋아하는 형에 비해, 태원은 어리굴젓만 잡쉈다. 참, 술

안주로 어란(漁欄)에 명란젓만은 썩 좋아하셨지만 굴젓이라든가 조개젓에, 양념한 황새기젓 같은 건 상에 오르기만 해도 질겁을 하며 양미간을 찡그리곤 했다. 끼니때마다 형 진원과 겸상을 해 먹으려면 큰도련님 앞에 젓갈 종지가 꼭 놓이니, 구보는 밥맛이 날 턱이 없어, 형에게 그 종지 바닥에 내려놓고 먹으라는 둥 치워버리라는 둥 투정을 부렸지만 형이 쉬 응하질 않아 늘 승강이를 했다고 한다. 어쨌건 식구들이 많이인 진원만 싸고돌아 그랬는지 구보는 숙부 박용남을 부친보다도 가까이서 따랐고 숙부 또한 조카를 귀애해주시니, 구보는 숙부를 아버지처럼 생각하였던 모양이다. 실제로 제일고보 학적부에는 태원의 부친이 숙부인 박용남으로 되어 있는데, 이는 아마 진원과 태원 형제가 같은 해에 입학을 하게 되었기에, 학적부 보호자란에 부친과 숙부가 형제를 나눠서 올리느라 일어난 일이 아닌가 짐작된다. 이 사연은 지금부터 자세하게 소개하겠다.

구보는 열네 살이 되던 1922년에 4년제 보통학교를 졸업하고 현재 경기고등학교의 전신인 경성제일고등보통학교에 형 진원과 함께 입학했는데 어쩐 일인지 학적부에 부친과 숙부의 이름이 바뀌어 기재되어 있다. 이에 대해서 당사자들 어느 분도 언급하신 바 없이 시간이 흘러 이제야 제삼자의 눈에 띄었던 것이다. 또 하나 의아한 점으로, 제일고보 동창회 명단에는 큰아버지 박진원이 23회로, 아버지 박태원은 25회로 기재돼 있는데 이는 차차 짚어나가겠다.

제일고보 시절, 아버지는 몸이 날래, 운동장 한쪽에 절벽처럼 깎아지른 언덕을 누구보다도 높이까지 뛰어올랐다 뒷걸음질을 쳐 내려오질 않나, 둘이 서서 손을 마주 잡고 만든 굴렁쇠만 한 원 속으로 몸을 날려 빠져나가 공중제비를 해 바로 서질 않나, 날렵한 체구로 뭇 사람들의 두 눈을 휘둥그레 만드는 데 도사였다고 한다. 내가 기억하고 있는 근

엄하기만 한 아버지라곤 도저히 믿기지 않는 그런 행동을 소싯적엔 곧잘 하셨던 모양이다.

그뿐 아니라 아버지의 사촌 누이동생인 명치정 아주머니 얘기로는, 한여름에 바람을 쐬러 한강에라도 나가게 되면 우리 아버지는 그리 넓지 않은 한강 철교 난간에 줄곧 곡예를 하듯 올라갔다 내려왔다 하며, 저 아래로 푸른 한강물이 넘실대는, 내려다보기만 해도 현기증이 나는 쇠 철판 난간 위를 바람처럼 달리곤 했단다. 어린 누이는 오빠의 신발을 들고 밑에서 쫓아가며, 위험하니 그만 내려오라고 울가망이 되어 사정을 하건만 오빠는 들은 척도 아니하고 내처 달렸다. 아주머니는 그때 생각을 하면 지금도 온몸이 오싹해진다고 여러 번 뇌신 일이 있다.

좌우간 기재가 잘못되었는지, 또는 어른들 사이에는 태원이 작은댁 양자로 치부가 됐든지, 제일고보 학적부의 '父'라고 적힌 난에 '박용남/양반(兩班)에 약업(藥業)'으로, '叔父'라고 적힌 난에 '박용환/양반에 의사'로 서로 뒤바뀌어 기재돼 있는데, 한편으로는 기재자의 실수로 짐작되기도 한다. 생존해 계신 분들이 있다면 한번 짚고 넘어가고 싶은 대목이나 내가 너무 세상에 늦게 나왔거나, 이런 데 너무 눈을 늦게 떠 조금은 답답할 뿐이니 그저 착오겠지, 하고 있다.

구보는 소학생이 되어 학교생활을 시작하게 된 때부터 남의 주의를 끌기 위해 집에서 약들을 가져다가 뿌림으로써 당대 유명한 일본인 의학박사의 이름으로부터 '구보'라는 별명을 얻는다.[15] 정확하게는 '구보박사'라던가? 부친은 취학 이전에 섭렵한 온갖 문학 작품에서 얻은 지

---

15) 당시 경성제대 의학부의 해부학 교실에 있던 사람의 해골이 한 개 없어진 일이 있었다. 일본인 교수들 사이에서 그 일이 조선인 학생의 소행일 것이라는 소리가 나돌았다는데 그중 구보(久保) 교수라는 자가 '조선인은 해부학 대상'이란 망언을 했다가 학생들이 들고 일어나 장안이 발칵 뒤집힌 일이 있었다고 한다(조이담, 『구보씨와 더불어 경성을 가다』, 바람구두, 2009. p. 69).

구보 박태원이 인지에 쓰던 인장들. 원수 구(仇)와 언덕 구(丘), 그리고 아홉 구(九) 자를 썼다.

식들로 매사에 동무들 앞에서 어엿한 상담자 역할을 했던 모양이다. 게다가 다소 경박한 듯하면서도 친근한 면으로 인해 벗들이 그를 잘 따랐던 듯하다. 그래서 별명도 얻고 했는데 부친의 호에 대한 본격적인 내막은 다음과 같다.

부친이 초기에 자기의 이름과 음(音)이 같은 '泊太苑'을 썼던 것은 글에 아직 자신을 갖지 못한 상황에서 변성명의 뜻이 강한 필명(筆名)쯤으로 보겠고, 그 이후 쓰기 시작한 '몽보(夢甫)'는 춘원 선생을 사사하면서 얻은 것이다(「구보가 아즉 박태원(泊太苑)일 때」).

춘원 선생에게 호를 청하니, 아모래도 '~甫'라 붙이는 것이 좋겠다고 朴君은 무슨 빛을 좋아하시오 물었던 것은 대개 나의 우울한 성격으로 밀우어 黃色을 좋아할 것은 틀림없는 일이라 그래 선생은 은근히 '黃甫'라 명명하고 싶었던 까닭이나 나는 오히려 '꿈'과 같은 색채를 좋아한다고 가장 신비하고도 가련한 대답을 하여 마츰내 선생은 나의 雅號를 '夢甫'라 하여 주었다.

그 이후 '仇甫'란 호는, 단편 「소설가 구보씨의 일일」을 구상할 당시 제목에 쓸 호를 생각하시다가 학교 적 '구보'가 생각나셨던지, 어쨌건 일본인 학자 '久保'에 맞춰 같은 음의 다른 글자를 고르다 예의 그 괴팍

「동명」에 실린 구보의 글.

한 끼가 동해 원수 구(仇) 자가 떠올랐을 테고⋯⋯ 그 이후 구보 또는 구포로 불렸음은 소설에도 나오는 바다. 결혼을 하고 나자 아내가 심심 찮게 그 '웬수 구(仇) 자'에 대한 이의(異意)를 제기하매 어디선가 '앞으로는 단연 언덕 구(丘) 자 구보임을 선언하는 바이다'라고 하신 적이 있다. 하지만 그 이후 당신 마음엔 아직도 원수 구(仇) 자 구보가 그리우셨던지, 아홉 구(九)의 '九甫'도 언급하시다가 결국은 오늘날 널리 알려진 '仇甫'로 낙착이 되었다고 본다.

1923년 4월 15일 자 『동명(東明)』의 〈소년컬럼〉에 작문 「달마지(迎月)」가 채택되어 잡지에 실리니, 구보가 열네 살이던 중학교 2학년 때 일이다. 이것이 최초로 구보의 글이 활자화된 것이다.

三等

달마지(迎月)[16]

京城第一高等普通學校 第二學年 朴泰遠(14歲)

16) 구보가 지은 제목이 아니라 잡지에서 공모한 시제다. 사진에서 〈作文글제〉 「入學」이라 되어 있는 것은 다음 행의 "투고기간(投稿期間)"으로 미루어보아 새 공모의 시제인 듯하다.

今日은 正月 대보름이다. 昨日 윷놀고 남은 부름을 싸먹으며 學友 數名으로 더불어 달마지 하라 집을 나서기는 午後 七時 半頃이라. 黑烟이 滿天한 市街를 지나 밧두렁 좁은 길을 찬찬히 걸어 어둠침침한 山길을 살피면서 그리 놉지 안혼 山언덕을 허덕거리며 올라갓다. 쓸쓸한 山頂에는 두어 명의 老人이 閑暇히 팔장을 낀 채 아모 말도 업시 서 잇슬 뿐이다. 우리는 거기서 족음 떨어진 城문 터진 곳에 가서 돌 우에 안저 달쓰기를 기대리며 이런 말 저런 말 하는 동안에 둥글고 큰 달이 東山에 얼굴을 내어노핫다. 나는 무엇이나 아는드키 "참 그달 豊年들일 달인걸" 하면서 엽헤 잇는 金君을 돌아보앗다. 그는 빙그레 웃으면서 "朴君이 卜術者가 되엇나" 한다. 이 말을 들은 李君은, "勿論이지. 朴字에 나무 木만 쌔면 점칠 복 字가 되니까" 하면서 金君을 짜라 웃는다. 말 한마듸 하엿다가 동모에게 嘲弄을 바든 나는 無心히 하늘을 쳐다보니 아까보다 작은 달은 中天에 놉히 써 잇다. 쓸쓸한 바람이 우리들의 등을 치고 나아간다. 나는 쓸쓸한 山길로 터벅터벅 걸어가는 金君의 뒤를 짜라 山을 나려갓다. 그와 同時에 이째까지 움직이지도 아니하고 움직이려도 하지 안튼 달이 갑짝이 우리의 머리 위로 쏘차온다. 중천에 쓴 채로……

『동명』 사진을 자세히 보면 이름 '朴泰遠' 밑의 괄호 안에 '十四歲'라 찍혀 있다. (혹 화경 들이대고 깨알 같은 글씨 섭렵하신 분을 위해 나대로의 생각을 한마디 덧붙이자면) 이는 필시 글쓴이(구보)가 넣은 것일 터. 우리 나이로 그때가 15세인데 아마 만으로 따져 조금이라도 더 어려 보이려고 그런 건 아닌지…… (내가 아들 노릇 제대로 해 아버지를 변호하자면) 생신이 섣달이라 나이 한 살을 더 잡수신 게 억울하시어, 양력으로 치면 14세가 맞는 데다 워낙에 영어를 좋아하셨으니 미국식으로 계산을 하신 모양이다.

구보는 취학 이전부터 고전 소설을 탐독하다가 정말 문학서류(類)와 친해지기는 보통학교 3, 4학년 때가 아니었던가 싶다며, 당신이 산 최초의 문학 서적이 신초샤(新潮社)판 고리키의 『반역자의 모(母)』, 그리고 둘째 것 역시 같은 출판사의 『모파상 선집』이었다고 술회한 바 있다.

이와 관련된 구보의 글을 소개한다.

나의 숙부와 양백화(梁白華) 선생과는 잘 아시는 사이였다. 양 선생은 이 문학소년(?)에 흥미를 느끼시고, 때때로 명하여 글을 짓게 하시었다. 나는 또 나대로 알거나 모르거나 톨스토이, 투르게네프, 셰익스피어, 바이런, 괴테, 하이네, 빅토르 위고 하고, 소설이고, 시고, 함부루 구하여 함부루 읽었다.

집에 『개벽』지와 『청춘』지가 왔다. 나는 그것들을 주워 읽었다. 그러자 『조선문단』이 발간되었다. 나는 내 자신 이것을 매월 구하여 가지고는, 춘원 선생의 「혈서」, 「B군을 생각하고」, 상섭 선생의 「전화」, 빙허 선생의 「B사감과 러브레터」, 동인 선생의 「감자」 등을 흥분과 감격 속에 두 번씩, 세 번씩 거듭 읽었다. 그러나 가장 크나큰 감동을 느끼며 애독하였던 것은 그러한 소설들보다도 오히려 동지(同誌)에 연재가 됐던 춘원 선생의 시 「묵상록」이었다.

나는 가만히 '묵상록 예찬'이란 일문(一文)을 초하였다. 양 선생이 그것을 읽으시고는 당시 화동 꼭대기에 있던 동아일보사에 보내시어 마침내 2회에 나누어 발표됨에 이르렀다. 다만 표제는 양 선생의 의견대로 '~예찬'을 '~을 읽고'로 고치었다. 아마 대정(大正) 15년[17]의 일인 듯싶거니와, 어떻든 이것이 나로서는 최초로 활자화된 글이다.

17) 쇼와(昭和) 1년, 1926년을 말하는 듯하다.

내가 춘원 선생의 문을 두드린 것은 아마 소화 2년인가, 3년경의 일이었던가 싶다. 두번쨌가 세번째 찾아뵈었을 때, 나는 두어 편의 소설과 백여 편의 서정시를 댁에 두고 왔다. 그중 수 편의 시와 한 편의 소설이 『동아일보』 지상에 발표되었다. 이 소설이 이를테면 나의 처녀작이다. 항우(項羽)를 주인공으로 한 4백 자 40매 전후의 것으로 표제는 '해하(垓下)의 일야(一夜)', 물론 시원치 못한 것이나 그나마, 당시에 발표된 나의 다른 글과 함께 스크랩하여 두었던 것이 분실되어, 과연 어떠한 정도의 것이었던지 지금은 알 길조차 없다.

노산(鷺山) 이은상(李殷相) 씨와 알기도 그 전후의 일인 듯싶다. 당시 이씨는 『신생(新生)』지를 편집하고 있었다. 나는 그가 청하는 대로 수필, 시, 소설 등을 함부로 제공하였다. 다만 소설은 한 편뿐으로, 그것이 바로 이번 단편집에 수록된 「수염」이다.

이 밖에 한시(漢詩) 역(譯)도 시험하였었고, 톨스토이 민화를 영역으로부터 중역(重譯)도 하였다. 그 대부분이 역시 『신생』지를 통하여 발표되었다.

번역 말이 나왔으니 말이지, 나는 당시 영문학을 공부하고 싶다 생각하고 있던 터였다. 그래 「사흘 굶은 봄달」, 「옆집 색시」, 「5월의 훈풍」, 「피로」 등 일군의 작품을 제작하는 한편으로 몇 편의 소설을 번역하여 보았었다. 맨스필드의 「차 한 잔」과 헤밍웨이의 「도살자」, 오프라이어티의 「봄의 파종」과 「조세핀」 이상 네 편으로, 나는 이것들을 '몽보(夢甫)'라는 이름으로 『동아일보』에 발표하였다.

뒤에 편석촌(片石村)[18]과 알자, 그는 몽보가 바로 '박태원'임을 모르고,

18) 영문학자이며 시인인 김기림.

그 역문(譯文)의 유려함을 찬탄하여 마지않았다. 나는 자못 득의로웠으나, 이제나 그제나 입이 험한 지용(芝溶)이,

"뭐 중역(重譯)이겠지."

하고, 한마디로 물리친 것에는 오직 속으로 은근히 분개하였을 뿐이나, 혹 오역이 있을지는 모르나 나로서는 내 힘껏 역을 하노라고 한 것이었다. 더구나 당시 참고하고 싶다 생각하였어도, 달리 역본이 있음을 듣지 못한 터이다.

그러나 이나마도 지난 옛일이다. 쥐꼬리라 배웠던 영어도 이제는 중학 2, 3학년의 실력이나 있을지…… 이제부터 정작 문단이라고 나와 가지고 지내온 이야기가 한창 가경(佳境)으로 들어갈 판인데 공교롭게도 제약된 매수가 다하였다. 다른 날 다른 기회로라도 밀밖에 없는 노릇이다.[19]

위에 인용한 글로써 구보의 초기 문필 생활과 「묵상록을 읽고」가 활자화된 내력들을 알 수 있겠는데, 더러는 구보 스스로가 연대를 잘못 기록한 것이 보인다. 이에 필자는 당시 발표된 인쇄물들을 확인하고 바로잡았다. 또한 당대의 스승이나 선배 문인들의 주선으로 일간지나 월간지에 작품이 실린 일은 이미 다 아는 사실이나, 몇몇 사실들은 구보가 흐린 기억력을 빙자해 집안 어른들의 지원(?) 사실을 숨긴 채 마치 스스로 해낸 양하거나 자세한 이야기를 피해간 흔적도 엿보인다. 독자들의 판단에 맡겨두겠지만 고증이 가능한 사안에 대해서는 혼동이 없길 바라는 바다.

어찌 되었건 '될성부른 나무는 떡잎부터 알아본다'고, 십대 후반부터 발표하기 시작한 그의 글솜씨는 그 싹을 알아볼 만큼 수준급이었을 뿐 아니라, 양백화나 춘원에다, 노산까지가 다 이미 구보의 소질을 인정한

19) 『문장』 1940년 2월호.

셈이다.

구보가 14세 되던 고보 2학년 때 그의 글이 『동명』에 실리자 취미가 같은 급우들과 문학 서클을 뭇고 문인들의 흉내를 내가며 그길로 용맹 정진하매, 위에 든 대선배들이 음으로 양으로 도와주어 종내 구보로 하여금 젊은 혈기에 기고만장하게 만들었다. 결국 구보는 고보 4학년을 마치고 학업을 중단했다. 이 대목은 당자가 어느 시기에 스스로 밝힌 바가 있으니 보고 가자.

열일곱 살 적—신경쇠약

구소설을 졸업하고 신소설로, 입학하야 수년 내 고리끼의 「반역자의 모(母)」, 「모파쌍 단편집」, 투르게네프의 「엽인(獵人) 일기」…… 이러한 것들을 알든 모르든 주서 읽고, '하이네', '서조팔십(西條八十: 사이죠 야소)', '야구우정(野口雨情: 노구치 우조)'…… 이러한 이들의 작품을 흉내 내어 성(盛)히 '서정소곡(抒情小曲)'이란 자를 남작(濫作)하든 구보는 이해 가을에 이르러 집안 어른의 뜻을 어기고 학교를 쉬어버렸다.

나는 내 자신을 남에게 뛰어난 천재라고 믿었었고 천재에게는 정규의 학교 교육이라는 것이 아랑곳할 바 아님을 잘 알고 있었든 까닭이다. 병도 이만하면 고맹(膏盲)에 들었다 할까?…… 닷새에 한 번 열흘에 한 번 소년 구보는 아버지에게 돈을 타 가지고 본정(本町) 서사(書肆)로 가서 문예 서적을 구하여 가지고 와서는 기나긴 가을밤을 새워가며 읽었다. 그리고 새벽녘에나 잠이 들면 오후 한 시 두 시에나 일어나고 하였다. 일어나도 밖에는 별로 안 나갔다. 대개는 책상 앞에 앉아 붓을 잡고 가령 ―'흰 백합의 탄식'이라든 그러한 제목으로 순정 소설을 쓰려고 낑낑 매었다.

이러한 생활은 구보의 건강을 극도로 해하고 무엇보다도 이 시절에 상하여 놓은 시력은 이제 와서 큰 뉘우침을 그에게 준다. 그러나 물론 당시의 구보는 그러한 것을 깨달을 턱 없다. 몸이 좀더 약하여지고, 또 제법 심한 신경쇠약에조차 걸리고 한 것을 그는 도리어 그러면 그럴수록에 좀 더 우수한 작가일 수 있는 자격이나 획득한 듯싶게 기뻐하였다.

한 해 전 봄부터 구보의 얼골에 나기 시작한 여드름은 이해 가을 서늘한 바람에도 가시지 않고 좀더 흥성하게 나고 그것들을 구보는 독서 여가에 짜느라고 볼일 못 본다.

구보는 어딘가에, 젊어서 여다념(女多念, 여드름)이 하도 성해 맹렬히 짜곤 했다 술회한 데가 있었는데, 실제로 어찌나 암팡지게 씨름을 했던지 얼굴이 맷돌은 아니지만 아주 '가벼야이 얽은(?) 상태'다—물론 '살짝 곰보는 아니라'고 주장하고 싶을 정도로…… 지금도 어려서 아버지의 무릎에 앉아 손을 뻗어 그 얼굴을 더듬던 때의, 보드랍기보다는 당신이 묘사했듯 귤피(橘皮)와 같던 그 감촉이 느껴진다.

이렇게 휴학을 하고 문학을 한답시고 방구석에만 들어앉아 책과 씨름하며, 여드름만 짜고 있을 무렵, 마치 마른하늘에서 날벼락이 친 것 같은 일이 구보 앞에 들이닥쳤으니 그것은 하늘같이 믿고 의지하던 부친의 갑작스러운 서거였다. 구보의 부친은 강마르고 아주 대살이 지셨지만 비교적 건강하셨던 편으로 잔병치레라는 걸 모르시던 분인데, 한 가지 흠이라면 과음을 하시는 것이었다고 전한다. 내 생각엔 아마 혈압이 높았든지 심장병 같은 게 있지 않으셨는지……[20]

총망중에 부친상을 당한 구보는 때늦게 자신을 돌아보며 깊은 상념에 빠질 수밖에는 다른 도리가 없었으리라. 졸지에 상을 당해 집안 식

---

20) 한데 실은 입바른 말 잘 하시는 젊은 계수의 '그 술 아주 끊어버리심 좋을 텐데' 하는 말에, 무리하게 약주를 끊으시려다 일어난 일이란 소리도 들었다.

구 모두가 망연자실해하면서도, 한가지로 뜻이 모아진 듯 곡(哭)이 나온다는 것을 구보는 기이해하면서도, 자신의 볼에도 한 줄기 눈물이 흐르고 있음을 감지한 것이다.

장례 준비로 모두가 부산한 속에서 하루가 지나고, 그 이튿날 배달된 『동아일보』에 난 부친 박용환의 서거를 알리는 부고를 접하자 부친이 유명을 달리하셨음은 구보에게 돌이킬 수 없는 사실로 차갑게 다가와 몸서리쳐졌고, 순간, 돌아가신 아버지와 얽힌 추억이랄까 끈적거리는 유대가 주마등처럼 떠올랐다. 결코 짧지 않은 17년을 이어온 기다란 끈이 뇌리로부터 물레바퀴를 되돌리듯……

그리고 갑자기 떠오른 것은 저도 모르게 읊조려지는 시 한 수(「아들의 불으는 노래」)였다. 이 시는 사진으로밖에는 뵙지 못했던 동생(同生)할아버지[21]와는 달리, 자신을 위해 어려서부터 집에 모셔다가 천자문에 통감으로 고리가 지어졌다기보다는 맛깔스럽게 해주시던 옛날이야기로써 더욱 기억에 남아 있는 큰할아버지(박규병, 朴珪炳)를 여의었을 때 짐짓 부모를 여읜 듯 사부곡(思父曲)을 토하며 저도 모르게 붓을 들어 쓴 것이다.

구보의 조부가 일찌감치 신학문에 눈을 뜨시어 아들들에게 신식 학문을 접하게 하신 관계로, 돌아가실 즈음에는 벌써 두 아들이 약종상에 양의사가 되어 개업들을 하고 있던 처지라 집안이 불 일듯 일어났다. 큰할아버지가 일찍이 혼자가 되셔 여력이 없는 데다가 형제분이 의초가 좋으시어 큰집, 작은집 것 따져 나누지 않았고 굳이 종갓집이고 아니고

---

21) 同生이란 말에 서툰 분을 위해 설명을 하자면, 사전에 '아우 또는 손아래 누이를 일컬음'이라 되어 있는데, 우리 집은 친(親)할아버지 할머니를 동생할아버지 할머니라 부른다. 난 외할머니와 더 가까이 지냈기에, '외(外)'자를 붙이면서 친이란 말과 좀 차별을 하는 듯해 동생할아버지, 동생할머니를 선호하는 편이다. 딴 집에선 못 들어보던 호칭이겠지만 우린 그렇게 불렀다.

를 물을 것 없이 구보의 할아버지가 선산에 제사를 모셨다. 큰할아버지는 태원이 일고여덟 살이던 때 아예 태원의 글 선생처럼 다옥정에 와 계시기도 했기에 그분에 대한 구보의 의지는 유별났던 것 같다. 그런 분의 부음을 듣고(당시 18세) 읊었던 시 「아들의 불으는 노래」이기에, 구보는 부친상을 당한 지금의 심정을 이미 오래전에 겪기나 한 듯, 역시 자기는 선견지명이 있다기보다는 여느 사람이 느끼지 못하는 앞일을 미리 내다볼 수 있는 혜안이라도 가지고 있는 양 착각을 하며, 다음의 시를 다시 읊어보지 않았을까. 이미 시구는 할아버지를 아버지로 바꿀 필요도 없게시리, 아버지를 여읜 절절한 심정이 묻어나 있다.

저녁녁헤 자리에 누어 감안히듯노라면,
대문을나서, 窓압흘지나, 차차로히슬어지는,
오! 아버님의집행이ㅅ소리.

집행이ㅅ소리, 그소리, 외로운소리.
마—치 외로운섬에서 홀로듯는
갈매기의울음이나 갓치……

대문이 「삐걱」하자, 뒤ㅅ니어들니는
외로운소리, 그소리, 집행이ㅅ소리,
아버님ㅅ발소래는 임의멀리살아져도,

싣일길업는 집행이ㅅ소리만은
아즉도 은은히……

그소리가 넘우나 외로웁다고,

넘우나 쓸쓸하다고,

자리를쓰고누어 눈물지우는 「나」.

오! 석자기리 집행이의

한업슨 슲흠이여!22)

이때 구보의 심상에 관해 부언하자면, 구보가 살을 부비며 살던 사람이 유명을 달리하기는 다섯 살 때 할머니 장수 황씨가 돌아가신 것이 처음이요, 그 이후로 사춘기에 접어들어 삶에 대해 깊이 생각을 할 나이에, 제게 한문 공부와 그 좋아하는 옛날이야기를 해주시던 큰할아버지가 돌아가셨으니, 가뜩이나 감수성이 예민했던 당시의 젊은 구보로서는 얼마나 인생의 허무를 느꼈을지 짐작할 수 있다.

필경, 구보는 죽음에 대해 생각하게 되지 않았을까?

인간이 한생을 이승에 와 살다가 어느 날 갑자기 이리도 허무하게,

아들의 불으는 노래

저녁녁에 자리에누어 잔안히 듯노라면,
대문흘나서, 窓압흘지나, 차차묘히슬어지는,
오! 아버님의집행이스소리오.

집행이스소리, 그소리, 쇠묘운소리오.
마--시 쇠묘운성에서 울모듯는
갈매기의울음이나 갓치……

대문이 「삐걱」하자, 꾸ㅅ너어울니는
쇠묘운소리, 그소리, 집행이스소리오.
아버님ㅅ발소래는 임의멸리살아저도,
뜻일겁슨 집행이스소리만은
아즉도 은은히……

그소리가 넘우나쇠묘아마고,
자리를쓰고누어 눈물지우는 「나」.

넘우나쓸쓸하다고,

오! 석자기리 집행이의
한업슨 슲흠이여!

박태원의 시 「아들의 불으는 노래」, 「현대평론」 원문.

22) 『현대평론』 1927년 5월호.

이루어놓은 것이 무엇이었든 간에 자신은 알 바 없다는 듯이 단숨에 놓아버리고, 그 속내를 내빼는 일 없이 떠나버리고 마는데, 먼 훗날 누가 떠난 사람을 기억하며 아쉬워할지는 몰라도 큰할아버지 남긴 자식이라곤 달랑 구보의 육촌 형이 되는 '문밖형' 한 분뿐이요, 그 이외에 무엇을 남기셨더란 말인가. 역시 인간이란 이승에 있을 때 뒤에 남는 사람들을 위해 무엇인가를 남겨서 후세에 오래도록 이승을 '다녀간' 그를 기억하도록 해야 이승에 머물렀던 보람이 있는 게 아닐까 생각하니, 자기 스스로 택한 '글쓰기'가 구보에겐 최선이란 다짐을 다시 해보았을 것이다.

좌우지간 구보는 문학의 길에 대한 확신에는 변함이 없었지만 부친의 서거를 계기로 주위 사람들의 충고를 물리치고 학교 교육을 집어치웠던 것에 대해서는 스스로도 지나쳤다는 생각을 갖게 되었는지 복학을 하였다. 학교로 돌아간 후에는 학교 공부도 문학 공부 못지않게 열심히 해 이듬해에는 졸업을 할 수 있게 되었다.

한데 어디서 착오가 생겼는지 다소는 모호한 일이 일어나, 경성제일고보 동창회 명단에는 24회가 아니고 25회에 들어 있다. 여기에 대해 증언을 구할 길은 요원하나 나대로 짚이는 데가 있어 지금부터 그 얘기를 시작해보려 한다.

망설이다 아는 만큼만 털어놓고 가리라 결심을 한 이 이야기는, 아버지에게 이로울 것이 반 푼어치도 없을 뿐 아니라, 실은 확실한 근거도 없는 한껏 부실한 소스에서 나온 이야기이긴 하다. 그러나 내 기억에 남아 있을 뿐 아니라, 경기고등학교 졸업생 명단에도 분명히 나와 있는 것인데, 앞에서도 말한 대로 이해가 잘 안 되는 것은 구보가 고보 졸업 24회가 아닌 25회 명단에 끼어 있다는 사실이다.

1950년대 중반, 휴전이 된 지 얼마 후였을 것이다. 제일고보 동창들의 생사를 점검하는 뜻이 강하게 느껴지게끔 편집이 된 등사본(謄寫本),

'가리방'으로 긁어 원고들을 싣고, 두어 장 사진도 앉힌 '제일고보 24회 동창회'란 제호가 붙은 책자를 어머니가 들고 오신 일이 있었다. 충신동에 사시던 '코 빨간 선생님(윤태영)' 댁에 들렀다 가져오신 것이라고. 거기 명단에는 부친의 성명 석 자야 물론, 전쟁 통에 유명을 달리하신 분과 행방불명이 된 사람들의 명단이 있었는데, 아버지는 행불자(行不者) 명단에 올라 있었다.

그리고 남은 분들의, 전쟁을 어찌 겪었다던가 동료의 소식을 전하는 그런 글과 옛 학창 시절을 추억하는 글들로 빼곡히 차 있는 정성 어린 책자였는데, 바다 건너까지 고이 가져가 다른 책들과 함께 잘 간직하고 있었다. 그런데 1988년 북으로 간 예술가들의 작품 일부가 해금이 됐단 소리에, 내가 가지고 있던 것들의 일부를 다시 들고 오는 데 끼어 왔다가 서울 집에서 분실이 된 것이다. 내가 왜 이 책 잃은 걸 안타까워하느냐 하면, 설혹 등사판으로 민 인쇄물이라 하더라도 동기들이 교정도 보고 수고를 쏟은, 일단 책자로 발간이 된 이상 하나의 공인된 기록이라 생각되는 까닭이다.

아무려나, 이러한 연유에서 부실한 기억에 한 가닥 용기를 주어 털어놓는 것이니, 아무리 당자가 쓰지 않는 '구보의 전기'라 하더라도 사실에 근거한 것만 기술해야 되겠지만, 그렇다고 해서 내가 지금 하려는 말이 전혀 근거가 없는 말은 아니니 그냥 처음 마음먹었던 대로 써나가겠다.

구보는 휴학으로 한 해를 쉬고 이듬해 열심히 아랫반 학생들 속에서 졸업반 과정을 잘 마쳐, 23회 졸업자인 지기들 정인택이나 조용만보다는 한 해 늦게나마 졸업을 하게 생겼다. 물론 학적부에도 한 해만 걸러 5학년 성적이 나와 있고, 이듬해 봄 3월에 졸업을 한 것으로 기록이 되어 있다. 그런데 동창회 명단에는 두 해 건너 25회로 나와 있는 것이다.

좀 일찍 서둘렀다면 아직 가까운 동창분들이 생존해 계셨으니 좀더 자세한 내력을 캐볼 수도 있었겠는데 지금은 너무 늦었고, 내 기억에 오촌 고모 정원 아주머니에게서 들은 이야기였는지 어머니로부터 귓속말인 듯 들은 이야기였는지 기억이 확실치는 않지만 암만해도 근거가 있는 듯하여 이 말은 해야 할 것 같다.

당시는 졸업을 하고 경성제대(京城帝大) 예과에 합격을 하면, '임바네스(검은 망토)'에 사각모를 얹고, 굽이 높은 나막신을 신고는 거들먹거리면서 거리를 누비는 게 흔치 않게 보이는 졸업 시즌의 정경이었다고 한다. 그런데 구보는 졸업을 며칠 앞둔 어느 날, 어렵게(?) 졸업을 하게 된 데다 같이 졸업할 동무들이 한 해 낮은 학동들이고 보니 마음에 무언가 동한 게 있었던지(아니면 이미 부친도 가시고 해 좀은 정신 상태도 해이해졌었는지) 어쨌든 위에 말한 것들을 뻗쳐 입고 비가 부슬부슬 내리는 날을 택해 조회 전 운동장에 나타났다가, 가는 날이 장날이라고, 옹고집에 변통이라고는 반 푼어치도 없는 일본인 교장에게 걸렸던 모양이라. 졸업은 고사하고 고분고분 잘못했다고 빌어도 봐줄까 말까인데, 어찌 교장을 대했던지 퇴학을 시키겠다며 보호자를 오라가라 했던 듯하다. 그런데 그걸 또 감추고 집에 알리지도 않은 터여서 일은 점점 꼬여버려, 뒤늦게 알게 된, 교편을 잡고 있던 '오바아상(구보의 고모님, 박용일)'이 교장실로 달려갔을 때는 일이 이미 너무 늦어져 정말 난감하게 되었단다. 허나 자존심 강한 '오바아상'이 장래가 촉망되는(?) 조카를 위해 일본인 교장 앞에서 체면을 무릅쓰고 비셨는지 어쨌는지 퇴학은 겨우 면했지만 해결이 너무 늦게 나서, 그해에는 졸업이 되지를 않아, 학적부에는 구보가 24회에 졸업을 한 것으로 남아 있지만[23] 실은 25회

---

23) 분명히 소화 4년은 서기 1929년이고, 졸업 날짜는 3월 15일로 적혀 있다. 궁금한 독자를 위해 자료 사진을 실어 지면을 할애하고도 싶지만, 바로 고 옆에 성적들이 나와 있는데 아버지가 그것까지 까발리는(?) 것은 원치 않으실지도 모른다는 생각에, 물론 국어와 어학, 그리고 영어 과목에 한해선

졸업생이 돼버리고 말았나 보다.

구보는 새해를 맞이할 때마다 으레 올해는 진득하게 그리고 꾸준히 일기를 쓰리라고, 문학을 하는 사람으로서는 일기가 사후에 있어서도 반드시 필요할 것[24]이라는 점을 익히 알았으므로, 시작은 수차례에 걸쳐 시도를 하셨던 걸로 알고 있으나, 역시 워낙 분주 다망하신 데다가 끈기 또한 없으셔서, 늘상 정초에 시작을 한 일기가 정초에 끝나버리는 일이 다반사였던 걸로 알고 있다. 그런고로 그 기록을 얻기가 용이치 않던 중, 그러니까 일본으로 유학을 떠나기 1년 전 연초[25]에, 「구보가 아즉 박태원(泊太苑)[26]일 때」라는 제하에 '문학 소년의 일기'라는 소제목까지 붙여 실은, 흔치 않은 일기를 세상에 공개한 것이 있으니, 우리도 여기서 한번 보고 가자.

1월 6일(음 12월 7일)

여(余)의 생일.[27] 태원(太苑) 군이 이제 약관(弱冠)이 되었다.

11시 반에나 기상.

만점에 가까운 점수들이 주욱 실려 있기는 하지만 기왕에 학적부에 기재 사항을 밝혔기에, 그래, 나도 사랑하는 부친의 뜻을 십분 헤아려 삼가기로 한다.

24) 아마도 후제 당신은 우리 문학사에 길이 남을 작품을 남겨 후학들의 연구 대상이 되리라 짐작을 하고 있었기 때문일 것이다.

25) 아래 일기의 시작은 1929년 정월 초엿새이다. 그런데 유학 시기와 상충되는 부분이 있어 이는 나중에 더 설명이 필요할 것 같다.

26) 朴泰遠이 아니라 泊太苑이다. 구보가 일종의 필명으로 만든 이름이다. 흥미로운 것은 1월 6일 일기에 太苑 군이라 한 일이다.

27) 구보가 약관, 즉 만 20세가 되는 날이 양력으로 1월 6일이라는 건 위의 일기에서 우리 모두 알게 된 바이나, 구보의 음력 생일을 굳이 양력으로 고쳐서 기재를 한 책이 더러 있는데, 필시 혹자는 이 일기를 보고 양력 생일을 임의(?)로 쓰는 모양이다. 그러나 사실 양력으로 환산을 하려면 1909년 음력 12월 7일의 만세력을 보아야 맞는 날짜를 찾을 수 있을 것이요, 그렇게 해서 찾은 구보의 양력 생일은 1910년 1월 17일이다. 6일이 아니고!

독서―4시간―『세계 문학 강좌』, 『야(夜)의 숙(宿)』(3막까지), 『Don Quixote』……

5시간 독서주의 실천 극난(極難).

동일 군 내방.

기춘, 응호, 병태 내(來).

4시 반경 영세, 영섭, 병룡 3군 내.

형과 더불어 5인 음주 and 화투.

오후 11시 청요리.

12시 15분 전 3군 귀(歸).

방이 몹시 난잡―인생관을 암흑화.

1월 7일

11시 기상.

독서. 내객(來客). 『야의 숙』 독파. 감격.

1월 8일

소설―창작적 열정 부족으로 써지지 않는다. 그러함에도 불구하고 쓰고 싶어 못 견딘다.

딱한 일―2시간의 독서.

오후 4시. 명환, 동일, 희정, 동규 내방. 소언(少焉)에 남희. 화투하다.

오후 8시. 6인, 대구탕으로 석반을 대신하고, 대관원(大觀園)으로 행(行). 약간 음(飮)하다. 여(余)의 출자 2원.

공작(孔雀)에 가서 홍차를 끽(喫). 12시 반 귀(歸).

독서 좀 하다가 1시 반에 취침.

1월 9일

작일 음주 탓인지 종일 복중 불안. 고로 종일 불식(不食).

오후 「꿈」을 4매 가량 쓰고 있을 시(時) 인택 군 미지의 인(人)과 동반 내방.

고모(高某)—시인이라 한다. 2시 반에 귀.

3시에 동일. 3시 반에 희정. 4시에 남희. 6시 3군 귀.

금일의 독서. Moliere의 『염인병환자(厭人病患者)』

야(夜) 명환 군, 인택 군 내방—화투 10시 반 양(兩) 군 귀.

하—도 배가 고프므로, 할 수 없이 저녁 먹다.

11시 반에 자리에 누워 1시까지 『Don Quixote』

1월 10일

11시 기상. 입욕.

귀도(歸途)에 남희 군 심방(尋訪). 불러도 무대답. 어디 나간 게지……

오후 1시. 일대 청장(淸腸)을 할 작정으로 하제—피마자유 복용.

오후 2시, 동일, 명환 내(來).

3시, 성희 내.

4시 반, 희정, 순우 내.

화투—6시 20분 전 제군 귀거.

8시 온면. 복중 약간 진정.

금일의 독서(오정~오후 3시)

『Don Quixote』, 『세계문학강좌』(오후 9시~오전 2시), 『Don Quixote』
—70엽(頁), 체홉의 「허가(許嫁)」, 「붉은 양말」, 골즈워디Galsworthy
의 「투쟁Defeat」, Synge의 「Ryders to the sea」, 「The playboy of the
Westernworld」

필자 후기

'지난날의 자최'를 더듬어볼 일기라고는 오즉, 20세 전후의 것이 하나
있을 뿐으로, 그것도 그 이듬해가량에 발전되었던 잡문과 수필 등속을 위
한 스크랩북이 되어 있는 까닭에, 그 당시의 기록은 겨우 한 달이나 그 밖
의 것을 찾아보기 힘든다.

대형의 대학 노트에다가 횡서로 기록을 하였던 것으로, 제일고보를 마
친 그 이듬해, 동경으로 건너가기 바로 두 달 전의 것이다.

내 자신, 당시를 기념키 위하야 오즉 언문(諺文)을 한글 철자법으로 고
쳤을 그뿐으로 일기의 스타일이며, 기타 모두를 원본 고대로 옮겼다.[28]

위 필자 후기에 '제일고보를 마친 그 이듬해, 동경으로 건너가기 바
로 두 달 전의 것'이라 했는데, 이 글은 1936년 4월 『중앙』에 실린 것이
니, 동경 유학도 마치고 결혼도 하고, 이미 구인회 멤버로서 한창 날릴
때(?)인 듯하다. 그래 날짜에 혼동을 일으켰다 생각되는 것이, 구보가
생각하듯, 제일고보 학적부에 기재된 대로 1929년에 제일고보를 졸업했
다 치고, 이듬해 1월 일기이니, 그리고 이 1월이 동경으로 떠나기 두어
달 전이라면 1930년 3월경에 현해탄을 건넜다는 이야기가 된다.

28) 『중앙』 1936년 4월호.

이 문제는 뒤에 구보의 '동경 유학과 뜻밖의 귀국' 장에서 다시 거론 하겠다.

구보의 수필(雜文) 중 1938년 1월 26일 자 『조선일보』에 실려 있는 「옹노만어(擁爐漫語)」라 제(題)한 글의 '나의 일기' 부분을 발췌해 옮겨 보겠다.

나의 일기

내가 일기라는 것을 처음으로 시작한 것은 아모래도 보통학교 3년 쩍 부터인가 한다. 그때의 나는 지금의 나보다 얼마쯤은 끈기라는 것이 있었 든 듯싶다. 그야 역시 가다가다 며칠씩 거르는 일이 있기는 있었다. 그래 도 어떻게 이래저래 한 3년이나 계속하였든 것 같다.

그러나 중학 2년이 되여서부터가 문제다. 어느 때, 그러지 않아도 가 뜩이나 '젠척' 하려드는 구보 소년을 보고, 사람이 좋은 영어 교사가,

"태원인 단어에 매우 재주가 있어."

어떻게 그러한 무책임한 말을 불쑥 한 것이 이를테면 탈이다. 그 말에 적지 아니 느낀 바가 있었든 구보는,

"이것은 이럴 것이 아니다."

그처럼이나 자타가 공인하는 영어의 실력을 발휘하기 위하야 위선 그 날까지 순한문으로 하여 오든 일기를 단연 영어로 기술하기로 결심하여 버렸다.

그렇게 작정한 뒤부터 일기를 초하기 위하여 좀더 많은 시간과 노력이 필요하여버렸다.

"멫시 기상 멫시 등교 방과 후 정구 멫시 귀가 입욕 석반 후 본정행 신 청년 멫월호를 삼……"

일기는 간략한 것이 좋으리라 하여 전혀 이러한 류의 '씸플 쎈텐스'

를 애용하기로 방침을 정하였든 것이나 그래도 때로는 화영사전(和英辭典, Japanese-English Dictionary)이라든가 그러한 것을 뒤적거리지 않으면 안 되었고 그렇게까지 하여도 사건이라는 것이 워낙 복잡하여 작문이 용이하지 않은 경우에는 편의상 더러 사실을 '개혁'하기조차 하였다.

그러나 물론 그것은 내 자신의 마음에도 유쾌한 일일 수는 없었으므로 한 달포나 그밖에 더 지나지 못하여 이내 일기를 횡서(橫書)하기를 단념하고 아주 그 김에 1년의 절반도 사용하지 않은 그 일기장을 나는 그대로 책상 서랍 속 깊이 간수하여버리고 말았다.

그러나 문제는 오히려 그 이듬해에 가서 좀더 커졌다. 수삼 편의 잡문류와 서정 소곡을 어찌 어찌 신문지상에 발표할 수 있었던 그 최후의 구보라, 대체 남이야 알아주건 말건 이미 일개 문인으로서의 교기(驕氣)와 자부심이 대단해져, 무릇 내 손으로 된 것이면 단간묵(斷簡墨)일지라도 필연코 후세에 남을 것 같이 착오하고 가령 나쓰메 소세끼(夏木漱石) 전집 중에 『日記及斷片』의 1권이 있듯이 나도 내 자신, 후년에 당연히 가질 전집 중에 역시 그러한 한 권을 준비하려 착수하였다.

구보 전집 편집 위원들은 응당 매우 수고로움이 적을 것이다. 나는 한 권의 대학 노우트를 사다가 그 겉장에다 아주 '일기급단편'이라 쓰고 날마다 매우 바빴다.

반드시 남이 읽을 것을 예기하고 쓰인 중학 4년생의 '일기'에는 진실보다 허위가 물론 많았고 가령 어느 때 호병(胡餠, 호떡)을 한 개 사먹는 일이 있더라도

"구보 선생이 연소하셨을 때 홋떡을 좋아하셨다드군요."

후세에 능히 한 개의 일화(逸話)일 수 있도록 모든 점을 고려해 인상 깊게 기술할 것을 잊지 않았다. 그것이 아마 1년 이상 '꾸준히' 계속되었던 것 같다. 그러나 뒤에 다시 한 번 뒤적거려 그토록이나 불순한 치기와 자기기만에 혐오를 느낀 나는 마침내 나의 전집 중 『日記及斷片』의 1권을

영구히 불살라버리고 말었다.

그 이래 8, 9년간—나는 일기라 할 일기를 쓰지 않었다.

이미 구보는 약관(弱冠)에 다다랐다고 그의 일기에 적었는데, 그새 얼굴에 '여다님'이 창궐을 해 학교 안 가고 책 읽느라 바쁜 틈을 내 여드름 다스리느라 세월을 보냈다고 해놓고는 정작 여자 생각은 언제 했는지 시치미를 떼고 있으니 궁금하기는 나뿐만이 아니리라. 그래 여기 저기 뒤져보다가 글을 하나 찾았다. 당신의 사춘기 적 이야기를 알아낼 방도가 없을까 생각하다 발견한 것인데, 구보는 당신의 속내를, 떠오르는 대로 진솔하게 발설하기에 앞서 언제고 이해득실을 따져보는 축에 들어 사춘기 적 이야기는 별로 남기신 게 없지만 어떤 면(DNA 등)에서는 나와 대동소이한 심정이었을지도 모른다는 생각에, 그리고 전쟁으로 인해 우리가 떨어져 살아야 해서 빼앗긴 나와 아버지 사이의 세월이 생각만 해도 아련히 아쉬워 상상으로라도 메워보고 싶었던 공백이 이 글로 얼마간은 채워진 셈이다.

열아홉 살 적—춘자 양

이해 봄에 술과 담배를 안 구보는 가을에 이르러 마침내 '카페'라는 장소에 발을 들여놓기 시작하였다. 악우(惡友) 두 명과 술값은 번차례로 물기로 정하고 부지런히 욱정(旭町) S헌(軒)에를 드나들었다.

나는 쉽사리 빠걸—춘자라는 방기(芳紀) 19세의 여성과 친했다. 그는 악우들의 의견에 의하면 코가 좀 큰 게 흠이라고들 하지만 나는 그것에는 반대였다. 그것은 궐녀가 특히 나에게만 심대한 호의를 가지고 있는 거에 말미암은 그들의 투기에서 나온 것일 게다.

나는 분명히 그를 미인이라 생각하였다.

이미 자기 자신 일개의 청년이라 생각하고 있는 구보는 득의한 '문학

담'을 수차 시험하야 여인을 황홀케 하여주었고 모(某) 고녀(高女)를 3년에서 중도 퇴학하였다는 여인이,

"영국 국가를 헐 줄 아세요?"

하고 물었을 때 동반한 악우들이 가곡에 능치 못한 것을 기화로 구보는 궐녀와 의기 상합하야, 「꼳 쎄이브 아와 그레이셔스 킹」을 고창(高唱)하고 한 가지 감격 속에 잠겼다.

그러나 그로서 얼마 안 되어 구보보다 1년이 장(長)한 악우 제1호가, 대체 그러한 놀라운 지식을 어데서 얻었던 것인지, 카페 여급들도 그 본질에 있어 매춘부와 동일한 것으로 물론 그것은 구보의 애인 '춘자' 양도 그러하여 만약 궐녀에게 '의향'이 있는 것이라면 구보는 약간의 금원(金圓)으로 용이하게 청춘을 향락할 수 있을 것이라는 뜻의 말을 전하였다.

구보는 우울하였다. 청순한 그의 '사랑'이 이와 같이 두어 마디 말로 더럽혀질 줄을 그는 과연 몰랐든 것이다. 그는 악우에게 그러한 언사로 여인(麗人)의 순정을 모독하지 말라고 질타하였다. 그러나 그는 구보를 비웃고,

"아아니 그럼 군(君)은 춘자가 무어 처녀인 줄 알구 있는 모양인가……?"

한마디 하고는 하하 대소(大笑)다. 구보는 그지없는 모욕을 느꼈으나 역시 악우의 말을 시인하지 않을 수 없었다. 그는 마침내 이 끝없는 애수를 수 편의 연애시에 담어놓고 다시는 S헌(軒)에 발그림자도 안 했다. 그리고 혼자 무던하나 슬퍼하였다. 그러나 그러한 감정은 퍽 '문학적'이라고 느끼고 구보는 또 한편으로 자기가 작가로서 귀중한 한 개의 체험을 얻을 수 있었음을 기뻐하였다.[29]

29) 「순정을 짓밟은 춘자」, 『조광』 1937년 10월호.

이로써 구보는 어느새 약관에 이른 것이다. 그러니까 그의 말마따나 15세에 그의 글이 처음으로 활자화되고부터 어언 5년이 흘러가버렸는데, 구보로서는 어느덧 자신이 문단 문턱을 넘어섰다는 자긍심과 그간 그의 문단에서의 활약(?)이 무척이나 고무적이고 긍정적이었다는 데 만족하며, 더욱 정진하여 이 나라 문단에 활력소가 되는 일 외에 남들 다 잘들 가는 바깥바람 쐬러를, 자기도 어서 해외로 유학을 가서 새로운 서구의 풍물을 맛보아야겠다는 포부를 이미 갖고 있지 않았을까 싶다. 분실된 일기 어딘가엔 그러한 속내를 피력한 대목이 있을 게고, 거기까지 생각을 하니, 동경으로 떠날 것에 마음을 굳히며(1930년 봄) 때만 기다리고 있었을 수도 있었겠다는 생각이 든다.

동경 유학과 뜻밖의 귀국

졸업에 얽힌 이야기가 길더니 이번엔 동경 유학에서도 복잡해지게 생겼다.

이미 가고 아니 계신 분의 평전이랄까 회고록을 쓰는 입장이라서 내가 듣고 보고 생각하는 것보다는 단 한 줄이라도 당신이 남긴 기록이 더 의의가 있겠기에, 당신이 쓰신 것을 되도록 많이 싣고자 한다. 여느 사람보다는 장남인 내가 당신의 신변잡기에 관한 기록을 많이 보유하고 있을 뿐만 아니라, 그중에는 실제 당시 생활 모습과 당신의 내면에서 일어나는 심리적인 소소한 감정까지도 진솔하게, 가감 없이 발표하신 게 부지기수다. 될수록 인용을 많이 하면서도, 나대로 다소 마음이 놓이는 바는, 비록 평전이라지만 당사자의 글이 많은 편이라 다른 것과는 구별이 되기 때문이다. 한데 이미 반세기를 훌쩍 지나버린 지난 일들인데다 시간적 선후 관계 등이 명백하지 않아 기록이라지만 꽤는 자주 진실을 밝히기에 어려움이 따른다.

편신(片信)

기체후일안(氣體 氣體候一安)하옵시고 아기들도 잘 있읍니까. 너무나 오랜 동안 문안드리지 못하와 죄송하옵니다. 소생은 무고히 있사오니 염려 마시옵소서.

이곳에 오는 도중 경도(京都, 교토)에 잠깐 나렸사오나 우중(雨中)이었으므로 무엇 하나 구경도 못 하고 경극(京極), 무슨 신사(神社), 무슨 공원(公園) 등등을 별견(瞥見)하였을 따름으로 총총히 그날 밤차로 이곳으로 향하야 떠났사온데 분명히 경도는 귀(貴)여운 곳이라 생각합니다. 경도를 떠날 때 약간 섭섭한 생각이 들었사온데 그것을 형용하자면 마치 중년 신사가 동기(童妓)로부터 철없는—천진스런 이야기하며 작난을 하다가 떠나가는(물론 소생은 중년도 아니오며 또한 여하한 경륜도 없사오나) 어떻든 그러한 종류의 섭섭한 생각이었읍니다. 13일 조(朝)에 동경에 도착하야서는 선생님 일러주시든 대로 본향을 물색하여보았사오나, 두 가지 이유로 본향에 숙소를 정하는 것을 대략 반 년간 연기하였습니다.

첫째, 법정(法政) 통학에는 시전(市電)을 이용하게 되는 까닭, 둘째, 그리고 가장 중요한 것은 제대(帝大), 일고생(一高生)에게 위압당하는 감이 있는 것, 좀 우스운 말씀 같사오나 실상 현재의 소생에게는 이것이 가장 큰 원인이요 또한 아조 진실한 말인 것입니다. 약 반년 있다가 중앙부(中央部)로 진출하려 합니다. 퍽 우습게 낙천가로의 자신을 찾어볼까 합니다. 퍽 우습게 써집니다. 선생님께서도 그러한 기분으로 읽어 주시옵소서.

전단(田端, 다하시)으로 정한 것은 무슨 큰 이유가 있는 것은 아닙니다. 종일 돌아다니다가 아조 기진하야 아모렇게나 찾아들어왔다가 문득 전단이라는 곳이 고(故) 개천(芥川, 아쿠타가와)의 살던 곳이라는 것에 일종 인연을 지워 주저앉아버린 것입니다. 그렇게 말씀하오면 소생에게는 무슨

인연을 붙인다거나 하는 일이 곧잘 있습니다. 이번 떠나올 때에도—가인
(家人)의 간청하는 배 있었으므로이였기는 합니다마는, 가정보감인가 무
엇인가를 뒤적거려 소생이 떠나오든 날이 '무슨 일(日)'이든가이어서 만
사 통달하여 금의환향한다는 구절을 발견하고 떠났던 것입니다.

이번에는 제 잔소리만 늘어놓았사오나 금후로는 좀 편지다운 편지를
드릴 생각이옵니다.
일기가 매우 고르지 못하온데 주체(做體) 보중하시기 거듭거듭 비오며
이만 그치옵니다.

몽보(夢甫) 9월 16일[30]

위 글에 따르면 본문 중 13일에 동경 도착이라 한 데다 끝에 9월 16일
이라 했으니 여기서 차질이 빚어진다.
뒤쪽 일본 호세이(法政) 대학 학적부를 보면, 대학 예과 제1학년 입
학이 소화(昭和) 5년 4월로 되어 있으니, 서기로 1930년이다. 의혹이 생
기는 것은 1930년 9월 16일 자 서한에 동경 도착(13일)을 알리며 몽보
(夢甫)라고 했는데, 그 편지가 동년 9월 26일에 『동아일보』에 게재된 것
이고, 편지를 받은 사람이 구보의 근황을 독자들에게 알리려고 신문사

---

30) 『동아일보』 1930년 9월 26일 자. 이 서한은 1930년, 제일고보 졸업 이듬해, 현해탄을 건너 교토를
구경하고 9월 13일(서신에는 9월이란 게 없다. 그렇다면 앞에서의 필자의 견해로는 3월이 아닐까
하는 생각이 드는 것이, 1월의 일기를 쓰면서 두어 달 후에 유학을 갔다고 했으니, 그리고 글을 받
는 이는 구보가 떠난 달을 알고 있다는 가정하에서…… 한데 문제는 호세이 대학 학적부에 기재된
날짜이다)에 동경에 도착했다는 편지로서, 떠나기 전 동경 유학을 갔다 온 분에게 미리 조언을 구
해, 적을 둘 호세이 대학 근처에 숙식할 곳을 찾는 데 사전 지식을 갖고 떠났던 것으로 생각할 수
있다. 그리고 아마도 이 글을 받은 분이, 구보를 기왕에 많은 독자를 확보한 문인으로 간주해 여러
독자들의 궁금증을 덜어 주자는 생각에서 구보에게서 받은 서신을 『동아일보』에 보내, 동년 9월 26
일에 게재했다고도 생각해봤다. 이 문제에 관해서는 어떤 방법으로든 정확한 날짜에 대한 게 나타
난다면 기꺼이 정정을 할 용의를 가지고 있음을 밝힌다. 13일이 3월 13일이고, 뒤늦게 6개월 후 편
지를 썼다고 달리 가정하면…… 다소 억지춘향 격이지만 얘기가 풀리는데……

호세이 대학 학적부.

에 넘겨줬다고 가정하면, 구보는 도착하기 5, 6개월 전에 입학을 했다는 얘기가 되어 답답한 일이 생기게 됐다— 하여 필자는, 호세이 대학 서기가 구보의 입학 연도를 기록할 때 잘못했거나 구보의 서한에 날짜가 잘못됐거나, 또는 구보가 쓴 일기가 유학을 떠나기 두 달 전이 아니거나…… 그래서 지인을 통해 호세이 대학에 다시 구보에 관한 학적부를 조회해봤는데 기왕에 내가 가지고 있는 사본에는 아무런 하자가 없음을 확인한 바 있다.

하여 나의 가정은 이렇다. 서간문에 따르면, 1930년 9월에 동경 도착, 이듬해 봄에 신학기 등록, 한 해를 다니다가(학적부 사본에는 소화 6년 6월에 제적으로 되어 있음) 당시 일본을 풍미하던 서구의 문학적 열풍에, 신심리학에, 무엇에, 무엇에 구보대로 깡그리 섭렵했다 생각하여 더는 게서 아까운 시간을 허비하는 일 없이 곧바로 귀국을 결심했다면 1932년 여름이 된다는 얘기다. 그런데 다른 한편 구보가 도착 즉시 지인에게 편지를 쓰지 않고 6개월을 끌다가 썼다고 한다면 모든 건 해결이 난다. 학적부대로 3월 하순이나 4월에, 아니면 받는 이가 떠난 날을 아니까 그것이 3월 13일에 동경에 도착했다고 가정할 수도 있지 않을까?

한데 근자에 K씨의 논문에 보니 위의 서신이 춘원에게 보낸 것이라 했고, 그 이전 J씨도 논문에서 수신자가 춘원이란 심증이 간다고 했다. 나로서 무슨 근거가 있어 앞서 인용한 학자분들의 논지를 반박하는 것이 아니지만, 나름대로 생각한 바를 옮기자면, 내 생각에 수신자는 춘원이 아니라 노산인 것 같다. 내가 이 문제에 관해 한 반년 깊이 있게 톺아본 결과, 구보는 도일 전 많은 시를 춘원에게 남겼고 『신생』의 편집인인 노산에게도, 그리고 양백화 선생에게도 남기고 간 걸로 알고 있다. 그런데 그가 떠난 후 반년 남짓 동안 국내 일간지나 월간지에 발표된 글이 일절 없다. 구보는 서울의 내신원으로 앉혀놓은, 이화고녀에 갓 입학한 사촌 누이에게 『동아일보』와 『신생』에 그의 글이 게재만 되면 즉시 알리라고 당부를 해놓고 떠났는데 그가 떠난 후 안부 이외엔 일절 소식이 없었던 것이다. 한데, 구보는 환경이 바뀐 학교 공부에도 정신이 없었지만 한편으론 그간 영문학을 하다 보니 영문으로 된 작품들도 번역을 해놓은 게 있고, 몇 편의 단편도 쓰고 있었는데, 갈 때 예상과는 달리 자기는, 고국을 떠난 유학생으로 잊혀가는 것만 같은 조바심에, 생각다가 깍듯이 대해야 하는 춘원보다는 노산이 좀은 만만하게 생각되었던 것이다. 실은 구보가 떠나기 한 해 전에 귀국한 노산이 와세다(早稲田) 대학에서 공부를 마치고 동경 생활을 한 2년 남짓 하다 귀국을 했으니, 자연 하숙을 할 곳도 점지해주고 했겠는데, 무엇보다 그리 어렵게 생각을 하지 않아, 자기대로 하숙을 정하고 나서 학교 일도 바쁘고 해서 무심했다가, 독자들에게 잊히는 게 무서워 생각을 해낸 것이, 기왕에 작품을 주고 온 것도 있고 하니, 막혔던 물꼬를 트고 싶어 그제야 노산에게 글을 띄우지 않았나 하는 것이다.

부친이 자기 작품이 『동아일보』와 『신생』에 실릴 임시에 자신의 심중을 발표한 게 있던데, 거기서 춘원에게는 깍듯이 선생이란 호칭을 썼으나(11년 선배) 노산은 구보의 6년 선배인데도 독자에게 소개를 할 때 노산이랬다가 '씨(氏)'로 호명을 했던 걸 기억하고 있다. 그러나 이 글을 받자 우리 구보의 찬미자(?)는 받는 즉시 『동아일보』에 나게끔 조치를 취했고, 곧이어 구보가 보냈을(?) 「이리야스」와 그의 최초의 단편 「수염」이 『신생』에 게재된 걸(「수염」은 10월 10일)로 미루어 위 편지의 수신자가 노산이라는 결론을 내려봤다. 그리고 나서는 그해가 저물도록 구보의 번역으로 서양 작가들의 작품이 봇물 터진 듯 『동아일보』와 『신생』에 번갈아 실렸는데 그 기간은 구보가 동경에 체류하던 중이었고, 모두가 몽보(夢甫)라는 새 아호(雅號) 또는 필명을 쓴 걸 볼 수 있다.

구보는 약관에 이른 지 수삭도 되지 않아 동경으로 유학차 건너갔고, 법정 대학에 적을 두고 현지 영어회화 선생도 구해 어학 공부에 몰두했는가 하면, 간간히 작품도 써서 국내 신문에 발표하는 한편,[31] 이미 '내지'에선 조선과는 달리 서구문화가 한 푼의 걸러짐도 없이 그대로 밀려오는 데 정신을 잃을 만큼 경도되어, 가뜩이나 허기진 그의 예술에 대한 열망이, 파도처럼 밀려오는 서구의 문화를 가슴 뿌듯한 희열과 함께 만끽했겠으니, 동경에서의 하루하루는 감격 그 자체였으리라. 그러나 와신상담, 건너편 피안을 바라보며 자기가 가장 먼저 할 일은 서구에서 몰려오는 저 거센 파도 속으로 뛰어들어 한데 어울리는 것이라는 데 확고한 목표를 세우고, 영화, 미술, 음악 등 서양 예술 문화 전반에 걸친 폭넓은 이해와 탐구에 심취했다. 특히 구보에게 당대 유럽을 풍미하던 모더니즘 사조와 신심리주의 문학에의 경도는 특기할 만한 일이겠다.

한데 세상에, 일본에 있어야 할 태원을 본정통에서 봤다는 사람이

---

31) 1930년 말과 1931년에 국내 일간지나 문예 잡지에 게재된 시와 잡문들은 동경에서 보내온 것도 있으나, 기왕에 춘원이나 백화, 그리고 노산에게 맡겼던 것들이 대부분인 것 같다고 생각하는 것이, 춘원에게도 시 백 편 정도를 갖다 주었다는 소리는 당신이 스스로 이미 밝힌 바 있다.

나타났다! 아버지가 식구들 모르게 동경에서 돌아왔다는 얘기[32]다.

　내가 자라서 아주 어른이 된 뒤에 명치정 아주머니한테서 들은 얘긴데, 어느 날 옆집에(다동 5번지 공애의원) 사시던 구보의 숙부께서 공애당 약방으로 건너오시어 장조카 진원에게 묻는 말씀이, 태원이를 본정통에서 봤다는 자가 있는데 동경에 있어야 할 태원이가 언제 왔느냐 하시는 것이었다. 이에 집안 식구 모두가 놀라 수소문을 한 결과, 태원이 이틀인지 사흘 전에 동경서 돌아왔는데 짐을 경성역 근처 친구 집에 맡겨놓고 오랫동안 떨어져 있던 친구들 만나는 일이 급해 함께 어울리고 있다는 걸 알게 되었다. 육촌 형 되는, 약방에서 일을 보던 '문밖형'의 눈에 띄고 말았는데, '이자가 무슨 사연이 있어 집에는 알리질 않고 저러나 보다' 지레짐작을 한 문밖형은 어려운 일이 생길 때마다 태원이 속을 터놓곤 하던 숙부님이 생각나 그리로 먼저 연통을 했던 모양이다. 아주머니는 그 이후 '태원 오빠'나 '진원 오빠'에게 그 건에 관한 하회는 들은 일이 없어 자세한 내용은 모르나 어찌 됐든 며칠 난리가 났던 일이 있었단다. 상상하길 좋아하는 나는 그 말을 듣고 이야기를 하나 구상해 봤다. 구보가 일본 유학을 가서 가장 먼저 구한 하숙집의 처자와 사연이 있었던 듯한 내용의 단편이 하나 있는데(「반년간」[33]), 말하자면 그게 어느 정도 사실에 입각한 것이라는 이야기다. 어찌어찌 관부 연락선에서 그 처자를 발견하고, 부산서 며칠을 달래서 메별(袂別)을 했는데 곧

---

32) 구보에 관한 논문 어디에서 구보의 동경 유학 기간이 6개월에 불과하다는 대목을 본 적이 있는데 이는 논문 작성자의 경솔한 서술임을 이 자리를 빌려 밝히는 바이다. 구보는 호세이 대학 학적부에 기재상으로도 최소한 1년 이상 동경에 체류했고, 내가 아는 바로는 찬바람이 났는데도 여름옷을 입고 집에 돌아왔다는 소리를 들었으니 학교를 그만둔 다음에도 일정 기간 동경에 머물렀던 걸로 생각되어 하는 말이다.

33) 부친이 동경에서 돌아와서 『동아일보』에 연재(1933년 6월 15일~8월 20일)한 「반년간(半年間)」은 유학 당시를 소재로 한 중편 소설이다. 구보는 소설에서 동경 생활을 비교적 소상하게 밝히고 있다. 픽션이긴 하지만 당시 동경 유학을 했던 다른 분들의 글로 미루어 구보의 실제 경험에 바탕을 둔 작품으로 볼 수 있겠다.

바로 집으로 들어오기가 뭣해 밖으로 도시다가 '문밖형'에게 발각이 된 게 아닐까 생각해봤다. 생각 중에 내가 지금 무슨 허황된 상상을 하고 있는 건가 소스라치게 놀라 완강히 고개를 가로저어본다.

나는 아버지의 두뇌는 천재에 가깝고 성격은 남보다 주위를 의식할 만큼 내성적이면서도 좀은 허황된, 당돌한 데가 있다고 믿는 편이다. 그런 아버지가 동경에서 학업을 중단하고 돌아온 일이나 짐을 친구 집에 맡겨놓고 식구들에게는 알리는 일도 없이 서울 거리를 누비다가 집안 어른에게 들켜버린 일만 해도 얘깃거리가 되겠는데, 너무 사단이 많은 듯한 인상을 받을까 싶기도 하고 실은 그 자초지종을 들었던 일이 너무 까마득하여 돌아온 계절이나 알아낸 걸로 그만할까 한다.

한 가지 덧붙일 일은 앞에 실었던 호세이 대학 학적부 사본은 성적과 입학일과 제적 날짜를 기재한 것 외에 다른 한 장이 있는데, 거기에 제적 사유가 적혀 있다. 사정이 있어 여기서 밝히진 못하겠고 그저 적당한 기회가 오기만을 기다리고 있다.

성격과 취향

　　　　　　　　　　　구보는 개도 질색이시지만[「축견무용(畜犬無用)의 변(辯)」까지 신문에 발표하셨으니…… 『구보가 아즉 박태원일 때』(깊은샘, 2005) 참조] 자전거도 질색이셨다. 우리 형제는 세발자전거도 못 만져보고 자랐을 뿐 아니라, 돈암정 살 때 동네에 세발자전거 있는 집에 놀러가서 자전거 타고 놀다 왔단 말씀 드렸다가 다시는 그 집 가서 놀지도 못하게 하셨던 적도 있다. 그 애가 '쪽발이'이기도 했지만, 어쨌든 당신은 그만큼 자전거를 싫어하셨던 것이다. 자전거를 탈 줄 모르셨던 것은 물론이다. 나중에 명치정 아주머니에게서 들으니 당신을 따르던 숙부의 맏아들로, 당신의 사촌 동생 형원(명치정 아주머니의 오빠)이

광교 못미처에서 자전거에 부딪혀 어린 나이에 목숨을 잃은 아픈 기억이 있기 때문일 거라고 했다. 아버지가 자전거를 싫어했음에도 불구하고 나는 피난 시절에 짧은 다리로나마 안다리[34]로 잘 타 약국 심부름도 하고 그랬다.

그다음으론 개험(개헤엄. 평형도 못 되는, 마치 위에서 보면 메뚜기처럼 치는 헤엄)도 못 치실 뿐 아니라, 낚시질 또한 혐오하시고(큰아버지는 낚시광이시어 나도 피난 나가서 큰아버지로부터 낚시를 배웠다), 휘파람도 못 부시고(난 하모니카는 말할 나위도 없고 휘파람도 아버지가 듣기 싫다고 하셨을 정도로 아주 크게 잘 분다), 바이올린은 기회를 단 한 번도 주지를 않아서 만져보지 못했지만, 당신은 젊어서 바이올린을 잘 하셨다는데 어머니도 본 일이 없다고 하시고(하모니카는 베이스도 넣어가며 스무 곡은 불어야 숨을 고르는데), 얼음도 못 지치시고,[35] 등산도 싫어하시고 그 밖에도 못 하는 게 참으로 많다.

위의 것들 실례를 조금씩만 들자고 해도 지면이 허락질 않을 테니, 대강대강, 나처럼 구보 글 많이 읽으신 분들 위주로 보충 설명을 드리는 셈으로, 등산을 혐오하는 변(辯)부터 먼저 얘기해보겠다. 원래 크면서 너무나 책 읽기에만 전심전력을 다 쏟아 몸이 유약해질 대로 유약해져서 기력이 부치기도 하셨겠지만, 내가 보기에는 형 진원이 너무 등산을 좋아해 동행하자는 성화에 질린 까닭도 있는 듯하다. 큰아버지 말로 학교 때 수학여행 간 것 빼고도 금강산엘 여남은 번이나 오르셨다고

---

34) 으지자지(어지자지)로, 좀 흉하긴 해도 그렇게들 불렀다. 다리가 짧아 안장에 앉으면 페달이 닿지 않으므로 오른다리를 접어 안장 밑에 삼각형의 프레임 사이로 넣어, 지축거리면서 페달을 밟아 자전거를 앞으로 전진시키는. 다리가 길어질 때까지 한참 동안 내겐 안장이 무용지물이었다.

35) 난 어려서 전국 피겨스케이트 선수였던, 배제고보 다니던 사촌 형(상건)이 칼 스케이트로 만들어준 썰매로부터 시작해 스피드스케이트도 양다리를 일자로 붙여 모로 달리면서, 겨우 설 줄만 아는 초짜 여고생 앞을 질풍노도와 같이 스치고 지나가, 제물에 놀라 원하지도 않는 방향으로 물색없이 쏠려가다가 종당에는 엉뚱한 곳에 가 고꾸라지게 만들기도 하고, 엉덩방아를 찧게도 해가면서 고등학교 시절 겨울을 창경원과 중랑천에 한강. 그리고 가끔은 수원 서호에서도 보냈구면.

하고, 큰집 앨범 여기저기 헐랭이 같은 등산복 차림으로 훈도시처럼 엉덩이께에 수건 차시고 찍은 사진이 심심치 않게 보인다. 아무려나 마침 거기에 대한 구보의 자기변명을 찾았으니 들어보기로 하자.

산

그래도 나는 한 번, 꼭 한 번 북한산에 오른 일이 있습니다.

4년 전, 늦은 여름에 나의 형제들의 완강한 권유를 이루 물리치기가 어려워 하는 수 없이, 그들을 따라나섰든 것이나, 오직 문수암에 이르는 그동안에도, 대체 몇십 차례나 길가에 가엾게도 주저앉아, 가쁜 숨을 돌리기에 애썼든지 모를 일입니다.

그래도 어쨌든 목적한 곳까지 오르기는 올랐습니다. 뿐만 아니라, 이제는 오직 황혼의 서늘한 길을 그대로 산을 내려 창동(倉洞)까지만 가면 다음은 차에 몸을 의탁할 수 있는 것이라 알았을 때, 나는 누구보다도 먼저 뜀바위를 뛰어 건너고, 휴대한 쌍안경을 들어 좀더 원거리를 관망하는 등 자못 득의만만한 자가 있었습니다.

그러나 돌아온 그 뒤에 애닯게도 결심한 것은, 역시 이 뒤로는 좀처럼 아무런 산에도 오르지 않으리라는 것이었습니다.[36]

아버지는 유명인이셔 대중교통 이용을 삼가는 편이라 걷기를 잘하셨다. 내 기억에 너덧 살 되고부터 큰집 제사며 성묘를 데리고 다니셨는

---

36) 「영일만어(永日漫語)」, 『매일신보』 1936년 7월 29일 자. 구보는 원래 젊어서는 몸도 날래고 뜀박질도 잘하고 정구도 잘 쳤지만, 문학을 한답시고 들어앉고 나서부터는 건강을 너무 망쳐 힘든 일이라면 되도록 기피하는 경향이 생겼다. 그래서 운동이라면 걷는 정도라고나 할까, 등산이나 그런 것엔 별로 취미가 없어 성년이 된 후에도 집필을 위한 답사나 조용한 곳에 가서 원고를 쓰는 일 이외엔 집을 떠나는 일이 별로 없었다고 한다. 하기는 사진첩을 보면 고보 때 금강산 석왕사에서 찍은 사진 두어 장과 형제분이 금강산에서 찍은 사진이 한 장 있다. 참, 신문 기사에 1930년대 후반 무슨 영화 시나리오 집필 차 영화인들(최승일, 안종화, 왕평 등)과 금강산에 갔었다는 사진 기사 이외엔 「금은탑」의 구상을 위한 황해도 기행과 온천 순례 정도가 고작이었던 듯하다.

데 늘 보폭이 좁아 뛰던 기억밖에 없다. 손을 잡고 뛰는데 늘 앞서가는 사람을 따라먹자시며, '따라먹었다' 하면 단박 사람들이 알아들을 테니까 앞사람 넘겨 잡을 때마다 "먹었다!" 하시던 게 지금도 내 입가에 미소를 짓게 한다. 북에서 아버지를 30년 가까이 친딸처럼 모신 정 선생님의 막내 태은의 수기를 보면, 부친은 앞을 잘 못 보게 된 후에도 태은이의 손을 잡고 레코드상회나 그런 데로 외출을 하셨던 모양인데, 당신이 잡은 손을 유난스레 저으며 걷게 하시고선 "얘가 왜 이렇게 손을 흔들어" 하셨단다. 그 대목을 읽고는 우리가 비록 난리 통에 갈라졌지만 아버지는 그렇게 여전하셨구나 하고 생각해본 일도 있다. 그건 그렇고, 이번에는 수영에 대한 소회를 만나보자.

물

그러한 소식을 아는 또 다른 벗은 내게 물과 친할 것을 권하였습니다.

우선 한강으로라도 달려나가, 벌거벗은 알몸뚱이를 물속에 굴릴 때, 그것은 내 몸을 여러 가지로 이롭게 하여줄 뿐 아니라, 무엇보다도 한 개의 척서법(滌暑法)으로 누구에게나 주저함 없이 주장할 수 있는 것이라는 벗의 의견이었습니다.

그러나 나는 그 벗의 말이 있기 여러 해 전에 이미 몇 차렌가 그러한 목적으로 한강을 찾았든 것이요, 그리고, 그것은 또 내게 있어 결코 유쾌한 것일 수 없었습니다.

물속에 들어간다 하드라도 일즉이 수영법의 연구를 등한히 하였던 나의 상반신은 반드시 수면 위에 노출되어 있어야만 생명의 안전을 기할 수 있었으므로, 대낮의 뙤약볕은 무자비하게도 나의 얼굴과 가슴과 등어리를 나리쪼여, 나는 어처구니없이 '더위'를 먹고 간신히 다시 옷을 주워입고는 자연히 돌아오는 수밖에는 없었습니다.

그뿐이 아닙니다. 벗들이 자랑스러이 희롱할 수 있는 것에 소년과 같은 희망을 느끼던 나는 어리석게도 몇 번인가 그들의 지도하는 대로, '물속에 머리를 푹 박고, 발장구를 치고', 그러느라 탁한 강물은 용이하게 나의 귀로 들어간 뒤에 여러 날을, 나는 이질(耳疾)로 고심하지 않으면 안 되었던 것입니다.

해수욕

그러한 나인 까닭에, 바다에 가는 일이 있어도. 결코 물속에 들어가기를 질기지는 않습니다.

인천으로 서너 차례, 원산으로 두어 차례, 그리고 송전(松田)으로 한 차례 벗들을 따라 이른바 해수욕이라 떠난 바 있었으나, 나는 거의 한 번도 물속에 들어가지는 않았습니다.

뿐만 아니라 나의 행장 속에는 일 매의 해수욕복도 애초에 들어 있지는 않었든 것입니다.

이상은 1936년 7월 말경에서 8월 초 한참 더위가 기승을 부릴 때 『매일신보』에 연일 실렸던 글이다. 그런데 이보다 이태 전 여름을 맞아 내어놓은 『조선중앙일보』의 글에서는, 산을 찾는 무리들을 싸잡아서 성토하는가 하면, 물 맑고 시원하기는 산도 좋지만 해수욕이나 강가를 찾는 것도 피서를 하는 한 방법이겠는데, 그들이 비위생적이며 아주 못된 버릇들을 가지고 있다고 비아냥거리며 익살을 떠는 부분이 있어 싣는다.

그러면 이번에는 방향을 바꾸어서—

위선 산에는 일반으로 공동 변소라는 것이 없구료. 그러니 '그' 문제를 어떻게 해결해야 하우? 그것도 서울로 치자면 식전에 남산엘 잠깐 갔다 온다거나 점심 먹고 북악에를 올라간다거나 하는 일종 산보와 달라, 등에다 무얼 지고 바로 대규모로 하는 참말 등산이야 시간으로 쳐보더라도 그

사이 한두 번쯤은 '그' 문제에 봉착하구 말 게 아니우?

산꼭대기에 올라가면 공기가 맑으니 무에니 해두, 다 믿을 수 없는 말이지.

그건 어디 산뿐인가? 여름이면 산이나 마찬가지로 아니 그보다도 더 열이 나서 어중이떠중이 저마다 허려 드는 해수욕에 있어서도 그렇지, 백 쾌 해수욕한다고 물속에서 그대로 오줌들을 누는구료?

몇 시간씩 물속에 들어 있는 놈이 몇 번씩 참말로 소문도 안 나게 그 속에서 오줌을 누는 건 말할 것도 없지만, 모래사장에서 뒹굴고 있던 놈 도 오줌이 마려우면 저편에 있는 변소로는 가려구 들지 않구 그저 물속으 로 뛰어들어가는구료. 그 불결하기란 이를 데 없지. 산 이야기를 하다가 바다 이야기가 나온 것을 혹 탈선이라 보실 분이 계실지두 모르지만 원래 솜씨 있는 이야기란 그렇게 하는 것이라우. 그래두 비위생적 이야기는 그 만 하기루 하고——[37]

좀 듬성듬성 건너뛰면서 구보의 유년기와 청년기의 심리 상태를 짐 작하게 하는 글들을 옮겨보았는데, 구보를 이해하기 위해서는 그의 글 을 소개하는 게 가장 효율적일 듯하여 조금은 혼란스러우리라는 데 생 각이 미치면서도 한번 시도해봤다.

오갑빠 헤어스타일에 빨강 '네꾸다이', 맨머리에 단장을 짚고 구보가 종로 거리에 나타나, 길 가는 사람들의 눈길을 끈 것은 동경 유학에서 돌아온 뒤인 1931년 초가을이었다. 아버지 구보는, 외람된 이야기이나 젊어선 무척 당돌하고 남의 눈에 띄기를 즐기셨던 모양이다. 장안에 '모 당뽀이(modern boy의 일본식 발음)'로서 이름을 날리던 시절 '오갑빠 헤

37) 「등산가 필독」, 『조선중앙일보』 1934년 7월 9일 자.

어스타일'을 하고 '빨간 댕기(넥타이)' 잡숫고(매고), 나이에 어울리지 않게 단장을 한쪽 팔에 척 걸치고 전차 정거장에 서 있던 모습이 이곳저곳에 묘사돼 있다. 또 어딜 보니 단장 대신 그 여름엔 화신상회서 하나밖에 없는 빨간 부채를 사 들고(신사가 단장 대신 새빨간 태극선을 뻗쳐들고) 나서기도 한 모양이다!

떠날 때와는 달리 구보는, 돌아오자 엄청난 화제를 불러일으켰는데 무엇보다도 그의 헤어스타일 때문이었다. 당시 신학문을 했다는 사람들은 보통 '하이칼라'라고, 상투를 자르고 머리를 짧게 해 양쪽으로 갈라 붙인 머리 모양을 하고 다녔다. 머리털이 구보처럼 억세 하늘로 뻗치는 사람은 기름을 바르거나 찌꾸라는, 요즘 젊은이들이 즐겨 바르는 무스 같은 것으로 머리를 잠재워 갈라 붙였는데, 구보는 이도 저도 아니게 앞머리를 가지런히 이마를 덮게 빗어 내려 일직선으로 잘라버린, 서양에서는 뱅을 했다고도 하는 그런 헤어스타일을 선보였다. 국내에서는 그런 머리 모양을 찾아보려야 찾아볼 수 없었으므로, 게다가 어찌 보면 여자들의 스타일이라 더욱 사람들의 입초시에 올랐던 듯하다. 원래가 '튀는' 걸 마다 않으시는 성미니 어쩌랴! 물론 당신은 튀려고 그랬단 소린 결코 용납할 수 없다며 당신의 머리에 대한 변을 늘어놓으신 적이 있다.

혹, 나의 사진이라도 보신 일이 있으신 분(못 보신 분은 다음 사진을 보시라, 1931년 동경 유학을 갔다 이런 헤어스타일로 돌아왔다)은 아시려니와, 나는 나의 머리를 다른 이들과는 좀 다른 방식으로 다스리고 있다. 뒤로 넘긴다거나, 가운데로나 모으로나 가름자를 타서 옆으로 가른다거나 그러지를 않고, 이마 위에다 간즈런히 추려 가지고 한 일자로 짜른 머리—조선에는 소위 이름 있는 이로 이러한 머리를 가진 분이 없으므로, 그래, 사람들은 예를 일본 내지에 구하여 등전(藤田, 후지다) 화백에게 비한 이

도 있고, 농조를 좋아하는 이는 만담
가 대십사랑(大辻司郎, 오츠지 시로)에
견주기도 하였으며, 『주부지우(主婦之
友)』라는 가정잡지의 애독자인 모 여
급은 성별을 전혀 무시하고 여류 작가
길옥신자(吉屋神子, 요시야 노부코)와 흡
사하다고도 하였으나, 그 누구나 모두
가 나의 머리에 호감을 가져주지 못하
는 것은 사실이다.

[……]

내가 중학을 나와 이제는 누구라

구보의 오갑빠 머리.

꺼리지 않고 머리를 기를 수 있었을
때, 마음속으로 은근히 원하기는, 빗질도 않고 기름도 안 바른 제멋대로
슬쩍 뒤로 넘긴 머리 모양이었다.

그러나 정작 기르고 보니 나의 머리는 그렇게 고분고분하게 나의 생각
대로 '슬쩍 뒤로' 넘어가거나 그래주지를 않았다. 홍문연(鴻門宴)의 금쟁
장군(禁嚕將軍)인 양, 내 머리터럭은 그저 제멋대로 위로 뻗쳤다.

나는 하는 수 없이 빗과 기름을 가지고서 이것들을 다스리려 들었다.
그러나 약간량의 포마드쯤이 능히 나의 흥분할 대로 흥분한 머리털을 위
무할 도리는 없는 것이다. 그래, 나는 취침 전에 반드시 머리에 기름을 바
르고, 빗질을 하고, 그리고 그 위에 수건을 씌워 잔뜩 머리를 졸라매고서
잤다.

[……]

그래 마침내 생각해낸 것이, 이것들을 이마 위에다 가즈런히 추려 가
지고 한일자로 짜르는 방법이었다.

그것이 내가 동경에서 돌아오기 조금 전의 일이었으니까, 이미 십 년

이 가까운 노릇이다. 그사이 꼭 사흘 동안, 내가 장가를 들고 처가에서 사흘을 치르는, 그동안만, 처 조부모가 나의 특이한 두발 풍경에 놀라지 않도록 하여 달라는 신부의 간청에 의하여, 나는 부득이 기름을 바르고 빗질을 하고 그랬으나, 그때만 빼고는 늘 그 머리가 그 머리인 것이다.

그의 성미나 한가지로 나의 머리가 그처럼 고집 센 것은 슬픈 일이다. 그러나 또한 어찌할 도리가 없다. 나이 삼십이 넘었으니, 그만 머리를 고치라고 말하는 이도 있으나, 그것이 나의 악취미에서 나온 일이 아니니, 이제 달리 묘방이라도 생기기 전에는 얼마 동안 이대로 지내는 밖에 별수가 없는 것이다.[38]

부친이 유명 짜한 분이시니 혹 사진을 보고 그 독특한 헤어스타일에 한마디 설명을 하라면서 기억이 나느냐는 분도 꽤는 있었다. 그러나 아버지의 '오갑빠 머리'는 내게도 사진 말고는 기억에 없어, 아마 나 낳고 동생들도 낳고 이젠 아이들의 아비 된 연고로 총각처럼만 보이는 그런 스타일로는 안 되겠다 생각을 하셔서 그 예의 길게 길러 모두 넘겨버리는 리젠트 스타일(아버지는 '올빽'이란 소리를 아주 싫어하셨다)로 바꾸신 모양이다. 여름이고 겨울이고, 피로하고 원고가 잘 써지지 않을 때면 지체 없이 찬물에 머리를 감곤 하셨는데, 그때마다 꽤는 소싯적 머리 모양이 그리워지셨으리라 생각해봤다(짧은 머리가 감기도 쉬우니까). 덧붙여 위에서 "이미 삼십이 넘었으니"라고 한 걸 보면 내가 태어나고도 수삼 년은 오갑빠 머리로 다니셨던 모양이다. 내가 너무 어렸을 때라 아버지의 머리 모양을 직접 봤더라도 기억은 나지 않는다.

구보는 원래 미식가이어, 6·25전쟁 전에도 자주 식구들이 모두 둥

38) 「여백을 위한 잡담」, 『박문』 1939년 3월호.

근 소반에 둘러앉아 먹게 되는 만찬에서는 즉석요리를 즐기셨다. 가령, '오늘 아침에는, 우리, 김치찌개를 맛나게 해 먹자' 하셨다면, 모두가 이 닦고 세수 얼른 하고, 풍로에 숯불을 피운다, 부채질을 한다, 하고 부산을 떨었다. 숯불이 괄하게 피었으면 소금을 한 줌 뿌려 숯내가 나지 않는 걸 확인한 연후에, 소반 옆에 들여다 놓고, 미군 부대에서 나오는 폭 소시지나 짜지 않은 베이컨[39]을 지지다가, 통김치 치마(잎사귀를 우린 그렇게 불렀음)만 한옆에 넣고 익혀서, 고기 한 점 밥숟갈 위에 얹고, 그 위에 긴 치마를 펴서(창호지를 뚫고 들어온 아침 햇살에 거미줄처럼 드러나는 치마의 그물들, 즉 잎줄기들과 더운 이밥에서 모락모락 솟는 밥냄새가 손에 잡힐 듯 떠오르는데) 숟가락 밖으로 나가지 않게(입안으로 쏘옥 들어가게 하려면) 채곡채곡 사려서 조심스레 입으로 가져가면, 코끝을 맴도는 냄새와 혀끝에 감도는 조금은 뜨겁고 시고 그런 맛을 지금도 생각만 하면 눈이 스스르 감기며, 입안 가득 침이 고인다. 그야말로 어린 시절의 잊을 수 없는 추억의 장이 활짝 펼쳐지는 그런 맛이다. 예의 아버지가 늘 말씀하시는 서른두 번 씹고 넘길 동안 입안에서 고루 느껴지는, 더운밥에 김치찌개의 고 맛이라니, 그야말로 아버지 말씀마따나 '닝기두 호알라(아버지는 맛이 기가 막히면 이 소릴 잘 하셨다)'다. 그 맛과 가족 간에 흐르는 훈훈한 정감, 그리고 그 운치(韻致), 그게 바로 우리 아버지 구보가 가꾸어가던 가족의 행복이었다. 김치찌개뿐인가. 때때로 '스끼야끼(요새로 치면 샤브샤브나, 칭기즈칸 요리라 할까?)'나 하다못해 두부라도 풍로를 상 옆에 끼고 앉아, 후라이빵에 기름 두르는 애, 소금 치는 애, 다 된 것 작은 접시 들고 받는 애, 따로따로 큰애들 역할 분담을 시켜가며 부

---

39) 해방이 되고 나선 참 미국 물건이 흔했는데, 미국에 와서 그때 먹던 폭소시지가 하도 그리워, 나이 지긋한 2차대전 참전 용사에게 물어보니, 내가 말하는 게 무엇을 말하는지 안다며, 그것은 군대에 납품을 하기 위해 특별히 제조된 것으로, 일반 식료품점에선 같은 게 없고, 비슷한 게 '스팸'이란 건데, 간(소금)을 한 것이 다를 뿐이라데! 그뿐 아니라, 그땐 운두가 높은 노란 깡통에 든 짜지 않은 베이컨 통조림도 있었다.

쳐 먹는 맛이란, 나는 즉석요리란 언제나 맛이 다른 법인 걸 자상한 아버지 덕에 터득하게 되었다.

한 가지 흥미로운 것은 제일고보 입학 당시 학적부의 가족란 아래에 기타 동거 가족란이 있는데, 침모, 하녀, 하남(下男)과 소복(小僕)이 하나씩(실례) 있는데 찬모가 없다는 점이다. 내가 왜 이런 말을 하는고 하면, 앞에서 잠깐 언급을 했듯이, 아버지는 미식가여서 늘 맛에 대해 많은 말씀을 하시곤 했는데, 그 말끝에 언제고 따라오는 말은, '이제 느이 아빠가 원고를 많이 써 돈 많이 벌면 숙수를 하나 데려올 테'라는 소리였다. 어린 마음에도 숙수란 찬모보다도 더 급이 높아 오만 가지 맛난 음식을 다 만들 줄 아는, 예하여 옮기기도 힘이 든 이름의 청요리도 척척 만들어 올리는, 그런 찬부(饌夫)쯤 될 거라고 생각했었는데, 학적부에 찬모가 없었던 걸 보니, 아버지는 우리 할아버지들보다 더 많은 돈을 벌어 숙수를 두는 게 원이셨던 듯하다. 혹자들이 통속 소설류로 치부하는 몇 편의 아버지 소설에 나오는 여주인공들이, 짓이 나면 긴 이름의 요리들을 손님들을 초청해 먹이는 장면이 심심찮게 나오는데, 으레 그런 대목에서 아버지는 그 요리의 레시피까지 자세히 설명하시고 있다. 아마도 실제로 집에 숙수를 둔다는 일은 당신 스스로 생각해도 실현 불가능하다는 걸 잘 알고 있어 그렇게 소설 속에서라도 요리에 대해 조예가 깊다는 걸 과시하고 싶었는지도 모르겠다. 기왕에 숙수 얘기가 나왔으니 한마디 덧붙인다면, 아버지는 숙수 얘기를 할 때면 늘 먼저 엄마의 눈치를 본 뒤에 이야기를 꺼내셨던 게 생각난다. 아마도 어머니는 그렇게 요리 솜씨가 좋다곤 말할 수 없었던 듯하다. 그렇다더라도, 아버지가 어머니의 눈치를 본 것으로 짐작건대 아내에 대한 배려에 소홀하지 않았던 것 같다. 어린 내 눈으로 보기에도 서로가 상대방의 인격을 존중하며 두 분 사이에 의초는 퍽이나 좋으셨던 걸로 기억한다. 가끔 어머니가 아버지께 핀잔은 들어도 야단을 맞는 건 본 적이 없으니……

기왕에 말이 났으니 내 70여 평생을 돌이켜보며 부친의 어른스러움
이랄까 어버이스러운 점에 대해 말한다면 동서양을 통해 모범이 되는
그런 아버지라고 하겠다. 내 자신 항상 동양 사람이라 믿고 살지만 실
제로 서양에서 산 기간이 한국에서보다 훨씬 긴 까닭에 하는 소리다.
지금에 와서 돌아보아 이런 결론에 도달했는데 진즉 이런 생각이 떠올
랐더라면, 내 자식들이 좀더 마음 편히 어린 시절과 젊음을 보냈을 텐
데…… 이젠 저희들도 마흔줄에 들어서 가끔은 "아빠, 우리도 늙어간다
는 걸 기억하세요!"라고 야단들이다.

이런 말해 득이 될 게 내게나 우리 아버지 구보에게나 전혀 없는, 그
야말로 백해무익(百害無益)한 얘길 텐데, 기왕에 짓이 났으니 털어놓겠
다. 구보가 총각 때, 그렇지만 아마 문단에선 스스로 없어서는 아니 될
위치에 있다고 자만을 하시던 때, 필경 1933년 초 어림(아마 일본에서 들
어온 후)이 아닌가 생각되는데, 하루는 다옥정 안방에서 속회(屬會)가 진
행되고 있어, 집 안에 한창 찬송가가 울려 퍼지고 있었다. 밖에 나갔다
들어온 젊은 구보가, 보통 때 같으면 늦은 아침 들고 나가면 오밤중에
나 들어오던 화상(?)이 이날따라 대낮에 들어와, 섬돌에 올라서서, 댓돌
위에 한 발 걸치고 허리에 양손 올려붙이고, 뜩(떡) 하니 방에다 대고
한다는 소리가, '대낮에 방구석에 들어들 앉아 뭣들을 허구 있는 거야,
이게!' 하였던 모양으로, 그곳에는 그 어려워하는 오바아상(구보의 고모
박용일)도 끼어 있었겠는데, 그 일로 하여 분란까지는 일어나지 않았다
지만, 그 후로 다시는 집에서 속회를 연 일이 없다고, 구보의 사촌 누이
정원 아주머니가 전하는 쓰디쓴 추억담도 있다.

그 어름해서의 기록을 보면 당시 발표했던 작품들의 월간평은 물론
한 해를 통틀어 발표된 연말 작품평도 여기저기 실려 있는데, 젊은 구

워싱턴 근교 페어팩스에 있는 성당에서 구보 박태원의 추모 미사를 올리는 장면.

보는 당신보다 문단 선배인 김동인 같은 분들[40]의 작품에도 가시 돋친 논평을 서슴지 않았을 뿐 아니라 당시에 등단을 한 분들, 또는 문학에 뜻을 두었던 분들 중에는 정말 가슴에 못이 박히게 매운 평을 받은 분들도 한둘이 아닐 게라는 생각을 나대로 하고 있는 중이다(읽어보지 않았으면 내가 미안한 마음을 가질 필요도 없었을 것).

아무튼 당시의 구보는 한마디로 문단에서 안하무인이었달까 독불장군이었달까? 그날 구보는 아마 밖에서 불쾌한 일이라도 있었던 걸까, 아니면 낮술이라도 마셨던 걸까. 좌우지간 내가 아는 아버지로선 하실

---

40) 물론 춘원은 빼고—'오바아상'이 진권을 해주어 사사한 분이니까—출세작 『천변풍경』의 서문은 춘원 이광수 선생이, 발문은 월탄 박종화 선생이 쓰셨다. 그런 데다 이분들이 얼마나 후한 평들을 해주셨냐 하면, 춘원은 '구보의 『천변풍경』이 그에게, 톨스토이와 맞먹는 감동을 준 작품'이라 말했으며, 월탄은, '풍문에 들으니, 하고 다니는 품이 동경 유학 후로 사람 아주 버렸다고 생각을 했는데, 작품을 읽어보니, 순수한 경알이파 문인으로서 앞으로의 그의 활약이 극히 기대되는 바이다'라고 극찬을 한 바 있다. 그러니 빼야지 넣었다간 배은망덕이란 소리 듣겠지.

말씀이 아닌데, 그렇게 무엄한 짓을 해놓고는 스스로도 아차 하고 후회를 하지 않았을까.

그런데 재미있는 일은, 이 먼 데서나마 아버님 돌아가셨단 소식 듣고 우리 본당에서 추모 미사를 올리게 되었는데, 한창 찬송가 부르며 속회 중인 방에다 대고 소리를 질러 성스러운 집회(?)를 그르치게 만들었던 장본인이 종당에는 자본주의의 종주국 미국의 수도인 워싱턴 근교에 있는 천주교 성당에서, 하얀둥이 신부가 올리는 추모 미사를 아들 며느리의 주선으로 받아 잡숫게 된 것이다. 처음에는 좀 어색해하시다가 정성스레 바치는 제사인 줄 아시고 자알 잡쉈겠고, 고요한 성당 안에 향을 피워 운감(殞感)하시는 데 무드를 잡아드린 것과 당(堂) 안을 채운 감미로운 바이올린 선율에도 흡족하시어 고이 돌아가셨으리라 마음해본다.

어쨌든, 추모 미사에는 주중인데도 많은 분들이 참석을 해주셨다. 아버지가 즐겨 들으시고 손수 켜기도 하셨다는(듣기만 했지 보지는 못한 아버지의 바이올린 솜씨) 「G선상의 아리아」가, 그것도 워싱턴 내셔널 심포니 오케스트라 퍼스트 바이올리니스트의 손끝에서 감미롭게 흘러나와 실내를 가득 채웠다. 제대 앞에 올려놓은 두 분의 결혼사진(사모관대에 신부는 족두리 쓰시고 연지 곤지 바른)은 어머니 때(어머니는 1980년에 돌아가셨다)도 사용한 것인데, 그 사진을 본 어떤 미국 친구의 푸른 눈에도 선망의 대상이었는지 사진이 아주 멋져 집에 걸어놓고 싶다며 카피 한 장 해줄 수 없냐기에, '그러는 거 아니다' 하고 점잖게 타일렀던 일도 있다.

2장

노총각 장가들다

신여성 김정애 양

지금으로부터 86년 전인 1930년 3월 14일, 배구 선수에다 전교에서 우등 첫찌만 하던(우리 외할머니 이연사 여사의 표현) 김정애(金貞愛) 양은 숙명고녀를 졸업했다. 모교에서는 어머니를 곧바로 (당시 여자로서는 감히 엄두도 못 내던) 동경 유학을, 일등 졸업이라는 명목으로 보내려 했다(일본에 있는 나라 고사를 점찍고 있었단다). 당사자야 진취적인 신식 여성인 데다 당돌한 면도 있어 가고 싶어 했지만, 부모의 입장으로서는 차마 애지중지 길러온 외동딸을 현해탄 건너 '내지(內地)'로 보낼 수가 없었다. 그러나 귀한 딸이 그렇게도 윗학교에 가기를 원하니까, 말막음으로 지금의 서울대학교 사범대학의 전신인 한성사범학교 본과를 다니게 하였다. 어머니는 사실 그땐 집에서 좀 떨어져 홀가분하게 혼자 한번 살아보기가 원이었다고 하셨다. 결국 원대로 집을 떠나 충청도 진천이란 곳에서 의무연한인 2년 동안 교사 생활을 하게 되었다. 그러나 아무래도 혼자는 걱정이 되었는지 외할머니가 따라간 것이다. 할머니가 갖은 수발을 다 들어주셔서 몸이야 편했다지만 속으론 얼마나 실망을 했던지, 차라리 차석(次席)에게 내준 일본 유학을 자기가 가버릴 걸 그랬다는 말씀을 하실 때면 언제고 열이 치받

치시는 듯 얼굴이 벌게지곤 하시던 게 지금도 기억에 생생하다.

물론 구보와 결혼 후 얘기이지만, '貞愛'란 이름을 뇌고 보니 1930년 대 구보 집안엔 세 명의 '貞'이 있었다. 숙명을 나온 구보의 아내, 즉 어머니가 그 하나요, 이화를 나온 사촌 누이가 그 둘로, 이름이 정원(貞遠)[1]이었고, 나머지 하나는 다옥정 7번지 공애당약방의 상속자이며 구보의 형님인 진원(震遠)의 아내, 즉 구보의 형수 정희(貞熙)였다. 이 세 신식 여성들이 엄마 신혼 초에는 진고개로 정자옥으로 화신상회에 '미쓰꼬시'를 휘돌며 시쳇말로 '샵핑'을 하고, 다방에 들러 차 마시고 영화 며 연극 구경을 하며, 양산 뻗쳐 들고 '핸드바꾸'에 굽 높은 뾰족구두 딸각거리며 번화가를 누볐던 모양으로, 그게 그리 길지는 않은 기간이 었다 할지라도 당시 우리나라 신여성들의 생활상을 회상해본다면 호강을 누렸다고 할 수도 있지 않나 싶다. 후분이 좋지 않았던 우리 어머니, 당신도 그렇게 생각하셨으려나? 그렇게 생각하시고 잠시나마 마음을 달래보시라고 당신 영전 앞에서 되뇐다. 평안히 쉬시라고.

어머니가 숙명고녀를 다니고 아버지는 아직 제일고보에 적을 두고 있던 시절, 아마 1929년 어름해서일 것이다. 어머니가 학교에서 영어 연극을 하게 되었단다. 한데 제일고보 상급생들이 그 소문을 듣고는 공연 날짜를 맞춰 구경들을 왔다는데, 그날의 히로인은 단연 어머니 정애 양이었고, 구경 온 제일고보 학생 중엔 구보도 끼어 있었다.

아버지는, 제일고보 학적부에서도 확인할 수 있듯 어학, 특히 영어에 남다른 흥미를 보였고 공부를 열심히 하셨다. 동경 유학 시절에도 수강 한 과목의 대부분이 영문학과 관계 있었던 데다 그 성적이 모조리 '갑(甲)'이었음을 보면 영어에 대한 열정이 남달랐음을 알 수 있다. 특히나

---

1) 정원은 구보의 귀염을 독차지한 공애의원 박용남의 맏딸로서, 태원의 초기 단편 「누이」속의 모델이었다.

구보는 그의 동경 유학 시절을 회상하는 글이나 몇몇 작품에서 회고했듯이 술값을 쪼개 '원어민 회화 선생'을 둘 정도로 어학에 열심이었다. 그런 구보였기에 아마 여학생들이 영어로 연극을 한다니까, '제까짓 것들이 하면 얼마나 헌다구 장안에 소문을 내구 이 야단들인구. 어디, 내가 한번 가서 보리라' 하면서 쫓아나선 것일 게다.

한데 뒤에 어머니로부터 나온 얘기로는 '그중에서 주역을 맡았던 여학생이 그래도 제법이더라' 하는 평을 달았다니, 이미 구보는 미래의 신붓감을, 학창 시절의 영어 회화 실력으로써 점검한 셈이 된다.

물론 우리로서는 어머니의 말을 아버지께 확인을 한다든가 그러한 일은, 아직 어려서 하질 못했는데 지금 생각하면 다소 아쉽다. 물론 당시야, 딴에 좀 미심쩍게 들렸더라도 어른이 하신 말씀은 토를 다는 일 없이 들은 대로 그냥 믿어버리던 그런 시절이었으니까……

그때는 박씨 댁과 김씨 댁이, 아마 따로따로 중매쟁이를 놓아 각기 배필감을 물색하고 있었을 터이고(신랑감 신붓감들이 공부들을 하느라 혼기를 놓친 나이들이었으니), 양가의 혼담이 오가기는 그로부터 너덧 해나 흐른 뒤이니, 결혼 후에 두 분이 소싯적 얘기들을 주고받았는지 어쨌는지 자세한 것은 나로서도 아는 바가 없으나, 좌우당간에 어머니께 들은 바이니 위의 일은 분명 있었던 게 틀림없다. 그뿐 아니라 어머니가 숙명고녀를 졸업할 때, '김정애 양이 숙명의 배구부를 떠나게 되는 소감'이라든가, 우등 첫찌로 졸업을 한다는 정애 양에게 듣는 사은회의 내용, 모교에 바라는 바, 후배들에게 남기고 싶은 말 등, 졸업생을 대표한 인터뷰 기사가 사진과 함께 『동아일보』에 났으니 그들이 당시를 잘 고증해주고 있다.

한편 우리 외조부 김중하(金重夏) 선생과 외조모 이연사(李蓮士) 여사는, 다 큰 규수가 시골에 내려가 훈장질을 하고 있는 것이 못마땅했다.

그래서 어디 마땅한 혼처라도 나서면 얼른 시집이나 보내려 매파를 동원해 사윗감을 물색하던 중, 이쪽에선 생각지도 않은 다른 연줄로 해서 들어온 후보가, 다방골 양약국집 둘째 아들에다 동경 유학까지 다녀온 위인이었다. 이쪽 매파가 알아본 바로는, 신랑 될 이가 마땅히 있어야 할 변변한 직장도 없이, 하는 일이라고는 만날 방구석에 틀어박혀 소설이라나 뭐라나를 쓰는, 벌이도 신통치 않은 젊은이라고 해서, 신부 집에서는 모두들 그 자리를 그리 탐탁하게 생각지 않고들 있었다고 한다. 그런데 정작 신붓감의 의향을 아주 무시할 수만은 없어 들어나 보자는 뜻에서 후보군(候補群)에 끼워 넣었더니, 어럽쇼, 신붓감이라는 게 다른 자리 다 마다하고 덥석 그 자리를 뽑아들고 나서는 게 아닌가.

당사자인 정애 양으로 말하면 대대로 서울내기에다 남부럽지 않게 자라온, 실상 어디 내놓아도 빠질 게 없는 당당한 규수였다. 말한 바와 같이 수중에는 더 나은 자리가 있었는데도 골라 든 자리가 그러했던 것이다. 이유를 짐작건대, 수입은 시원찮다더라도 기왕에 발표한 작품들로 이루어놓은 명성이 그런대로 마음을 끄는 데다가 집안도 생소하지 않은 양약방이 아닌가(외할아버지가 당시 천일약방의 제약주임이셨다). 그 외에, 학벌을 따지자는 건 아니지만 '내지'에 가 공부도 했고, 무엇보다 이미 서울 장안에서 꽤는 알려진 '모당뽀이'로서, 그의 명성(?)을 풍문으로 익히 들어온 터인 데다가, 경제적인 면이라면 나면서부터 단 한 번이라도 제 자신이 돈 걱정을 해본 적이 없는 환경에서 자라온 탓에, 수입은 아예 관심 밖이고 보니, 요리조리 뜯어보아 조금이라서 싫은 데가 있다기보다는 외려, 새록새록 가벼운 흥분마저 느끼고 있던 참이었다.

양가의 혼사는 일사천리로 진행이 되어, 당시 장안에 화제가 되었던 구보의 신문 연재소설인 「소설가 구보씨의 일일」이 끝나자마자, 농익은

1934년 10월 24일 구보가 신부 김정애 양과 전통 혼례를 올리고 찍은 결혼사진.

젊은 남녀(당시로서는 둘이 다 신식 교육을 받느라 혼기를 놓친 26세 노총각과, 23세 신부였다)는, 이웃들의 눈에는 해괴망측하게도 결혼도 아니 한 신분으로 저희끼리는 수차례에 걸친 '데이또date'도 하고 그러다가, 마침내는 어머니가 미래의 신랑감을 집으로 끌어들여 식구들에게 선까지 보일 기회도 마련했다니, 아무리 개화를 한 집안들이라고는 하더라도, 듣기에 따라서는 '사위스럽다'고 주위 사람들조차 얼굴을 붉힐 일이었다.

어머니는 일을 벌여 놓고 보니, 아무리 생각을 해도, 설령 신랑감이 제게 아주 걸맞은 자리라 해도, 혹 만에 하나, 집에 모시고 계신 완고한 노할아버님(친조부시나 워낙 고령이라 그렇게 불렀다 함)의 눈 밖에 나지나 않을까 노심초사였단다. 유별난 헤어스타일 등 구보가 당시 하고 다니던 몰골이 자신에게마저 그리 탐탁지 않았었는데, 하물며 노할아버님이 그 꼬락서니를 보시면 꾸중은 물론이거니와, 혹 이 혼사에 브레이크를 거실지도 모른다고 지레 겁을 먹은 어머니는, 장래 신랑감에게 정 집에 오고 싶거든 내가 제시하는 조건을 들어주어야 한다면서, 첫째, 그 나이에 어울리지 않는 단장(短杖)은 집에 두고 올 일. 둘째, 안경은 중문간 문지방 넘어서자마자(지독한 근시라 문턱에 걸려 넘어질 수가 있으니) 벗어 안주머니 깊숙이(큰절하다 빠져 들통이 날지 모르므로) 간수할 일. 셋째, 그 도토리 뚜껑 같은 요상한 머리는 남들처럼 뒤로 넘겨서 '찌꾸'나 '뽀마드'로 안정을 시킬 일, 등 세 가지를 내걸었다고 한다.

실상 구보의 성격을 아는 사람이라면 아무리 중하고 귀한 자리라도 위와 같은 조건을 제시했다면 한사코 응하지 않았을 텐데, 뭣에 씌었는지 그처럼이나 꽤 까다로운 요구도 마다 않고 결혼 전 신부 집 방문을 성공리에 마쳤다 한다. 그리고 다음 달인 10월, 드디어 구보는 신부 집에서 차려놓은 초례청에 나가 하늘께 맹세해 부부의 언약을 맺었다.

"다방골 봇다잉 장가가오!"

1934년, 구보가 스물여섯이 되던 해 가을(10월 24일), 「소설가 구보씨의 일일」에서처럼 동경 유학까지 다녀온 노총각이 취직도 안 하고 장가를 갈 염도 아니 하고 밤낮 그 소설인가 무언가와 씨름만 하며 노모의 애간장만 태우다가 드디어 장가를 들기에 이르렀다. 구보의 모친은 작은아들이 무슨 바람이 불었는지 이번엔 군말 않고 장가를 들겠다니 기특한 건지 효도를 하자는 건지 그게 무어건 뭐 그리 대수냐, 해가며 작은며느리 들일 생각에만 골몰을 하다가, 달덩이 같은 손주 안아볼 일 떠올리니 마음이 한결 젊어지더라 했단다—

누구에게서 들었더라, 아마 내 돌날을 맞아 커서 글 잘하라고, 그리고 잘되라고 천 사람에게 글자 한 자씩 받아 『천인천자문(千人千字文)』을 만들기 위해 젖 먹던 힘까지 다 쏟던 일이 어제 같더란 이야기 끝이었나……

어쨌거나 구보는 장가를 들었고, 장안이 떠나가라 결혼 피로연도 떡 벌어지게 했다. 가뜩이나 글벗에다 술친구에 학교 동창들까지 그 수가 이루 다 헤아릴 수도 없이 많아, 결혼 피로연은 장안에서 한다하는 요릿집에서 질펀하게 벌였는데, 거기 참석했던 면면들이 당대 내로라하는 소설가에 시인 평론가에다 화가들까지였으니, 그들이 방명록(芳名錄)에 남긴 일필 휘호와 그에 곁들인 그림들은 백가쟁명(百家爭鳴)을 무색하게 한다. 누구누구가 참석을 했었나 보자면, 고희정(高羲鼎), 웅초 김규택(雄超 金圭澤), 김기림(金仁孫), 김동일(金東一), 월파 김상용(越波 金尙溶), 김진섭(金晋燮), 배운학(裵雲學), 백남희(白南熙), 소동규(蘇東圭), 석주 안석영(碩柱 安夕影), 회남 안필승(懷南 安必勝), 유춘섭(柳葉), 윤태영(尹泰榮), 범이 윤희순(凡二 尹熙淳), 이무영(李容完), 이상(李箱), 행인 이승만(行人 李承萬), 여천 이원조(黎泉 李原朝), 상허 이태준(尙虛 李泰俊), 연포 이하윤(蓮圃 異何潤), 이흡(李洽), 정인택(鄭人澤), 정지용(鄭芝溶), 조벽암(趙重洽), 조용만(趙容萬), 오중 함화진(咸華鎭) 등과 또 제일고보 동창들 제씨다.

다음의 이원조가 쓴 방명록에서 '다방골'[2]이야 구보 살던 곳이니 설명 필요 없을 테고, 구보를 '봇다인'이라 부른 것에 대해 설명이 필요하겠다. 아버지가 창씨개명은 하지 않았으나 학교에서야 '박태원'으로 부르지 않고 일본말로 불러댔으니 발음을 하자면 '보꾸 다이 엥'이 될 테

2) 다방골은 지금의 다동을 일컬었던 옛 이름이다.

다.[3] 이걸 급히 부르다 보면 '봇다이엥' '봇다인'처럼 됐으리란 짐작이 된다.

방명록을 보면 하객들이 결혼에 임해 토로한 덕담이나 위트와 유머가 넘치는 그림들이 좀처럼 시선을 놔주지 않는다. 2009년 6월 15일, 구보의 유물

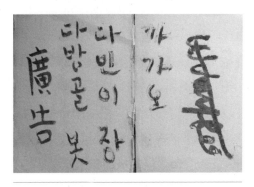

여천 이원조가 결혼 방명록에 쓴 '광고'.

과 생전에 발표한 작품들 초판본 전시가 청계천문화관에서 구보 탄생 백 주년 기념행사의 일환으로 여러 날을 두고 열렸는데, 그때 특별히 슬라이드로 그 방명록의 면면을 관람객들이 자세히 볼 수 있게끔 만들어놓았다. 그뿐 아니라, 그 방명록이 전시되기 전 5월 24일에 KBS TV 인기 프로인 「진품 명품 쇼」에서도 선을 보여 전국에 방영된 바 있었다.

가장 먼저 피로연장에 헌신을 한 것은 역시 구보의 결혼을 가장 가까이에서, 물론 축하를 해줘야겠지만 다른 한편으로 염려를 했던 이상이다. 허구한 날 붙어 다니며 문학을 하던 이상으로서는, 그의 천재적 예감이 그를 괴롭혔는데, 그게 무언고 하면 혹 구보가, 그럴 리는 없겠지만, 자기와 어울리는 시간을 줄이지나 않을까 한 것이다. 그래서 붓을 들고 내리갈긴 첫마디가 '구보, 여보게, 결혼은 하더라도 이 둘도 없는 친구 버리지 마시게……' 하는 마음에서 '면회거절반대(面會拒絶反對)'였는데, 그의 예감은 적중을 하여, 구보는 신혼 재미에 한동안 두문불출

---

3) 나도 취학 전에 일본인 선생에게 면접볼 때 내 이름을 물으면 '보꾸 이찌 에이'라 대답해야 한다고 어머니한테 배웠던 기억이 난다.

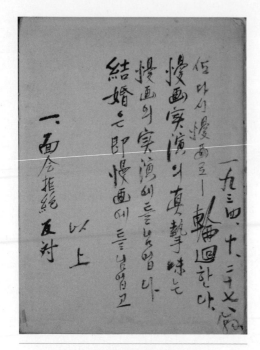

시인 이상이 쓴 구보 결혼 방명록 첫 장.

이었단다. 상(箱)은 늘 하던 대로, 예의 그 다방굴로 사흘을 거푸 찾아가 구보의 창문 아래서 구보를 불렀으나 안에서는 묵묵부답이었다. 나흘째는 손이 아프게 창문까지 두드렸으나 역시 아무 소리도 들을 수 없었다니, 사랑으로 방음장치(?)가 잘 된 들창이 열릴 리가 없었으리라. 이 이야기는 커서 어머니께 직접 들은 게 있긴 한데, 뭐 이에서 더 실감나게 자세한 것 밝힐 일도 없을 것 같아서 이만해두겠다.

이상의 방명록에 대해서는 좀더 설명을 붙여야겠다. 그동안 구보 결혼 전후 이상의 행적이 불분명해 팔방으로 알아보았으나 아무리 뒤져봐도 예의 이성 반려(?)에 푹 빠져 잠적했다든가 하는, 그와 비슷한 일도 없던 터라서 피로연에 이상이 빠졌다는 게 도무지 이해가 안 되면서도 딱히 해답을 못 찾고 있었다. 그러다가 다시금 방명록을 들여다보길 반복, 이 방명록 안에 일필휘지들은 어찌나 달필에다 급히들 휘갈겼는지 어떤 것은 어느 어르신의 수표인지 분별할 엄두가 나지 않았다. 이상의 것도 마찬가지였다. 그래서 생전에 부친의 고보 동창이신 조용만 선생께 면면을 알아보아주십사 했는데, 이 첫 장의 것은 조 선생님도 판별이 되지 않는다 하셨다. 구인회뿐 아니라 이상에 관해서라면 남쪽에서는 당신 말곤 더는 말할 필요도 없이 꿰고 계신 조용만 선생께서도 이 방명록이 이상의 것이라고 확답을 해주지 못하시니, 게서 더 얼쩡거릴 수는 없었다. 해서, 그냥저냥 숙제로 미뤄둔 채 여러 해가 흘러갔다. 그러다가 문득, "면회거절반대"라 해놓고서 행(行)을 갈아 "以上"이라고 쓴 것이 혹 '李箱'을 말한 게 아닐까 하는 생각이 들어, 이상의 「오감도」 육필 원고의 사본을 동생에게 부탁해 비교 검토를 해보기에 이르렀다.[4] 써 이(以) 자가 둘이 있고, 네 개나 되는 갓머리 면(宀) 자가 독특하게 삐쳐, '딴은' 하고 생각을 굳혀갔다. 그러다가 오른쪽 끝, 날짜 밑에 갈겨쓴 글자 하나가 이상의 친필 사인에서의 끝 글자와 같은 상(箱) 자인 걸 발견했고 그것이 어느 출판사에서 나온 『이상 전집』 속표지(中扉)에 큼지막하게 인쇄된 이상의 육필 사인과 동일하다는 걸 확인했다. 그리하여 방명록 첫 장을 장식한 주인공이 다름 아닌 구보의 둘도 없는 벗 이상이라는 것을 확신할 수 있었고 이를 만천하에 알리게 되었다.[5]

소문이 기사화되려니, 채 방영이 되기 전에 통신사로부터 연통이 왔다. 그리고 기자는 자기대로 흥분을 하여(?) 이에 관한 기사가 나가기 전 사계의 권위자들께 문의를 했던 모양으로, 여기 그 기사(『연합뉴스』 2009년 5월 20일 자)의 일부를 소개하겠다.

李箱시인, "결혼은 慢畵에 틀님없다"

천재 시인 이상(1910~1937)이 절친한 친구였던 소설가 구보 박태원 (1909~1986)의 결혼식 방명록에 남긴 축하 메시지가 공개됐다.

구보의 장남 일영(70) 씨는 내달 15일 서울 청계천문화관에서 개막되는

---

4) 동생 재영은 시간이 있을 때마다 도서관에 가는 터라, 자료가 참 많다.
5) 『연합뉴스』에 기사로 나갔고, 내가 출연했던 국민방송 「KTV 북 카페」에서도 언급했으며, KBS「진품 명품 쇼」에서도 설명한 바 있다.

구보의 유물 전시회를 준비하는 과정에서 이를 발견했다고 20일 밝혔다.

일영 씨는 "문인을 비롯한 30여 명의 축하 메시지가 담긴 방명록에 단짝이던 이상의 글이 없다는 점을 이상하게 여겼는데 전시회를 준비하는 과정에서 필적 감정 등을 거쳐 첫 장에 '以上(이상)'이라고 서명한 글이 이상의 것임을 확인했다"고 말했다.

이상은 방명록에서 "結婚(결혼)은 卽(즉) 慢畵(만화)에 틀님업고/慢畵의 實演(실연)에 틀님업다/慢畵實演의 眞摯味(진지미)는/또다시 慢畵로―輪廻(윤회)한다"고 적었다.

첫머리에는 '面會拒絶反對(면회거절반대)'라는 '애교 섞인' 주문을 쓰고, 끝에는 1934년 10월 27일이라는 날짜와 함께 이상의 서명 가운데 '상(箱)' 자를 흘려 적었다.

특이한 것은 이상이 '만화'에 원래 사용되는 '흩어지다' '넘치다'의 의미를 가진 '漫(만)' 자를 쓰는 대신 부수를 살짝 바꿔 '게으르다' '느슨하다'의 의미를 가진 '慢(만)'자를 사용한 것.

이는 이상이 시에서 '鳥瞰圖(조감도)'를 '烏瞰圖(오감도)'로 바꿔 쓰거나, '賣春(매춘)'에서 '살 매(買)'를 사용한 것과 같은 맥락으로, '만화'가 가진 허황된 것이라는 이미지에 '느슨하고 일상적인 그림'이란 의미를 더한 것으로 보인다고 연구자들은 해석했다.

권영민 서울대 교수는 "결혼이라는 것에 과도하게 의미를 부여하지 않고, 단지 일상적인 것일 뿐이라는 이야기를 전하려는 것 같다"고 말했다.

김윤식 서울대 명예교수는 "이렇게 한 획을 살짝 바꾸는 말장난은 이상 아니면 할 사람이 없다"며 "전반적으로 이상의 글이 많이 남아 있지 않은 상태에서 매우 흥미로운 자료"라고 말했다.

다른 분들의 방명록도 확인해보자. 왼쪽의, 이지러졌다 온달이 되는 이치를 결혼 생활에 비유하며 보이기는 그래도 달은 항상 둥근 것이라

이상의 벗 중 유일하게 이상에 관한 단행본을 낸 분으로, 이상이 도일(渡日)할 때 경성역에서 구보와 인택과 더불어 환송을 한 외우 윤태영.

보통학교 입학은 '정태양'으로 하고 중간에 이름을 갈아 인택(人澤)이라 고쳤는데, 구보는 사람 이름에 인(人) 자가 당할 소리냐며 졸업하기까지 옛 이름을 고집해 불렀다.

는 명언을 남긴 윤태영 선생은, 우리가 코 빨간 선생님[6]이라고 별명을 붙여 부른 분인데, 아버지의 제일고보 동문이다. 이상이 동경으로 떠나던 날 아버지, 정인택 선생과 더불어 경성역까지 배웅을 나간 문우이기도 하다. 교직에 있던 윤태영 선생은 그렇게 어울리던 이상을 기려, 후에 『절망은 기교를 낳고』라는 이상에 관한 회고록도 집필했다. 2009년 청계천문화관에서 열렸던 전시회에는 선생의 세 따님이 현신들을 하셔서 전시관이 아주 훤언—했다.

태양생(太陽生)이라 쓴 오른쪽 것은 정인택의 방명록으로, 그는 구보와 보통학교와 제일고보 4학년까지 쭉 한 반을 했던 죽마고우다. 해방 후에도 자주는 아니지만 계속 왕래가 있었다. 그리고 뒤에 따로 얘기하겠지만, 구보는 월북 후 정인택의 부인 권영희 여사와 재혼하게 된다. 하루는 정인택 선생께서 해방이 갓 되고 미군이 처음 들어왔을 때 비가 오는 날 미군 지프가 자기 앞 1센티미터까지 와서야 '스탑'을 했다는 이야길 하셨는데, 인간의 생명을 경시하는 불상놈들이라며, 아버지와 더불어 분개를 하시던 일이 있었다. 전쟁은커녕 고요하고 평화롭기만 한

6) 아주 곱게 주독(酒毒)이 든, 안색이 아주 희고 귀히 생기신 분으로 늘 금테 안경이 썩 잘 어울렸다.

'점령지'에서 제 놈들 눈엔 희귀한 인종들끼리 얘길 하는지 싸우는지 분간이 가지 않게 소리를 질러가며 대화를 하는 걸 보다가, 딴엔 장난기가 동해 코앞까지 와서 잘 듣는 브레이크를 가지고 시위를 좀 해본 모양이다. 그때까지만 하더라도 경성 거리를 달리던 다꾸시(택시)나 도라꾸(트럭) 들은 발동을 걸 때는 '스타찡'이라고, 차 범퍼 위 구멍에다 유성기 태엽 감는 것 같은 고동을 끼워 조수가 젖 먹던 힘까지 다해서 냅다 돌려야 끄르륵 끄릉 소리를 토하다가 겨우 걸리는 데다가, 날이라도 추우면 차 밑에 장작불을 지펴서 엔진(?)을 데우기도 했고, 브레이크는 늘 시원치 않아 페달을 밟아도 서너 자는 좋이 가서야 서곤 할 정도였다. 그러니 미군 지프가 발 앞에 와 서는 것은, 그 브레이크가 실은 잘 듣는다손 치더라도 하마터면 인명을 해칠 그런 행위로 간주될 수도 있었던 것이다. 그러니 인명을 경시한다는 데까지 생각이 닿지 않을 수 없었을 것이며, '저놈들이 우리를 사람 취급을 아니 한다'고, '오죽해야 양이(洋夷, 바다 건너 오랑캐)라 했을까' 해가며, 그런 말이 나오는 게 백번 지당들 하셨겠다. 아무리 그래도 비난이 과했던 게 아닌가 의아해할 독자들 위해 첨언하자면 자주독립이 하고픈, 심정 나약한 인텔리 두 분의 눈에 '양코배기'가 예뻐 보일 리 만무했을 것이고 당시 식자들 사이에서는 해외에서 독립운동을 하다 돌아온 이승만 박사가 코쟁이 부인[7]을 데리고 온 것에 대해서도 한마디씩은 다들 하던 그런 때였다.

한편, 희미하게 생각이 나는 우리 정 선생님의 입성은, 지금 생각하면 그 멋진 미군 장교들이 입는 트렌치코트에 허리 잘록하게, 모냥다리나게 오비(허리띠) 딱 매고, 예의 그 삐딱하게 앞이마도 조금 보이게 뒤로 젖혀 쓰는 중절모[8] 차림의 신사셨다. 일본 유학을 가서 4, 5년씩이나

---

7) 오스트리아 출신 프란체스카 여사.
8) 얼굴 생김새도 묘하게 생기셨지만, 조금은 경박해 보이는, 그래 아주 천재 같기도 한, 삐딱하게 젖혀 쓴 나까오리는 아마 우리 정 선생의 인상 전부였던 듯, 내 뇌리에 아직도 꽉 배겨 있다. 한 가지 덧붙

석주 안석영 화백의 네 쪽에 걸친 그림. 현재 방명록은 서울역사박물관에 소장되어 있다.

영문학을 전공하셨으니 영언들 얼마나 유창하셨을까. 그때 아마 무슨 영자 신문이나 아니면 군정청이나 어디 군속으로 있지 않으셨었나 하는 기억이 어렴풋이 난다.

위 그림은 당대 신문이며 잡지 삽화를 도맡다시피 하고, 시나리오 작가에다 영화감독이기도 했던 안석영 화백의 것이다. 이즈막에 남과 북이 서로 만나면 반드시 부르는 「우리의 소원」이란 노래의 작사자가 안석영 화백이다. 곡은 아들인 안병원이 붙였는데, 해방 전에는 가사가 '우리의 소원은 통일'이 아니라 '우리의 소원은 독립'이었던 걸로 기억한다. 그게 언제부터 통일로 바뀌었는지는 나도 잘 모르겠다.

2008년 4월 29일, 경복궁 돌담을 낀 길 건너 사간동에 있는 대한출판문화협회에서 열렸던 박태원 『삼국지』 출판 기념회에 참석차 귀국을 해보니, 내 고교 선배이신 테너 박인수 교수가 제자들과 더불어 참석해

이고 싶은 건 정 선생 글인데, 그의 작품을 읽으면 꼭 아버지의 작품을 읽는 듯한 기분이 드는 것은, 주인공의 마음 씀씀이라든가 어휘의 구사가 정히 구보와 혼동을 일으킬 만해서, 언젠가 새어머니인 데 두 분의 비슷한 점을 묻고 싶었는데 내가 생각해도 너무 무례한 것도 같고 짓궂은 것도 같아 좀은 주저하면서도 을유에서 나온 『북으로 간 작가선집』 정인택 편(정인택과 권영희의 결혼 사진이 실려 있는)을 가져가려다가 생각 끝에 그냥 깊은샘에서 나온 『소설가 구보씨의 일일』 한 권만 내놓았다─처음 방북했을 때.

북에서 완결된 『삼국지』가 반세기 만에 남에서도 햇볕을 보게 되었다. 사진은 출판 기념회에서 테너 박인수 교수(중앙)가 제자들과 「독립행진곡」을 열창하고 있는 모습.

축가를 불러주기로 되어 있다는 소리가 들렸다. 도미 유학 중 뉴욕에서 내려와 워싱턴 '케네디 센터'에서 리사이틀을 가졌을 때가 언제였던지, 그때 워싱턴 동창회에서 리사이틀 준비에, 저녁 만찬도 마련을 했던 게 떠올라, 참 이런 인연도 있구나, 해가며 기대에 부풀었었다.

선배는 제자들과 함께, 박태원이 작사를 하고 김성태가 곡을 붙인 「독립행진곡」을 열창하시던데 이 곡은 한때 작사자가 월북한 탓에 금지 곡이었다. 나는 비록 태평양 건너 멀리 떨어져 살고 있지만 고국의 젊은이들이 데모를 할 때 이 노래를 부른다는 소리를 듣곤 했다. 그럴 때마다 과연 이 노래가 제목처럼 씩씩한 행진곡의 위용이 느껴지는가 하는 의구심이 일었다. 왜냐하면 우리 자랄 땐 이 노래가 여자애들 고무줄놀이 할 때 흔히 불리던 그런 노래였기 때문이다. 지금도 고무신 벗어던진 어느 맨발의 소녀가 양쪽에 고무줄 잡고 서 있는 애들에게, "애들아, 무네(가슴)가 아니구 미미(귀)야!" 어쩌구 하는 소리가 들리는 듯하다. 소녀는 근처에서 자기 또래 사내 녀석들이 보고 있으니 제 기량을 뽐낼 양으로 고무줄 높이를 가슴에서 더 높게 '귀'까지 올리라고 하는 것이다. 멀리서부터 폼을 잡고 달려와 두 손으로 땅을 짚고 물구나 무릎 서서 발목으로 고무줄을 걸고 고양이처럼 훌쩍 몸을 일으키는 그런 정경이 눈앞에 선하다. 「독립행진곡」은 그런 정겨운 장면과 함께 떠오르는 노래로밖엔 생각이 들지 않았는데 데모 행진곡으로 불렸다니 내겐 꽤 생경스럽게 들렸던 것이다.

한데 세상에, 성악가들이…… 사진에서 보듯 폼들을 잡고,

"어둡고 괴로워라 밤도 길더니/삼천리 이 강산에 먼동이 텄네./동무야 자리 차고 일어나거라/산 넘고 바다 건너 태평양까지/아아 자유의, 자유의 종이 울린다."

하고 부르는데, 그렇게 씩씩하고 정말 멋진 '행진곡'이라는 것을 처음으로 느끼고, 역시 전문가가 불러야 곡과 가사를 올바로 해석해 제맛을 낼 수 있는 거로구나, 해가며 감탄에 눈물까지 지었다.

행사 전 박 선배가 제자들과 음정을 맞추는 데서 근 20년 만에 재회를 한 폭이라 반가워하다가 선배의 빙장께서 바로 석주 안석영 화백이라는 사실을 알게 되었다. 그 소릴 들으니 구보의 결혼 피로연 화집 앞쪽에 있는, 탐스러운 복숭아를 구보에게 안기고 나서 인어가 된 어머니가 구보에게 낚이는 그림이 생각나, 훗날 좋은 인화지에 큼지막하게 올려가지고, 충청도 옥천 지용제까지 찾아내려가 다시 뵙고 고마웠다는 말씀과 더불어 드렸던 생각이 난다. 살아가며 얽히는 인연이란 것이 참으로 묘하기만 한 것 같다.

뒷장에 실린 좀은 난해한(?) 그림은 선친의 최초 단행본 『소설가 구보씨의 일일』의 장정을 맡아 그리셨던 웅초 김규택 화백의 걸작(?)이다.

그림은 누구나 한눈에 알아볼 수 있는 신혼부부의 정열적인 포옹 장면일 수도 있고, 아니면 남녀가 반쪽씩밖에 아니 되니, 둘이 합쳐야 비로소 온전한 하나의 개체가 된다는, 즉 남녀는 결혼을 함으로써 그제야 완성된 하나의 사회적 공동체가 된다는 의미로도 생각할 수 있겠는데,

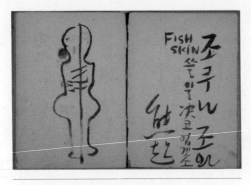

웅초 김규택 화백의 농익은 유머가 어린 글과 그림.

문제는, 포옹 장면의 옆 페이지에 붙은 해설이 짓궂다! 피시스킨 쓸 일 없어 좋겠다는 글로 미루어 왼쪽 그림은 아무래도 아마도 남녀가 포옹하고 있는 것으로 해석함이 옳을 듯하다.

하기야 옛날 잡지에 난 광고들 보면, 요즈막과 과히 다를 것 하나도 없는 것이, 남녀 공히 내놓고는 애기하기가 좀 쑥스러운 이런저런 '고민 해결'에 관한 것들도 어쩌면 그렇게 대동소이하고, 가짓수(?) 또한 비슷하던지…… 그때나 지금이나 근본적인(?) 해결이 속 시원히 나지 않기(효험, 약효가 없기)는 마찬가지인 듯도 해, 같은 내용의 광고가 계속 반복해 수십 년을 두고 나는 걸 보면…… 내게다가 해명을 부탁해볼 양으로 고갤 주억거리는 분도 계신 모양이지만, 모호하기란 그쪽이나 이쪽이나 거기가 거긴 듯해 이만할란다. 굳이 설명을 해보라면 못할 것도 없긴 하지만서두……

다음 사진은 행인 이승만 화백이 찍혀 있는 몇 안 되는 사진으로 난리 통에 소실되고 몇 장 남지 않은 사진 중 정인택이나 이상이 있는 사진에는 언제나 끼어 있는 사람이 바로 이승만 화백이다. 인상만 보아도 온후한 성품에 마음이 넉넉할 것 같은 분. 난 이분의 모습을 대할 때마다, 정인택이 초라한 모습으로 일본 유학에서 돌아와 『매일신보』에 입사면접(?)을 보던 날, 머리도 덥수룩한 데다 옷까지 꾀죄죄해, 보다 못해 이발을 시키고 자기가 입고 있던 양복은 물론 와이셔츠에 넥타이까지 벗어 주고 나서, 당신은 냄새 나는 숙직실 이불 들쓰고 있으면서, 면접 얼른 끝나 친구 동생[9] 취직이나 얼른 되게 해줍소사 빌었단 애기가

 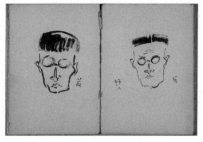

오른쪽 끝이 화가 이승만, 키 큰 가운데가 구보, 모자 쓴 이가 정인택.

행인 이승만 화백이 결혼 전후 구보의 모습을 그린 그림.

기억나며, 역시 나도 관상을 볼 줄 아는구나 했다.

　오른쪽 그림은 행인 이승만 화백이 그린 것으로 결혼 전엔 예의 그 유명 짜한 오갑빠 머리를 하고 있더니 결혼 후에는 '찌꾸'를 발라 가운데로 가른 모습으로 그린 데다 결혼한 지 사흘 밖에 안 된 신랑 이마에다가 고새 주름살까지 그려 넣은 거는 좀 심했지 싶다.

　정지용 시인은 "크게 화합할지어다, 뿌리는 깊어지리니"라고 했다. 「가모가와(鴨川)」라는 시 한 수로 당시의 일본 시단을 발칵 뒤집어놓았던 젊은 날의 우리 정지용 시인의—아마 해금이 된 이후로 제일 많이 낭독된 시(詩)가 '그곳이 참하 꿈엔들 잊힐리야'의 「향수(鄕愁)」가 아니었을까?—시비가 근자에, 일본 유학을 했던 도시샤(同志社) 대학에 윤동주 시인의 시비와 더불어 세워졌다는 소리를 들은 것 같은데, 예술이란 역시 국경을 초월한 괴물인 듯하다.

　김기림 시인은 결혼을 사랑하는 사람과의 여행으로 비유해, 즐거운 여행을! 하며 축복해주었다. 김기림 시인은 1930년대 우리 시단에 지용, 이상과 더불어 구인회의 멤버로서 왕성히 활동했다. 일본 동북제대

9) 정인택의 맏형 정민택 씨는 당대 저명한 내과 의사로, 행인과 거래가 있었다.

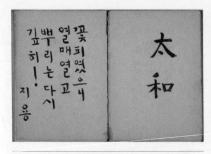
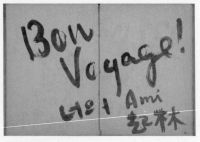

구인회 멤버 중 약주를 즐기는 시인 정지용.

시인 김기림은 결혼을 항해에 비겨 순항을 빌었는데 구보처럼 가족들을 남쪽에 두고 떠났다.

영문학과 출신으로, T. S. 엘리엇의 영향을 받아 주지주의 이미지즘, 모더니즘의 기수로 이름을 날린 이화동 우리 앞집에 살다 남에 가족을 두고 북으로 간 시인이다. 내가 1990년에 방북했을 때 임학수 시인은 김일성종합대학 영문학과 강좌장까지 하며 건재하시던데, 우리 이웃 김 시인은 북에서도 알 만한 분계들 물어보았건만 역시 아는 이들이 없었다. 난리 통에 이런 분들 한둘이 아닌 건 알지만 애석함을 감출 길이 없었다.

다음 사진 가운데 왼쪽은 「생활인의 철학」이라는, 우리 귀에 익은, 고등학교 국어 교과서에도 실렸던 한문으로 뒤벽이 되었던 수필을 안겨준 김진섭 선생의 글이다. 독문학자답게 남녀의 사랑을 샘물에 비겨, 결혼이란 영원한 결합을 언약하는 것이라며 새로운 각오로 새 물을 길어 올려 가꾸고 북주고 해야 잘 살리랏다고 독어로 읊으셨는데, 역시 선임자다운 충고(?)라 하겠다.

오른쪽은 제일고보 졸업하고 호세이 대학에서 영문학을 전공하신 '해외문학파'로서, 시인에다 교수셨던 이하윤 선생의 글이다. 호는 금강, 또는 연포(蓮圃)이고 아명은 대벽(大闢)이셨던 걸로 안다. 아버지가 동경 유학 전후로 영문학에 힘을 쏟으셨던 것은 김진섭, 이하윤 두 선생이 창립한 '해외문학 연구회'에 관심이 많아 그랬다고도 들었다.

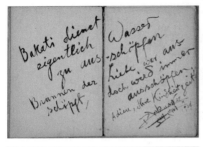

결혼을 샘(泉)물에 비유한 철학자 김진섭 선생.

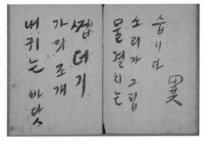

영문학자이며 시인인 이하윤.

범이 윤희순 화백의 구보상은 방명록에 있는 구보 얼굴 중 가장 긴 말(馬) 상이다. 2009년 5월, 구보의 탄생 백 주년 기념행사의 일환으로 청계천문화관에서 구보의 발표 작품 초판본들을 비롯한 유물 전시회가 있었는데, 홍보 팸플릿이며 포스터며, 지나다니는 버스 안에서도 눈만 돌리면 보일 정도로 커다란 걸개그림에까지 모두 이 긴 얼굴로 도배를 했다.

개막 테이프를 끊고 나서 귀빈들 모시고 아버지의 유물을 설명하기 전, 이번 전시회에 애를 무척이나 쓴 김영관 관장과 옆의 그림을 번갈아 짚어가면서,

"저 냥반이 제 부친과 무슨 억하심정이 있는지, 우리 아버지의 그 많은 핸섬한 얼굴 다 제쳐놓고, 그 중에서도 가장 길게 그려진 저 말상을 고집했는데, 어찌나 일가견(?)이 있으신지, 내가 그만 지기로 하

범이 윤희순 화백의 축화와 글.

고, 여러분도 보시다시피 저 긴 얼굴들로 전시장 안팎을 온통 뒤벽을 했지만, 여러분! 제 얼굴을 좀 보십쇼, 어디 저렇게 긴 말상입니까?"

외치고, 과히 작지 않은 손바닥으로 내 거룩한 얼굴을 받치고서,

"우리 아버님, 잘 부탁드립니다"

해서 좌중을 한 번 웃긴 적이 있다.

아래의 회남 안필승 선생의 글은 역시 작가답게 연애관을 피력하셨는데, 어디서 많이 들은 듯도 한 사랑과 연애와 결혼 이야기—신랑은 어찌 답변을 했는지 아는 바 없으나, 내 생각에 시절이 받쳐주질 않아 주문대로는 이룰 수가 없었던 듯, 혹여 속으로는 숙명(宿命)이라 하셨을까? 안 선생은 원래 사랑 같은 달콤한 말에는 어울리지 않게 성격이 괄괄하신 데다 약주까지 자시면 다소 소심한 구보로서는 다루기가 과히 껄끄러운 상대였단다. 그래도 김유정과 동학이라 늘 붙어 다녀서 구보와도 심심찮게 어울렸다. 한번은 안 선생의 '구인회' 입회 문제로 주먹다짐까지 갈 뻔한 일도 있었단다. 역시 유정이 나서서 뜯어말리고, 나중에는 순사까지 나타났는데 이상이 나서서 겨우 준좌를 시켰다는 얘기도 있다. 내막은, 안 선생이 '구인회' 입회를 희망했으나 반대를 하는 사람이 있다는 소리를 듣고는 구보에게 따졌던 것이다. 실은 딴 양반 소린데 술 까탄에 구보로 오인을 해 그 난리를 쳤다고 한다.

다음 왼쪽은 「南으로 窓을 내겠소」의 월파 김상용의 글이다. 내겐, "왜 사냐건, 웃지요"가 연륜(年輪)이 더해갈수록 정말 멋진 답변인 것 같은 데다가, 어

회남 안필승의 연애·결혼관.

'근축'이라. 시인 월파 김상용의 글.

상허 이태준의 결혼의 법칙―합해서 하나여야!

감도 좋은 이 분의 아호 '월파, 월파―'를 뇌는 게 그리도 좋아서, 이렇게 가까웁게 느낀다.

　오른쪽 것은 상허 이태준이 남긴 글이다. 이태준 선생은 성북동 개울 건너 우리 앞집 백양당 사장 배정국(裵正國) 씨 집처럼 화초장이 둘린 아담한 한옥에 사셨다. 선친은 그런 집에서 원고를 쓰고 싶어 하시다가 예의 그 '혼자만(시쳇말로 튀는 것)'이 발동하시어 담장을 싸리 울타리로 두르고 석간수에 반송이 있는 초가삼간에 보따리를 푸셨다. 임화 시인과도 얽혀 있는 이 얘긴 나중에 하기로 하고…… 상허는 난리 전에 월북을 하셨으니,[10] 나로선 그분을 뵈온 일이 없다. 늘 학교를 오가며 그 집 앞을, 개천을 격해 내려다보며 지나다니다가 우리도 난리를 맞았다.

　2008년인가, 그땐 성북동 우리 집 터를 찾으려던 게 아니고, 누군가 "상허 이태준이 살던 수연산방(壽硯山房)에서 차(茶)도 판다"며 가보자는 소릴 하기에 성북동 골짜기엔 반백 년을 발걸음조차 안 한 처지라 운이라도 떼보려고 응했다. 어쨌거나 게 가서 차 대신에 무슨 요상하게 생긴 질그릇 병에 든 술을 마셨는데, 집은 왜 그리 초라하고 좁아터졌는지, 역시 어렸을 때 본 것들은 어린 대로 놔두는 게 추억을 더듬기

10) 1948년 세모(歲暮), 겨울로 알고 있다. 백양당에서 출간한 『소련 기행문』이 세상 빛을 보기 직전.

에는 제격인 듯, 그립다고 궁금하다고 섣불리 따라나설 일은 삼가는 게 좋다고 나대로 안차고 다라지게 생각을 굳혔다. 어쨌거나 고개를 숙이고 일각 대문을 들어섰고, 게서 낮술을 마시곤 바랜 광목 눈부시게 널어놓은 마전터[11]를 지나오며 옛날 생각에 젖어 헛것을 볼 만큼 취기가 꽤 도도해져 숨까지 가빴었다. 낮술 좀 깨겠다고 차는 보내고 둘이서 보성고개를 넘어오다 보니 아주 궁색한 간판이 하나 눈에 들어오는데 밥집인지 술집인지는 기억이 나지 않으나 옥호(屋號)가 '마전터'였던 게 지금도 어른거린다.

다음 그림 중 왼쪽은 조벽암 선생의 글. 경성제대 법문학부 출신으로 1930년대 시와 소설로 데뷔를 하고, 난리 전에 북으로 올라가 평양문학대학장과 『조선문학』 주필을 맡았으며 본명이 중흡(重洽)이다. 카프 작가로 소련에 들어가 문명을 떨쳤던 포석 조명희(抱石 趙明熙)의 조카이기도 하다.

조 선생의 글에서 "결혼생활은 이밥 같소"란 문구를 보니 생각나는 게 있는데, 2009년 초여름 KBS「진품 명품 쇼」에 방명록을 가지고 나갔을 때였다. 사회자가 패널들에게 '이밥'이 무슨 뜻이냐는 질문을 던졌는데, 결국 맞히긴 했지만 꽤는 힘들어들 하는 걸 보았다. 난리 통에 고봉으로 담은 이밥 한 사발을 얼마나 애타게 바랐던가를 기억해보며, 나도 난리가 나지 않았음 무슨 소린지 모를 테지 생각해봤다.

오른쪽은 '크게 화합할지어다'까지는 좋은데, 너무 빠져(?) '문단 뒷전으로 돌리지 말라'는 예의 '근심걱정파'적인 우리 이무영 선생의 글이다.

---

11) 내가 혜화국민학교 다닐 땐 학교가 파해 하교하다 보면, 보성고개를 넘어 성북천을 따라 삼선교에서 올라오는 길과 만나는 곳에 마전터가 있었는데, 늘 광목을 양잿물에 빨아 넓은 바위 위에다 널어 그 일대를 온통 눈처럼 흰 옥양목으로 덮어버렸었다.

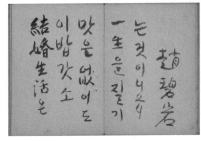

조벽암, 본명은 중흡.

구인회 초기 멤버였던 이무영 선생. 결혼 후 문단 일에 소홀할까 노심초사다.

다음에 나오는 분들은 대부분이 아버지 구보와 같은 제일고보 동창 분들로서, 앞에 나온 윤태영 선생처럼 우리들이 몰래 별명을 붙인 분 가운데 김동일 선생도 있는데, 우리는 선생을 '오리 아저씨'라고 불렀다. 선생은 우리 집에 오실 때 꼭 둥근 검은 테 안경에 중절모를 깊숙이 눌러쓰시고 넥타이를 잡숫고 나타나곤 했다. 넓은 어깨와, 믿음직스럽고 아주 인자하게 생긴 모습이 내 기억에 남아 있는 분이다. 어디 퇴계원 쪽이라던가 그런 데서 오리 농장을 하셨다지 아마. 여기에 있는 분들의 선성(先聲)은 우리 모두 앞에 실린 구보의 일기초(日記抄)에서 익히들어 알고 있거니와, 몇 분 말고는 그 면면들을 기억하지 못하거나 뵙지 못한 분들이다.

어쨌든 허구한 날 학교 파하곤 다방골 공애당약방 안쪽 살림집에 딸린 구보의 방에 모여, 화투들 치다가 출출하면 청요리 시켜다 먹고 해가면서 우의를 돈독히 다지던 그런 분들이다. 인연은 졸업을 한 뒤까지도 한동안 이어졌다. 아무래도 아직 무슨 일을 해야 할지 정해진 방향이 없어서들 그랬을 터, 게다가 '봇다잉'이 소설인가 뭔가 쓴다고 늘상집에 붙어 있는 데다 공애당약방도 오며가며 들를 수 있는 곳에 있었으니 구보의 방은 이래저래 아지트 역할을 톡톡히 했을 것이다.

위의 세 분은 학교를 파하면 익히 구보의 집을 오가며 세월을 낚던 제일고보 벗들. 이름이 구보의 일기에 종종 등장한다. 왼쪽부터 김동일, 백남희, 소동규.

  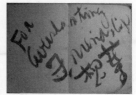

고보 동창이며 고명한 관상가 배운학. 고보 동창 고희정. 고보 동창 유엽 유춘섭.

 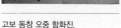   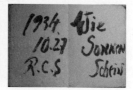

고보 동창 오중 함화진. 이홉. 시인 유운경. 누구의 것인지 밝혀지지 않음.

구보의 동창들은 하나같이 서울서는 한다하는 집안의 자제들로서, 집에 남은 빛바랜 사진첩을 훑어보면 그로부터 10년이고 20년 뒤에 모여 찍은 사진도 있다. 하나같이 차리고들 나선 품이 여전히 여유들 있어 보이고 늠름들 하다. 그러니 독자들은 그렇게들 청춘을 허송세월해서 후제 어찌들 되셨을까, 걱정 안 하셔도 되겠다.

이로써 장안이 떠들썩했던 구보 박태원의 결혼 피로연은 끝이 나고 본격적인 신혼 생활이 시작됐다. 구보는 낯선 여인이 자기 옆에서 자게 되자 조금은(?) 긴장이 되었던지(구보 스스로의 표현) 늦잠 자던 버릇이 고쳐지는가 해 구보의 어머니가 기뻐했다. 그러나 며칠 안 가 예나 한 가지로 늦게 일어나기 시작하더니 늦잠을 늘어지게 자고 나서 신부 앞에서 계면쩍어 하기는커녕 숫제 세숫물까지 대령을 하라 하니 새신부는 기가 차더란다. 이맘때 시인 이상은 그가 결혼식 피로연 때 예상했던 대로 벗이 신혼 재미에 빠져 따돌림을 당했다고 한다.

구보는 『조선중앙일보』에 중편 「소설가 구보씨의 일일」 연재를 부랴부랴 끝내고 서둘러(?) 혼례를 올린 터라(연재를 마친 때가 1934년 9월이고 결혼은 같은 해 다음 달 10월) 그간의 사정을 궁금해할 독자들을 위해 '결혼 후의 심정'을 지면 위에 자상하게 옮겨놓기도 했다.

어머니는, 아들이 장가만 가면, 모든 심평이 펼 것 같이만 생각하였든 모양이다.

심평이 어떻게 펴느냐 하면,

가령……,

아들은 이제 위선 어떻게든 돈벌이를 하여야만 할 것이요, 그러니 물론 전이나 한가지로 늦잠만 잘 수는 없을 것이요, 또 밤늦게 술이 취하여 들어온다거나 하는 아름다웁지 못한 일도 드물 것이요, 뿐만 아니라, 잘 팔리지도 않거니와, 또 설혹 팔리드라도 본전도 안 남는 듯싶은 소설을 쓰느라고 '딱하게' 애를 쓰지도 않을 것이요…… 무어, 무어, 하고, 어떻든 그렇게 여러 가지로 '행실'을 고치고, 제법 '사람'이 될 것같이만 생각하였든 모양이다.

그러나 딱한 아들은 결코 어머니에게 그 지극히 적은 '기쁨'이나마 주려 하지는 않았다.

모든 것이 예전 그대로였다.

밤낮 밖에 나가 있거나, 또는 밤낮 방에 들어앉어 있거나, 하여튼 하는 것 없이 노는 것에는 틀림이 없었고, 간혹 책상 앞에 앉드라도, 하는 일이란 그 '골머리는 빠질 대로 빠지면서, 돈은 안 생기는' 소설쓰기였다.

다만 '아침 잠' 한 가지에 있어서만은, 아들이 단연 느낀 바 있어 '허물'을 고친 듯싶게 어머니는 생각하고, 그리고 얼마 동안 더없이 기뻐하였든 것이나, 그것은 아들이 '사람'이 제법 되느라 해서 그런 것이 아니라, 실로, 전에 없이 자기 곁에 '낯설은 사람'이 자고 있으므로 그래 약간 일즉어니 자리에서 떠났든 것이요, 서로 제법 얼굴이 익어 논 이제 이르러서는 전이나 한가지로 늦게 또 어떤 경우에는 좀더 늦게―그것을 시간으로 명시하자면, 오정이나 그렇게 되어서야, 비로소 자리를 떠나, 염치없이 세숫물을 요구하고, 그리고 그 위에 '밥'조차 강청(强請)하는 것이다……

―구보의 생활에는 족히 들어 말할 것이 없으므로 대개 이만한 정도로 그치는 것이, 누구보다도 읽는 이들을 위하야 좋을 것이다. 그러나 내게 허락된 지면이 약간 남었으므로 아주 이 기회에 벽 하나 격하야 옆집에 사는 묘령의 여성에 관하야 간단히 한 마디 하여 보기로 한다.

원래 같으면 창밖 앞이 행길인 설랑(舌廊)에 앉어, 무슨 벽 하나 격하야 묘령이고 무어고가 있을 턱이 없으나, 이번에 뜻하지 않고, 그윽하며 또 시끄러운 '뒷방'으로 이사를 오게 되어 참말 뜻하지 않고, 옆집이 '색시' 있음을 알게 된 것은 다시 없는 행복이며 동시에 다시 없는 불행이었다―하고 말하면, 신경이 과민한 분은 혹 '삼각 관계', '가정 불화', '한숨 짓는 안해'…… 무슨 그러한 것들을 번개같이 생각해내실지 모르겠으나, 이것은 그러한 것이 아니라.

옆집에는 분명히 두 명 이상의 '여학생'이 있어, 실로 잘 웃고, 잘 떠들었다. 뿐만 아니라, 하로에 한 번 이상은 반드시 「대동강변 부벽루하(浮

碧樓下)」로부터 「보꾸노하루(나의 청춘)」에 이르기까지, 그들이 아는 유행 가요의 전부를 특히 연대순으로, 때로는 독창으로, 때로는 병창, 또 때로는 혼성 합창을 하야 젊은 사람의 마음을 산란하게 하는 것이다. 그것은 분명히 행복되며 동시에 불행한 일일 것이다. 원고를 쓰다가 그 현묘(玄妙)한 음률이 들리면, 나는 한숨과 함께 펜을 던지고, 어서 그 집에 경사가 있었으면 하는 것이다……[12]

아버지가 된 구보

결혼을 하고, 뻑적지근하게 피로연도 한 뒤라 처음 얼마 동안은 어수선했지만 차차 옛날로 돌아갈 수도 있으리라는 안이함에 젖어보려는데 얼떨결에 두어 해는 지나가버리면서 그 사이 딸이 둘이나 태어났다. 자신이 이미 어버이가 되었음을 깨달은 구보가 어떤 생각을 가졌었는지 어디에도 남긴 얘기가 없어 조금은 답답해하던 중에 어느 잡지사에서 결혼 5년의 감상을 물은 데 대한 답글을 찾았다.

안해가 큰딸 설영(雪英)이를 낳은 것은 소화 11년(1936년) 1월 16일 오후이었습니다. 지금도 당시의 정경이 눈앞에 서언합니다만은 눈이 제법 오고 매섭게 치운 날입니다.

나는 안해를 동대문 부인 병원에 맡겨 두고 그대로 거리를 헤매 돌았습니다. 더욱이 초산이라 하여서 진통도 심한 모양이었었는데 그러한 때 남편된 사람은 마땅히 산실 밖에 지키고 있어 안해의 아픔을 함께 아파하여야만 할 것일지도 모릅니다. 그러나 나는 차마 그곳에 머물러 있지 못

12) 「나의 생활보고서—소설가 구보씨의 일일」, 『조선문단』 1936년 7월호.

하였습니다. 나의 어머니와 안해의 어머니에게 뒷일을 부탁하고 나는 그대로 병원에서 뛰어나왔습니다.

지금도 이 생각은 변치 않습니다마는 그때 나는 자식이란 아비된 사람의 것이 아니라 어미된 이의 것이라고 깨달았습니다. 열 달 동안 뱃속에서 기르고 크나큰 아픔 속에 한 생명을 세상에 내어 놓는 기쁨을 알고 다시 이를 몇 해씩 품안에서 키우는 것을 생각할 때 자식은 아비의 것이기보다는 정녕 좀더 어미의 것이라 할 밖에 없을 것입니다.

더구나 설영이 경우에 있어서 나는 내가 이미 한 명의 어버이가 되었다는 것도 깨닫지 못하고 다방 '낙랑'에서 이상(李箱)이와 차를 마시고 있었습니다. 하기야 '낙랑'으로 가기 전에 들른 조선일보사 학예부에서 전화를 빌려 집에다 병원에서 무슨 기별이나 없었느냐고 물어는 보았던 것입니다. 그때가 오후 4시 10분—아직 아무 소식이 없다고 알고 나는 다방으로 갔던 것이나 그 뒤 5분이 지나지 못하여 내가 딸자식을 가진 몸이될 줄은 꿈밖이었습니다.

나중에야 집에 가서 알고 어쩐지 마음이 슬펐습니다. 왜 슬펐던 것인지는 설명하기 힘듭니다마는 분명히 가슴 한구석에 슬픔이 솟던 것을 지금도 기억합니다. 물론 아들이 아니라 딸이었기 때문이라는 그러한 까닭은 결코 아닙니다. 이를테면 분명 저의 자식이면서도 어미가 아니라 아비된 설움으로 그것을 전연 깨닫지 못하고 다방 한구석에서 언제나 한가지로 벗과 이야기를 하고 있었다는 데서 느껴진 감정일지도 모릅니다.

둘째딸 소영이 적에도 한가지이었습니다.

새문 밖 살 적이었는데 이번에는 병원에 안 가고 집에서 낳기로 하여 산파에게 부탁하여 두었던 것이나, 내가 산파를 부르러 나간 그사이에 안해는 혼자서 아이를 낳어 놓았습니다. 그것을 물론 알 턱이 없이 나는 산파를 불러내어 집으로 보내고는 그 길로 처가로 알리러 갔던 것입니다. 설영이 적을 생각하고 이번에도 4, 5시간은 있어야 낳을 것같이 그렇게만 생각하고서입니다.

거듭 말씀하거니와 자식은 어미의 것이지 결코 아비의 것이 아닙니다. 따라서—라고 말하면 어폐가 있겠지만 자식에 대한 애정도 아비가 어미를 못 따릅니다. 나도 어지간히 어린것들을 귀여워하는 사람으로 때때로 나의 안해보다도 오히려 내가 좀더 아이들을 애끼고 사랑하고 그러는 것 같이 생각하러 드는 것이나 다시 냉정하게 살피어볼 때 나의 사랑이 안해의 사랑에 크게 미치지 못하는 것을 시인하지 않을 수 없습니다.

그야 그렇지 않아도 좋을 경우에 아이들을 나무라고 꾸짖고 그러는 것이 나보다도 안해가 더하기는 합니다. 그러나 그것을 가지고 곧 아이들에게 대한 안해의 사랑이 나의 사랑만 못한 것처럼 생각하러 드는 것은 당치 않은 일 같습니다.

나 모양으로 어디 근무하는 곳을 가지고 있지 않고, 일이라고는 오직 문필에만 종사하는 사람도 생각하여보면 집에 앉어 있는 시간보다 밖에 나가 있는 시간이 좀더 많습니다. 나갔다 들어오면 한나절 못 보았던 어린것이 유달리 그리웁고 사랑스러울 것은 정한 이치입니다.

그러나 안해는 대개의 경우에 종일을 아이들과 함께 지냅니다. 아이를 기르는 것이 그가 맡은 중요한 사무입니다. 옷고름 한 짝을 떼어도 곧 안해가 달아주어야 하고, 양말에 흙이 묻어도 그것은 안해가 빨아주어야 합니다.

흙장난을 한다고 진창에 가 넘어졌다고 안해가 나무랄 때 언제든 옆에서 바라보고만 있는 남편이,

"아이들이란 으레 그런 거지, 그걸 가지고 그처럼 야단을 할 것이야……"

하고 바루 안해를 되나무라는 것은—(나도 이제까지 곧잘 그래왔고 아마 앞으로도 그러할 것같이 압니다마는)—아무래도 공변되지 않은 일 같습니다.

종일 집에 들어앉아 아이들을 보고 그 뒤치다꺼리를 하여야 하는 것이 안해가 아니라 바로 나다 하면 나는 아무래도 안해의 반만큼도 아이들에게 대하여 관대할 것 같지가 않습니다.

거듭 말씀하거니와 부성애란 모성애에 멀리 미치지 못할 줄로 믿습니다.

결혼 5년—

때때로 말다툼도 하여보고 피차 불쾌한 순간도 가져보았습니다마는 그래도 큰 탈 없이 지내왔습니다. 이번에 첫아들 일영(一英)이를 낳아 우리도 이미 삼남매의 어버이가 되었습니다. 안해가 나에게 대하여 지니고 있는 불만이나 불평은 혹은 한둘에 그치지 않을지 모르나 그중에도 가장 큰 것은 아마 내가 좀 게으르다는 것일까 합니다. 그것은 내 자신도 시인하는 바입니다마는 나날이 커가는 어린것들을 볼 때 이제는 좀처럼 게으르고 싶어도 그럴 수 없을 것을 마음 깊이 느낍니다.

결혼 5년의 감상—

진작 하여야 할 말을 많이 못한 것 같습니다마는 하여튼 집안에 재앙 받는 일 없이 5년 동안 이처럼 지내온 것을 적지않이 복으로 알아야만 하겠습니다.

나는 안해에게도 그저 평범한 지어미가 되기와 평범한 어미가 되기를 요구합니다마는 나도 한 개 평범한 지아비가 되기와 평범한 아비가 되기를 스스로 마음에 힘씁니다.[13]

구보가 장가를 든 뒤 '재봉'이의 눈을 빌려 힘에 겨운 카메라를 어깨에 메고 부실한 눈으로 청계천변을 오르내리며 훑고 다시 훑어 내놓은 게 『천변풍경(川邊風景)』이다. 남들보다 일찍 등단을 해 어느덧 작가 생

13) 「결혼 5년의 감상」, 『여성』 1939년 12월호.

활 만 10년. 오늘의 눈으로 그의 탄생 백 주년 기념행사들을 눈여겨보았더니, 문단에 나온 지 10년간의 업적으로도 반은 성공을 했다고 해도 과히 틀린 말은 아닌 것 같았다. 이후에도 구보는 격변하는 세태와 불가항력적인 조건 아래에서도 붓을 놓은 적이 없어 근 50여 년 동안 문학과의 동반자를 자처했다. 오늘날 세상이 구보의 문학사적 업적을 기억하게 된 데는 그의 역량과 함께 뼈를 깎는 노력이 있었기에 가능하지 않았을까 생각해본다. 그러니 구보가 우리 문학사에 끼친 지대한 영향을 논할 때마다 형편없이 망가져간 시력 등 그의 신체적 핸디캡이 언급되는 걸 접할 때면 자식인 나로서는 무한히 숙연해질 따름이다.

연해 바쁘다는 소리를 해가며, '문학 강좌'다 무어다 남들이 보기에는 '잘나가는' 작가인 듯이 동분서주를 했건만 전업작가인 구보로서는 항상 삶이 벅찼으리라는 건 곳곳에 남긴 그의 증언으로 충분히 짐작될 것이다. 당시 조선의 문인들, 특히 구보와 같은 전업작가들의 삶은 대개가 그러했다. 가장으로서 구보가 할 수 있는 일이라곤 쓰고 또 쓰는 것뿐이었으리라. 1938년에 첫 단편집 『소설가 구보씨의 일일』이 문장사(文章社)에서, 그리고 장편소설 『천변풍경』이 박문서관(博文書館)에서 발간되었고, 이 신문 저 잡지에 연재소설도 쓰고, '소설과 기교' '소설의 감상' 등등의 문예 강좌에서 열변을 토하기도 하시고, 갖은 새로운 기법(작품 안에 광고나 간판 같은 걸 넣는 일 등)도 해보고, 평론의 필봉도 멈추지 않았을 뿐 아니라, 자기의 작품에 삽화까지 그려 넣기도 하며[14] 그야말로 치열하게 살았던 흔적이 곳곳에 남아 있다.

아버지의 전업작가 시절 이야기를 하다 보니 생각나는 에피소드가 있다. 한 50여 년 전, 내가 비록 고등학생이긴 했지만 어엿한 낚시꾼으

14) 1933년 『동아일보』에 연재하던 동경 유학 시절의 이야기를 소재로 한 「반년간(半年間)」은, 처음에는 삽화를 청전 이상범(靑田 李相範) 화백이 그렸었는데, 14회부터는 무슨 연유에선지 작가가 직접 그렸다.

로서 어른들이나 친구들과 어울려 조행(釣行)에 나서곤 할 때의 얘기다. 아직 전후 복구도 완전히 끝이 나지 않은 시절이므로, 새벽같이 기차 시간 대서 낚시를 떠나려면 통행금지 해제 전, 아직 어두울 때 집을 나서야 했으므로 경찰지서(파출소)를 지나칠 일이 있을 경우엔 쌍방이 긴장을 하지 않을 수 없었다. 말하자면 아직 공비의 출몰이 가끔 있던 터에 낚시꾼의 차림이란 것이 오뉴월 복중에도 목이 긴 장화에다 덕석 같은 점퍼나 뭐 그런 걸 들쓰고 있기 일쑤라 영락없이 공비의 몰골이었던 것이다. 무엇보다 신경 쓰이는 것은 낚싯대인데, 낚싯대에 받침대를 한데 묶어 어깨에 메면 딱 총을 멘 형상이었다. 아직 차가 다니지 못하는 통행금지 시간이니 엄밀히 따지자면 불법을 저지르고 있는 셈이기도 해서 딴에는 당당하게 대로상으로 나와 공연히 목소리를 높였다. 우리는 낚시꾼이지 공비가 아니라는 걸 알리려고 애를 쓴 것이다. 그러나 파출소 당직 순경으로서는 만사는 불여튼튼이라고, 우리가 가까이 다가가면 불부터 꺼버려 우리로서도 긴장을 하지 않을 수 없었다! 그래서 얼른,

"낚시꾼이요!"

하고 소리를 치는 것이다. 옆에 겁쟁이나 풋내기 낚시꾼은 지레 겁이 나서 대뜸 한다는 소리가,

"우덜, 저 아래대 사시는 강 생원 댁 사람들인데유…… 있쟈녀유, 물괴기 줌……"

하거나, 또 어떤 친구는 지서 출입문 위에 달린 외등의 불이 꺼지자마자, 놀란 목소리로,

"쏘지 마세유, 우덜 괴기 잡으러 가니간두루……"

하고 울가망이 되는 경우가 종종 있었다.

사설이 길었는데, 그러니까 1957, 8년쯤의 초여름이었던가?

낚시꾼들은 젊건 젊지 않건 간에 하나같이 원래가 허풍이 심하다는 사실을 독자들께서는 일단 기억해주시길 바란다. 모처럼 물 반 고기 반

일 뿐만 아니라, 피라미가 꽁치만 한, 지금은 어떤지 몰라도 그때는 그 랬던, 비무장지대인 신철원(新鐵原)으로 조행을 나가게 되었는데, 낚시 엔 초짜인 우리 조병화(趙炳華) 시인이 동행하게 되었것다! 우리 조 선 생으로 말하면 아시는 분은 아시겠지만, 고보 때는 럭비 선수마냥 체격 이 우람한 편이던 데다가 언변도 느릿느릿, 좀은 느물거리는 타입이시 다. 비무장지대에 들어서자 버스 창문의 휘장을 내려 밖을 볼 수 없게 했고, 선생은 그때부터 심사가 좀 틀어지셨다. 우리 어머니가 나를 낳으 실 때는 보라고 두 눈을 주셨는데, 앞을 가리니 이럴 데가 어딨냐고 정 색을 하고 달려드니, 동승한 헌병이 난감하기가 우리 이상이었다. 문제 는 버스에서 내려 물가까지 한참을 걸어가야 낚시터가 나온다는 것이었 는데, 앞서 향도(嚮導)를 하는 위관급 장교가 자기의 발자국을 한 치의 오차도 없이 밟고 따라와야 사지가 멀쩡하게 돌아가실 수 있을 거라며 겁[15]을 줬다. 한데, 그 친구의 걸음이 어찌나 빠른지 뒤따라가는 사람 은 사뭇 뛰어야 할 정도였으니, 그때나 지금이나 낚시꾼들은 한여름에 도 장화에다 낚싯대에 뜰채에 고기 바구니 등등 주렁주렁 든 게 많으니 걸음이 잴 수가 없었다. 뒤를 따르는 사람에 또 그 뒤를 따르는 사람이 앞사람의 발자국을 따라 밟기란, 눈 위라면 또 모를까, 난감하기가 이를 데 없었다. 그런 와중에 한눈을 팔고 줄곧 목소리를 높여 앞사람들에게 까지 들리게 불평불만을 늘어놓는(줄곧 사병을 불러대며 어디를 어떻게 밟 아야 하는지를 물었다) 시인(詩人)이 국방의 임무를 접어두고 시중(?)들어 야 하는 사병들의 눈에 곱게 보였을 리가 만무했으리. 어쨌건 그 난리 야 이루 말로 다 할 수가 없는 노릇이었는데, 내가 하려는 얘기는 이제 부터다.

---

15) 지뢰가 아주 많아 그 위력이란 입에 담을 수가 없이 대단한 데다가 혹시 삐끗해서 일이 난다면, 해 가며 겁을 줬다. 아마도 최전방으로 사단장 뒷배를 믿고 낚시를 하러 오는 것 자체에 좀 거부감을 가지고 있었던 듯하다. 계급은 중위였다.

무릇 시인이나 소설가나 창작을 하는 분들은 자기의 직업이 전업작가이기를 제일로 치는 모양으로, 그게 그래야 진짜배기 시인이고 소설가라고 생각들을 하셔서 세상 사람 모두가 그렇게 알아주기를 지극히 바라는 듯했다. 하기야 소설이고 시고, 그것만으로 살아간다면 스스로도 얼마나 대견스럽고 으쓱하랴만⋯⋯

헌병 중사 하나가 저 위쪽에 자리를 잡고 낚시를 하는 사람들 성명 석 자와 나이, 그리고 직업을 조사하기 시작했는데, 그 어투가 자못 군인다워 이쪽 아래에 있는 사람들까지 눈살을 찌푸리게 했다(낚시터에선 잡히건 안 잡히건 조용히 해야 되는 게 불문율이다). 중사가 드디어 우리 조 선생 앞에 나타나 거수경례를 하고 나서 이름을 물으니,

"그건 알아 뭐 하오."

한다. 어찌어찌 승강이 끝에 나이가 끝나고 직업 차례가 됐는데,

"시인이오."

하니 이 친구,

"아이 그거 말구, 직업이오."

하니, 다시

"직업이 시인이오."

그러자 이 친구, 목소리를 바꾸고 성깔을 부리며,

"아, 직업을 대라는데?"

"아, 직업이 시인이라니!"

"그런 거 말고, 공무원이나 선생이나 그런 걸루다가⋯⋯"

"그래, 대학 선생이다(당시 조 시인은 신흥 대학 문과대 교수였다)."

"아, 대학교수로구먼! 아, 진작 그렇게 대답할 노릇이지, 대학교수면서 시인이 뭐람."

"온 젠장, 시인이 더 난 거여, 이 헌병 군인아!"

하고 마셨다.

다 낡아 닳아빠진, 이젠 책장을 넘기려면 바스러지는 『버리고 싶은 유산(遺産)』과 정음사 있을 때 만든 『밤의 이야기』가 낳은 시구 얽힌 사연은 뭐였더라?

2009년엔지 그렇게 안성을 지나다 편운(片雲)문학관이란 팻말을 보고 찾아 들어갔으나 장날도 아닌데 문이 잠겨 있어 그냥 지나치고 말았다. 언제 돌아가셨는지……

1941년 『문장(文章)』에 발표한 중편소설 「채가(債家)」 중에 두 누나와 관련된 재미있는 이야기가 있기에 신기로 한다.

돈암정 집을 지을 때 일부 모자라는 부분을 남의 돈을 빌려 역사(役事)를 끝내고 그 이자를 물어가던 중, 전주(錢主. 일본 사람인 것은 나중에야 알게 되었다)의 돈 심부름을 하던 녀석이 농간을 부려, 그로 인해 생긴 전주와의 장부상의 차질을 해결해나가던 과정을 그린 이야기로서, 왜정 시대에 조선 백성들이 도시나 농촌에서 흔히 당하던 왜놈들과의 불상사를 빗대어 형상화한 자전적인 중편소설이다.

하룻밤만 자고 나면, 우리 설영(雪英)이가 유치원에를 가는 날이라, 그래, 우리는 그날 아이를 데리고 백화점을 찾아가서, 가난한 아비의 넉넉지 않은 예산으로는 그것은, 분명히 신중한 고려를 필요로 하는 정도의 지출이었으나, 기위, 있는 집 자녀들 틈에다 우리 딸을 보내는 바에는, 결코 그 행색이 너무나 초라하여서는 아니 될 것이라, 양복에, 구두에, 마에까께(앞치마)에, 사루마다(잠뱅이), 카바(목이 짧은 양말)는 아직 성한 놈이 집에 있건만, 그것도 새로이 한 켤레를 사고 나니, 낭중(囊中)에는 남은 돈이 그 얼마가 못 되어도, 어린 딸의 두 눈이 자못 자랑스레 빛나는 것을 보고는, 가난한 아비는 가난한 까닭으로 하여, 좀더 그 마음이 애닯게 기뻤던 것이다.

집으로 돌아오는 길에 아내는 설영이를 보고 말하였다.

"너, 아버지가 돈 마아니 딜여서, 존 거 마아니 사 주셌는데―, 소영 (小英)이두 안 사 주시구, 일영(一英)이두 안 사 주시구, 똑 너 하나만 그렇게 사 주셌는데, 낼, 너, 유치원 가서 선생님이 물어보시는 거, 대답, 썩 잘해야 헌다. 응? 알았지?"

설영이는 결코 우리에게 뒤떨어지지 않으려 발을 재게 놀리어 언덕을 올라가며, 명쾌하게 대답하였다.

"응."

아내는 다시 말하였다.

"너, 대답 잘못해서 유치원에 못 들어가면, 오늘 산 양복, 구두, 마에까께, 모두 넌 안 줄 테니 그런 줄 알어라, 응!"

"나 안 주면, 그럼, 누구 줘?"

"누구 줘, 소영이 주지."

"소영이가, 나버더 쪼끄만 게, 커서, 그거 맞나?"

"안 맞어두 그냥 주지."

"뭐얼, 부러 그러지."

설영이는 우선 한마디 하고, 그래도 약간 의아스러이, 또 불안스러이, 엄마의 얼굴을 흘깃흘깃 쳐다보다가,

"조것 봐, 조것 봐, 엄마가 부러 그러지, 웃는 거 보면, 난, 다 알어, 다 알어."

하고 아양을 떨어, 우리는 잠깐 얼굴을 마주 바라보며 웃었다.

그러나 아내는 다시 정색을 하였다. 그리고 그는 얼른 '선생님'이 되어 가지고 물었다.

"너, 이름이 뭣이냐?"

"박, 설영이에요."

설영이는 서슴지 않고 대답하였다. 그도 이제는 '선생님'의 구두시문

두 딸, 설영(우)과 소영(좌). 1939년.

(口頭試問)에는 익숙하였던 것이다.

"너, 몇 살이냐?"

"여섯 살이에요."

"저어, 아버지는 뭘 허시지?"

"소설가, 세요."

아내는, 잠깐, '선생님'이 아니라, '엄마'로서 한마디 하였다.

"소설가세요— 그래두 좋구……, 또 소설 쓰세요— 그래두 좋구……"

설영이는 '딸'이 아니라, 여전히 '아동'으로서 대답하였다.

"소설 쓰세요."

우리는 언덕을 마침내 다 올라왔다. 빠안히 집을 눈앞에 내려다보며, '선생님'은 다시 한 마디 물었다.

"너희 집이 어디지?"

"돈암정 사백팔십칠번지의, 이십이호에요."

작년까지도 모집 인원과 응모자 수가 어상반하여 입원(入院)을 원하는 아동은 이를 전부 수용할 수 있었는데, 올해는 원서 마감 이전에, 이미, 백 명에 대하여 이백 명이 초과하는 현상으로,

"불가불 시험을 봐야만 허게 됐에요."

그러한 말을 보모에게서 듣고 돌아온 뒤로, 아내가 요 며칠 동안을 두고 열심히 지도하여 온 보람은, 이제, 충분히 있다고 할밖에 없었다.

나는 내 딸이건만, 아니, 혹은 내 딸인 까닭에, 조그만 입이 그렇게 또렷또렷하게 통홋수 외는 것이 신통하여 마침내, 나도 한 번 물어보았다.

"너희 집이 어디지?"

사실, 번지가 간단이나 하다면, 또 모를 일이다. '사백팔십칠' 번지만 하여도 엄청난 숫자인데, 거기에다 다시 '이십이호'까지 붙였다. 그래, 집의 행랑어멈은, 우리에게 들어온 지 팔 개월이 넘건만, 집의 번지를 외어 본다는 것은 엄두도 못 내고 있는 형편이다.

[……]

아내와 설영이는, 이미, 나보다 먼저 집에 돌아와 있었다. 내가 문을 들어서자, 아내는 부리나케 앞창 미닫이를 열고 내다보며,

"그래, 만나 보셨에요?"

하고, 빠른 어조로 묻는 것이었으나, 나는, 이제 얼마 동안은, 그러한 문제로 하여, 나나, 아내나 머리를 어지럽게 하고 싶지 않았으므로,

"응, 무사해결!"

하고, 명쾌한 어조로 간단히 한마디 한 뒤에.

"그래, 설영이, 대답 잘했니?"

하고, 방으로 들어갔다.

"대답을, 잘, 못했대요."

설영이는 소영이와 둘이서 소꿉장난 하느라 바빠서 아무 말이 없고,

아내가 대신 대답하였다.

"대답을, 잘, 못허다니……, 왜, 뭘 물어봤기에?"

나는, 가만한 불안을 느끼고 아내를 건너다보았다.

"첨에, 이름을 물어보는데……"

"아, 이름쯤야, 대번일 테지."

"네, 박, 설영이에요…… 허구, 대답은 했지. 그런데 원장이ㅡ"

"원장이? 원장두 직접 물어봅디까?"

"원장이 혼자서 맡아 가지구 물어봤다우. 그런데, 박 설영이라니까, 그 이름 말구, 왜 새루 진 이름 있지 않느냐는군."

"당신두 옆에 있었수?"

"그럼, 으례, 보호자허구, 아이허구, 둘씩 불러들여다 물어보는데……"

"그럼, 왜, 창씨 개명은 아직 안 했다구 당신이, 좀 그러지 않구……"

"그렇게 말했지. 그래두 원장은 자꾸 입학 원서를 들여다보며, 고개를 갸웃거리거든. 그래, 내가 넹겨다봤드니, 다른 아이 원설, 우리 건 줄 알구 그러는구면."

"그것은 저편의 잘못이니 상관 없구……, 그래, 그 댐엔 뭘 물어?"

"나이."

"물론, 여섯 살이라구 했을 테지."

"응, 여섯 살이라니까, 원장 말이, 그럼, 내년에 학교 들어가겠군요? 허는군. 그래, 그렇다구 그랬지. 그랬드니, 너희집 식구가 몇 식군가 세 보라는군."

"식구? 참, 그걸 일러주는 걸 그랬군. 허지만 안 일러줬기루, 세 보면, 조게, 그걸 모를라구?"

"헌데, 여섯 식구루 쳤구료."

"하하, 아, 옥희년까지 친 게로구면."

"네. 그나마두 첨버텀 소리나 내서 셌으면 좀 걸, 고개를 푸욱 수그리

구, 하나, 둘, 손을 꼽구 나서 여섯 식구예요— 그랬군."

"그랬드니 원장이 뭐래?"

"원장이 설영이 새끼손꾸락을 가리키며—, 아, 여섯을 꼽았으니, 새끼손꾸락 하나만 펴졌을 거 아뉴? 그걸 웃으며 가리키구, 요건, 누구냐, 그러는군."

"그래, 조게 뭐랬어?"

"그게, 일영이라는구면."

"그래서?"

"그랬드니, 원장이, 소리를 내서 다시 세 보라겠지? 그래, 아버지, 어머니, 허구 옥희까지 세서, 여섯 식굴 맨들어놨구면."

"그럼, 당신이 한마디 허지 않구서?"

"왜? 했지. 옥희라구 아이 봐주는 기집애년까지 친 모양입니다— 허구."

"그랬드니?"

"그만 나가라구 그러는구면."

"그래, 눈치가, 조걸 으떻게 보는 모양입디까?"

"그걸, 으떻게 아우? 궁금해서 살 수가 있세야지? 그래 통지는 언제쯤 해주시나요?— 허구 물어봤지."

"그래서?"

"그래두 대답은 않구, 뭔지 종이에다 쓰기만 하는구료. 그래, 또 한 번 물었드니, 그제서야 고개를, 들드니, 통지 언제 한단 말은 없이, 설영이 머리를 두어 번 쓰다듬구는, 이런 앤 아무 염녀 없습니다, 그러는군."

"응? 이런 앤 염녀 없다구? 그럼 통지 기다릴 거 없어, 다 된 노릇이로군그래. 하, 하, 하—"

나는 유쾌하였다. 설영이는 '어머니'고, 소영이는 '손님'인데, 그 '손님'을 접대하느라고, 한참 '어머니'는 바쁜 모양이었으나, 나는 상관 않고, 곧, 앞으로 불러다 앉히고,

"너, 어디, 원장 선생님 앞에서 허듯이, 손 좀 꼽아봐라, 꼽아봐아, 그래, 요게, 요 새끼 손꾸락이, 일영이라구? 하, 하, 하……"

다시 한 차례를 웃고,

"허지만, 입원 수속 허려면 또 돈이 들 모양인데……"

하고, 아내는 그러한 것을 염려하는 모양이었으나, 나는 오직 우리 설영이가 어느 틈엔가 저만큼이나, 커서, 그래, 벌써 유치원에를 다니게 되었나?— 하고, 도무지 남들에게는 없는 일이나 되는 듯싶게, 마음에 신기하고, 또 기뻤다.[16]

그렇게 정말 바쁘게 돌아가다가도, 문득문득 아들 낳을 생각도 가져보고 그러다 은근히 고대하던 아들을 낳은 구보 좀 엿보자! 구보의 첫아들 일영(一英, 필자)은 1939년 9월 27일, 음력으로는 바로 추석날 종로구 예지동 121번지에서 출생했다.

雜說—(1)

도하(都下)에 한 관상자(觀相子) 있어 일찌기 내 상(相)을 보고 이르되,

"면사귤피(面似橘皮)하니

득자 필만(得子必晚)이라" 하였더라.

내 상모를 가리켜 귤피와 흡사하다 함은 그러나 그의 발명한 배 아니오, 이미 십수 년 전 중학 시절에 일(一) 악우(惡友)가 나를 별명지어 부르되 오렌지orange라 함에 비롯하였으니, 이는 대개, 내 변성기에 있어 면상에 창궐하던 여다념(女多念)이 종시 그 흔적을 그대로 남겨두어, 그 들고나고 한 형상이, 마치 천체 망원경으로 관측한 월세계(月世界)의 표면과

16) 「채가」, 『문장』 1941년 4월호.

방불하다 이름이라.

[……]

이래(以來) 십 년 내 한결같이 성현의 가르치심을 본받아 덕을 닦고 배움을 힘씀이 오직 실적은 없이 이름만 헛되이 전할까 저허함이러니, 뉘능히 뜻하였으리오, 상모 궐피와 같음은 겸하여 득자의 필만(必滿)할 것을 알겠노라 하니, 인인군자(仁人君子)됨이 또한 어려움도다.

그러나 이미 하늘이 정하신 바를 내 감히 누구를 원망하고 누구를 허물하리오. 내 실인(室人)이 연달아 두 번 딸을 낳으며 아직 아들은 없으되, 내 그를 죄주지 않고 더욱 인격 연마에만 전심하니 비록 그 소문이 밖에 들리어 인근이 모두 내 덕을 일컫는 것은 아니로되 실인의 나를 경모함이 날로 더하여 시끄럽고 어지러운 소리 이웃에 들리지 않으니, 이는 본래 어진 선비의 가풍일지라.

그러나 내 비록 저를 죄주지 않으나 제 어찌 스스로 마음에 떳떳할 것이랴. 실인이 가만히 분발한 바 있어, 이에 세번째 회잉(懷孕)하니, 비록 태아의 남녀를 미리 판단할 도리 없으나 그 뜻만은 장하도다.

소문이 한 번 밖에 들리매 우선 여천(黎泉) 선생[17]이 예단하되 필시 또여아이리라 하니 이는 대개 그가 슬하에 딸만 삼형제를 두어 매양 영규(令閨)와 더불어 후사를 염려하는 나머지에 은근히 내 복을 시기함이니, 덕이 박한 이의 상정이거니와, 회남 공(懷南 公, 안회남)은 이르되, 이번에는 한번 아들을 나 보슈 하니, 말은 비록 귀에 달가우나 뜻은 또한 그렇지 못하여, 여천 선생의 삼녀, 구보자(仇甫子)의 이녀에 비겨 공은 실로 이자(子)를 두었음에 스스로 교기(驕氣)를 금치 못함이라. 그러나 사람의 귀천(貴賤)이 오로지 현우(賢愚)에 있고 남녀에 있음이 아니니, 외우 제공(畏友諸公)이 비록 어지러이 논의하나 개의치 말고, 내 실인은 오로지 태아를

17) 이원조.

위하여 덕을 쌓으라.[18]

雜說-(2)

기묘(己卯) 추(秋) 팔월 가배절(嘉俳節)에 실인이 일아(一兒)를 분만하니 곧 옥 같은 동자라, 이날 경향(京鄕)이 함께 술을 두고 떡을 빚어 즐기더라.

대개 귀인이 세상에 날새, 앞서 기이한 몽조(夢兆)나 혹 서상(瑞祥)이 있음은 자고로 누구나 일컬어오는 바이라, 그래, 내 일즉부터 길몽 있기를 가만히 꾀하였더니, 마침내 이를 얻지 못하고 이날에 미쳤는지라, 한 때 마음에 저윽이 섭섭한 정을 금하기 어려웠으나, 곧, 다시 생각하되, 이모두 근세에 이르러 인지(人智)가 크게 발전되고 전등의 류가 발명된 연고라, 제 비록 귀히 낳되, 어찌 예와 같은 신이(神異)를 바라겠느냐. 황연(恍然)히 깨닫고 곧 손을 들어 실인의 등을 어루만져, 써 그의 수고로움을 사례하고 이에 문간에 나아가 몸소 인줄을 매어놓으니, 이는 대개 온갖 부정과 잡인의 출입을 금하기 위함일러라.

방에 돌어와 실인으로 더불어 강보 소아를 살펴어보매, 봉안(鳳眼) 여미(麗眉)에 안색이 중조(重棗)와 같음이 한수정후(漢壽停侯) 관모(關某)를 방불케 하며, 울음소리 또한 영특하여 한번 입을 열어 소리를 발하매 칸반방(間半房)이 크게 진동하는지라, 족히 저 인물의 범상되지 않음을 알겠도다.

마침 문전에 부르는 소리 있어 뉘 나를 찾기로, 나아가보니 이는 학예사 사동이라, 제 자행차(自行車: 자전거)를 달려 바쁘게 내게 옴은 오직 사명(社命)을 내게 전코저 함이러니, 제가 사(社)에 돌아가 복명함에 미쳐, 내 집에 산고가 있음을 아울러 보하되, 구보댁에 또 여아가 탄생하였더이다 하니, 이는 제가 내 집 문전에 걸린 인줄만으로 경망되이 판단하였음

18) 『문장』 1939년 3월호.

이라.

대개 동속(東俗)에 여아를 낳매, 인줄에 숯만 꿰어 달고, 남아를 얻으매, 숯과 함께 고추도 아울러 달더니, 근자에 이르러 남아를 얻고도 고추를 달지 않는 풍습이 성행하는지라, 혹은 이르되 이는 아들 얻기를 목마른 이 물 구하듯 하는 자— 남의 복을 흠선(欽羨)하는 나머지에 더러 어둔 밤을 타서 인줄에 매인 고추를, 가만히 취하여 갈까 저허함이라 하되, 내 어찌 무지한 아녀자와 더불어 이렇듯 허망된 말을 믿으리오. 다만, 그날 집안에 고추를 구하지 못하여 내 오즉 숯만 달았더니, 저 사동이 그 하나만 알고, 미처 그 둘을 몰라 그릇 전하였더라.

소문이 한 번 밖에 들리매, 딸만 연달아 삼형제를 두고 아직 아들이 없는 여천 선생이 스스로 기쁨을 이기지 못하여 곧 주효(酒肴)를 베풀어 회남(懷南), 규섭 등 제공(諸公)으로 더불어 하룻 저녁을 즐기니, 이는 곧 저의 하고자 않는 바를 남에게 주어 가만히 쾌(快)하다 하는 마음이라. 성현의 가르치심이 크게 어긋나나니, 선생이 스스로 원치 않는 딸만 낳어 장래 여학교 입학난만 더하게 됨이, 오로지 그의 덕이 박하고 어질지 않음에 말미암은 것이라 선생은 반드시 세 번 생각하여 마음을 바로 가져 후사를 도모할지어다.[19]

이맘때 어언 나이 서른을 넘긴 구보는 세 아이의 아비가 되고, 그해에 두번째 단편집인 『박태원 단편집』을 문장사에서 낸 뒤 중국 소설 번역에 몰두, 『지나소설집』을 입문사에서 출간했다.

이듬해 가을 들어 첫아들 일영의 돌이 다가올 때, 구보는 아들을 위해 무슨 선물을 할까 궁리하던 끝에 천 명의 주위 사람에게 글자를 받

19) 『문장』 1939년 12월호.

구보가 장남 일영의 첫돌을 맞아 천 명에게서 한 글자씩 받아 만든 『천인천자문』.

아 『천인천자문(千人千字文)』을 만들리라 결심했다. 우선 큼지막하게 책을 매고, 남빛 비단으로 표지를 덧씌워 첫 장에 천자문이라 제하여, 기념일영초기일서(紀念一英初朞日書)라 쓴 뒤, 가장 먼저 아버지인 본인이 '하날텬(天)' 첫 자를 쓰고 나서 붓을 안해에게 넘겼다. '따디(地)'는 무릇 여인, 음(陰)으로, 즉 어미의 몫이라 생각했던 것이다.

이로부터 『천인천자문』은 수이 돌을 잽힐 일영이의 동생(同生)할머니 차지가 되었다― 달덩이 같은 내 귀한 손주 안아보는 것도 대견스럽고 좋기는 하다마는, 돌 잽힐 날은 바득바득 다가오고 천이라는 숫자가 까마득하기만 한데, 달포나 남겨놓고 있을 땐가, 저녁 반주가 좀은 과했지 싶은 아들 태원이 농 삼아 던지는 말로, '어머니, 당신 손주 우리 일영이 위해 천 사람에게 글 좀 받아 오실라우?' 하던 소리를 얼떨결에 승낙을 했던 것인데, 이렇게 대단한 다리품을 팔아야 하는 일일 줄은 미처 생각지도 못했고, 무엇보다 말이 그렇지 천 사람…… 일은 미상불 크게 벌어진 게 분명하다.

내가 좀 커서, 차례나 제사를 지내러 다옥정에 아버지를 따라가면,

예의 우리 할머니 너무 반가우셔 나를 껴안고 등을 뚜드리시는데, 체수도 조그만 양반이 어찌나 세게, 멈추지도 않고 오래를 두드리셔, 무슨 말을 하면 울려 나와(등을 계속 두드리시니까) 어눌하게 되고, 당신 또한 혀가 좀 짧은 사람처럼(좀 데데데 하시는 편) 싸래기 말을 하시는 데다 코맹녕이 소리까지 겹치니, 할머니와의 대화는 언제고 등어리가 얼얼한 것과 함께 떠오른다. 아마 매번 하시는 말씀이란, 당신이 내 돌상에 올려놓으려고 얼마나 신고를 해가며 천 자를 받으러 다니셨는지 잊지 말아야 할 일과, 어느새 이렇게 자라 이 할미는 기쁘기만 하다는, 뭐 그런 내용쯤으로 생각을 하고 있다. 한데 아버지는 뭬 그리 바쁘신지 언제고 안으로 획, 중문간으로 획 사라져버리는 것이, 버릇이 나처럼 좀 곰살맞은 데가 없는 편이었다. 그래도 「소설가 구보씨의 일일」에서처럼, 중문간을 나서면서, '좀 크게, 잘 들을 수 있게 대답을 할걸' 하는 타입이셔서 속은 심지가 깊고 다정다감했다. 아무리 그렇다 하더라도 당신의 어머니나 경우에 따라서는 장모에게까지 찬바람이 부는 건 어린 내가 보기에도 좀 그랬다.

이후 1942년 1월 15일 차남 재영(再英)이, 그리고 1947년 7월 24일 삼녀 은영(恩英)이 돈암정 집에서들 태어났다.

돈암정 487번지 22호

1940년, 구보는 늘 꿈꾸어왔던 자신의 보금자리를 마련하려 동소문 밖 돈암정에 대지를 장만했다. 구보는 나면서부터 서울 하고도 종로 한복판, 수진방, 청진동, 인사동, 다옥정 등지에서만 살아왔으므로 작가가 되고부터는 늘 전원도시라든가 교외를 선호했다. 학창 시절 단짝 친구 정태양(인택)도 정릉에 보금자리를 틀었고, 구인회 참여 후 가장 가까이 지내게 된 상허가 사는 성북리(그때는 지금의 성북동이 경기도 고양군 성북리였다)에도 마음이 갔던 탓에 아마 집 터를 동소문 밖 삼선평으로 골랐나 보다.

아무려나, 이끼 서린 옛 성터를 등지고 자리 잡은 돈암정 집은, 구보 자신이 설계하고 업자를 시켜 지은 집으로, 대지가 몇 평이었는지는 지금 기억할 수 없으나, 터도 넓고 집도 컸다. 경성부(京城府) 돈암정(敦岩町) 487번지의 22호 집이 거반 다 되고 끝손질이 남은 상태에서 우리 가족은 1940년 6월 초에 이사를 했다.

구보가 손수 설계한 돈암정 집은 찌가 높은 대지 위에, 뒤로는 언덕을 깎아낸 너른 공터가 있어, 내 어린 시절엔 콩과 옥수수밭이었는데, 너른 대청 뒤쪽 큼지막한 네 쪽짜리 유리 분합을 열어놓으면, 늘상 푸른 옥수숫대와 콩잎들, 그 뒤로 언덕을 격해 옛 성벽이 올려다보이는 기슭에 있었다. 집은 동향에 디귿 자 조선 기와집으로, 추녀가 높다랗게 하늘에 떴고, 넓은 차양이 달린 두벌대 집이었다. 특히 위로 우리 삼남매가 짓이 나면 베개를 공 삼아 '돗찌뽈'[20]도 할 만큼 마루는 꽤나 넓었다. 그런 대청에 세간으로 백항아리를 이고 있는 뒤주와 책장 하나, 분합 오른쪽 벽에 삼촌 문원이 그려 선전(鮮展)에 입선을 했다는 그림이 있었다. 그렇게 어두운 색조의 유화(어린애를 업은 여인이 머리에 무언가 이고 있는 그림)가 한 점, 그 밑에 빅타 레코드 플레이어(유성기)와 12인치짜리 LP판들이 세간의 전부였다. 아버지는 그 외에는 대청에다 아무것도 못 놓게 하시고는 초겨울까지도 푸른색이 도는, 청동화로의 두 배는 실히 되는 일본 사기화로 하나로 큼지막한 교자상 앞에서 원고에 원고만 쓰셨다.

찌가 높다 했듯이 마당은 두 자는 실히 되는 섬돌(댓돌) 아래에 너른

20) 터치볼. 요샌 그런 공놀이를 뭐라고 하는지 모르지만, 공이나 오자미(애 주먹만 한 헝겊 주머니에 낟알을 채워 넣은 것)로 양쪽에가 별러 서서, 가운데 있는 사람을 맞추는 일제 때 게임.

(?) 마당이 있고, 앵두나무 옆에 뒷간이 있었으며, 고 옆에 조그마한 뒷문이, 그 옆은 장독대인데, 그 위에 오르면 담 넘어 행길 건너 벽돌담을 한 아랫집 마당이 들여다보였다. 광산하는 부잣집 작은댁이었다던가? 그 집은 부잣집답게 자동차에 자전거에 애들 장난감도 많아, 겟짱인지 뭔지 하는 그 집 애와 종종 어울렸던 생각도 난다. 장독대 밑에는 나오다마다 하는 수도가 박혀 있었고, 앵두나무가 있던 화단 오른쪽으론 항상 퀴퀴한 짠지 냄새가 나는 어둡고 습한 두 쪽의 광문이 버티고 있었다.

부친이 키가 크셔(6척) 그랬던지 집이 모두 천장이 높아, 특히 마루는 상량이 보이는 그런 집으로, 겨울이면 창도 많고 유리 분합도 많은 채광 좋은 집이라지만 몹시 춥고 외풍도 심해, 한겨울 추울 때에는 윗목에 놓인 물대접에 살얼음이 잽히기도 해서 겨울이면 보온을 위해 일제 때 등화관제에 쓰던 방장을 치고 살았다. 그런 데다 지대가 높아 삼선교에서부터 한참을 올라왔다. 우리 집 뒤쪽으로 좀더 올라가면 성이 허물어진 데가 있었는데, 그리로 가면 이승만 박사의 저택인 이화장(梨花莊)의 지붕이 보였을 만큼 지대가 그렇게도 높았다. 높은 지대 탓에 수도가 늘 찔끔거렸고 그나마도 하루에 몇 번씩 끊겼다.

전깃불은 남북에 각각 새 정부가 들어서면서 압록강 수풍댐으로부터의 송전선이 끊겨, 초저녁이 지나면 전기가 나갔다가 새벽에 다시 들어오곤 했는데 전압이 약해 바람기라도 있는 날에는 껌뻑거리기 일쑤였던 전구가 마치 시계추처럼(천장에서 내려온 전깃줄이라서) 왔다 갔다 흔들렸다. 그러한 사정 탓에 전기 기구(곤로)는 물론 촉수 밝은 전구도 사용해선 안 되었다.

어찌됐건 돈암정 집이 안채에 사랑채에 행랑채까지 방이 다섯이나 됐지만 애들도 다섯이 돼, 아버지가 원고를 쓰시려면 늘상 조용하기만 한 것은 아니었다. 뒤에 얘기가 나오겠지만 돈암정 집 다음으로 성북동에도 집을 지었는데, 거긴 창작실로 꾸며 사랑하는 가족들 못지않게 생의 일부인 문학과 더불어 여생을 보낼 수 있었으면 해서 역사를 시작했다. 그러나 당신이 뜻한 바대로 이루어지는 일 없이 전쟁이 일어나버렸다.

돈암정 집을 지은 이해에 아버지는 『문장』에 장편소설 「애경(愛經)」을 연재했고, 소설 「최노인전 초록(崔老人傳 初錄)」 「거리(距離)」 「길은 어둡고」가 일본에 소개되기도 했다.

여기서 생각나는, 좀은 내키지 않는 얘기 하나 하고 가자면, 돈암정 집에는 앵두나무 옆에 뒷간이 있고, 고 옆에 조그마한 뒷문이 있다 했는데, 난 그때 혜화국민학교를 다녔다. 학교가 파하면 혜화동 로터리를 돌아 동소문 고개를 넘고, 삼선교 전차 정거장에서 바른쪽으로 세탁소, 싸전 겸 반찬가게를 지나 성을 끼고 언덕을 오르게 된다. 오른쪽은 야산에 이끼 낀 성벽이 우람하고, 왼쪽은 집장수 집들이 10여 채 있는 그냥 공터로, 어린애 걸음으로 15분은 더 가야 우리 집 뒤 언덕마루에 서게 되었다. 한데 그 언덕배기란 겨울이면 대까치 앞부분을 불에 구워 구부린 스키로 얼음을 지칠 만큼 넓고 경사가 제법 가파르다. 오른쪽으론 예의 우리 집 뒤 옥수수밭이며 곧이어 우리 집 '부로꾸' 담이 시작되는데, 그 어간에 작은 뒷문이 있었다. 동소문 고개를 넘자부터 볼일이 급해 혹시, 하며 걸음을 재게 놀려보나 진땀을 흘려가며 급히 서둘렀어도 언덕마루에 선 내 얼굴은 이미 울그락불그락하여, 마치 겨울에 스키를 타듯 눈 질끈 감고 곤두박질을 쳐 뛰어 내려오곤 했다. 그러다 보면 책가방 속 필통과 내 발자국 소리가, 머리를 쥐어짜며 원고를 써나가시던 아버지의 혼을 빼앗아(?)버려, 급히 신발을 꿰고 섬돌을 내려서신 아버지가 아무리 잽싸게 뒷문으로 달려가봐도, 이미 '다다닥―!' 다급히 문 두드리는 소리에 맞추어 열린 문 앞에 사랑하는 아들은 없고, 뒤미처 대문이 부서져라 삐이걱, 우당탕퉁탕 열리며 중문을 넘어서 어느 결에 열어놓은 뒷간문 앞에야 울가망이 되어 서 있는 아들이 보이는 것이다.

크게 한숨을 몰아쉬며 바지춤을 추스르고 무사히 나오는 아들을 보기까지는 마음을 못 놓으시던 아버지— 진작부터 서두르거나, 학교서 떠나기 전, 그렇지 않더라도 싸전 지나 집장수 집들만 지내놓고 보면 인가가 없는 야산인 데다 마루턱에 광쇠네 움막에는, 그 시간엔 할멈도 광쇠도 남의 집에 동냥질 나가 없는 건 동네 사람들이 다 아는 일인데, 제놈이 아직 솜털도 돋질 않았을 나인데 뭬 부끄러워 시원하게 깔기고 천천히 내려올 일이지, 허구한 날 기겁을 해서 그 난리를 치는지. 어디 한 번 제 얘기나 들어보고도 싶건만, 어쩌다 실수를 해 수돗가에서 남은 볼일 마저 보고 젖은 바지를 빨래통에 던지는 꼴 가끔 보실지언정 단 한 번이라서 내게 물어보시질 않는, 적으나면 이제부터는 학교를 떠나기 전에 준비를 하거나, 혹 급하면 성이 바라보이는 후미진 데서 볼일을 봐도 상관없다고 일러주셔도 되련만, 언제고 말을 물고 계셨던 우리 아버지…… 비록 어린 나이였지만 그런 인격적인 대접(?)을 받았다고 하면 주제넘은 소리고, 참, 나는, 아무리 다시 생각을 해보아도 나는 나의 어린 시절을 아버지와 더불어, 아버지가 있음으로 해서 멋지게 보냈다, 어리지만 성인처럼 당당한 하나의 인격체로서 대접을 받으면서!

아버지가 시내에 볼일이 있으시면, 아침에 내가 학교에 가기 전에 미리 맞춰놓아, 학교(혜화국민학교)가 끝나고 교정 정문 못미처 돌대 근처에서 얼쩡거리고 있으면, 예의 그 멋진 머리가 학교의 낮은 담 위로 쓱 나타나 교정 안을 훑고 지나가시게 되는데, 한 번도 모습을 놓친다거나 한눈을 팔다 아버지가 나보다 먼저 날 발견하신 일을 기억할 수 없게시리—그렇게 난 고지식하고 융통성이 없는, 어른 말씀이라면 꼭 지켜야만 되는 줄 알았던 그런 모범생이었다—그 담 위로 활동사진같이 미끄러지듯 움직이는 머리를 따라 학교 뒷문을 향해 뛰곤 했다. 아버지는 키가 크시니 '컴퍼스(步幅)' 또한 길어, 언제고 나는 아버지와 동행을 하게 될 경우 늘상 뛰어야 했다.

어쨌건 학교 뒷문에서의 우리의 도킹이 성공리에 이루어진 그 상급(?)으로 아버지와 나는 보성고개가 시작되는 데 있는 버드나무 아래 인적이 드문 구멍가게에서 아이스케키나 크림콘을 하나씩 들고 마주 보며 행복해하던 기억이 새롭다.

남의 눈을 의식해 대중교통도 잘 이용하시지 않는 아버지와 길가 구멍가게 앞에서 아이스크림을 핥던 추억은 그래서 특별하다. 보성고개를 넘으면, 늘 하늘은 푸르고 햇볕은 쨍쨍한데 큰 솥(왜놈들 목욕솥만 한)에선 광목을 양잿물에 삶느라 냄새가 진동을 하고, 사령이 볼기를 치려고 꼬나잡은 곤장만 한 방망이로 양편에 마주 서서 해대는 방망이 소리에, 무새 빨래가 못내 아파 하얗게 바래버리고, 뒤로 맷방석만큼씩이나 한 널바위들 위에, 행여 바람에 날아갈까 돌들로 지질러놓은, 하얗다 못해 푸른기가 도는 옥양목이 만장처럼 바람에 펄럭이고, 바지랑대 높이 올려 뻗쳐놓은 빨랫줄 위엣 것이 바람결에 혹 날아갈까 방맹이질을 하면서도 한눈을 팔지 못하는 마전터를 지나, 허리 높이까지 쌓아 올린 축대 위로 수백 평은 실히 되는 포도원이 있고, 그 뒤로 간송 전형필(澗松 全鎣弼)의 별장이 있었다. 그곳을 지나면 길은 갈려, 우리는 긴 돌다리를 건너 성북천 남쪽에 서게 되지마는, 그래도 조금 오르다 건너다보면, 역시 우리 백양당 배정국 사장맡게로(처럼) 아담한 이태준 선생 댁—아마 우리가 아직 돈암정 집 살 때 아버지는 삼선교에서 성북천을 따라 천변길을 오르면 자하문 밖으로 넘어가는 골짜기로 접어들게 되는데, 그 초입에 이태준 선생을 찾아가 바둑도 두시고 문학 얘기도 나누시며 한나절을 보내셨던 듯, 그때가 생각나면 아주 가끔이지만 돌다리를 건너려는 나의 손을 잡담 제하고 끌고 다리를 지나쳐 곧장 천변을 따라 올라가면 몇 집 지나지 않아 예의 이태준 선생 집이 나왔다. 아버지는 내게 숨기고 싶은 게 있었던 듯 눈길 한 번 그 집 대문에 주는 일 없이, 그냥 내처, 걷는 속도도 그대로인 채 그 집을 지나치곤 했었다. 어른들도 좋아하는 동무가 있고, 볼일이 없어도 동무 집 앞을 그냥 지나치고 싶을 때도 있구나 하는 어린애다운 생각을 했던가?

물론 뒤에 우연히 알게 된 일로, 두 집이 모두 다섯 남매에 아들 둘 딸 셋, 딸 중엔 소명이도 있고, 소현이도 있던가? 소현이도 소명이도 모두 이름자에 작을 소(小) 자를 썼지 아마…… 우리 작은누나 소영은 둘째 딸이어서 작을 소 자를 쓴 걸로 알았는데.

3장

—

문단 활동과 주요 작품

구인회(九人會)와 문우들

근대 우리 문학사를 살펴보면, 1920년 대 중반 지식인들 사이, 특히 진보적인 성향을 가진 예술인들이 주축을 이뤄 활발한 예술 운동을 전개한 '염군사'와 '파스큘라'를 한데 묶어 1925년 탄생을 본 이른바 'KAPF(카프)'[1]가 우리 예술계를 석권하자, 이 광수, 김동인, 염상섭, 최남선, 손진태, 이병기와 같은 민족진영의 인사들이 아연 긴장, 제재를 가해보려 했으나 이렇다 할 성과를 보는 일 없이 그 기세를 더욱 넓혀갔다. 이에 해외 유학생을 필두로 해 소위 '해외 문학파'란 이름으로 이하윤, 김진섭 제씨가 순수문학을 내세워보기도 했지만 허명무실하던 때인 1933년, 이종명과 김유영이 발기인이 되어 김기림, 이효석, 조용만, 이태준, 정지용, 유치진, 이무영 등 아홉 사람이 순수문학을 표방하고 문학 서클을 만드니, 이것이 소위 '구인회(九人會)'였다.

처음 발기인으로 나섰던 양 씨는 카프에 대항하는 단체로서의 성격

---

1) 조선프롤레타리아예술가동맹의 약칭. 에스페란토어 'Korea Artista Proleta Federatio'의 머리글자를 따서 만든 명칭으로, 러시아의 RAPF나 일본의 NAPF를 본따 주로 좌익계 성향의 인사들이 모인 문학단체.

을 표방하며 정면 대결을 마음에 두고 일을 진행시켰다. 그러나 동조자들의 동의를 얻지 못해 순수문학 단체가 되고 마니, 발기인을 자처했던 이·김 양 씨는 탈퇴를 하고, 이효석은 함경도 벽지로 세상을 등지다시피 하여 올라가 물러나자 사실상 순수문학자들만 남게 된 셈이다.[2]

이때의 구인회 구성 멤버들의 직업을 살펴보면, 결국 각 신문사와 월간지 문예부, 학예면 담당자들이었음을 알 수 있는데, 이태준, 정지용, 조용만, 이무영, 김기림 제씨가 신문사나 잡지사에 근무들을 하고 있었으니, 자신들의 작품을 발표할 지면을 충분히 확보한 셈이었다. 그 외에 그들이 추구하는 바가 하나같이 순수예술인 데다가, 당시 서구에서 선풍을 일으키던 모더니즘의 기치를 높이 들고 우리 문학계를 좌지우지하는 판이었으므로, 회원 각자는 게서 더는 바랄 나위가 없이 된 판에, 거기 끼게 된 박태원과 이상, 그리고 박팔양은, 마치 고기가 물을 만난 듯 창작의 고삐를 늦추지 않고 마구 써제꼈던 것이다.

이로써 초기 멤버는 찼고, 추구하는 바가 한길이었으니 상호 간에 의기투합하여 활발한 작품 활동을 했다. 원래는 구인회 전부터 이종명, 김유영이 시도했던 바는, 당시 유일하게 카프를 향해 성깔대로 포화를 날리던 횡보 염상섭을 앞세워 안하무인격인 카프 세력에 대항하려던 것이었으나 초기의 그런 계획은 불발로 끝이 났다.

그 이후 구인회의 발자취를 더듬어보면 자연 작품평입네 무어네 하며 순수문학 내지 자연주의 작가들을 의식이 없다 누르고 받아치던 카프 계열 작가·평론가들이 구인회 패들 작품에 퍼붓던 신랄한 논조 내지는 과격한(?) 필봉조차, 이들(구인회 패들)의 기(氣)를 꺾기에는 역부족이었음을, 당시의 신문 문예면이나 잡지 등에 발표되었던 많은 논설이

2) 이효석은 유진오와 함께 '동반작가'라는 레테르가 붙었던 관계로 탈퇴했다. 원래가 카프 패들의 눈총에 몸 둘 데를 모르고 있던 소심한 이가 『매일신보』에 잠시 적을 두었던 일까지 까탈을 잡혀 찧고 까불리는 데다, 원래부터 나서기가 싫었으나 발기인들의 강요에 못 이겨 합류를 했던 까닭이다.

나 작품평에서 쉽게 발견할 수 있다. 그 외에 민족진영 작가와 해외문학파 문인들의 은연중의 동조가 있었겠다 생각한다면 수긍을 하시리.

물론 위에서 본 그러한 일들로 하여, 뒤에 인공 치하에서, 그리고 북에 올라간 문인들 중에 특히 구인회 멤버들은, 휴전 이후 여러 차례에 걸친 숙청 작업 때마다 두고두고 전에 카프에 관계했던 패들에게 닦달을 받기도 했지만 구보에게는 구인회 시절이 그의 생애를 통틀어 작품 활동이 가장 활발했던 시기가 아니었나 생각해보게 된다. 그의 대표작이라고 부르는 「소설가 구보씨의 일일」이나 『천변풍경』 또한 이 시기에 발표된 것임이 이를 증명한다고 하겠다.

물론 구보에 있어서는 구인회에 가입하기 전이나 동경 유학을 가기 전에도 눈에 띄게 활발한 작품 활동을 했다고 볼 수 있지만, 구인회에 가입한 뒤에 문학 강좌에다 평론에도 손을 대는 등, 그리고 몇몇 단편은 삽화까지 손수 그려 세인을 놀라게 한 것도 이 시기였다. 게다가 「소설가 구보씨의 일일」의 경우는 구인회의 같은 회원이며 둘도 없는 단짝친구인 이상이 '하융(河戎)'이란 필명으로 삽화까지 그렸다.

무엇보다 이들이 우리 문학사에 남긴 족적은 괄목할 만하다. 특히 모더니즘을 이 나라 문단에 이입 내지는 접목시켜 우리 문학사에 새로운 경지를 열어놓았던 일은 주지하는 바라 하겠다.

내가 바다 건너 가기 직전, 어느 고명하신 분이 문학관을 세우려 하니 뭣 좀 내놓고 가라시기에 구인회 직인(職印)과 부친의 인지도장(印紙圖章) 두어 개를 내놓았다. 그런데 훗날 문학관이 세워지고 거길 가봤다는 친구가 얘기하길 그런 게 없더라고 했다. 네모번듯한, 우리 집에 있던 도장 중엔 가장 커다란 거였는데…… 개인 것도 아니고 구인회 도장이라면 희귀성에서도 그렇고 가치도 꽤 만만찮을 것 같기도 한데……

이 자리를 빌려 구보가 구인회 때 교류한 문우들과의 대화며 편지를, 그리고 무엇보다 요절한 벗 이상과 김유정을 애도한 글들을 옮겨볼까 한다.

구보가 이상의 죽음을 접하고 동기간이라도 잃은 듯 애통해하는 글을 먼저 싣겠다. 물론 구보는 이 밖에도 상(箱)의 1주기를 맞아 『조선일보』에 추도사를 썼는가 하면 이상을 주제로 한 단편도 두어 편 발표한 바 있다.

내가 이상을 안 것은 그가 아즉 다료 '제비'를 경영하고 있었을 때다. 나는 누구한테선가 그가 고공건축과(高工建築科) 출신이란 말을 들었다. 나는 상식적인 탁자나 의자에 비하여 그 높이가 절반밖에는 안 되는 기형적인 의자에 앉아 점 안을 둘러보며 그를 괴팍한 사나이다 하였다.

'제비', 헤멀슥한 벽에는 십 호 인물형의 초상화가 걸려 있었다. 나는 누구에겐가 그것이 그 집 주인의 자화상임을 배우고 다시 한 번 치어다보았다. 황색 계통의 색채는 지나치게 남용되어 전 화면은 오직 누—런 것이 몹시 음울하였다. 나는 그를 '얼치기 화가로군' 하였다.

다음에 또 누구한테선가 그가 시인이란 말을 들었다.

"그러나 무슨 소린지 한 마디 알 수 없지……"

나는 그 무슨 소린지 알 수 없는 시가 보고 싶었다. 이상은 방으로 들어가 건축 잡지를 두어 권 들고 나와 몇 수의 시를 내게 보여 주었다. 나는 쉬르리얼리즘에 흥미를 갖고 있지는 않았으나 그의 '운동(運動)' 일 편은 그 자리에서 구미가 당겼다.

지금 그 첫 두 머리 한 토막이 기억에 남아 있을 뿐이나 그것은

"일층 우에 이층 우에 삼층 우에 옥상 정원에를 올라가서 남쪽을 보아도 아무것도 없고 북쪽을 보아도 아무것도 없길래 다시 옥상 정원 아래 삼층 아래 이층 아래 일층으로 나려와……"로 시작되는 시였다.

나는 그와 몇 번을 거듭 만나는 사이 차차 그의 재주와 교양에 경의를 표하게 되고 그의 독특한 화술과 표정과 제스처는 내게 적지 않은 기쁨을 주었다.

어느 날 나는 이상과 당시 『조선중앙일보』에 있는 상허(尙虛)와 더불어 자리를 함께 하여 그의 시를 『중앙일보』 지상에 발표할 것을 의논하였다.

일반 신문 독자가 그 난해한 시를 능히 용납할 것인지 그것은 처음부터 우려할 문제였으나 우리는 이미 그 전에 그러한 예술을 가졌어야만 옳았을 것이다.

그의 「오감도(烏瞰圖)」는 나의 「소설가 구보씨의 일일」과 거의 동시에 『중앙일보』 지상에 발표되었다. 나의 소설의 삽화도 '하융(河戎)'이란 이름 아래 이상의 붓으로 그리어졌다. 그러나 예기(豫期)하였던 바와 같이 「오감도」의 평판은 좋지 못하였다. 나의 소설도 일반 대중에게는 난해하다는 비난을 받았던 것이나 그의 시에 대한 세평은 결코 그러한 정도의 것이 아니다. 신문사에는 매일같이 투서가 들어왔다. 그들은 「오감도」를 정신이상자의 잠꼬대라 하고 그것을 게재하는 신문사를 욕하였다. 그러나 일반 독자뿐이 아니다. 비난은 오히려 사내에서도 커서 그것을 물리치고 감연(敢然)히 나가려는 상허의 태도가 내게는 퍽이나 민망스러웠다. 원래 약 일 개월을 두고 연재할 예정이었으나 그러한 까닭으로 하여 이상은 나와 상의한 뒤 오직 십수 편을 발표하였을 뿐으로 단념하여버리지 않으면 안 되었다.

그러나 당시에 이상이 느낀 울분은 제법 큰 것이어서 미발표대로 남어 있는 「오감도 작자의 말」이라는 것은 다음과 같다.

왜 미쳤다고들 그러는지 대체 우리는 남보다 수십 년씩 떨어져도 마음 놓고 지낼 작정이냐. 모르는 것은 내 재주도 모자랐겠지만 게을러빠지게 놀고만 지내던 일도 좀 뉘우쳐보아야 아니 하느냐. 여남은 개쯤 써보고서 시 만들 줄 안다고 잔뜩 믿고 굴러다니는 패들과는 물건이 다르다. 이천 점에서 삼십 점을 고르는 데 땀을 흘렸다. 31년 32년 일에서 용대가리를 떡 끄내어 놓고 하도들 야단에 배암 꼬랑지는커녕 쥐 꼬랑지도 못 달고 그만두니 서운하다. 깜빡 신문이란 답답한 조건을 잊어버린 것도 실수이지만 이태준(李泰俊), 박태원(朴泰遠) 두 형이 끔찍이도 편을 들어준 데는 절한다. 철(鐵)―이것은 내 새 길의 암시요, 앞으로 제 아모에게도 굴하지 않겠지만 호령하여도 에코―가 없는 무인 지경은 딱하다. 다시는 이런―물론 다시는 무슨 다른 방도가 있을 것이고 위선 그만둔다. 한동안 조용하게 공부나 하고 딴은 정신병이나 고치겠다.

그러나 「오감도」를 발표하였던 것은 그로서 아주 실패는 아니었다. 그는 일반 대중의 비난을 받은 반면에 그것으로 하여 물론 소수이기는 하여도 자기 예술의 열렬한 팬을 이때에 이미 확실히 획득하였다 할 수 있다.

그 뒤로 그는 또 수 편의 시와 산문을 발표하였으나 평판은 역시 좋지 못하였든 것으로 문단적으로도 그가 일개 작가로 대우를 받게 된 것은 작년 9월호 『조광』에 실렸든 「날개」에서부터가 아닌가 한다. 최재서(崔載瑞) 씨가 그에 대하여 이미 호의 있는 세평(細評)을 시험하였으므로 이곳에서 다시 말하지 않으나 「날개」 한 편은 이렇든 저렇든 우리 문단에 있어 문제의 작품으로 모든 점에 있어 미완성한 것임에도 불구하고 우리가 우리의 문학을 논의할 때 반드시 들어 말하지 않으면 안 될 '소설'이다.

그러나 그는 그 독특한 경지를 개척하여 놓았을 뿐으로 요절하였다. 영원한 미완성품인 채 그는 지하로 돌아갔다. 이상이 동경으로 떠나기 전에 정인택에게 하였다는 말을 들어보면 그는 이제는 다시 「오감도」나 「날개」를 쓰는 일 없이 오로지 정통적인 시 정통적인 소설을 제작하리라 하였다지만 만약 그것이 그의 참말 마음의 고백이었다면 「오감도」나 「날개」

부류에 속할 작품만을 남겨놓은 채 돌아간 그는 지하에 있어서도 눈을 감지 못할 게다. 그러나 그것은 어떻든 간에 우리가 이상의 작품을 이해하려면 먼저 그의 위인과 생활을 알지 않으면 안 된다.

"괴팍한 사람이다"라는 것은 그에 대한 나의 첫 인상이거니와 물론 그렇게 단순한 것은 아니었어도 역시 '괴팍'하다는 형용만은 결코 그르지 않은 듯싶다.

일즉 『여성』지에서 나에게 「문단기형이상론(文壇畸型李箱論)」을 청탁하여 왔을 때 그 문자가 물론 아모러한 그에게도 그다지 유쾌한 것은 아닌 듯싶었으나 세상이 자기를 기형으로 대우하는 것에 스스로 크게 불만은 없었던 듯싶다. 그러나 그 이상론은 발표되지 않은 채 편집자가 갈리고 그러는 사이 원고조차 분실되어 나는 그때 어떠한 말을 하였던 것인지 적력(的歷)하게 기억하지 못하고 있으나 하여튼 다점(茶店) 플라타느에 앉아서 당자 이상을 앞에 앉혀놓고 그것을 초하며 돈을 벌려면 마땅히 부지런하여야만 하는 것을 이상은 너무 게을러서,

"그래 언제든 가난하다."

하는 구절에 이르러 둘이 소리를 높여 서로 웃던 것만은 지금도 눈앞에 또렷하다.

사실 이상의 빈궁은 너무나 유명하였다. 그리고 그것은 대부분 그의 도저히 구할 길 없는 게으름에 기인하는 것이었다.

'제비'가 차차 경영 곤란에 빠졌을 때 어느 날 그의 모교 상공(商工)[3]에서 전화로 그를 부른 일이 있다. 당시 신축 중에 있었든 신촌 이화여전 공사장에 현장 감독으로 가볼 의향의 있고 없음을 물은 것이다.

"하로 일 원 오십 전이랍디다. 어디 담배값이나 벌러 나가 볼까 보오."

3) 고공(高工)이 아닐까.

그리고 이튿날 벤또를 싸가지고 신촌으로 갔든 것이나 그 다음날은 다시 '제비' 뒷방에서 언제나 한가지로 늦잠을 잤다.

"그 참 못하겠습디다. 벌이두 시원치 않지만 나 같은 약질은 어디 그런 일 견디어나겠습디까."

그것은 사실이다. 그의 가난은 이렇게 그의 허약한 체질과 수년래의 절제 없는 생활이 가져온 불건강에도 말미암아 오는 것이었으나 집 주인이 점방(店房)을 내어 달라고 지방 법원에 소송을 제기하였을 때에 출두하라는 오전 아홉 시에 대어 일어나는 재주가 없어 가장 불리한 궐석 판결을 받고 그래 좀더 가난하지 않으면 안 되었든 것은 역시 너무나 철저한 그의 게으름을 들어 논하지 않으면 안 될 일이다.

현재 '뽀스톤'의 전신 '69', '씩스 나인─'을 오즉 시작하였을 뿐으로 남에게 넘겨버리고 '제비'에 또한 실패한 이상은 그래도 단념하지 않고 명치정(明治町)에다 'むぎ'[4]라는 다방을 또 만들어놓았다. 그곳 실내장식에는 '제비'의 것에서보다 좀더 이상의 '괴팍한 취미' 내지 '악취미'가 나타나 있었다. 결코 다른 다점(茶店)에는 통용되지 않을 괴이한 형태의 다탁이며 사면 벽의 그림이나 사진을 걸어놓는 대신 '르나르'의 『전원수첩』에서 몇 편을 골라 붙여놓는 등 일반 선량한 끽다점(喫茶店) 순방인(巡訪人)의 기호에는 결코 맞지 않는 그런 것이었다.

'악취미'로 말하면 '69'와 같은 온전치 않은 문구를 공공연하게 다점의 옥호(屋號)로 사용한 이상의 것은 없을 것으로 그 주석을 나는 이 자리에서 하지 않거니와 모르는 사람이 고개를 갸웃거리며

"69? 六九? 육구라…… 하하 '육구리[5] 놀다 가란 말'인 게로군."

이라고도 하면 그는 경우에 따라 냉소도 하고 홍소도 하였다. 그렇기

---

4) 麥, 무끼.
5) 천천히.

1
부

132

로 말하면 그에게는 변태적인 것이 적잖이 있었다. 그것은 그의 취미에 있어서나 성행(性行)에 있어서만이 아니라 그의 인생관, 도덕관, 결혼관, 그러한 것에 있어서도 우리는 보통 상식인과의 사이에 적지 않은 현격을 깨닫지 않으면 안 된다.

그러나 그의 사상을 명백하게 안다고 나설 사람은 그의 많은 지우 중에도 혹은 누구 하나라 없을 것이다. 그의 참 마음을 그대로 그의 표정이나 언동 우에서 우리는 포착하기가 힘들다.

이상은 사람과 때와 경우를 따라 마치 카멜레온같이 변한다. 그것은 천성에서보다도 환경에 의한 것이다. 그의 교우권이라 할 것은 제법 넓은 것이어서 물론 그 친소와 심천의 정도는 다르지만 한번 거리에 나설 때 그는 거의 온갖 계급의 사람과 알은체하지 않으면 안 된다. 그러한 모든 사람에게 자기의 감정과 생각을 그대로 내어 보여주는 것은 무릇 어리석은 일이다. 그래 그는 '우울'이라든 그러한 몽롱한 것 말고 희로애락과 같은 일체의 감정을 솔직하게 표현하지 않는 것에 어느 틈엔가 익숙하여졌다. 나는 이 앞에서 변태적이라는 문자를 사용하였거니와 그것은 이상에게 있어서는 그 문자가 흔히 갖는 그러한 단순한 것이 아니고 좀더 그 성질이 불순한?— 것이었다. 가령 그는 온건한 상식인 앞에서 기탄없이 그 독특한 화술로써 일반 선량한 시민으로서는 규지(窺知)할 수 없는 세계의 비밀을 폭로한다. 그러나 그는 그것을 이야기하고 싶은 충동을 느끼어서가 아니라 실로 그것을 처음 안 신사들이 다음에 반드시 얼굴을 붉히고 또 아연하여야 할 그 꼴이 보고 싶어서인 듯싶다.

사실 이상은 한때 상당히 발전하였든 외입장이로 그러한 방면에 있어서도 놀라운 지식을 가져 그것은 그의 유고 중에도 한두 편 산견(散見)되나 기생이라든 창부라든 그러한 인물을 취급하여 작품을 쓴다면 가히 외국 문단에 있어서도 대적할 사람이 없을 것이다.

다만 그러한 점으로만도 조선 문단이 이상을 잃은 것은 가히 애석하

경성 모던보이의 탄생

여 마땅한 일이나 그는 그렇게 계집을 사랑하고 술을 사랑하고 벗을 사랑하고 또 문학을 사랑하였으면서도 그것의 절반도 제 몸을 사랑하지는 않았다.

　이상이 아즉 서울에 있을 때 하로 저녁 지용이 그와 한강으로 같이 산책을 나가 문득 그의 건강을 염려한 나머지에, "여보, 상허(尙虛)를 본뜨시요, 상허의 반만큼만 몸을 애끼시요." 간곡히 충고하였다는 말을 나중에 들었거니와 그와 가까운 벗은 모두 한두 번쯤은 그에게 그러한 종류의 말을 할 것을 잊지는 않았었다. 이상보다 이십 일 앞서 돌아간 김유정(金裕貞)도 자기 자신 병고에 허덕이며 몇 번인가 이상의 불규칙하고 또 아울러 비위생적인 생활에 대하여 간절하게 일러준 바가 있었다. 아직 동경에서 그의 미망인이 돌아오지 않았고 또 자세한 통신도 별로 없어 그가 돌아가던 당시의 주위와 사정은 물론, 그의 병명조차 정확하게는 모르고 있으나 역시 폐가 나뻤든 모양으로 그 점은 김유정과 같으나 유정이 죽기 바로 수일 전까지도 기어코 병을 정복하고 다시 일어나려 끊임없는 노력을 애끼지 않든 것에 비겨 이상은 전에도 혹간 절망과 같은 의사 표시가 있었고 동경에 간 뒤에도 사망하기 수개월 전에 이미 「종생기(終生記)」와 같은 작품을 써 보낸 것을 보면 이상의 이번 죽음은 이름을 병사(病死)에 빌었을 뿐이지 그 본질에 있어서는 역시 일종의 자살이 아니었든가—그러한 의혹이 농후하여진다.

　그러나 이제 있어 그러한 것을 새삼스러이 문제 삼아 무엇하랴. 이상은 이제 영구히 돌아오지 않고 이상이 없는 서울은 너무나 쓸쓸하다.[6]

　구보 박태원 역 『삼국지』(깊은샘) 출판 기념회 참석차 2008년 초여름에 들어왔다가 「KTV 북카페」에 출연한 적이 있다. 서울대 권영민 교수,

6) 「이상의 편모」, 『조광』 1937년 6월호.

1930년대 문인들의 에피소드를 담은 연극 「깃븐 우리 절믄날」과 「소설가 구보씨와 경성 사람들」의 각본과 연출을 맡았던 성기웅 작가와 함께였다. 나는 구보의 1934년 결혼 방명록에서 그때까지 누구의 글인지 몰랐던, 제일 첫 장에 있던 글이 이상(李箱)의 것으로 판명이 난 사연을 설명하고, 권 교수는 아래의 초상화를 들고 나와, 그때까지 이상의 자화상으로 알려져왔던 그림이 '이상이 그린 구보 박태원의 초상화'라고 얼굴 옆에 적혀 있는 글을 짚어가며 해명을 했던 일이 있다. 이상이 화찬(畵讚)처럼 내리갈긴 내용을 의역하자면, "나는 요시찰 인물(?)로 딱지(꼬리표)가 붙은 원숭이―때때로 인생의 우리를 벗어나려 하기 때문에 원장님(원장이라면 동물원 원장이겠는데 자신을 원숭이에 빗댔으므로 원장은 자신을 돌봐주는, 즉 조카를 아끼는 숙부로 볼 수도 있겠다. 실제로 숙부 박용남은 공애의원 '원장'이었다)은 항상 전전긍긍하신다" 정도가 되겠다. 하긴 이상의 자화상이라 하기엔 얼굴에 수염도 없고 굵은 대모테 안경까지 잡순 데다 인중이 길고 헤어스타일이 구보에 더 가깝다. 게다가 이상은 구보에게 조카를 내 몸처럼 아끼는 숙부가 있음을 늘 부러워했다고 한다.

안회남이나 여천 이원조, 그리고 정지용 등과의 교류도 여기저기서 발견되나 (북에서의 이야기가 아님), 여기서는 상(箱)보다 20일 먼저 세상을 등진, 역시 구인회의 멤버였던 김유정의 죽음을 애도하는 글을 소개한다.

작년 5월 하순의 일이었든가 싶다. 당시 나는 몸이 성치 않은 안해를 위하야 잠시 성북동 미륵당(彌勒堂)에 방 하나를

이상이 그린 것으로 추정되는 박태원.

빌었다. 옹색하기는 지금이나 그때나 일반이어서 나는 모처럼 문 밖에 나간 몸으로도 한가로울 수 없이 쌀과 나무를 얻기 위하야 사흘 밤낮을 도와 『천변풍경(川邊風景)』 제 1회분을 초하얐다.

원고를 가지고 문안으로 들어와 조선일보사 앞에 이르렀을 때 나는 뜻하지 않게 회남(懷南)과 유정(裕貞) 두 분을 그곳에서 만났다.

"아 박형, 안녕하셨에요?"

인사할 때에 얼굴에 진정 반가운 빛이 넘치고 이를테면 '수줍음'을 품은 젊은 여인과 같이 약간 몸을 꼬기조차 하는 것이 지금도 적력(的歷)하게 내 망막 위에 남아 있는 것이 유정의 인상 중의 하나다.

우리는 참말 그때 만난 지 오래였다. 그러나 그들에게는 동행이 또 한 분 있었고 나는 나대로 바빴으므로 우리는 잠깐 길 위에 선 채 몇 마디 말을 나누고는 그대로 헤어졌다.

그러한 뒤 며칠 지나 일즉이 내게 서신을 보낸 일이 없는 유정에게서 다음과 같은 엽서가 왔다.

날사이 안녕하십니까.

박형! 혹시 요즈음 우울하시지 않으십니까. 조선일보사 앞에서 뵈었을 때 형은 마치 딱한 생각을 하는 사람의 풍모이었습니다. 물론 저의 어리석은 생각에 지나지 않을 게나 만에 일이라도 그럴 리가 없기를 바랍니다.

제가 생각건대 형은 그렇게 크게 우울하실 필요는 없을 듯싶습니다. 만일 저에게 형이 지니신 그것과 같이 재질이 있고 명망이 있고 전도가 있고 그리고 건강이 있다면 얼마나 행복일는지요. 5, 6월호에서 형의 창작을 못 봄은 너무나 섭섭한 일입니다. 「거리」, 「악마」의 그 다음을 기다립니다.

김유정 재배(再拜)

그날의 나는 혹은 그가 지적한 바와 같이 우울한 얼굴을 하고 있었을지도 모른다. 제작 후의 피로가 위선 있었고 또 그 작품은 청탁을 받은 원고가 아니었으므로 그날 즉시 고료를 받아 오는 것에 성공할지 못할지 그러한 것이 자못 마음에 걱정이었든 것이다.

그러나 나의 요만한 '우울'이 유정의 마음을 그만치나 애달프게 하여 준 것은 나로서 이를테면 한 개의 죄악이다.

물론 나는 그가 말한 바와 같이 남에게 뛰어난 재질이 있지도 못하였고 명망이 있는 것도 아니며 또한 전도가 가히 양양하다고 할 것도 못 된다.

그러나 무엇보다도 '건강'이—그가 항상 그만치나 바라고 부러워하여 마지않은 '건강'이 내게는 있다고 그는 생각한 것이 아닌가. 나는 허약하고 또 위장에는 병까지 가지고 있는 몸이나 그의 눈으로 볼 때에 그것은 혹은 부러워하기에 족한 것이었을지도 모른다.

그러한 내가—그만큼이나 행복된 내가, 그에게 우울한 얼굴을 보였다는 것이 그에게는 마음에 일종 괘씸하기조차 하였을지도 모른다.

내가 유정의 부고를 받았을 때 먼저 머리에 떠오른 것은 이때의 일이다.

만만하게 거처할 곳도 없이 늘 빈곤에 쪼들리며 눈을 들어 앞길을 바랄 때 오직 '어둠'만을 보았을 유정—.

한 편의 작품을 낼 때마다 작가적 명성을 더하여 가고 온 문단의 촉망을 한 몸에 받고 있었을 그였으나 그러한 것으로 그는 마음에 '밝음'을 가질 수 있었을까.

더구나 그가 병든 자리에서 신음하면서도 작가적 충동에서보다는 좀 더 현실적 욕구로 하여 잡지사의 요구하는 대로 창작을 수필을 잡문을 써 온 것을 생각하면 우리의 마음은 어둡다.

그의 병은 물론 그리 쉽사리 고칠 수 있는 것은 아니었으나 경제적 여유가 그에게 있었다면 위선 그는 삼십이란 나이로 세상을 버리지 않아도 좋았을 것이다. 병도 병이려니와 그를 그렇게 요절케 한 것은 이를테면 그의 지나친 '가난'이다.

그가 죽기 수일 전에 약을 구할 돈을 만들려 가장 흥미 있는 외국 탐정 소설이라도 번역하여보겠다 하든 말을 내가 전하여 들은 것은 그의 부음을 받은 것과 동시의 일이지만 그가 목숨이 다하는 자리에서까지 그렇게도 돈으로 하여 머리를 괴롭힌 것은 얼마나 문인의 생활이 괴로운 것이었으랴![7]

구보의 문단에서의 교류는 매우 광범위해 애주가로서 재담가로서 어느 자리에서나 환영을 받는 축이었으나, 성격이 다소 괴팍스러운 데다 소심하고 내성적이어서 사람을 쉽게 사귀거나 속을 모두 털어놓는 편이 아니었다. 그래도 당신이 좋기만 하면 아주 빠지는 성미여서, 구인회에서도 첫손을 꼽기는 상허였으니, 성북동에 집필실을 꾸밀 계획을 세운 일[8]이나『천변풍경』의 첫 회 원고를 성북동 골짜기에 있는 미륵당 절방에서 집필을 한 것이나, 해방 갓 되고는 성북동으로 상허를 자주 찾던 일[9]이나, 상허가 외출을 했을 경우에는 게서 한 마장이나 그렇게밖에는 더 오르지 않아 있던 백양당 배 사장(배정국)과 바둑을 두던 일들, 그리고 성북동 골짜기를 헤매며 창작실을 마련해보려던 일련의 생각들은 굳이 구보의 고현학을 들먹이지 않아도 군말이 필요치 않게시리 상허를

7) 「고 유정 군과 엽서」, 『백광』 1937년 5월호.
8) 본래의 계획과는 달리 돈암정을 떠나 아주 이사를 해버렸지만, 실은 그 이도가 임시였다는 것은 돈암정 집을 전세를 주었다는 사실이 내 생각을 뒷받침한다 하겠고.
9) 상허가 성북동에 집을 장만하기는 성북동이 경기도 고양군 성북리였을 일제 시대였으며, 대동아전쟁 말기 일제의 파쇼 정책이 문화 부문에도 예외가 없어, 강연회다 무어다 해서 그의 문단에서의 위치로 하여 여기저기 불려다녀야 하는 데다가 급기야는 만주까지 가게 생기자 붓을 꺾고 강원도로 낙향하여, 해방이 되었다는, 일본이 무조건 항복을 했다는 소식을 8월 16일 상경하는 버스 속에서야 알게 되었다는 사실은 다 아는 얘기다. 그러니 해방 후에 다시 성북동으로 귀거를 한 것이다.

친구 이상으로 경외하였던 증거라고 하겠다. 그런 점에서 구보가 상허보다 네 살이나 아래인데도 취미나 스타일, 생각하는 관점에 일치하는바가 많아 돈독해졌을 것이라는 생각은 여기저기 자전적 글에서 엿보이는 바로써 설명해도 되리라.

기록에 의하면 상허는 구보를 처음 만난 자리에서, 자기가 생각했던바와 한 치도 다르지 않은, 기대했던 작자라고 첫눈에 반해버렸다 한다. 구보 또한 상허 이태준의 작품평에서나 창작집 출간평 등에서 극찬을넘어 거의 아부에 가까운 칭찬을 아끼지 않았던, 정말 문자 그대로 찬사뿐인 걸 확인할 수 있다.

상허가 이미 솔가하여 북으로 떠난 뒤, 구보는 모처럼 꿈에 그리던집필실로서 별장을 성북동에 마련했다. 그런데 실질적으로는 별장이 아니라 초가삼간에 일곱 식구가 기거를 해야 하는 그런 내키지 않고 상식으로는 이해가 되지 않는, 그러하기에 당시 구보에게 일어난 일련의 전후 상황으로 미루어보아 성북동 별장으로의 이도(移逃)는 이제까지 알려진 그런 이사가 아니었다. 그리고 구보와 상허 사이에, 북에 가서도서로가 소원한 체해야만 했던 어떤 사연(?)이 있었지 않았나 싶은 일을여기저기서 얻어들은 것이 있기는 하나 내가 감당할 소지가 아닌 듯하여 그냥 말을 묻다.

상허의 부친은 왜정 시대에 독립운동을 하다 러시아에서 유명을 달리한 독립투사로 알려져왔다. 그래서 그런지, 어려서 친지들을 통해 들은 얘기라 확실친 않지만서도, 상허는 늘 글만 쓰는 것으로는 자기의역할(?)을 다하는 것이 아니라는 일종의 압박감 내지는 사명감 비슷한것을 가지고 있었다. 조용하고 내성적인 성격과는 달리, 해방 후 좌익계열에 가담해 일을 한 일련의 족적과, 북으로 올라가서 그가 추구한바를 근거로 유추해볼 때(비록 부실한 자료들이고 부정확한 출처의 소스라고는 하지만) 어떤 면에서는 헤게모니를 달아 거의 무모할 만큼 고집(?)을 피웠음을 짐작할 수 있다. 마치 계란으로 바위치기와 같은 일련의 행위 (고인에게 결례가 됨을 알면서도)나 주위에 형성된 얄팍한 벽[10]을 의지해서 정권에 정면으로(?) 맞선 셈인 걸로 볼 수도 있음을 감안하면, 역시 문인은 문학에 뿌리를 두고 거기 생리에 맞게 살아야지 딴 데 한눈을 팔았다가는 뒤끝이 좋지 않다는 것이 자연스레 이해가 되지 않았을까도 주제넘게 생각해본다.

상허는 해방 후 두 달 동안 공산주의의 종주국 소비에트 연방을 방문한 소감(?)을 발표한 책도 있는 데다, 특히 그곳에선 '조선의 모파상'이란 별명까지 얻었던 사례가 있으니, 아무리 생애에 더할 나위 없는 추앙을 받던 그라 하더라도 한창 숙청이 강행되던 당시에는 본인의 작품이 자본주의 색채가 농후한 비판의 대상으로 둔갑을 하는 판국을 맞이하기에 이르고 말았다. 앞서 말한 '얄팍한 벽'에 의지해 어처구니없게 외곬으로 빠졌던 그의 인생 역정(?)이 결국 그의 말년을 누구도 가늠할 수 없는 비극으로 막을 내리게 한 것 같다.

어쨌거나 북에서의 구보와 상허의 관계는 비록 거래는 없었다 할지라도 늘 서로의 마음 안에서 꺼질 줄 모르는 겻불처럼 그렇게 소리 없는 대화가 이어졌으리라 가늠해본다.

이런저런 연유로 하여 한동안 문인들 사이에서는 박태원의 '월북'이 동무(이태준) 따라 강남 간 격으로 치부되었다. 그리고 그 주장은 누가 듣기에도 그럴 듯한 이야기로 오랫동안 회자되었던 게 사실이다. 사실 해방 전후에서 월북 전까지 구보가 발표한 작품들은 대개가 모더니즘을 표방했고—이후에 『천변풍경』에서 보이듯 사실주의의 색채도 조금씩 드러나긴 했지만—어느 작품도 의식적인, 경향파적인 글과는 거리가

---

10) 1950년대 중엽 문화계 요직에 있는 사람들 중 소련파 2세를 위시한 상허를 두둔하며 미는 축이 있었다.

멀다. 비록 해방 후에 나온 몇몇 작품에서는 기존의 주인공들과는 다른 계층의 모델들을 형상화하기도 했는데 그들이라서 기존의 테두리를 아주 벗어나지는 않았으니 구보의 작품 어디에서도 북을 택할 만한 그런 조짐은 발견할 수 없었다고 하겠다.

물론 지금은 구보 박태원이 '남조선문학가동맹 대표'로서 그의 계씨(季氏)이자 남조선미술가동맹 대표인 문원과 함께 '평양 시찰 내지는 견학'이란 명목으로 9·28 서울 수복 일주일 전에 평양을 방문했다는 사실이 밝혀졌다. 다시 말해, 구보는 위로부터의 지시 혹은 북으로부터의 초청을 받고 평양을 견학(시찰)을 하고 돌아와 동료 작가들에게 보고 들은 것들을 전하도록 강요받았던 것이다. 그러나 구보가 북으로 간 사이 전세는 바뀌었고 구보는 그대로 영영 귀환하지 못하게 돼버렸다. 필자가 1990년 8월 방북했을 때 확인한바, 아버지와 삼촌의 평양행은 북의 가족도 분명히 알고 있었다. 큰누나 설영과 작은어머니(박문원의 처), 그리고 경원 고모는 당시의 일을 평양 방문이라 하지 않고 시찰이라 한 점이 기억에 남아 있다.

시인 김기림은 구보의 단편 속에서도 심심찮게 등장하는데, 그 고현학인지 뭔지로 대학 노트를 옆구리에 끼고 다방으로 거리로 배회하다가 씨가 퇴근할 무렵 찾아가는 신문사 친구가 바로 김 시인이다. 김 시인은 이화동 우리 외갓집 맞은짝 오동나무가 박힌 집에 사셨는데, 그 댁도 부인과 아이들(?)을 모두 두고 혼자만 가셨지, 아마. 남에 남은 부인은 줄곧 기회 있을 때마다 부군이 자진 월북이 아니라 납치를 당했다고 주장했던 걸로 안다.

내가 1990년에 북에 가보니, 같은 시기 월북을 했던 임학수 시인은 김일성종합대학 영문학과 강좌장까지 지내 한때는 이웃해 사시기도 했다는 얘기를 전해 들었는데, 우리 김 시인은, 도무지 어디라서 소식을 아는 사람이 없었고 남기지도 않은 듯했다. 하기야 그런 분들 어디 한 둘이랴.

이제 구보의 문우들의 소개에서 김기림과 더불어 마지막을 장식할 분들은 이선희, 최정희다. 구보가 이들에게 보낸 편지가 있어 소개한다.

김기림 형에게

돌아오셨으니 반갑소. 오랜만에 서울 거리를 함께 거닙시다. 술은 배우셨소? 당신의 「철로 연선(鐵路沿線)」은 나와 함께, 죽은 이상(李箱)이도 매우 좋게 본 작품이었는데, 그 뒤로 다시 창작 활동이 없는 것은 도시 술을 배우지 못하기 때문인가 하오. 우리, 같이 술 좀 자시고, 누구 꺼릴 거 없이, 죽은 이상이의 욕이나 한바탕 합시다.[11]

위에 든 편석촌[12]에게 보낸 짤막한 편신을 대하고서, 이상은 갔지만 이상을 욕하며 상을 그릴, 구보에겐 또 다른 벗이 있었구나 생각하며 가슴을 쓸어내렸다. 그러고는 위에 든 벗들이 모두 남성들뿐이었다는 데 생각을 멈추고, 여성 작가들과의 교신 서너 편을 넣어 구색을 맞춰야지 하고 자료를 뒤지니, 아니나 다를까, 내용이 재밌는 것들이 있어 싣는다.

이선희(李善熙) 씨에게

그간 늘 안녕하셨습니까. 생(生)은 무고하옵니다. 아마 작년 섣달 대목에 문장사 좌담회에서 잠깐 뵈옵고 그만입지요. 이미 그 사이 반년 가까운 시일이 경과되었습니다그려.

11) 『여성』 1939년 5월호.
12) 김기림의 아호.

그러하오나 말씀은 때때로 최정희 선생을 통하여 듣자웠습니다. 늘 다행하옵신 날을 보내시는 듯 하오며 이번에는 또 옥 같은 동자아기를 낳으셨다니, 참으로 감축(感祝)하옵니다. 역시 최선생께 듣자웠습니다마는 아이와 함께 산모께서도 지극히 건강하시다 하오니 이보다 더 고마울 데가 어디 있겠습니까.

생(生)은 그간 별로 하는 일도 없이 날을 보내고 있습니다. 동소문 밖에 조고만 집 한 채 장만한다는 것이 생(生)으로서는 적지아니 큰 일이어서 도무지 그리로만 정신이 쏠리어, 다른 일은 무엇 하나 손에 잡히지를 않습니다. 그래도 이래 저래 토역(土役)도 절반(折半)이나 끝이 나서 앞으로 한 보름 있으면 빈약은 한 대로 집이 될 모양입니다. 이도(移徙)나 하거든 한번 놀러와 주십시요.

저도 수히 최선생과 함께 아기 보러 첨당(忝堂)하려 하거니와 그때는 부디 밖앝어른도 어디 나가시지 말게 하시고 왼가정(家庭)을 드시어 우리를 환대(歡待)하여 주십시요.

5월 4일

이선희 씨 좌하(座下)

구보 선생

지금은 이른 아침입니다. 나는 선생께 편지를 쓰려고 뽀얀 새촉에 푸른 잉크를 담뿍 찍어들고 앉았습니다. 마루 뒷문으로 장미(薔薇)빛 햇쌀이 쏘아듭니다. 오래간만에 청신(淸新)한 기분(氣分)이 그럴싸하게 풍깁니다. 그러나 아무도 내 창가에 와서 "오! 나의 태양(太陽)이여"하고 노래부르는 이는 없습니다. 햇빛이 차츰 누렇게 엷어져갑니다.

나는 전에 편지를 잘 썼습니다. 그러나 지금은 일 년에 한 번 혹 두 번 정도로 그것도 우리 아버님께 쓰는 외에 아무데도 쓰지 않습니다. 고로 이제 구보 선생께 편지를 쓰자니 솜씨가 몹씨 서투릅니다. 참 요즘 기체

(氣體) 태평하십니까. 저번 뵈였을 때는 웨 그다지 벙어리처럼 입에는 표정(表情)이 없고 안경(眼鏡) 넘어로 눈치만 살살 살피셨습니까. 퍽 섭섭했습니다.

그 주책없이 실실 잘 짓거려쌌는 그런 때가 선생께 제일 즐거운 생각을 가지게 하는 것입니다. 이담에 되도록 많이 담화(談話)하십시요. 그 "천변풍경"식으로요.

구보 군(君)이 좀더 불량소년(不良少年)이었드면 나는 이 편지를 얼마나 쉽게 쓸 수 있을런지—그러나 '로미오'도 '동호세'도 아닌 다방골 큰서방님인 구보씨의게 나는 무엇이라 편지사연을 만들어야 합니까.

벌써 수채구녁엔 파리 떼가 웅웅거립니다. 파리를 죽이는 데는 무슨 약을 쳐야 하는지요. 저놈들은 당연히 죽여 없이해야 할 것이로되 나는 초하(初夏)에 저 웅웅거리는 파리 떼 소리를 들으면 한없이 게으른 정취(情趣)를 몸에 느낍니다.

쓸데없는 이야길 많이 썼습니다. 애기들 선장(善長)하오며 부인께서도 안령하십니까. 새집은 언제 드시는지 집들이엔 성냥과 엿을 사가지고 갈까 하옵니다.

내가 처음 선생을 알기는 「소설가 구보씨의 일일」이 신문에 발표되던 때부터였든가 하는데 그때 나는 그 소설과 그 작자를 무척 훌륭하게 생각했습지요. 그 소설이 나올 때가 바로 지금처럼 더울 때가 아니었든가요? 그리고 '소-다수'와 '칼피쓰' 이야기도 나오던 것 같은데 그래 그런지 선생을 생각하면 바로 첫여름에 인간이지 겨울은 합당치 않습니다.

오늘은 유난히 '소-다수'와 '칼피쓰'가 그리운 날입니다. 그럼 늘 안령히 계십시요. 혹 근일(近日) 어느 다방로(茶房路)에서 우연히 만나뵐지도 모릅니다.

기왕에 절친한 문우들과의 속 깊은 서신들을 싣고 나서 생각한 것이, 원은 이 평전의 첫머리를 우리 집안의 가장 큰 희생자이신 우리 어머니로부터 시작을 하렸는데 그게 뜻대로 되지를 않아 조금은 떨떠름했다. 그런데, 이제 감칠맛이 나는 이선희와의 서신 교환을 싣고 보니 조금은 더 훈훈하고 부드러워지고 싶어서, 물론 원고 청탁에 응하겠다고 하는 지극히 사무적인 내용이긴 하지만, 남녀 간의 서신이라는 것은 아무리 사무적인 일에 관한 것일지라도 어떻게 감정이 흐르나를 보여주는가의 예가 될 것도 같아 최정희와 주고받은 편지도 실어보겠다. 내용으로 보아 1941년 초 구보의 돈암정 집이 다 되어 이사를 한 직후인 듯하다.

원고(原稿) 부탁

새집에 드신 뒤에는 도무지 만나 뵐 수 없구만요. 애기들이랑, 부인께서랑 안령하십니까. 선희, 저 이렇게 둘이서, 요먼저 한참 박 선생님 이야길 했습니다. 새집을 지으신 뒤 빚에 몰려서, 쩔쩔 매신단 말씀을 듣고 참 안돼했습니다. 인제 좀 돌리시었습니까.

『삼천리』에 11월 10일까지 소설 한 편 써 주십시요. 참 이건 결사적(決死的)으로 하는 부탁입니다. 남의 결사적 부탁에 모르는 척하는 건 죄악(罪惡)입니다. 그러하오니 그여히 써 주서야 합니다. 믿고 기다립니다. 엽서로 알려주십시요. 기다려도 좋다고, 적어 보내주십시오.

이만 합니다.

최정희 배(拜)

박구보 선생 좌하(座下)

동답장(同答狀)

선생은 본래(本來)는 그렇지 않으셨던 듯싶은데 그간 뵈옵지 않은 동안에 아주 과장벽(過張癖)이 느셨습니다그려. 고만 일에 결사적이라고, 생명(生命)을 거실 것은, 무엇입니까. 그러하오나 문자(文字)로라도 살인죄(殺人罪)를 짓고 싶지는 않으므로, 삼가 말씀을 받들어 없는 재조(才操)나마 부려볼까 하옵니다.

염려(念慮)하여 주신 덕택(德澤)에 어리석은 안해와 불초(不肖)한 자식들이 별탈 없으니 만행(萬幸)이옵니다. 대체 어디서 들어 아셨는지 생(生)의 궁상(窮狀), 동정(同情)하여 주시니 송구스럽사오며, 그렇게 아시고도 돈 좀 변통 안하여 주시는 것이 못내 야속하옵니다. 종로 나가는 길 있는 대로 찾아 뵈오려 하옵거니와, 그 안에라도 이선희 선생 만나시옵거든, 인사 말씀 올려주십시오.

구보 재배(再拜)

최정희 선생 오우(梧右)

필자가 이 글을 쓰느라 연일 쌓인 피로를 못 이겨 쓰러져 잠을 청해 깜빡 토끼잠을 자는데 전화가 한 통 걸려왔다. 2009년 봄, 졸업 50주년을 맞아 찾은 벗이었다. 반세기 만에 찾은 벗들은 예나 지금이나 변함없어, 지나온 반세기에 쌓인 얘기가 끝이 없는데 문득 끊고 나자 떠오른 것이 학창 시절 비 내리는 청계천 헌책방에서 구한 김기림의 시집 한 권 『기상도(氣像圖)』였다. 책의 장정은 나의 삼촌인 박문원이 맡았는데, 삼촌은 아버지의 『수호전』 장정도, 해방되고 다시 찍은 『천변풍경』의 장정과 속표지 그림도 맡아 하셨다.

이런 생각을 하고 나니 더는 잠을 청할 수가 없어 이렇게 앉아 있는데, 옛날에는 장정이 시쳇것들과는 전혀 다른 의미로서 받아들여졌다는 얘기를 떠올려보며, 그 시대의 장정, 삽화계(?)를 풍미하던 면면들인, 김규택, 정현웅, 정종여, 이상범, 이승만, 안석주(석영), 또 누구누구를 뇌어보다가, 이희승의 『박꽃』 장정, 정지용의 『백록담』 장정, 설정식의 『제신(諸神)의 분노(憤怒)』에 이어 김기림의 『기상도』의 장정도 맡아 그렸던 삼촌에게까지 생각이 닿았다. 연전에 찾은 그의 글을 되새기다가, 어려서 삼촌 이름에 글월 문(文) 자가 들어 있으니 아마 글도 잘 쓰실 거라고, 실은 아버지가 글월 문 자를 이름에 썼어야 하지 않았나도 생각했더랬는데, 이제 반세기가 지나 그 글을 읽어보니, 과연 그 유연하고도 조용조용 늘어놓는 이로정연한 문장에 삼촌의 음성이 되살아나는 듯했다.

구보의 작가의식

구보에 대한 나의 평가는 오늘날의 것이고 또 우리는 부자지간인 만큼 주관적인 것일 수도 있겠다. 그렇다면 1930년대 당시 사람들은 구보의 작품을 어떻게 보았고 또 구보 자신은 해방 전까지 발표했던 자기 작품에 대하여 어찌 생각하고 있었나. 당신은 어떤 작품을 심혈을 기울여 썼고, 어느 작품을 마음에 들어 했으며, 어떤 평에 대해서 반박을 하고 싶어 했을까. 이런 궁금증에 대해 단서가 될 수 있는 글 한 편을 찾았기에 여기 옮겨놓는다.

경오년[13] 10월 『신생』지에 발표된 졸작 「수염」이 내게 있어서는 이를테면 처녀작이다. 이래 칠팔 년간 나는 수삼십 편의 작품을 제작하여 왔고 그중의 몇몇 작품은 월평(月評)에 올라 더러 시비(是非)가 되었던 듯싶다.

어느 경우에 있어서는 작가로서 그대로 잠자코 있을 수 없는 따위의 평언을 들은 일조차 있으나 나는 그러한 것에 대하여서도 일즉이 단 한 번이라 붓을 들어 항변을 하여 본다든 그런 일이 없었다. 그러나 그렇다고 하여 그들 비평가들의 나의 작품에 대한 재단을 그 모두가 지극히 옳

13) 1930년.

은 것이라 하여 스스로 마음에 용납한 것은 무론 아니다. 나는—매우 부끄러운 말이기는 하지만 무슨 일에든 좀 게으르고 또 끈기가 없는 사람인 것 같다. 어떠한 일을 대하여서든 시초에는 그 열이 가히 볼 만한 자가 있어도 그것이 결코 오래 가는 일 없이 얼마 지나지 못하여 식어버리고 만다. 이것은 유감된 기질로 이 결핍으로 하야 나는 얼마나 실생활에 있어 적지 않은 손실을 받고 있는지 스스로 헤아릴 길 없는 것이나, 타고난 것이니 어찌한다는 도리가 없다.

무책임한 비평가의 부당한 논평에 대하여서 나는 그 게으름에도 불구하고 쉽사리 흥분하고야 만다. 흥분하고서도 마음에 있는 것을 경솔하게 입 밖에 내지 않을 만큼, 나는 영민하지도 능하지도 못하다. 그래 지극히 불쾌하고 또 우울한 가운데서 나는 나의 불평을 아무에게든 토로하지 않으면 안 된다. 나의 호소를 들은 이는 또 들은 이대로, 이것은 이러고 있을 것이 아니라 그러한 부당하고 또 무책임한 비평에 대하여 마땅히 항변을 시행하여야 할 것으로 그것은 작가로서의 당연한 권리이기조차 하다고 일러준다. 물론 그러한 통고가 설혹 없었다 하더라도 나는 역시 나대로 한 마디 항의가 없을 수 없다고 스스로 생각하였던 터이다.

그래 나는 얼마를 책상 앞에 앉아 두뇌가 그다지 명석하지 못한 듯싶은 해(該) 평론가를 대체 어떻게 하면 일거에 물리칠 것인가 면밀하게 궁리하여 본다. 그러나 나는 이 앞에서도 말하였거니와 결코 끈기 있는 사람이 아니다. 그래 정작 붓을 들어 반박을 꾀할 수 있기 전에 대개는 이미 이 우울한 사무에 대하여 정열과 흥미를 아울러 망실하고 흥미도 정열도 가질 수 없는 일에 물론 나는 종사한다는 수가 없다.

마침내 나는 이렇게 생각한다.

나의 작품이 정말 내 자신이 생각하고 있는 바와 같이 그렇게 값 있는 것이라 하면 '제까짓' 비평가류가 아모러한 논란을 캐이든 간에, 결국 아는 이는 알 것이 아니냐?—

그러한 것에 대하야 일일이 항변을 한다는 것도 정히 구찮은 노릇이다. 그보다는 차라리 완전히 묵살하여 버리는 것이 현명한 일이나 아닐까?—

더구나, 그러한 데다 부질없이 정력과 시간을 소비하여 버리느니, 오히려 그 시간과 정력을 가져, 좀더 값있는, 좀더 무게 나가는 작품을 제작하는 것이 얼마나 의의 있는 일인지 알 수 없지 않으냐?—

이것은 물론, 내 자신의 끈기 없고 또 게으른 일면을 스스로 합리화하려는 데서 나온 생각이나 역시 코올(?)로 또 떳떳한 것이라 아니할 수 없다. 그래 그렇게 방침을 세운 뒤로 나는 더러 묵과하기 어려운 혹평을 받는 일이 있어도 이미 전과 같이 흥분하지 않고 따라서 신세가 얼마쯤이나 편안하여졌는지 모른다.

이번에 편집 선생이 모처럼 비평가에 대한 항변의 기회를 내게 주셨을 때도 그러한 까닭에 나는 역시 잠자코 있을까 하고 생각하였다. 이미 지난 일을 이제 이르러 다시 들추어낸다는 것도 승거운 일이요 그보다도 위선 문제를 삼을래야 삼기도 어려웁게 대체 나는 언제 누구에게 어떠한 말을 들었든 것인가 기억이 매우 희미하여진 까닭이다.

그러나 언제까지든 잠자코 있는 것만이 재주가 될 것도 없을 게다. 나는 이 기회에 하고 싶은 말을 몇 마디 하기로 작정이다.

이렇게 작정을 고쳐 세우고 생각하여보니 위선 머리에 떠오르는 것은 계유년 10월 『조선문단』지에 발표되었던 졸작 「오월의 훈풍」에 대한 시비이다.

계유년이면 아직도 프로 문학 이론이 득세하고 있든 시절이라 나의 작품류가 만의 일이라도 호평을 받으리라고는 물론 제법 낙천가인 작자로서도 기대는 안 하였다. 아니나 다를까 그 달의 월평을 시험한 이기영 유진오 두 분 선생이 논조를 맞추어 이 작품이 저열하고 경박한 것이라 논단하였다.

이 두 분의 위대한—(이것은 물론 반어라 하는 것이다)— 선배는 내 작품 속의 다음과 같은 구절이 참기 어렵게 불쾌하였든 모양이다.

"철수는 양말을 두 켤레 사서 그것을 아모렇게나 양복 주머니에 처넣고 화신 상회를 나왔다.

그러나 그곳을 나와서 집으로 밖에는 어디라 갈 곳을 가지지 못한 철수였다. 양말을 살 것이 오늘의 사무였었고, 그 사무는 이미 끝났다.

그는 백화점 앞에가 서서 물끄러미 종로 네거리를 오고가는 사람들을 바라보고 있었다."

어째 이러한 무위한 청년을 그려 놓았느냐 하는 것에 이분들의 분개는 있었든 듯 싶으나, 내가 내 작품 속에 무기력한 룸펜 인텔리를 취급하는 것은 이분들이 그들의 작품 속에 '투사'라는 '주의자'를 취급하는 것과 동등한 권한에서 나온 것으로 다만 이곳에서 우리가 명심하여 둘 것은 이 「오월의 훈풍」이 나의 이제까지 제작한 작품 속에서 결코 우수한 것이 아님에도 불구하고 이 '철수'라는 인물이 그분들의 어느 '주의자'나 '투사'보다도 훨씬 책임감을 가지고 있었다는 한 가지 사실이다.

무기력한 룸펜 인테리를 주인공으로 삼았대서 홀대(?)를 받은 작품은 이 밖에도 또 있다. 같은 계유년 2월에 『신가정』지에 발표되었든 「옆집 색시」가 그중의 하나로 이것에 대하여서는 백철 선생이 역시 작자로서 수긍하기 어려운 말을 늘어놓았든 듯싶으나 이 「옆집 색시」든 또 「오월의 훈풍」이든 소위 '역작'이라든 '대작'이라든 하는 것이 아니오, 엷은 애수를 주조로 한 소편(小篇)이었으므로, 그분들의 망령된 논평을 오즉 가만한 쓴웃음으로 지내쳐버린다는 수도 있었든 것이나 그 이듬해 『중앙』지에 발표한, 남의 앞에 내어놓아 과히 부끄럽다고는 생각되지 않는 작 「딱한 사람들」은 작자 자신, 당시에 있어 제법 정열을 기울여 제작한 것으로 지금에 있어서도, 이 품(品)인 만치 당시에 그것을 일개 태작으로 물리쳐버린 박영희 선생의 '망평(妄評)'에는 처음에 아연하였고 다음에 분개하였고 그리고 마침내 옥석을 분간하지 못하는 평가(評家) 선생을 위하야 차탄(嗟嘆)함을 마지않었다. 이 고명하신 노평론가에게 작품에 대한 비평안도 감상안도 없다고 내가 분명히 알 수 있었던 것은 정히 이때였다.

「거리(距里)」(병자년 『신인문학』 신년호)에서도 나는 그와 비슷한 경험을 하였다. 이것은 「딱한 사람들」보다도 작자 자신, 좀더 자신을 가질 수 있는 작품이었든 까닭에 세평에 대하여 결코 무관심일 수 없었다. 그러나 이태준(李泰俊) 형이 호의를 가진 단평(短評)을 시험한 이외에는 옳게 알어보는 이가 역시 없는 듯싶어, 이를 월평에 들어 말한 이종수(李鍾洙) 선생도 백철 선생도 태작으로까지 대우하지는 않었어도 그분들이 드물게 대하는 가작(佳作)으로는 생각되지 못하였든 모양이다. 이 선생은 센텐스가긴 것이 희한하였든지 몇십 몇 자 몇십 몇 행의 기다란 센텐스 운운하시고 그러한 것에 감탄하시느라 여가가 없었든 모양이요, 백 선생은―〔매우 유감이나 선생의 평문을 좌우(座右)에 준비 못 하여 지금 그것을 다시검토하여 볼 도리가 없으나〕―하여튼 분망하신 중에 촌가를 얻어 작품을보시고 또 평하시고 그러느라 그랬든지 나의 「거리」가 아닌 「거리」를 바루 논의하여 놓으셨다.

그러나 나는 이러한 류이나마 논평을 받어보기보다는 완전히 묵살을당한 작품을 오히려 좀더 많이 가지고 있다.

「소설가 구보씨의 일일」이 그러하다. 「애욕」이 그러하다. 「전말」이 그러하다. 「비량(悲凉)」과 「악마」가 그러하다. 「악마」와 같은 작품은, 임병(淋病)과 임란성 결막염을 취급한 것으로, 다른 모든 것을 제외하고라도, 이러한 방면의 새로운 제재를 구하여 보았다는 한 가지만으로도, 작자의노력과 공부는 마땅히 문제되어야 옳을 것임에도 불구하고 내가 듣고 또본 한도에 있어서는 한 사람도 이 작품에 의견을 말한 이가 없었다.

그렇기로 말하면 「구보씨의 일일」도 일반이다. 이것은 「딱한 사람들」과 전후하여 갑술년(1934년) 8월에 제작된 것으로 그 제재는 잠시 논외에 두고라도 문체, 형식 같은 것에 있어서만도 가히 조선 문학에 새로운 경지를 개척하였다 할 것이건만 역시 누구라도 한 사람, 이를 들어 말하는 이가 없었다.

이 일반 독자에게는 좀 난해한 것인지도 모를 작품은, 나의 다른 작품들보다도 훨씬 더 독자의 흥미라는 것을 무시하고 제작되었든 것인 까닭에 회수로 30회, 일수로는 40여 일을 『조선중앙일보』 지상에 연재되는 동안 편집국 안에서도 매우 논란이 되었던 듯싶어, 만약 이태준 형의 지지가 없었드면 나는 이 작품을 완성할 수 없었을지도 모른다.

이곳에서 내가 한 가지 괴이하게 생각하여 마지 않는 것은 일반 저열한 독자는 애초에 문제가 안 되지만, 순수한 예술 작품을 ○○ 이해하는 듯이 자처하는 ○○ 제 선생들이 기실 대부분은 ○○이 그 무엇임을 알지 못할 뿐 아니라 알려고 노력하기조차 않았다는 한 가지 사실이다.

남의 작품을 잘 읽지 않기로는 위선 나 같은 사람이 으뜸이 되겠지만, 무릇 평가(評家)로 행세하고 때때로는 문예 시평쯤 시험하려는 이는 작가들의 노력과 정진에 대하여 꾸준히 유의하는 바가 있어야 마땅할 것이다. 한때한때의 필요에 의하여서 남의 작품을 한두 편 그것도 정독할 성의가 없이 총총히 뒤적거려 보았을 뿐으로 함부로 당치 않은 논단을 나리는 것은 심히 옳지 않은 일이다.

경망된 수삼 평가들의 명명으로 나와 같은 사람은 기교파라는 레테르가 붙어 있는 모양이나 평가들은 혹 그들의 부실한 기억력을 위하여 간편하게 분류하여 놀 필요상 그러하여도 용허되는 수가 있을지도 모른다. 그러나 같은 작가들 중에 거개는 한창 당년에 프로 작가들이라고 자칭하는 이들이지만 말에 궁하면 반드시 나와 같은 사람을 문장만 아느니 형식만 찾느니 기교만 중히 여기느니 하고 그것만 내세우는 데는 너무나 어이가 없어 말도 하고 싶지 않다.

대체 군들은 그러한 말을 할 때 스스로 마음에 부끄러워하는 바가 없느냐? 작가로서 문장이 졸렬하고 형식이 미비하고 기교가 치졸한 것보다 더 큰 비극이—아니 희극이 어데 또 있을 것이냐? "그러나 내용이?—" 대체 군들의 작품에 무슨 취할 만한 내용이 있다고 자부하는 것이냐?

설사 백 보를 양(讓)하야 참말 볼 만한 것이 있다면 그러면 군들은 차라리 소재 도매상이라도 개업하는 것이 상책이리라. 소설은 제재만 가지고 결코 예술 작품일 수 없는 것이니까……

하도 오래 잠자코 있다 붓을 드니 이것은 혹은 안할 말까지 하였는지 모른다. 그러나 사실을 사실대로 말한 것이라 구태여 물을 필요도 없을 것이다. 나는 다시 이러한 잡문에 시간을 허비하는 일 없이 창작에만 정진할 방침이다. 나의 예술에 대한 정신과 태도는 오직 나의 작품을 통하여서 독자에게 전달될 것이다.

이 글이 얼마간 말썽을 부릴는지도 모르나 그것은 나의 흥미할 바이 아니다. '말썽'을 무서워하지는 않으나 좀 시끄러웁다 생각할 뿐이다.[14]

일제 말기의 작품 활동과 친일 시비

대동아전쟁이 터지고 조선에 대한 일제의 압박이 문화면에도 서서히 손을 뻗치기 시작할 무렵 드디어 요시카와 에이지(吉川英治)가 『삼국지』를 들고 조선에까지 건너와 조선의 독자들 입에서 입을 타고 이야기가 회자될 때, 여기저기 연재소설도 쓰는 등 해서 활동을 게을리할 겨를이 없던 구보는 결연히 『삼국지』 번역에 착수했다.

중국의 사대기서 중 하나인 『삼국연의』의 번역은 구보의 60년(?) 작가 생활에서 차지하는 비중이 클 뿐 아니라 남과 북에서 장장 20여 년

14) 「내 예술에 대한 항변—작품과 비평가의 책임」, 『조선일보』 1937년 10월 21~23일 자.

경성 모던보이의 탄생

에 걸친 그칠 줄 모르는 집착에 의해 이루어진 쾌거이므로 최초의 번역인 「신역(新譯) 삼국지(三國志)」를 월간지 『신시대(新時代)』에 번역·연재했던 일부터가 얘깃거리다.

아버지는 전업작가 10여 년 동안 외국 문학 소개에 비교적 많은 시간을 할애한 바 있다. 초기에는 서구 문학에 흥미를 보여, 헤밍웨이, 오 프라허티, 캐서린 맨스필드 등의 작품을 소개하더니, 그 후에는 중국 전래동화나 단편들을 번역 소개하다가 드디어 『삼국지』 번역에 착수하게 된 것이다. 스승이었던 백화 선생이, 일찍이 『매일신문』에 8백여 회에 걸쳐 『삼국지』의 번역 연재를 한 것이 1929년이었고, 1939년부터 일본의 인기 작가인 요시카와 에이지(吉川英治)가 또한 번역을 시작해 오사카에서 나오는 『중외상업신문(中外商業新聞)』과 『나고야신문』 『오타루신문』 그리고 대만에서 발행되는 일본어 신문에도 동시에 게재했다. 그런데 경성에서 발행되고 있던 일본어 신문인 『경성일보(京城日報)』에까지 연재를 하게 되자, 『조선일보』 방응모 사장이, 만해 한용운으로 하여금 조선말로 번역하여 독자들에게 『삼국지』를 맛보이게 했다.

그런데 1940년 8월 11일 『조선일보』가 폐간을 당하게 되고 마니, 자연 '조선말 삼국지'도 사라져버리고 말았다. 그러니 '조선말 삼국지'를 애독하던 독자들의 아쉬움이란 말해 무엇하랴. 구보는 이에 뜻한 바 있어, 촉한정통론(蜀漢正統論)의 모종강본(毛宗崗本)을 저본으로 하여[15] '조선에도 『삼국지』를 번역할 인재가 이렇게 있다'는 듯, 이듬해 4월호부터, 이야기의 줄거리 또한 일본 작가가 연재를 하고 있던 대목에 맞춰 '삼고초려(三顧草廬)'에서부터 번역을 시작했다.

필자는 구보의 「신역 삼국지」가 왜 당시 요시카와 에이지의 연재분

15) 당시 인기를 끌던 요시카와의 것은 촉한정통론이 아닐 뿐더러 평역에 가까운 번안이었다.

과 같은 '삼고초려'에서 시작됐는지에 관한 의문을 풀어보려 한 적이 있다. 이에 대한 정보를 마키세 아키코(牧瀨曉子, 『천변풍경』을 일어로 번역하여 2005년 9월에 일본에서 출간함) 씨에게 부탁했더니, 일본의 '『삼국지』연구 기관'에 의뢰해서 받은 답장을 내게 보내주었다. 역시 예상했던 대로 독자들 중 한글과 일어를 넘나들 수 있는 사람들은 두 번역을 비교해가며 읽을 수 있게끔 한 것이었다. 잡지사 측의 제안이었는지 구보자신의 계획이었는지는 알 수 없으나 잡지사의 제안이었다고 하더라도 확고한 자신감이 없었더라면 받아들이지 않았을 것이다.

이로써 아버지의 그 세련되고 출렁거리는 현대어 문장이 보따리를 풀매, 의고(擬古)체 문장과 어우러져 그만의 독특한 맛을 우려내는 데다가, 당시 그가 즐겨 쓰던 현대 문장 스타일을 고대로 살려 썼을 뿐만 아니라, 묘사 또한 옛 고전투를 벗어나 창작에 가깝게 섬세했고, 대화에 있어서는 대사와 지문을 별행으로 처리하는 독특한 수법을 발휘했다. 전쟁 장면이나 급박한 상황에서는 현재 시제를 써서 긴장감과 현장감을 효과적으로 부여한 것도 특기할 만한 일이다. 이처럼 구보는 집필을 함에 있어 항상 기발한 착상으로 다채로운 시도를 선보였기에 오늘날 많은 평론가들이 박태원 문학의 모더니즘은 창작이나 신문소설이나 역사소설, 심지어는 번역물에 이르기까지 모든 장르에 걸쳐 한결같이 스며 있다고 입을 모으는 게 아닐까.

「신역 삼국지」는 1941년 4월부터 1943년 1월까지 번역·연재되었는데, 내용상으로는 '삼고초려(三顧草廬)'에서 '적벽대전(赤壁大戰)'까지 다뤘고 이는 두 권의 단행본으로 묶여 1943년과 1945년 5월에 박문서관에서 발행된 바 있다.

뒤에 북에서 끝장을 본 『삼국연의』의 번역은 바로 이때가 시작인 셈이며, 그 이듬해에는 『조광(朝光)』에 「수호전(水湖傳)」 연재도 시작했다. 「신역 삼국지」 연재가 일단락되자 같은 월간지에 『서유기』까지 손을 대시긴 했는데, 해방과 더불어 할 일이 너무도 많아 감당키 어려웠던 듯하다. 일단 『수호전』은 완역을 하였으나[이후에 정음사에서 동생 박문원의 장정과 배정국 씨의 제자(題字)로, 우리나라 최초의 『수호지』상·중·하 세 권이 출간되었다], 『서유기』는 연재를 중단할 수밖에 없었고 『삼국지』역시 정음사에서 1, 2권이 나온 후 끝을 맺지 못한 채 1950년의 난리가 나고 말았다.

부친은 왜정 시대에 좀더 적극적으로 일제에 항거하지 않은 까탄으로 친일 논쟁에 휘말렸다. 그러나 창씨개명도 하지 않았으며 일제에 동조한 듯한 글들도 마지못해 써낸 것으로 판명났다. 글이라는 것들이 그 내용과 구상 또한 애매모호하여 일제의 구미에 맞지도 않았을 뿐 아니라 글을 강요한 측에서조차 딱히 꼬집어 어디를 어떻게 고치라고 할 수가 없게시리 두루뭉수리로 나가는 통에 비록 타이틀은 식민지 정책이나 대동아경영권 논리에 따르는 듯해도 실질적으로 친일 작품이라 하기엔 모호한 점이 많았던 것이다. 그래서 구보는 2008년 3월 29일 '친일 문인 명단'에서 제외되었다.

일제 말기, 일제의 압박이 차츰 심해져 조선인에게 창씨개명을 강요하고 공출을 강제했을 뿐만 아니라 허울 좋은 '내선일체(內鮮一體)'를 표방하여 징용이다 보국대다 해가며 젊은이뿐 아니라 모든 노동 인력을 차출해가는가 하면, 방공 연습에 '국민총동원령'까지 발동, 점차 조선인의 기본권까지 박탈하려 목을 죄어왔다. 그야말로 군국주의 파시즘이 만연한 상황에서 문화계라고 자유로울 수는 없었다. 문화예술인들은 일제의 야욕을 옹호하는 강연회 연단에 서야 했고 강제 동원을 하는 보국대 징병을 조선의 젊은이들에게 독려해야 했다. 이 땅에 사는 조선 사람은 누구도 제정신을 붙들고 버티기가 힘든 시기였기에 일부 문인들은 붓을 꺾고 낙향을 하기도 했고, 그들에 동조하는 글을 일본어로 발표하기도 했다.

2003년 민족문학작가회의와 실천문학사, 그리고 민족문제연구소가 공동으로 '친일 작가'를 가리기 위해 소위 친일 작품 명단을 발표했는데, 구보 박태원의 것으로는 「아세아의 여명」「군국의 어머니」와 「원구」가 들어 있었다.

구보는 일제치하에서 근 20년 동안 모든 장르에 걸쳐 약 2백 편이 넘는 글을 우리말로 썼는데, 그중 위에 든 세 편에 대해 말하기 전 당시의 상황을 피력하겠다.

일제는 1937년 대동아전쟁을 전면전으로 확대하면서 강력한 파시즘 지배 체제로 돌입, 식민지 조선 또한 '국가총동원령' 아래 묶어놓았으며, 1939년에는 일제 당국이 어용 단체인 '조선문인협회'를 조직하니, 구보도 발기인 명단 30명 중에 끼게 되었다. 그 뒤 '조선문인협회'가 '조선문인보국회'로 개편이 되면서, 6, 7명이 새로이 간부로 등장했지만, 구보는 간부진에 포함되지 않았다.

1941년 박태원은, 신체제에 상응한 특집호로 나온 『삼천리』 신년호에, 이기영, 채만식, 김동리, 이효석, 정인섭 제씨와 함께 '신체제하의 문학 활동 방침'이라는 설문에 응답하기를, 건전하고 명랑한 작품을 써보겠다면서, 지금 예정하고 있는 것은, 장편 『남풍』『속 천변 풍경』, 단편 「자화상」 3, 4화와 기타라고 했다.

이후 곧 대동아 공영권의 설계에 걸맞은 제목의 「아세아의 여명」을 발표했는데, 내용은 중일전쟁 당시 국민당 내부의 항전파 장개석(張介石)과 화전파인 왕조명(王兆銘) 사이의 첨예한 대립을 다룬 작품이었으므로 내용 자체로서는 친일이라는 주장이 모호하다. 문제는, 주석과 부주석의 의견 대립에서 밀리던 왕 부주석이 남경으로 탈출하여, 1938년 일본이 남경에 세운 '중화민국 유신정부'라는 괴뢰정부의 주석 자리에 않았다는 데 있다.[16] 그러나 경우에 따라서는 왕조명이, 일제가 주장하던 '동아세아주의'의 동조자인 듯 생각할 수도 있으나, 작자는 소설에서, 왕조명은 손문의 '대아시아주의'에 동조하는 인물로 부각시켜, 실질적으로 일본의 그것과 손문의 것은 그 궤를 달리하는 이념이라는 것을 밝히고 있으니, 「아세아의 여명」은 친일 파시즘을 긍정한 것이 아니라 중화주의에 대한 막연한 동경을 내면화하고 있다고 볼 수도 있는 것이다. 그러므로 「아세아의 여명」을 대동아 공영권에 대한 피상적인 인식이 반영된 소설로 보는 것은 타당하지 않다고 생각한다.

다음으로 『조광』 가정 강좌 제1권으로 나온 『군국의 어머니』는 국민총력 조선연맹 문화부 감수에, 조선총독부 정보과 추천으로 되어 있다. 그 내용인즉슨, 고대 일본 역사에 등장하는 '아홉 군신(軍神)의 어머니들'을 태평양 전쟁에서 전사한 군인들의 어머니나 아내들과 얽어서 양자 사이에 연관성(?)을 찾아보려는, 구성상에 무리가 따르는, 창작이라기보다는 '역사 전기물' 같은 이야기이나, 일본의 군국주의에 동조하는 신체제 이념을 수용한 작품이라는 데는 동의할 수 없는 것이, 일제가 제시한 제목과 머릿말 까닭에 작가를 친일이라 하기에는 무리가 따른다 하겠다.

다음은 해방 바로 전까지 『매일신보』에 연재되던 「원구(元寇)」라는 작품이다. 이 소설은 1945년 5월 16일부터 8월 14일까지 『매일신보』에 연재하다가 해방과 더불어 76회로써 중단했다. 그 내용은 7백여 년 전 고려 때 몽고가 일본과 국교를 맺으려는 시기의 일련의 사건을 놓고 벌이는 이야기로, 중단된 대목까지는 이렇다하게 일본을 두둔한다든가 파시즘을 옹호하는 내용이 보이지 않을 뿐 아니라 되려 중간에 약 20회는,

---

16) 혹자는 '중화민국 유신정부'를 왕조명이 세운 듯 말하는 이도 있으나 그것은 사실과 다르다. 사실은 일본이 세워놓고 왕 부주석을 그 자리에 앉힌 것이다.

일인 등장인물 '도지로'와 '야지로'가 대륙 문화(중국 문화)의 우수성에 충격(감격 내지는 감화)을 받게 이야기를 끌고 가기도 해서, 오히려 일본이 아니라 중국을 두둔하는 작품으로 볼 수도 있게 생겼다.

2008년 3월 29일 저녁 사간동 대한출판문화회관에서는 구보가 북에 가서 끝을 본 『삼국연의』가 열 권의 『삼국지』로 재발행돼 자축 파티가 열리고 있었는데, 나도 그 자리에서 구보가 친일 작가 명단에 들어 있지 않다는 소리를 듣고 얼마나 감개가 무량했었는지……

부실하기 짝이 없는 내 짧은 지식으로 주절대 혹 만인의 비웃음을 살까 저어했는데, 최근에 발표된 평론가 홍기돈 님의 논문 「'성문 밖'에서의 고현학, 그 의미」[17]를 접하니, 내가 모르는 주제에 관한 부친의 대한 어설픈 '두둔'이 필요 없게시리 전혀 다른 각도에서 부친의 소위 '친일 작품'이라 들먹였던 것들을 해석하고 있어, 나로선 '휴우—' 안도의 한숨까지 내쉬며, 여기에 그 일부를 인용하려 한다.

비슷한 시기 박태원이 발표했던 중국 고전소설들에 대해서도 비슷한 맥락에서 이야기가 가능하다. 1940년대 들어 일제가 패망하기 이전까지 그는 『신역(新譯) 삼국지(三國志)』(『新時代』, 1941. 4~1943. 1), 『수호지(水滸傳)』(『朝光』, 1942. 8~1944. 12), 『서유기(西遊記)』(『新時代』, 1943. 6~1945. 1) 등을 발표하였는데, 일찍이 김윤식은 이에 대하여 다음과 같이 평가한 바 있다. "많은 문인들이 친일(신체제)에로 나아갈 것인가, 붓을 꺾을 것인가, 일본어로 쓰되 신체제와는 관련 없는 글을 쓸 것인가의 갈림길에서 고민할 때, 박태원은 제4의 방식으로서 중국 고전 번역(역사소설)에의 길을 택함으로써, 그 누구도 따를 수 없는 글쓰기 행위의 유형을 창출하였

17) 『작가세계』 2009년 가을호, pp. 28~34.

다"(김윤식, 「박태원론」, 『한국 현대 현실주의 소설 연구』, 문학과지성사, 1990, p. 144). 김윤식이 말하는 '그 누구도 따를 수 없는 글쓰기 행위'의 유형이란, 나의 방식으로 표현한다면, 공간적으로 '성문 안'에서 '성문 밖'으로 이동한 것에 상당하게, 시간적으로 '현대'에서 '과거'로 미끄러진 데 해당한다. 그런 점에서 김윤식의 평가는 타당하다고 판단하게 된다.

그렇다면 친일 작품으로 분류되는 소설들을 어떻게 이해할 수 있을까. 「아세아의 여명」(『朝光』, 1941. 2)의 경우 왕조명(汪兆明)이 중경(重慶)을 탈출하여 남경(南慶)에 신정부를 수립하기의 과정을 그린 내용이다. 왕조명이 1940년 3월 세운 신정부가 일제와 타협하였으니 현실 측면에서 파악하였을 때 창작 의도에 대해 친일 혐의를 가질 수는 있겠지만, 정작 작품을 읽어보면 이념과는 무관한 자리에서 창작된 정치 소설임이 판명된다. 『군국(軍國)의 어머니』(朝光社, 1942)에 대해서도 비슷하게 이야기할 수 있다. 책의 제목을 두고 보면 친일 소설이라고 볼 여지가 크지만, 책의 내용을 읽어보면 일본 역사에서 현모(賢母) 혹은 양처(良妻)로 꼽을 만한 인물들에 관하여 평면적으로 이야기를 서술한 데 불과하기 때문이다. 다만 책의 「머리말: 조선의 어머니들에게」에서는 명백하게 친일이라고 볼 수 있는 발언을 발견할 수 있는데, 이는 일제의 검열을 거쳐 출판하기 위한 불가피한 조치였다고 이해할 수 있겠다. 이러한 방식에서 근거하여 접근할 경우, 친일 작품으로 분류되는 박태원의 소설들은 선선히 친일 작품으로 분류하기에 석연치 않은 면모를 끌어안은 양상이라고 정리하게 된다. 다른 작가들과는 달리 친일로 뻗어가는 이념이 확인되지 않는다는 것이다.

이상으로 아버지의 일제 말기, 붓을 꺾는 일 없이 계속 글을 쓰자니 오늘날 친일 문학을 했다고 도마에 올려놓고 난도질을 하는데도 친일 작가의 테두리 밖에 서게 된 사연을 적어보았다.

2부

요동치는
역사의
한복판에서

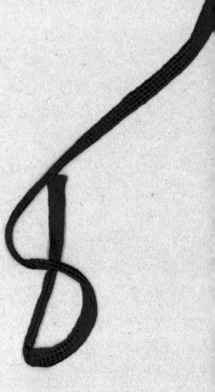

해방을 맞아

　　　　　　　구보는 해방을 맞이하자마자 우리말을 잃은 이 땅의 어린 세대들에게 모국어를 찾아주는 것이 급선무라고 생각하셨던 듯, 욱구(旭丘)중학[1]에 밤이면 나가 조선말 강습에 열의를 보이셨고, 무엇보다 한글 교재가 필요하다고 생각을 해, 주야로 중등 학생들을 위한 한글 부교재를 만들었다. 정음사의 『중등문범(中等文範)』이라든가, 『중등작문(作文)』 등은 이때 쓴 것들이다. 그리고 「학병의 노래」나 「독립행진곡」의 가사도 모두 이때에 작사를 한 것으로 안다(작곡은 두 곡 모두 김성태).

　그런데 일제의 압박으로부터 벗어나긴 했으나 예기치 않게 외세의 힘이 개입된 데다 사회적으로, 그리고 특히 경제적으로 안정을 찾기에는 나라의 모든 여건이 미비했던 관계로 물가는 하늘 높은 줄 모르게 뛰었고, 정치적으로는 제 몸 제 식구만 아는 모리배들의 농간이 판을 쳤고, 우후죽순 격으로 늘어나느니 정당이었다. 일제 때부터 주변 강대국, 특히 러시아의 공산주의 혁명의 성공 여파로 점점 세를 더해가

---

1) 지금의 경동중고등학교.

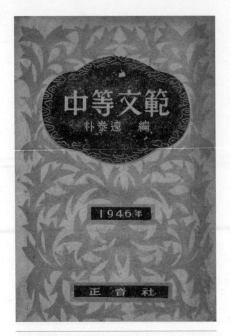

욱구중학에서 우리말을 강의하던 시절 집필한 한글 교재 「중등문범」.

는 좌파들의 사회적 진출이 활발해지니, 자연 학계고 예술계고 이념 투쟁에 전초 기지가 되어, 서로가 사회적 명망이 있는 인사를 자기편에 끌어넣으려는 일들이 치열해져, '적색 테러'다 '백색 테러'다 해 붕대를 감고 댕기는 인사가 늘어가는가 하면, 우리 집에도 뻔질나게 낯선 사람들이 드나들며 열변을 토하다 가고, 얼굴이 울그락붉으락 언성을 높이다 가기도 하고, 가고 나면 사람 있을 때는 고개만 주억거리고 계시던 우리 아버지, 늘상 '아이 불쾌해,

아이 불쾌해……'를 연발하시며 흥분을 가라앉히시느라 한 식경을 애꿎은 담배만 태우시는가 하면, 저걸 놓고 갔는데 입회를 해야 하나 말아야 하나로 자주 잠을 설치시더니, 그예는 처갓집, 이화동 집으로 피하게 되었다.

나는 이화동에도 친구가 좀 있어 노는 데 정신이 없던 나이였기에 협착해 잠자리가 불편하다든가 외할아버지가 약방을 경영해 복작거려도 전혀 개의치 않았다. 원래 우리들은 방학 때면 한 일주일씩 외갓집에 와서 보약, 특히 나는 삼이 잘 안 받아 녹용에다, 백숙을 많이 먹었다. 누나들은 댓새씩 차출이 되면 심심해 빨리 돌아가기만을 고대했던 모양인데 나는 환경이 다른 그곳이 그런대로 재미가 있어, 특히 서울대 운동장에 설치했던 왜놈들의 고사포대와 야간 비행기의 행적을 좇는 서

2
부

164

치라이트가 있던 곳에는 심심하면 놀러 갔다. 그곳에서 렌즈[2]의 파편을 주워와 그것을 시멘트 바닥에 문지르다 냄새를 맡으면 아주 색다른 냄새[3]가 나던 기억도 새롭다. 무엇보다 이승만 박사가 살던 이화장이 서울대학교 법대 뒤 낙산 기슭에 있어서, 저명한 독립투사들이 귀국을 하면 그를 추종하는 무리들과 플래카드를 앞세우고 열을 지어 노래(군가)들을 부르며 귀국 인사를 하러 이화장으로 가는 통에 우리들은 그들 행렬을 따라가며 노래를 따라 부르던 일이 눈에 선하며, 지금도 '이청천 장군……' 하던 노랫소리가 들리는 듯하다.

패전한 일본인들이 허겁지겁 물러갈 무렵 이야기다.

우리 동네에도 일본 집이 하나 있었는데, 남편이 경성제국대학교수이던 그 집과 우리 집은 거래가 있어, 자주는 아니지만 두어 번 그 집 내외가 우리 집으로 저녁을 먹으러 온 적이 있었다. 둥그런 소반에 둘러앉아 공깃밥을 먹는데, 그 교수 부인이 작은 조각의 김치를, 입을 조금 벌리고 쏘옥 넣고는, "기무찌가 오이시이네(김치가 맛이 있군요)!" 하고는, 그다음에는 맨밥만 떠넣고 물을 몇 번인가 마시고 나서, 다시 조심스럽게 젓가락을 깍두기 보시기로 옮기더니, 그중에서 아주 가장 잔 놈으로 골라 다시 조그만 입을 얌전히 벌리고는, 이번에도 "가꾸두끼가 오이시데스요(깍두기가 맛있습니다)!" 하고는 자기의 남편을 바라보며 웃는데, 눈엔 눈물을 글썽거렸던 때가 떠오른다. 이 사람들이 일본으로 쫓겨갈 때 우리는 그들로부터 여러 권의 귀한 책(?)들과 대동여지도를 돈을 건네고 물려받은 일이 있다.

아버지가 손수 짜신 책장 맨 아래 칸에 한 줄로 쟁여놓으신 한문 대

---

2) 2센티미터 정도로 두꺼운, 지금의 클리어 플라스틱 같은 유리.
3) 마치 채미나라 오이나라를 뜯어 주문을 외며 빠르게 쓰다듬다 코로 가져가면 오이나 참외 냄새가 나듯이……

성, 지금도 내 눈에 선한 가죽 표지에 견고하게 제책이 된, 해방 후 조선어학회에서 나온 『조선말 큰사전』만큼이나 큰 책들, 많기도 했거니와 매 책의 운두는 더 두꺼웠지, 아마. 난 지금도 '성길사한(成吉思汗)'이란 금박의 글자가 눈에 어림을 본다. 아버지는 그걸 쓰고 싶다고 하셨다. 학교도 아직 들어가지 않은 어린 아들에게 한 약속, 아마 난리가 나지 않았다면 『성길사한』이란 대하소설이 나오고, 만화에다 영화에다 무엇에다, 또 무엇에다…… 서울 장안은 고사하고 온통 나라가 칭기즈칸의 열풍으로 들썩거리지 않았을까? 그때 덤으로 받아온 조그마한 서류함(우리가 원고 보존함이라고 부르던)은 지금도 책장과 함께 있다.

특히 기억나는 것이 고산자 김정호(古山子 金正浩)가 만들었다는 대동여지도(大東輿地圖)다. 아버지가 가지고 있는 우리 고서(古書)들처럼 겉뚜껑에 딱딱한 것을 덧대 하늘색 천으로 싸인, 하얀 뼈처럼 생긴 걸로 비녀처럼 압녕을 하게 되어 있는 서책들—넓은 대청에 한 책 한 책 병풍처럼 잘 개켜 있는 걸 펴서 연결해놓으면 판각으로 되어, 특히 검은 산(山)이 돋보였던 조선 8도가 한눈에 들어오는 조선전도(朝鮮全圖), 얼마를 내려다보시며 흐뭇해하시다 다시 주섬주섬 거두시면서도, 잠시 자신의 소유가 믿어지지 않는다는 듯 그렇게 눈을 떼지 못하던 모습이 퍽 인상적이었다.

해방이 되고 아버지는 집필도 많이 하셨고, 일제 때 여기저기 신문에 연재했던 장편들의 단행본도 많이 출판했으며, 특히 『수호전』이나 『삼국지』 등 중국 고전 번역물들 외에 기왕에 나왔던 것들의 재판도 찍게 되어 정말 바쁘셨던 걸로 기억한다.

이 당시 구보의 소설이 다소간의 변모를 겪는다. 소설의 소재는 무직의 하릴없는 룸펜 인텔리들에서 기층민들의 생활상으로 이동하여 부조리한 사회를 고발했고, 다소 이념적으로 비칠 수도 있는 동학농민운동이라든가, 대원군 시절의 천주교 박해, 「춘보(春甫)」에서 보이는 것과 같은 기층민들의 생활상에 주목하여 계급 사회에서 흔히 볼 수 있는 기득권자들의 착취 내지는 핍박을 그리기도 했다. 그리하여 단편 「약탈자(掠奪者)」「한양성(漢陽城)」, 중편 「어두운 시절(時節)」「고부민란(皐埠民亂)」「군상(群像)」 등 일련의 새로운 성향의 작품들이 잇달아 발표된다. 그리고 『충무공 이순신 장군』과 『삼국연의』에의 열정 또한 전혀 식지 않아, 틈만 있으면 다시 돌아와 들여다보곤 하셨다.

『충무공 이순신 장군』에 관한 저술은, 아동물이나 소년 소녀들의 읽을거리로 재구성하여 인연을 끊는 일 없이 여기저기 발표를 계속하였던 듯, 남아 있는 것이 솔찮다.

아버지가 어느 날 사립 밖 층계 밑까지 오셔서, "이령아—" 하고 부르시는 게 아닌가. 그렇잖아도 오실 때가 됐다 생각해 귀를 세우고 있던 참인데, 그 소리에 화초에 물을 주던 조로를 동댕이치고 달려 나가 보니, 무겁게 생긴 책 보따리를 양손에 들고 올라오시는 길이다. 기겁을 하고 뛰어 내려가 손엣것을 받아드는데 『이순신 장군』이었다.

'어유, 이걸 양손에 드시고 혜화동 로터리부터 보성고개를 넘어 걸어오셨단 말인가? 차라리 삼선교에서 내려 지게꾼이나 리어카꾼이라도 부르실 일이지……'

그날 우리 삼남매는 어린이용 『이순신 장군』을 열 권씩 받았다. 아버지가 친한 동무들 주라고 주신 것이었다. 내 몫을 두 손으로 그러안으니 정말 가슴이 뿌듯했다. 그런데 저 멋진 책을 받을 동무가 대체 누구란 말인가? 생각해보니 내겐 단 한 명도 없다, 모두가 자격 미달뿐이다! 자기 전 곰곰 생각을 해보아도, 잠만 밑질 뿐이지 줄 아이가 하나도 없었다. 이튿날 난 학교에 단 한 권의 책도 가져가지 않았다.

그로부터 사날이 지나자, 두 누나가 갑자기 내게 부드러워지며, 책을 좀 나눠 달라는 거다. 나는 일언지하에 거절을 했다. 분명 아버지가 그 고생을 하며 쓰신 걸 아무에게나 다 나눠줘버린 누나들이 밉살머리스럽기까지 해서였다. 나중에 큰누나는 무리한 제안까지 해가며 졸라댔다. 가끔 학교 갔다 와서 실컷 놀고 자기 전에야 생각이 나서 졸려서 울며 숙제를 할 때나, 아니면 개학날이 코앞에 닥친 방학 끝물에, 예를 들어 방학 내내 밀린 일기를 벼락치기로 써야 하는 그런 숙제, 또는 곤충 채집 같은 것도 사날만 일찍 서둘러 알려주면 군소리 않고 해줄 테니 서너 권만 달라는 거였다.

"안 돼!"

작은누나는 싹이 노란 걸 알아버렸는지, 제 언니 역성을 드느라 그랬는지,

"넌 동무도 없는 게 그것들을 끼고만 앉았음 뭘하니?"

하는 데는 나도 모르게 욱, 해서,

"이게—"

하자,

"아버지, 이령이가 나보구 '이게'라구 그랬어욧!"

하고 이르는 통에 두말 않고 얼른 두 권을 집어 큰누이에게만 주었던 기억이 난다. 몸이 약해 학교도 곧잘 쉬고, 소화가 안 돼 그랬는지 그 귀한 쇼빵에 코뻬[4]로 끼니를 잇곤 하던, 아버지께 특별대우를 받던 작은누나는 내게 늘 그런 식이었다. 그런데 지금에 와서 기억을 아무리 되짚어봐도 그 책들이 다 어디로 갔는지 모르겠다. 한 권은 아버지가 화가라는, 상고머리를 하고 우리 집을 지나 청룡암 가는 어디엔가 산다는 부반장인지 하는 녀석에게 주었던 기억이 나는데⋯⋯

『이순신 장군』이 나온 그 해엔 인지(印紙) 도장 찍을 것도 많이 가져

---

4) 독일식 빵으로 쇼빵은 식빵과, 코뻬는 바게트와 비슷하게 생겼다.

오셔 내 수입도 짭짤했던 걸로 기억한다. 흐린 전등불 밑에서 누우런 갱지[5]에 경계도 불분명한 좁은 칸에다가, 거의 굳어버린 빨간 인주를 '허—, 허—' 불어가며 고 작은 칸에 쏙 들어가게 도장을 찍던 일—열 장에 1원씩 받았는데, 한 장 찍기가 생각처럼 그렇게 수월치가 않았다.

그러고 보니 그 임시엔 책도 많이 나오고, 친구분들에게 '쌍알이 질렸'단 소리까지 들어가며 『서울신문』에 『조선일보』에 연재소설도 많이 쓰시고 했었다.

6·25 전에 나온 정음사판 『완역 삼국지』.

일제 때의 구보 작품 연보를 훑어볼 때, 자라나는 세대들을 위한 집필은 거의 전무하다고 하겠는데,[6] 해방 후에 우후죽순 격으로 창간된, 그 가짓수도 헤아릴 수 없이 쏟아져 나오는 아동, 소년 소녀들을 위한 잡지들[7]로부터 원고 청탁이 엄청나게 들어왔다. 어느 하나 청탁을 마다하지 않고 쓰고 또 쓰셨던 것들이 실렸던 간행물들이, 지난 2009년 탄생 백 주년 기념행사의 일환으로 청계천문화관 전시실에서 세상 빛을

5) 당시는 종이 사정이 좋지 않아 책도 그렇고 우리들 공책도 모두 이 누런 종이로 만들었다.
6) 1935년 『특진생』, 1938년에 탐정소설 「소년 탐정단」을 연재하신 기록이 있지만, 그 밖의 아동물은 많지가 않다. 이 책들은 해방 후에 사륙판 얇은 책으로 『이순신 장군』 이후에 발간된 것을 기억하는데 아직 찾지를 못한 것들이다.
7) 대개는 한두 권 나오다 종간이 된 것들이 부지기수였다.

다시 보았는데, 그때 서너 관이 소년 소녀들을 위한 출판물로 가득 찼었다.

다시 말하거니와, 아버지는 해방이 되고 그 바쁜 와중에도 한시라서 잊은 적이 없었던 것은 『삼국지』를 완역하는 일이었다. 앞서 언급한 바와 같이 벗들로부터 종종 '쌍알이 질려가지고'라는 소리를 듣는 통에 그런 원성을 무마하려고 친구들에게 술도 사고 밥도 사면서 『조선일보』에 「군상(群像)」을, 『서울신문』에는 「임진왜란(壬辰倭亂)」을 연재하시면서도, 『삼국지』 번역을 손에서 놓지 않았다는 것이다. 왜정 때 『신시대』에 연재해 박문서관에서 발행한 『삼국지』와는 판이한 문체로(해방 전 발간된 『삼국지』는 1930년대 구보의 작품에서 흔히 나타나는 구두점 일색 내지는 남용이 특히 대화에서 역력하다), 그리고 이번에는 신역이 아닌 '완역(完譯)'이란 관사를 이고 줄거리도 처음부터 유비와 관우, 장비 세 영웅들이 의형제를 맺는 '도원결의(桃園結義)'에서부터 시작을 했던 것이다.

우리들은 다시 저녁마다(?) 삼국지 얘기로 잠을 쫓았다. 관운장이 오관을 통과하는 대목을 곡조까지 넣어(가끔은 침까지 튀겨가며) 들려주시던 장면은 지금도 기억에 생생하다. 80근 청룡언월도 비껴들고 적토마에 올라앉아 성문을 냉큼 열라는, 두 형수님을 모신 관운장의 호령에, "안량 문추를 죽이신 관 장군이 아니십니까?" 하는 대목 말이다.

또 한 가지 생각나는 것은, 내가 국민학교 4학년일 때, 그리고 5학년 올라와서의 일인데, 우리 학교 뒤에 사시던 정음사 최영해 사장님 댁으로 너댓 번 등굣길에 원고를 날랐던 일이다. 4백 자 원고지 2백 매는 실히 되어 반으로 접었다 해도 부피가 꽤 되는 무거운 것을 들고, 혜화국민학교 뒤 축대가 높은 적산가옥에, 당시 저명한 한글학자이며 『우리말본』의 저자이기도 한 외솔 최현배 선생님을 모시고 사셨던 듯, 문패는 '최현배' 석 자가 가로글씨로 씌어 있던 것이 기억에 또렷하다. 그때 내가 한 일이 나로선 그리 대단한 일이라고는 생각지 않았으나, 2009년 출판 기념회 끝에 KBS 라디오 프로그램에 나가서 『삼국지』에 얽힌 이야기를 원종배 아나운서와 나눌 기회가 있었다. 원고 나르던 대목에 와서 대담자가 두 번씩이나 그 어린 나이인 소학생에게 그렇게도 중요한 원고를 나르게 했느냐고 물은 적이 있다. 딴은 혹 바람에 날려가 성북천 돌다리 밑으로 원고지가 흩어지는 광경이라도 상상을 하고 있나 보다 생각했으나 그런 일은 없었다. 아마 우리 아버지는 내가 얼른 커서 당신의 '조수나 말벗이 되어주었으면' 하고 바라는 마음에 '우리 아들 이령이라면 이 정도의 심부름은 할 수 있어야 한다'는 생각을 하시지 않으셨을까? 다소 모험이 뒤따를지언정 나이만 따질 게 아니라 당신의 기대에 걸맞은 일을 시켰다고 생각하니, 역시, 이전부터 가끔 그런 일을 시키셨던 게 생각난다.

학교도 들어가기 전, 실은 벌써 일곱 살이나 되었으니 '담배 심부름쯤이야' 하시면서, 언덕을 한참 내려가서 검정다리께 있는 구멍가게에 가서 담배를 사오게 했던 일이 있다. 그때는 우리나라 담배가 제조 면에서 한껏 조잡하여 대부분의 어른들(?)이 양담배를 피우던 시절이었기에, 부친께서도 그러셨는데, 아버지가 애용하시던 브랜드는 '아가다마'라 부르던 럭키스트라이크였다. 내가 심부름을 갈 때는 사전에, '아가다마'가 없을 경우 낙타 그림이 있는 카멜을, 그것도 없을 때는 체스터필드를, 그리고 그것도 없을 경우에는 올드 골드를 집어와야 한다고 했지만 그것마저 없다고 해서 갬빼이(헌병) 담배인 팔말을 사와서는 안 되었다. 이런 것들이 세세하게 기억날 만큼 아버지는 내게 중책(?)을 맡기곤 했다.

그런데 모처럼 검정다리까지 나를 내려보냈다면 달랑 한 갑만 사오게 할 필요는 없었을 텐데, 그게 좀 의아했다. 생각해보면 복잡한 계산이나 거스름돈으로 어린 아들의 머리를 혼란스럽게 하지 않으려고 그렇게 하셨던 것 같기도 하다. 술심부름도 그랬다. 그때는 4홉들이 명성소주밖에는 없었던 걸로 기억하는데, 키도 덜 자란 데다 나이에 비해 왜소했던 내가, 지금과 달리 거친 흙바닥 길에서 비록 한 병일망정 술병을 들고 근 20~30분 언덕배기를 내려갔다 올라와야 했기에 시키는 입장에서도 조마조마했을 것이다. 이런 모든 심부름은 한두 번 하다가 조금씩 다른 형태로 이어지거나 그쳤다. 아버지가 줄창 같은 일을 시키지 않으신 이유를 생각건대, 내가 당신이 원하는 일을 한두 번 성공하고 나면 혹 내가 실수라도 해서 '실패한 경험'을 갖는 걸 방지하려는 소치가 아니었던가 하고 나대로 생각해본다. 나 말고도 심부름시킬 사람은 막둥 어멈도 있고 애 보는 언년이도 있었으니까. 그러고 보면, 이제 생각해도, 위에 말한 당신의 아들이 어서 장성하기를 바라시다가 다 자란 걸로 착각을 하셨으리라는 내 추측이 그 당시의 아버지 생각에 근접하는 게 아닌가 싶기도 하다.

가뜩이나 자상하신 데다 소심한 양반이 내게 그런 심부름을 시켜놓고 편히 앉아 원고를 쓰실 수는 없는 분이란 걸 잘 아는 나는, 아마 나 몰래 내 뒤를 밟아 검정다리께까지는 아니더라도 최소한 그 가게가 내려다보이는 곳까지는 따라와 먼발치에서나마 어린 나를 지켜보고 계신 게 마음 편하지 않았을까 생각도 해보는 것이나, 뒤에라서 그런 옛날이야기를 부자간에 나눌 수 있는 시간을 가져보지 못하고 이승을 하직하셨으니, 혹 아직 부친이 살아 계신 분 있건 생전에 그런 이야기도 주고받으며 궁금한 건 뭐든지 저세상에 가서 할 얘기 미리들 하실 일이다. 나처럼 여생을 아쉬워하며, 다시 만나게 될 때까지 기다리시지 않아도 될 테니까……

이러저러한 걸로 미루어본다면, 구보로서, '당신의 잘난 아들 이령이를 생각할 때', 그러니 나이로 열 살이나 그밖에 안 된 아이에게 원고

2
부

심부름을 맡긴다는 것이, 생각하기에 따라서는 대단한 모험이라고도 할 수 있겠다. 그러나 그런 일 한두 번이면 당신의 의도를 만족시키기에 충분하고도 남을 모험이었을 터이니 그리 대수롭게 여길 일은 아닌 듯하다. 아마 독자들도 다음 사정을 들으면 더욱 그렇게 생각하실 것이다.

실상 난 생일이 늦어서(9월 27일, 음력으론 8월 15일) 해방되던 해 9월 학기에 학교엘 들어가지 못하고, 이듬해 봄에야, 나이로는 남들보다 한 살 더 먹어 여덟 살에 입학을 했다. 무슨 소린고 하니, 일제 시대에는 신학기가 9월이었고, 9월 1일을 기준으로 만 7세가 돼야 입학을 할 수 있었는데, 난 생일이 9월 27일이니 한 달 상간으로 한 해를 더 기다려야 했다. 그런데 옹이에마디로,[8] 미군정청에서 미국 학기에 맞춰 새 학기를 4월로(지금은 그렇지도 않아 미국 새 학기 역시 9월이다) 끌어올려서, 이듬해 봄에 1학년에 들어가보니, 작년 가을에 들어왔던 놈들이 한 학기 공부하고 2학년이 돼버린 거라.

이런 원통할 데가 어디 있으랴! 하물며 구보에 있어서랴, 우리 '이령이', 얼른 커서 이것저것 시킬 일도 수두룩한데……

나는 연년생인 누나들 덕분에 학교 들어가기 전에 가루다(카드. 나무쪽에 글씨가 든 것으로 도미노 게임도 하는)로 이미 '가기구게고'도 익혔고, '이찌, 니, 산, 시'는 물론 '사부 로꾸 쥬하찌'의 구구단과, '이, 얼, 싼, 쓰, 우, 류, 찌, 빠-쥬-씨 —' 하는 '짱꼬로' 말까지 다 아는, 한마디로 3개 국어에 능통한 처지였기에 더욱 원통했단 말이지…… 게다가, '가나다라 마바사, 자차카타파하 응'[9]은, 하루 해도 다 지기 전에 깨쳤다는 거 아닌감! 그뿐인가, 비록 노래 가사이긴 해도, 슈베르트의 「보리수」나

---

8) '마디에옹이로'라고도 함. '엎친 데 덮친 격으로' '설상가상'이라는 뜻.

9) 그때는 종성인 이응을 자음 제일 끝인 히읗 뒤에 두었으므로. 연전에 북쪽에서 나온 『조선말 대사전』세 권을 사 가지고 이곳까지 끌고 와서 씨름을 하고 있는데, 이응이 사전 셋째 권 맨 마지막에 나오는 게 낯설었다. 하긴 된소리, 쌍기역이나 쌍지읓 같은 것도 그 해당 자음 끝에가 아니고 뒤로 밀어놓아 이리저리 사전을 넘기느라 손가락에 침만 바르게 되지만……

모차르트의 「자장가」를 원어인 독일어로, 그리고는 포스터나 애란(아일랜드) 민요를 원어인 영어로, 당시 나의 레퍼토리는 얼마나 다양했는지, 그것도 맬짱(모조리) 가사를 외워서 부를 수 있었는데.

혼돈의 시간

해방 직후인 8월 16일, 임화 김남천 등이 중심이 되어 구성한 단체가 조선문학건설본부다. 발족 당시에는 범문단적 성격을 내세워 친일 행적이 과도했던 문인들을 제외하고, 이태준, 이원조, 엄흥섭 등 많은 이들이 참여했는데, 구보에게는 소설부 집행위원이란 자리가 주어졌다.

이때 구보의 나이 서른일곱. 단체생활이 생리에 맞지 않는다고 스스로도 생각하고, 어디라서 나서기를 싫어하는 성미였지만 그에게는 청(?)을 거절할 수 없는 벗들도 있고 선배도 있었으며 동료도 있었다.[10]

그 후 조선문학건설본부는 문화예술의 계급적 원칙을 강조한 조선프롤레타리아 예술동맹과 통합, 1945년 12월 6일에 두 단체가 각기 성명을 내고 '조선문학가동맹'을 결성하였다. 이듬해 2월에는 간부 및 임원 선출을 마치고 서울시 지부를 두는 등 활동을 강화해나갔는데, 미군정청의 좌익 활동 탄압에 따라 11월에 예정되었던 제2회 문학가동맹회의를 연기하고, 중앙집행위원회를 열어 위원장에 이병기, 위원으로 양주동, 염상섭, 조운, 박태원 등을 보선하여, 대외적으로 진보적 문학 단

---

10) 혹자는 어디서 얻어들었는지 위 직책을 맡기 싫어서 낙상을 했다 핑계를 대고 구보가 두문불출했다는 허무맹랑한 소리를 논문에 실었던데, 그런 게 아니다. 당시는 좌익 성향이 있는 단체에 가담했더라도 정부의 감시나 제재를 받는 그런 시기는 아니었다. 그리고 낙상 운운은 전혀 사실에 접근도 못할 무책임한 소리인 것이, 아마 성북동으로 이사를 간 다음에나 있을 법한 얘기를 확인도 아니하고 올린 모양인데, 학자적 양심에 어긋나는 일일 뿐 아니라, 주간지의 연예인들 가십같이 '아니면 말고'가 아닌 명색이 학술 논문이라면, 최소한의 확인 절차는 거쳐야 하는 게 아닌지, 앞으론 그런 근거 없는 말은 삼갔으면 좋겠다.

체임을 표방하고, 당국의 탄압 국면에 대처하는 일련의 방향 전환으로 '대중화'의 기치를 내걸었다.

이런 때 구보는 독립투사인 김원봉(金元鳳)과 수차례에 걸친 인터뷰 끝에, 그가 주도했던 독립 투쟁사를 엮은 『약산(若山)과 의열단(義烈團)』을 1947년 9월에, 가까이 지내던 친구 배정국 씨가 사장으로 있던 '백양당'에서 출판을 하게 되었다. 한데 그 책의 인세조(印稅條)로, 성북

김용권이 번역한 일어판 『약산과 의열단』.

동 배 사장의 저택 앞 개울 건너, 높직하니 언덕 위에 자리 잡은, 대지가 아주 넓은 삼간초옥(草屋)을 넘겨받게 되었다.

아버지는 신이 나셔서―아마도 늘상 마음속에서만 그리던 꿈, 즉 집필을 위한 자기만의 공간이 생겨서이리라. 요새들은 작업실이라 부르던가―정원을 어떻게 꾸밀까 층계와 울타리는 어떤 걸로 할까, 설계도 같은 것도 그려보시고, 골천번을 현지답사도 해가면서, 이 궁리 저 궁리에 잠까지 설치셨다. 아마도 돈암정 집 지을 때를 회상하시며, 이번에는 그때보다는 당신의 의견을 좀더 많이 반영해서 멋지게 꾸며보리라, 그런 희망에 부풀어 원고 쓰시는 일도 팽개쳐둔 채 성북동 별장 역사(役事)에 전력을 기울이시는 듯했다.

아버지는 원래가 흰 편은 아니지만, 늦가을 볕에 얼굴이 그을어 새까매지실 정도로 성북동 출입이 잦았다. 그러나 그 자주 하시는 세수를

하고는 수건을 들고 거울 앞에 서서 예의 눈을 가늘게 뜨고 들여다보시는[11] 당신의 얼굴이 얼마나 탔나도 괘념치 않고, 겨울이 오기 전에 축대를 마저 쌓고 최소한 마당은 평평하게 골라놔야겠다고 혼자 중얼대시며, 허구한 날 성북동을 오갔다.

그러던 중에 우리는 뜻밖의 손님 한 분을 맞았다.

시국은 미소공동위원회가 결렬 상태로 들어간 1946년 8월 이후, 남한에서는 좌익계에 대한 미군정청의 탄압이 점차 강화되어 이듬해에는 좌익의 지도급 인사 다수가 검거를 피해 서둘러 월북들을 하던 그런 시기였다. 그러한 때 집에 온 손님은 단연 '불청객'으로, 그는 사날을 묵고 갔는데, 그 사람이 검찰에 쫓기던 시인 임화(林和)였다. 아마 안내자와 접선이 잘 안 돼서 동소문 밖, 좀은 한적한 우리 집에 묵었던 것으로 생각이 되는데, 사흘 동안, 우리 부모님은 손님 없는 데서는 몹시도 불안해하셨던 걸로 기억한다. 자주 두 분이 머리를 맞대고 우리가 못 알아듣게 일본말로 속삭이시던 일이 떠오른다. 그런데 정작 본인은 조금도 불안하지 않은지, 천하태평으로 껄껄껄 호탕하게 웃곤 했다. 그는 예의 궐련을 빨부리에 꽂아서 입속에 금니가 드러나게 지려 물고, 그런 탓에 발음도 시원치 않은데, 계속 내게 말을 걸었지만 난 너무 수줍어 책장과 유성기 사이로 들어가 얼굴도 내밀지 못했다. 그런데 아버지가 역사하는 데(성북동 별장)에 휭허니 다녀오마고 집을 비우기라도 하시면 마치 내가 그를 감시해야만 할 것 같은 막연한 두려움에 불안해했던 일이 생각난다. 그리고 약주를 드시며 여운형 씨며, 박 선생이며, 김성수와 김구 주석에 대해 얘기를 나누시던 어른들 말씀을 엿들을 때마다 나

11) 원래가 근시여서 안경을 쓰시는데, 세수를 했으니 안경을 잡숫고 있을 리 없으니 바짝 거울 앞에 다가서서 늘 하시듯 마음에 드는 당신의 얼굴 들여다보시면서 물기를 닦는 모습이 내게 아직도 남아 있다.

는 어린 나이였지만 누가 암살을 당했고, 누가 누구를 싫어하고, 누가 누구를 제거하려고 벼르는지 관계도를 그려가며 나대로 좋은 사람과 나쁜 사람으로 편 가르기를 하느라 혼자 바빴다.

그렇게 우리 집에서 묵던 시인은 사흘째, 아직 동이 트려면 먼 신새벽에, 자신을 데리러 온(?) 사람과 아버지와 함께 이야기를 나누고는 사라져버렸다. 그가 떠날 때 놓고 간 론손 라이터는 아버지의 지포보다는 맵시가 있었으나 아버지는 담배합에 넣어두시곤 단 한 번도, 집 안에서라서 쓰신 일이 없었다. 물론 바람멎이[12]에서는 불길이 센 지포가 한결 나았겠지만 어디 그런 이유에서만이었겠는가. 내가 담배를 배우고 나서 내 주머니에서도 라이터가 바뀔 때마다 그 론손 라이터가 생각나며 당시의 임화가 되살아나곤 했다.

1948년 12월 시행된 국가보안법의 구체적인 운용책으로서, 6월 들어 좌익계 인사(?)들을 전향시켜 별도로 관리하려는 목적으로 국민보도연맹을 만드니, 아버지도 여기 해당이 되어 소위 말하는 '보도연맹원'이 되었다. 1950년 초까지 전국적으로 30만 명, 서울만도 2만 명 가까이 됐단다. 우리가 살던 성북동 골짜기엔 보도연맹에 가입해야 했던 인사들이 왜 그리도 많았던지, 가끔 소집이 있는 날이면 마치 시골 장날 장 보러 가는 촌로(村老)들처럼 차리고 한데들 모여 성북동 골짜기를, 마치 도살장에 끌려가는 소들처럼 내려가던 모습이 지금도 눈에 선하다. 물론 겉으로는 농담들도 하시며, 대수롭지 않은 일에도 짐짓 너털웃음들을 웃어가며, 혹 남이 보거나 듣더라도 자기들은 가고 싶은 곳에 전혀 자발적으로, 이처럼 신이 나서 몰려들 가고 있다고 생각하게시리, 그러셨겠지만…… 한데 내겐 그들이 그렇게 보이질 않았으니, 문자 그대로

12) 마주 부는 바람 앞.

날씨가 차져 성북동 별장 공사는 내년 봄에 다시 하기로 하고 일단 별장에 들어갈 돈을 마련하시느라 그러셨는지, 그 겨울엔 원고 쓰느라 밤도 많이 새우셨다. 특히 신문에 난 소설을 책으로 낼 때는, 신문을 스크랩해놓은 가장자리에 붉은 잉크로 교정을 보서 인쇄소에 넘기면 교정지가 나오곤 했다. 한번은 명주완(환?) 씨라는, 삼십대 중반쯤 돼 보이는, 얼굴이 하얗고 키가 작달막한 사람에게 아버지가 『조광』에 연재하셨던 「수호지」를 4백 자 원고지에다 모두 베껴 오게 한 일이 있다. 이른 아침 눈이 버얼겋게 충혈이 된 사람이 마당에 선 채로 아버지께 간밤에 베낀 원고를 넘겨주면, 내가 알기로, 명주완 씨는 단 한 번도 아버지와 겸상을 해 아침을 들고 간 적이 없었건만, 아버지는 원고를 받으면서 늘 식사를 청했다.

"날씨두 찬데, 나구 겸상해서 반주두 한잔하구, 더운 조반 들구 가지 않으료?"

"아닙죠, 일찌거니 출근을 해야 해섭죠."

하시면, 으레 아버지는,

"아, 그, 그랬습죠 저랬습죠 허는 거 천하다니까, 아직두 그러는구면."

하며 열 번을 나무라시면 명주완 씨는 다시 열 번을 당연하다는 듯,

"고쳐얍죠, 네, 고칩죠, 이제……"

하고는 꽁지가 빠지게 달아나곤 했다. 내게 그가 아직도 기억에 생생함은, 그의 이름이 주는 뉘앙스가 별달라 그런지, 아니면 간밤에 잠이 부족해 때꼰해진 눈에 면도날 자국이 새파랗던 그 얼굴이 인상적이어서 그랬는지, 어쨌든, 내게 있어서 '명주완'이란 이름은 좀처럼 내 뇌리에서 사라질 줄 모른다. 이름 끝 자가 '환'인지 '완'인지, 또는 '원'인지도 정확히 모르면서 말이다.

그렇게 써 온 원고를 어찌나 많이 고치시는지, 4백 자 원고지는 여백도 많은데 새빨개지곤 했다. 아버지가 그렇게까지 교정에 집착하신 이유는 나중에 커서야 짐작이나마 하게 되었다. 말하자면 아마 당시 후하게 쓰시던 구두점을 절제하셔야 했거나, 고전이라서, 특히나 중국 고전이라서 옛날 식으로 운율에 맞춰 치렁치렁하게 바꾸시느라 그 애를 쓰셨던 게 아닌가 하는 것이다. 아니면 정음사 최영해 사장의 예의 지나가는 말처럼 툭 던진, 그 뼈 있는 한마디 충고[13] 받아들이느라 그렇게 밤을 밝히셨는지도 모를 일이다.

아버지는 성북동 별장 역사는 해동부터 시작해, 눈 녹자 물러난 층계 손도 다시 보고, 초가지붕에 이엉 새로 얹고 나면 우리들에게도 보여주겠다고 해놓으시고는, 잠시라면서 우리를 성북동이 아니라 이화동 외갓집으로 이사를 가게 하셨다. 살던 집을 전세를 주고 떠나려 했는데 전세로 들어올 사람이 먼저 살던 집에서 급히 나오게 됐다고 난리를 치는 통에 아직 덜 된 성북동 집으로 갈 수는 없어 외갓집으로 가게 된 것이다. 성북동 집은 뒷간도 덜 된 데다 제일에 담을 싸리로 두르려는데, 그 싸리란 놈이 마당을 쏙쏙 쓸 그런 싸리 빗자루를 만들 싸리가 아니라 울타리를 칠, 키가 아주 큰 놈이래야 되는데, 그런 걸 구하기가 그리

---

13) 늘 상대방을 생각해서, 아주 가볍게 생각하게시리 툭 던지는 한마디가 천금을 주고도 사기 힘든 그런 멋진 명언이 되는 수가 많은, 그런 분인 것을 나는 잘 알고 있으니…… 한 10년 넘게 부친 겸 때로는 맏형처럼(무엄한지고), 하지만 당신이 나와의 거리를 좁히기 위해 농담도(때로는 당신 연배처럼 그렇고 그런 농담도) 하시고, 무엇보다, '아무도 없을 때는 당신 앞에서 담배 그냥 피워도 된다시던 말' 굳게 믿고 실천에 옮겼던 일이며, 그뿐인가, 낚시는 또 얼마나 자주 가서 전국을 함께 누볐고, 한겨울 고기는 물론 지프 움직일 길도 나지 않은 얼음 구덩이 피해 온천으로 어디로, 커피 찾아, 안마사 찾아 많이도 돌아다니며 인생을 배웠다. 그분의 부친은 또 내가 미국 와서 한글을 잊을세라 등사판 들고, 일 틈틈이 읽을거리 만들어 뿌릴 때, 음으로 양으로, 무엇보다 정신적으로 기둥이 되어주셔서, 하는 일 힘들더라도 중도에서 던지지 말라 하시던, 우리말본, 외솔 최현배 한글 할아버지가 아니신가?…… 나오다마다 하며 한 5년을 끌었던가, 한글에 관한 독자의 질문 답해 주신다더니 훌쩍 가버리신 분!

쉬운 일이 아니었다. 그래 세간은 돈암정 집 사랑에 남겨둔 채 이화동으로는 이불 보따리만 들고 갔는데, 외갓집도 해방 직후 잠시 자기 쪽 사람이 되라고 귀찮게 찾는 사람들을 피해 왔을 때와는 사정이 달라져 있었다.

원래 외갓집은, 외할아버지께서 일제 때 다니시던 천일약방 제약주임 자리를 해방이 되자 내놓으시고 집에서 지내시다가, 세월과 더불어 느느니 술뿐인지라, 당신께서도 생각을 고쳐 잡수셨는지, "제세수민당약국(濟世壽民堂藥局)"이란 거창한 세로 간판(縱看版)을 내거시고 환자를 받았다. 약국에는 할아버지의 일을 돕는 약종상이 한 명 있었는데, 그는 숙지황을 너무 먹어 젊은데도 머리가 할아버지보다 더 하얗게 세어서 할아버지에게 '버르장머리 없는 녀석'이란 소리를 종종 들었다.[14] 그는, 내가 계피나 감초에 물려 숙지황을 청하면, 늘 작두 놀리던 손을 천천히 멈추며 먼저 자기 머리에 대한 내력을 아주 천천히 되뇌고는 약장 속에서 아주 쬐끔 꺼내주곤 했다. 나는 지금도 그 약종상이 말하던, 숙지황을 먹고 무를 먹으면 자기처럼 머리가 하얗게 센다는 학설(?)이 미심쩍어, 기회가 있으면 한번 확인을 하리라 벼르건만, 이 나이가 되도록 아직 못 해봤다.

그러나저러나 이번엔 수민당약국이 개업을 하는 바람에 다섯 개 방 중에 길 쪽으로 난 방 앞에 빈지를 들이고 약장에다 약제로 방을 채운 데다 우리 일곱 식구까지 들어가니 집은 협착할 수밖에 없어, 우리는 방을 별러 식구가 뿔뿔이 흩어져 자야 했다.

나야 그래도 옛날 친구들도 있고 해서 괜찮았지만, 다른 형제들은

---

14) 할아버지는 그리 백발이 아닌 데다가 늘 그 찌꾸를 전석같이 바르시므로 머리털이 그리 희어 보이지는 않으셨다.

나가 놀지도 못해 심심한 데다 잠자리까지 불편해서 얼마 안 있다 아직 끝손을 못 본 성북동 별장으로 이사를 가게 되었다. 가보니 방이 달랑 둘뿐이요 마루에는 분합도 없는 데다가, 지나다니는 사람들이 우리 저녁 반찬이 무엇인지 알 정도로 안이 훤히 들여다보이는 싸리 울타리여서 마치 행길에 나앉은 기분이었다. 그 외에 제비가 처마 밑에 집을 지어, 밥 먹는 데 똥이라도 싸면 어쩌나, 벌레 잡아 새끼 먹이다가 흘리기라도 하면 우리 밥그릇으로 떨어지지 말란 법도 없으렸다 불안해하며…… 게다가 앞으로 우리 일곱 식구에 밥하는 누나까지 있으니 잠은 어떻게 별러 자야 하는지 도무지 어림이 서질 않았다.

애초부터 성북동 집은 아버지가 원고를 쓰시는 별장으로 꾸미려던 건데, 혹, 다시 그 꺼리는 다른 손님(?)이 와서 묵는 것보다는 마음이 편할 게라고 생각해 임시라는 전제하에[15] 마음을 바꿨다고밖에는 생각할 수가 없는 처사였다. 처음 보았을 때와는 다르게, 워낙에 깎아지른 개울가 언덕 위에 선 초가집이었지만, 축대를 새로 쌓아 돌층계도 만들고, 마당도 넓게 잡아 우물 옆 반송(盤松)[16]이 아주 우산처럼, 두어 간통은 실히 되게 멋지게 퍼져, 그 아래에 있으면 가는 비 정도는, 장고(長考)에 들어간 바둑 고수(高手)들이 옷 젖을 걱정은 안 해도 될 정도였다. 나무 밑에는 마치 고인돌을 옮겨놓은 것같이 평평한 널바위도 괴어놓아서 아버지와 친구분들이 바둑도 둘 수 있게 만들어놓았다. 그리고 기왕에 있던 우물도 더욱 깊게 파 가물에도 마르지 않게 했으며, 우물전 또한 너부데데한 널바위로 사방을 둘러쌓아 정말 우물 정(井) 자를 쏙 빼놓은 그런 모습이라서 멋이 있었다. 게다가 한여름철에는 뒷문을 열어놓으면 소나기라도 한 줄기 쏟아지고 난 뒤 뒷동산 제법 가파른 골짜기

15) 우리에겐 전혀 그러한 언급이 없으셨다. 우린 비록 어머니의 입에서마저 그런 소릴 들은 기억도 없다.
16) 소나무가 제법 차일을 친 듯 그렇게 반반하고 큰 놈.

에 가늘긴 하지만 한 줄기 폭포수까지 쏟아지는 정경이 벌어져, 앞뒤로 걸친 운치에 절로 글줄이 쏟아질 법한 그런 집이었다.

그 외에 마당 또한 넓어 놔서, 아무리 꽃나무에 화초를 얻어다 심어도 도무지 아늑하니 정원이란 말이 어울리지 않게 해바라진 데다 흙이 진흙 바닥이고 보니 옮겨 심은 화초들이 잘 자라는 법도 없어, 우리 집에 손이 건 사람이라도 들온담 모를까, 집 식구들 손으로만은 되는 게 신통치 않았다.

1948년 남에서는 대한민국 정부가, 북에서는 조선민주주의인민공화국이 8월과 9월에 각각 수립되었다. 이로써 삼천리 금수강산은 북위 38도선으로 허리가 잘리고 만다.

성북동으로 이사 가고 우리나라 건국 후 최초의 국회의원 선거(5·10 선거)가 있었다. 그렇게 따지고 보면 우리가 성북동으로 이사 간 게 아마 4월 초쯤이 아니었나 싶다. 새로 문을 열어서 아직 마당 역사가 덜 끝난 성북국민학교 교정[17]에서 후보들이 정견 발표를 한다기에, 저녁을 먹고 동네 조무래기들까지 유세장 맨 앞에 가 진을 치고 앉아 있는데, 갑자기 연설대 뒤쪽으로부터, 상대편 후보자 열성 당원들이 방공 연습하듯(어두워서 보진 못했지만) 길어다 부은 물난리로 유세장이 아수라장이 되었던 일이 지금도 가끔 생각나 혼자 웃는다. 예나 지금이나 정치를 한다는 사람들이란……

그로부터 한 10여 년 지나고 나서, 나도 유권자가 되었을 때 대통령후보로 유력했던 야당 당수가 아마 그분이 아니었나?

드디어 우리나라 최초의 『수호전』이 상·중·하 세 권으로, 삼촌 박문

17) 교사로부터 이어진 운동장이 패는 경사가 졌기에 연단 뒤에서 물을 길어다 부었던 모양이다.

원의 장정에다 배정국 씨의 제자로 '정음사'에서 완역 발간되고, 『이충무공 행록』과 『성탄제』가 '을유문고'에서 나오고, 『중국 소설선』 1, 2권이 '정음문고'로 나왔다. 종이 질이 좋지는 않았지만[18] 책 사이즈가 '이와나미분코(岩坡文庫)'처

정음사판 『수호전』 제1권 표지와 판권.

럼 앙증맞아 내가 마음에 썩 들어했던 기억이 난다. 어려서 돈암정 집에 살 때 아버지는 잠자리에 드시기 전이면 늘 내게 읽을 책을 뽑아오라 하시곤 했는데, 글자를 알지 못하는 내게 시키는 저의가 재미있다. 내가 골라오는 건 그게 무엇이든 재미있게 읽다 주무시겠다는 그런 생각이실 테니까. 우선 어제와 같은 건 피해야 하면서도 보기에 재미있을 듯한 걸 골라야 했으므로, 그런데 정말 대책이 없는 것 같지만 나는 언제고 시간이 걸리더라도 재밌는 걸 골랐다—내 나름대로.

운보 김기창(雲甫 金基昶) 화백의 장정과 삽화로 꾸며진, 우리 아이들을 위해 아버지가 쓴 『충무공 이순신 장군』이 나올 임시였는지 그 후였는지, 운보가 우리 집을 방문했는데, 아마 『서울신문』에 연재할 「임진왜란」 관련하여 신문사와 얘기가 끝나 작가와 삽화를 그릴 화가의, 연재에 앞서 독자에게 사고(社告)와 함께 나갈 '한 말씀' 때문이었던 걸로 기억한다. 나야 손님이 오시면, 돈암정 집 때부터 사랑에 나가 방석도 깔

18) 해방되고는 종이가 갱지라서 누우렇고, 지면도 매끄럽지가 않은데, 우리들의 공책이란 것도 모두 같아 연필심이 뭉턱뭉턱 닳는 데다, 연필심이 부러지기도 잘 해—그 당시 연필심은 어찌나 부러지길 잘 하는지, 진하게 쓰려면 지금처럼 손에 힘을 주어 눌러 쓰는 게 아니라, 연필심에 침을 발라 쓰곤 했으며, 연필이 필통 속에서 흔들려 연필심이 곯아 잘 부러진다 생각해 필통 속에 솜을 깔 뿐 아니라 연필심이 곯을까 봐 가방을 메고도 살살 걸었던 기억이 난다.

아놓고 재떨이도 준비하고 할 일이 많기도 하지만, 들락날락하며 어른들끼리 주고받는 얘기도 얻어들어야 하는 게 내 수확이니 바쁘기는 언제나와 매한가지였다. 성북동 집은 마루를 격한 거른방뿐이라 문밖에서 서성대기만 할 수밖에 없었는데 도무지 한참이 지나도 얘기 소리가 아니 나고 조용하기만 했다. 나야 밖에서도 다 들을 수 있을 만큼 귀가 밝은 축인데 아무 소리가 나지 않으니 기다리다 못해 꾀를 내서, 뭐 찾을 게 있는 양 문고리를 당기고 (성북동 집은 안방은 그렇지 않지만 거른방은 미닫이가 아니다. 마당으로 향한 앞은 쌍창미닫이지만) 들여다봤다. 그런데 두 분이 필담(筆談)을 하시고 있는 거라—참, 세상에……

아마 해방 직후였나, 아니, 치안이 좀은 잡힌 뒤여야 아저씨가 쫓겨 다녔겠지, 생각하니, 1948년 말이나 1949년도일 것이다.

삼촌이 『어깨동무』라는 어린이 잡지가 창간호를 내는 데 표지 그림을 맡으셨다며 성북동 집에 오셔서, 동생 재영과 둘이서 씨름하는 시늉을 하고 있게 한 다음 데생을 하신 적이 있다. 우리는 삼촌이 약속한 대로, 표지에 우리의 모습이 든 잡지와 맛있는 것을 들고 성북동 집으로 다시 찾아올 것만을 기다리고 기다렸다. 그러나 잡지도 아저씨도 종내 오시지 않았는데, 뒷날 어머니가 한 말씀대로, 무슨 일인진 몰라도, '일이 잘못되어 안 오실 거'란 말씀이, 실은 그제나 저제나 삼촌에게 심심찮게 일어나던 그 사상인가 뭔가 때문에 잡혀가는, 그런, 그때도 실은 서대문형무소에 가 갇혀 있는 신세가 되었기 때문이었으리라……

그때가 언제쯤이었는지, 아버지가 궁금하셨던지, 아저씨에게, 가령 종로통에서 데모를 한다고 가정을 하고 설명을 청했나 어쨌나. 좌우간 귀를 곤두세우고 주위를 떠날 듯 떠날 듯하면서 얻어들은 바로는, '동지들'이 미리 약속한 시간에 그 근처 책방이고 드팀전이고 가방 가게고, 좌판을 벌여놓은 근처에서 거래도 하는 척, 책도 보는 척, 신문도 들고 얼쩡거리다가, 호루락지(호루라기) 소리가 나면 순식간에 전찻길 한복판으로 일제히 뛰어 들어가, 가슴에 숨겼던 플래카드를 앞세우고, 대오 정연하게 스크럼을 짜고「적기가」나 뭐 그런 걸 목이 터져라 불러대고, 구호도 외치다가, 사람 많은 데서는 삐라도 뿌려가면서 앞으로 나아가다가, 순사들이 들이닥치면 순식간에 뿔뿔이 흩어진다고 했던 걸 기억하는데, 아마 그러다가 붙잡혀 감옥에 있었기에 『어깨동무』가 우리 손에 들어오지 않았구나 생각하며, 아

1954년에 문원이 그린 자화상.

랫입술을 잔뜩 빼물고 하늘을 쳐다본 일이 생각난다.

그 뒤, 출옥한 삼촌이 아주 가끔이지만 우리 집에 올 때면, 나는 삼촌을 반갑게 맞는 척하다가 슬그머니 사립문 쪽으로 다가가 개울 건너 행길을 내려다봤다. 오늘도 삼촌이 검정색 지프를 달고 왔나 해서였다. 무슨 소린고 하면, 삼촌은 아주 의지가 강해(?) 어떠한 고문에도 입을 여는 일이 없는, 그런 터여서, 수사 기관에서, 잡아넣어 봤자 아무 소득이 없기 때문에 저렇게 놓아두고(풀어놓고) 그에게 접근하는 사람들을 잡아 족치는 게 낫다고, 자기들대로 깨도가 트여, 종일 미행을 한다는 소릴 들었기 때문이다.

그래, 우리 집의 경우, 오늘은 어디서 자는지만 확인한 연후에 낼 아침 일찌거니 다시 와도 되는 것이, 성북동 우리 집은 산을 타고 넘어가기나 한담 모를까, 트인 길이란 오직 보성고개 못미처의 마전터인, 삼선교에서 올라오는 길이 만나는 데서부터는 외길이어서 어디 다른 데로

샐 데가 없으므로, 그 검은 지프가 따라와 담배도 태우면서 거레를 찧다가 날이 어두워 오면 오늘은 예서 유하리라 짐작하고는 마음 놓고 철수를 하곤 했다.

그 순하디 순한 성미에 악지라곤 전혀 엿보이지 않는 삼촌이 고문당할 때의 정경을 그려볼 때면, 아저씨가 하마 죽은 듯이 널치가 되어 있는 모습을 그려놓고 치를 떨곤 했다. 체크무늬 스프링 같은 데 오비(벨트)가 있는, 요새로 치면 멋진 트렌치코트에 굵은 체크무늬의 검은 줄이 있는 검은 테 안경을 쓰고 외투 깃을 잔뜩 올리며 사립을 들어서시던 모습과 함께 인사가 끝나면 벗어 안경알을 닦던 모습에서 내겐 안경알보다는 안경테의 코받침 자리가 검게 눌린 눈을 먼저 문지르고 닦아야 하는 게 아닌가 생각하며 안타까워하던 일도 함께 떠오른다. 왜 이리도 이미 살아버린 지난 시간들 안엔 푸념도 많고 사연도 많은 건지, 아마 이처럼 글이 앞으로 나아가길 주저하며 머뭇거리고 있는 건 아쉬움이 아직 내 인생에 남아 있어 이렇게 허공만 바라보며, 무엇을 어떻게 하자는 것도 아니면서 그 아픈 데 멈춰 서서 그 아픔을 다시 되새기며 그리워하는 탓일 것이다.

실은 내 이러한 감정 말고 구보는 사랑하는 아우의 그러한 사상운동을 어떻게 생각하고 있었을까 하는 게 이제나저제나 궁금한 점이었었는데, 어려서야 그렇게 떠나고 난 다음 어머니 아버지가 주고받던 일본말 속에서 애들이 들으면 이해를 하지 못하거나 잘못 알아듣고 밖으로 흘려서는 아니 될 그런 내용일 거라는 사실 이외에 다른 생각을 가질 수 없었지만, 그런 처지(?)에 있는 동생일지라도 곁에 두고 살고 싶으신 생각에서였는지, 옆집 반벙어리 내외가 집을 내놓는다는 사실을 안 즉시, 진원 형님을 찾아가 문원 아우를 위해 그 집을 사시라 했다는, 형제간의 우의를 나중에야 알고는 한참 마음 먹먹해졌던 적이 있다. 결국 다른 일 까탄으로, 큰 형님이 문원 삼촌의 입에서, '아, 조카 일이 우선이지 제게 지금 집이 무슨 필요가 있습니까? 어서 제 생각 마시고 급한 불부터 끄십시오'라는 소릴 들은 건(명치정 아주머니로부터) 형제분 모두가 저세상 분들이 된 뒤다. 그 임시해서 아버지가 큰집에 갔다 오셔 분을 삭이지 못해 혼자 큰소리로 형님 성토를 했는지 어쨌는지, 돌아와 분을 푸시다가 엄마의 단 한 마디 대수롭지도 않은 걸 트집 잡아 역정을 내셨던가 어쨌던가? 아무튼 "너희들 문원 삼촌이 옆집에 이사 와 살게 되면 좋으냐?"고 우리들의 의중을 떠보시던 일은 유야무야 돼버리고 말았지만, 아버지가 삼촌을 생각하는 정이 마치 동기간보다는 부정에 가까운 그런 보호 본능 내지는, 그의 하는 일에 대한 마음속으로부터의 동조를 그런 형식으로 나타내신 건 아닐까 하는 그런 생각을 가져도 보았다. 한데 그런 생각을 언제부터 나는 하게 되었을까……

기왕에 삼촌 얘기가 나왔으니 조금만 더 해야겠다. 삼촌이나 고모(경원 아주머니)가 아무개 장례식[19]에서 애국가를 부를 때 마지막 소절에 '대한 사람 대한으로'를 '조선 사람 조선으로'로 바꿔 불렀다는 것도 귀동냥을 한 적이 있다. 그리고 또, 어린 나의 뇌리에 지울 수 없이 각인이 된, 삼촌과 고모가 줄곧 피해만 다니다가, 모처럼 함께 다옥정 집에를 들어왔는데, 아마 할아버지, 그러니까 당신들의 아버지 제삿날이었다지, 어떻게 알았는지 심야에 들이닥친[20] 시경 형사들로 하여, 낌새를 챈 두 분이 장독을 발판 삼아 담을 넘어 5번지 지붕을 타고 뒷골목으로 빠지려다가 고모가 그만 발을 헛디뎌, 15년 묵은 간장독이 깨지는 바람에 탈출을 포기하고 안방 아랫목에 이불을 들쓰고 새우처럼 드러눴단

19) 아마 여운형 씨의 장례식으로 알고 있다. 몽양(夢陽)은 워낙 널리 알려졌던 분이라 좌우익이 함께 추모했다. 아마 그날은 둘이 만나 오랜만에 둘째 오빠 댁(우리 집)엘 들렀었는지.
20) 다옥정 큰댁은 광교를 건너 청계천을 면한 전면이 약국이고 약국 뒤로 제약을 하는 공장인 셈이어서 중문간을 지나 그 안에 자리 잡은 안채는 행길에서 정말 깊다.

다. 한데 집을 샅샅이 뒤지던 형사 하나가 방으로 들어와 식구들 점검을 하다가 아랫목을 가리키며, 저건 누구냐고 묻는데 우리 동생할머니, 낯빛 하나 변하는 일 없이,

"쟨 돈암정 사는 우리 작은며느리라우. 제사 음식 좀 거들러 왔다가 몸살 기운이 있는지, 초저녁부터 저렇게 아름묵 차지를 하고 있다우⋯⋯"

하시고는 아주 여유 만만한 표정으로,

"아, 그 유명한, 소설가 태원이 알지 않우?"

하셨다고. 어머니란, 제 자식을 위해서는 무슨 일도 할 수가 있는 건가보다고 연해 고개를 주억거리면서, 자신의 얘기에 취해, 고 갸름한, 천생 미인인 볼에 홍조까지 띄우며 숨 가쁘게 늘어놓던 명치정 아주머니⋯⋯ 이젠 그분 또한 고인이 되셨지.

그 뒤로 고모를 쭉 못 보다가 내가 1990년에 방북했을 때 그 뒤의 이야길 듣긴 했지만, 이 자리는 아버지의 차지니, 그의 누이동생의 사연까지 늘어놓기는 좀 그렇고⋯⋯ 어쨌건 한강 인도교를 건넜다 다시 건너와서(지령에 의해선지 그가 배운 위급시의 도피 방법인지), 그 밤을 도와 개성까지 걸어서 접선줄을 잡았노라는 걸, 해주서 날 보러 큰누나네 집 평양까지 온 당자에게서 직접 들었다.

명들도 기시지, 고모는 황해도, 바다로 서울과 지척이 된다는 데서, 소일거리로 김에 파래를 건져 말리며[21] 여생을 보내고 계신데, 슬하에 일곱 남매를 두었는데, 북에선 교육 공무원(선생님들)이 한 집안에 가장 많은 가정으로 신문에까지 소개가 됐던 그런 어머니, 장모라고 알려졌다나. 그곳이 날만 좋으면 희미하게 남쪽 땅(강화도쯤 되려나?)을 바라볼

---

21) 나 올 때 당신이 손수 땄다는 돌김 한 봉지를 주셨는데 돌아와 맛을 볼 염도 안 하고 지금도 20년이 됐지만 냉장고 어느 칸 어디엔가 박혀 있지 싶다(바람멎이 외딴 바위에서 말렸는지 하도 지금거려 내 식구에게나마 흠잡히기 싫어서).

수 있는 바닷가가 돼놔서 남에서 올라갔다 은퇴를 한 사람들[22]이 한데 모여 살고 있다든가 그러지, 아마…… 마치 북에서 내려온 실향민들이 연평도나 강화도에 많이 몰려 사는 것처럼……

전쟁의 참혹한 아픔

　　　　　　　　우리는 통상 부모님께서 하시는 말씀을, 어려서는 그 내용에 있어 어떤 의심이나 한 푼의 가감도 없이 전부를 진실로 받아들이는 일이 상례다. 그러나 '좀 커서 저도 뭘 안다'는 자아의식이 생기고부터는, 부모님이 하신 말씀의 7, 8할이나 그 밖에 더는 진실로 받아들이는 일 없이, 제멋대로, 거기에는 반드시 다소의 허구나 진실성이 결여된 무엇이 개재해 있으리란 시건방진 생각을 하고, 그 내용을 제 또래의 벗에게 전할 경우에는, '부모님의 말씀이셨지'라는 투로 토를 달고는, 짐짓, 잰 척 여운을 남기곤 하는 게 우리의 어릴 적 습성이 아니었던가. 그러나 그 내용이란 것이 당신에 관한 소싯적 일이고, 또 그것이 기록이나 사실에 근거한 것이 아닐진댄 더더욱 그 신빙성은 모호해지는 수도 있겠는데, 반대로, 그것이 기록으로, 더군다나 법원에서의 재판 기록으로 우리 눈앞에 나타난다면, 그리고 부모님이 말씀해 주신 데서 단 한 치의 오차도 찾을 수 없는 사실일진댄, 우리는 이미 가고 아니 계신 그분들을 바라 얼마나 송구스러운 마음과 죄만스러움으로 마음 아파해야 하는가는 아마 당사자들 말고는 상상이 잘 되지 않을 것이다. 하물며 그러한 상황이 절박한 전시하에서, 우리에게는 기억도 새로운 단기 4283년(서기 1950년) 6월 25일 한국동란 중에 일어난 일이라

---

22) 55세가 정년퇴직할 수 있는 나인데, 현역이 배급도 더 받고 해서 많은 사람들이 그 나이가 넘어도 일들을 한단다. 우리 누나처럼(고모부는 몸져누워 못 오셨고).

면 어떻게 생각들을 하시려나……

이제는 이미 일흔들이 훌쩍 넘어버린 구세대들에게는 물론, 부모로부터 귀에 못이 박히도록 전쟁 이야기를 들은 중년들, 그리고 역사를 공부하는 우리 젊은이들에게 한국동란이란 절대로 옛일일 수 없는 바로 지금의 일이다. 동족상잔의 비극으로서 당시의 양상이 얼마나 처절했고, 그 파괴된 물량이나 피해를 본 인명은 얼마였으며, 당시 인구의 3분의 1에 해당하는 1천만 가족을 남북으로 갈라놓은 동족상쟁의 비극이었다는 데 생각을 멈추면. 그리고 그때 헤어진 가족들이 반세기는 고사하고 이제는 온 갑자(甲子)가 다시 시작되도록 남북 간의 왕래는 고사하고 서신의 교환조차 아니 되는, 그리하여 서로의 생사 여부조차 모르고 생을 마감해야 하는 비극이 이 지구상에 존재한다는 사실이, 다름 아닌 바로 여기, 우리가 사는 이 땅에서 우리가 겪고 있는 이야기다.

이런 이야기를 외국인들은커녕 우리 어린 손자 손녀들에게 해준다 해도 어안이 벙벙해하는 데는, 그저 할 말을 잃음과 동시에, 우리 세대는 그들에 대해 한껏 부끄럽다!

1950년, 그 당시는 단기를 썼으니 4283년 6월 28일 늦은 오후,[23] 한 이레 전이 하지(夏至)였으니 긴 여름 해는 아직도 한낮처럼만 느껴지던 때였다. 나는 열두 살 나이에 마흔둘이 된 아버지 구보의 손을 잡고 공애당약방 큰댁으로 가는 길이었다. 성북동 골짜기에 있던 싸리 울타리 집을 나와 마전터를 가로질러 보성고개를 넘어 혜화동 로터리에 이르렀을 때 이미 인파가 꽤는 붐볐고, 종로 4정목 네거리 못미처에 있던 동대문 경찰서 건너편 전매국 골목에서 둘러선 애들 사이로, 태극기를 띠처럼 접어 어깨에서 허리로 두른 순사가 피를 흘린 채 엎어져 있는 장면

23) 북쪽에서 들리던 포성이 멎은 지도 두 식경이 훨씬 지나 서울이 완전히 점령당한 시점.

을 보았다. 내 생애 최초로 주검을 목격한 것이다. 전쟁이었다, 만화에서나 보던.

우리가 네거리에 나서자 동대문 쪽에서 집채만큼 육중한 무쇠 탱크가 캐터필러 소리도 요란하게 전찻길 위를 질주(?)하는데, 긴 포신 뒤에는 전투모와 어깨에 나뭇가지로 위장을 한 낯선 인민군들이, 예의 '따발총'이라는 걸 가로들고 서서 무표정하게 지나갔다.

'어, 저렇게 무거운 게 전찻길 위로 지나가면 후제 전차는 어찌 댕길구— 전찻길이 짜부러져서……'

난 그런 생각을 하던 어린애였다.

인민군들의 서울 입성을 환영하는(?) 인파는 더욱 많아지고, 그때까지 못 보던 '인공기'를 들고 만세를 부르는 사람도 간간이 눈에 띄자 우리는 부지중에 잡은 손에 힘이 들어감을 느꼈다. 한청 빌딩을 지나 화신 상회를 오른쪽에 남겨두고 전찻길을 건너 돌난간에 예의 동물들의 형상을 조각해 얹은 광교를 건넜다. 오른편으로 꺾어 천변을 끼고 서너 집 지나 약방의 빈지를 하나만 떼어놓은 공애당약방, 큰댁에 도달하도록 아버지와 나는 별로 말이 없었다. 생소한 것을 보아 어안이 벙벙한 채로 열어놓은 빈지는 못 본 채 안채로 통하는 빈지 아래쪽에 난 작은 쪽문이 빠끔히 열려 있음을 보고는 큰 키의 아버지가 먼저 허리를 굽혀 안으로 들어가고, 나도 쪽문 안으로 들어서니, 빗겨드는 역광에 피어오르는 담배 연기가 자욱한 속에, 이마가 훤히 벗겨지신 큰아버지가 조제실 앞에 놓인 의자에 꼬부장히 앉아 계시다가, 아우의 방문에 다소는 의외라는 표정과 오랜만에 보는 반가움으로 엉거주춤 상반신을 일으키시다가 뒤에 내가 서 있음을 보시곤,

"이령이두 왔구나, 덥지, 잘 있었느냐?"

하시면서 반 어둠 속에서 아버지를 바라보셨다.

나는 두 분이 긴히 하실 말씀들이 있으리란 생각에 몸을 돌려 나가

려니, 예의 그 긴, 안채로 통하는 길이 서툴기만 하고 혼자는 엄두가 나
질 않아 머뭇거렸다. 그도 그럴 것이, 안은 말할 수 없이 깊으며 왼쪽은
줄느런히 약 창고며 약 봉피 붙이는, 약을 만드는, 그리고 지방으로 나
가는 소포를 묶는 방들로 아주 긴 데다가 오른쪽은 죽 '부록꾸' 담인데,
하늘이 함석으로 가려져 있어 굴속을 지나가는 형상이라 괜히 이 집에
만 오면 예서 주눅이 들었다.

한참을 머뭇거리고 있는데 아버지가 나서셔서 막 중문을 지나자니,
안으로부터 왁자지껄 약주들을 자시는지 활기에 찬 웃음소리가 들려 나
왔다. 어느새 댓돌 앞에 선 우리들의 눈엔, 마루가 넓어 기둥이 두 개나
중간에 박힌 너른 대청에 삼십대의 젊은이들 일고여덟 명이, 두 개의
자개소반을 사이에 두고 둥그렇게 모여 앉아 푸짐한 음식에 술주전자
가 여기저기, 한창 늦은 점심들을 하고 있었던 듯했다. 그들 중에 두엇
은 불의에 손님을 맞아 엉거주춤 자리에서 일어나 아버지께 인사를 올
리고, 서넛은 자기들의 이야기에 팔려 연해 술잔을 권하며 하던 말들을
계속하고 있었는데, 내겐 하나같이 얼굴들이 창백하다 못해 핏기가 없
는 게 오래들 햇빛을 못 본 삼촌과 같은, 아마도 서대문감옥에서 갓 풀
려난 삼촌의 동지(?)들인 것처럼 보였다.

삼촌을 보자, 언젠가 어머니 아버지가 무슨 비밀스러운 거나 발견한
듯 소곤소곤 나누시던 이야기 끝에 우리에게도 보여주시던 눈꼽쟁이만
한 노란 셀룰로이드로 된, 눈까지 찌푸려야 바로 보이는, 고렇게 쪼그맣
게 생긴 짚신 한 켤레[24]가 떠올랐다. 지금도 그 생각만 하면 가슴이 찡
해오며 고독(孤獨)이라는 두 글자가 가슴을 에는 것이, 삼촌 문원 아저
씨에 대한 나의 또 한 가지 추억이다.

---

24) 감옥에서 무엇으로 조각을 하셨는지, 칫솔 자루를 잘라서 만든 0.5센티미터밖에는 안 되는 그렇게
작은 짚신이 날까지 갖추고 있어, 화경을 들이대야 낱낱이 칼 댄 곳을 헤아릴 수 있을 조각품이, 동
생할머니가 감옥소에 옷을 차입해주고 받아온 헌옷 솔기에서 발견했다 한다.

아버지는 동생할머니도 다른 식구들도 만나는 일 없이, 나를 데리고 도망치듯 큰집을 나와, 더욱 붐비는 종로통을 버리고 파고다 공원 담을 끼고 인사동 돈화문, 구름다리 밑으로 해서 원남동 로터리에서 잠시 걸음을 멈추고 생각을 고르시더니, 그냥 집으로 돌아와버렸다. 잠시 머뭇거렸던 건, 법대 정문 앞에 자리 잡은 '제세수민당약국'을 들렀다 갈까 말까, 즉 소란했던 지난 사흘 동안 처갓집은 무사하신가 하는 염려였겠지만, 그냥 뒷날로 미루고 집으로 곧장 돌아와버렸는데, 그날의 결정이 결국 이승에서 장인어른과의 마지막 상봉의 기회를 저버렸다는 것을, 아버지는 미처 알지 못했으리라.

그로부터 한 이틀은, 저간의 사정은 알 수 없었으나 겉으론 평온한 그런 나날들이 지나갔다고 기억한다. 우리는 늘 하듯 우물물을 두레박으로 길어서는 옆에 있는 큰 자배기를 채우곤 했다. 어린 마음에 조바심이 나서 진득하게 기다리지를 못하고, 자배기에 물이 차기가 바쁘게 조로에 물을 채워 곧바로 화초에 뿌리지만, 실은 아버지에 의하면 우리 집 우물물은 석간수이기 때문에 너무 차서, 긷는 맡에 그대로 주면 한여름이라서 화초가 놀란다고, 언제고 갓 길어 올린 물은 동이에 담아 냉기가 가신 후에 화초에 주는 법이라고 말씀하시곤 했다. 물론 지금도 기억을 할 수 있는 그런 이론이니, 그렇게 해야 하겠지만, 어디 매번 그럴 수는 없는 일이, 그 넓은 마당에 여기저기 다 주려면 한나절도 모자라기 때문이다. 그러고 나서 저녁이 되면 들려주시던 재밌고 슬픈 이야기도 여전했고(여전히 웃고 재미있어했지만 어쩐지 공허했다. 메말랐었나?), 이른 아침이면 가슴이 노오란 꾀꼬리도, 아주 숨어 소리만 내는 뻐꾸기 소리도 전이나 다름없이 들으며 그렇게 보내고 있었다.

그러던 중 세상이 바뀌고 사흘째, 1950년 7월 초하루 낮때쯤 해서, 두 마리 거위가 목을 땅으로 길게 내리깔며 꺽꺽거리고 개가 사납게 짖는 속에 우리 집에 손님이 왔다. 우리 집은 행길로부터 개울을 격하여 높은 언덕배기 위에 축대도 높직이 쌓아올린 싸리 울타리 집으로, 혹 동구 밖에 엿장수나 '바늘귀 땔 요변'[25]에 나오는 땜장이에 더해 두부 장수의 종소리만 나도 집에서 기르는 개가 짖기 시작하는 건 물론이고, 두 마리 거위가 노란 부리를 땅으로 깔며 끼욱 끼이욱 암수가 그야말로 부창부수, 소란을 떨어 동네 개들이 다 따라 짖게 되어 있는 동리의 파수꾼 같은 집이었다.

손님은 키도 크지 않은 이가 깡마른 데다 머리를 치켜 깎아 단정해 보이기는 했지만, 어딘지 모르게 눈귀가 올라붙은 게 성깔이 있어 보였는데, 미소조차 조금은 싸늘하게 느껴지는 데다 갓 서른을 넘겼을 젊은이였다. 그 젊은이가 아버지를 대하는 품은 아주 정중했지만, 그리 길지 않은 대화가 있은 후 아버지는 외출 준비를 하시며 엄마와 몇 마디 짤막한 말을 주고받은 뒤에, 눈이 똥그래진 우리들을 뒤로 하시고 그 젊은이를 따라 집을 나섰다. 그리고 일주일이 다 지나도록 돌아오시지 않았다.

---

25) 아버지가 허구한 날 해주시던 얘기의 레퍼토리는 슬프거나 아이들에게 유익한 것이 대부분이지만 묘하게 웃기는 그런 소화(笑話)도 참 많다. '바늘귀 땔 요변'이란 우리나라에 바늘이란 것이 중국으로부터 들어온 지가 얼마 되지를 않아 여염집 여자들에겐 꽤는 귀하던 시절의 이야기다. 아마 정수동이나 오성 대감처럼 꾀가 많은 가난한 선비가 체면을 무릅쓰고 땜장이로 나섰던 모양이다. 부촌인 마을을 찾아가 목청을 가다듬어 귀 떨어진 바늘을 때운다니까(아마 그 당시엔 쇠가 요즘처럼 강한 게 없어 바늘귀가 잘 떨어져 나갔던 듯) 여염집 아낙들의 귀를 버쩍 띄게 하는 소리여서 그 귀한 바늘 차마 버리기는 아까워 반짇고리에 꽂아두었던 것들을 저마다 들고 나왔는데, 번죽 좋은 이 작자 한다는 소리, 내가 지금 이 마을을 찾아오느라 중식을 놓쳤으니 요기부터 해야겠다는 거라. 과히 밉상이 아닌 데다 번죽도 좋은 생원이라 호기심도 일고 해서 이 집 저 집에서 요기할 거리를 내와 허기진 배를 불렀겄다. 그래 놓고는 눈만 껌벅껌벅 하다가 결심을 한 듯, 자, 어느 댁부터 해드릴까 해가며 약과를 내왔던 새댁 것부터 받아 드는데, 바늘을 들어 햇빛에 비춰 보고는 한다는 소리가, "이거야 식은 죽 먹기지!" 하고 흰소리를 하더니, 한다는 다음 소리가, "떨어져나간 쪼가리는 어디 있소이까?" 새댁뿐 아니라 주위에 몰려선 모두가 동시에 입을 모아, "쪼가리라니? 고 조그만 걸 어찌 챙겨둔담!" 그러자 땜장이 하는 말, "아니 그럼 땜질을 할 쪽도 없이 귀 떨어진 바늘들만 들구들 나오셨단 말유?!" 했다는 이야기.

어머니는 아버지가 낯선 젊은이를 따라가신 후 이틀은 우리들이 혹 아버지에 대해 물을까 겁을 내시는 듯, 대수롭지 않은 일에 웃기도 하시고 별로 맛도 없는 그런 반찬을 만들어놓으시고도 맛있다고 우리에게도 먹어보라시며, 혼자서 맛이 있는 양 '냠냠, 아, 마싰다'를 연발하기도 했지만, 우리들은 우리들대로 짚이는 데가 있었다. 아버지가 무언가 잘못돼가고 있는 것 같은 불길한 예감에, 되도록 다투는 일도 삼가고 조용히, 책을 읽는다든가 하면서 나름대로 아버지가 얼른 돌아오셨으면 하는 마음뿐이었다.

사흘이 지나자 어머니는 학교 적엔 배구 선수였을 뿐 아니라 조금은 괄괄한 성품에다 덜렁대는 품이라서, 더는 조바심이 나 집에 계시지 못하겠다는 듯, 흰 모시 치마저고리를 뻗쳐 입으시고, 우리들에게는,

"내 횡허니 문안에 좀 댕겨오마."

하고 행선지나, 무슨 볼일이란 말도 없이 집을 나가셨는데, 어린 동생들까지도 늘 하듯, 어디를 가느냐, 나도 따라가고 싶다든가, 돌아오는 길에 먹을 것을 사 와야 한다든가 하는 일도 잊어버린 듯 잠잠해, 어머니는 아주 수월하게 집을 빠져나갈 수 있었다.

첫째 날도 둘째 날도 나갔다 오시면 진솔 버선 신고 나간 걸 어느 정신 빠진 녀석이 밟았다든가, 전찻길을 건너는데 자전거를 탄 상고머리가 달려들어 하마터면 핸드백을 놓칠 뻔했다든가 하는, 우리가 기다리는 소리는 단 한 마디도 비추는 일 없이, 덥단 소리만 연해 해가며 휘갑을 치시곤 했지만, 우리는 아버지에 관한 궁금증을 묻지 못하고 답답해하기만 했는데, 사흘째 나갔다 오시더니 예의 하던 객쩍은 소리는 않고 한숨만 쉬시며, 그날도 어느 녀석에겐가 밟힌 버선을 벗어 터시다, 누나들 들으라는 듯 하시던 이야기는, '앞집 배정국 씨랑 누구도 누구도 다들 사나흘 닷새 만에들 나오셨는데, 아버지와 정 선생님만은 아직도 무슨 조사들을 받고 있는지 소식이 없다고, 어제도 그제도 좀 들어가 알

아봐달라고 청을 했건만, 어쩌면 동기간인데, 그 위에 아버지가 그들에게 어떤 형님이고 오라버닌데, 뭐 그리들 바쁘다고 나 몰라라. 적으나믄 내가 모처럼 하는 청을 어떻게 뒷전으로 돌려버리는지, 생각하면 생각할수록 정말 섭섭하다'고 혀까지 끌끌 차셨다. 그러나 우린 그 일에 관해 어떠한 의견도 낼 수가 없는 노릇이, 도무지 무슨 일로 우리 아버지가 어떤 사람들에게 억류가 되어 있다든가 잘못이 있어 닦달을 받고 있다고는 상상을 할 수가 없었기 때문이다. 그리고 또 문원 아저씨나 경원 고모가 아버지를 위해 어떤 일을 할 수 있다고 생각하기에는, 우리에게 있어서 아버지의 위치는 그들의 힘이 닿지 않을 그런 높은 데 있다고 생각했기 때문에, 그들에게 부탁을 한다는 자체가 수긍이 안 되는 그러한 것이었다. 그처럼 우리에게 있어 아버지의 존재는 거의 절대적 (?)이었다.

누구도 내게 아버지가 어딘가로 잡혀간 일에 대해 얘기해주지 않았지만 나는 나대로 짚이는 데가 있었다. 나는 아마 이번 일은 무엇보다 『서울신문』에 연재하시던 「임진왜란」이 문제가 된 모양이라고 생각했다. 『서울신문』이 남한 정부의 기관지였고, 구보의 출신 성분이 외국 유학을 다녀올 만한 재력을 지닌 부르주아인 데다가, 해방되고 그렇게도 많은 책들을 묶어냈으니…… 게다가 구인회가 순수 예술을 표방하고 나선 사람들이니 그들의 작품 어디에서 이념을 찾고 의식을 찾을 수 있었겠는가. 그런 데다 보도연맹원이었으니…… 물론 나야 이런 소릴 해선 안 될 이 방면에 문외한이란 건 잘 알지만.

먼저 올라갔다 내려온 구보의 친구들은 모두가 이념을 떠나서 아버지와 막역한 벗들이다. 특히나 구인회를 뭇던 당시의 유명 짜한 분들은 여럿이 동란 전에 솔가를 하여 월북들을 했다. 그런데 구인회가 탄생할 때의 세태나 당시 쇠해가던 카프를 생각하면, 순수문학을 지향하던 구인회 멤버들이 카프에 정면으로 맞선 건 아니라지만, 문단에서 내로라 하는 회원들의 면면이 카프 맹원들의 작품을 좋게 평하지 않았던 것은 저쪽에서 보기엔 문제의 소지가 다분했던 것이다. 몇몇 월북한 구인회 멤버들의 북에서의 입지도 남에서처럼 그리 순탄치만은 않았다. 카프 안에서도 해산을 원치 않던 축들은, 해방이 되자 이북으로 올라가 기득 권을 행사하고 있었고 그들이 올라간 때는 인민공화국 정부 수립을 위 한 기초 작업이 마무리 단계였으며, 그리고 그 무렵 해서는 이미 반동 이나 친일파의 숙청이 끝나가는 때였다. 뒤늦게 올라간 사람들은 남쪽 에서의 명성으로 자리 차지는 했지만, 그 까탄으로 해서 오히려 그들의 입지가 좁아졌다. 실질적으로 남쪽에서의 심사나 사상 검토도 과거 왜 정 시대와 남한정부 수립 후의 동향, 특히 보도연맹 가입 등에 대해 이 루어졌는데, 반성문 내지는 자술서 같은 것을 요구하는 부류들은 당성 이 강한 젊은 층으로, 남한 사회에는 생소한, 이념적으로만 무장이 잘 된, 그들이 말하는 소위 핵심 엘리트 당원들이었기에 아버지와 같은 경 우의 이름난 작가들에 대한 심사 지연은 당연한 일이었는지도 모른다.

어머니는 좌절하는 일 없이 매일 나가 '데렌님'도 만나보고 손아래 시누이도 동원해보기도 했다. 시누이야 학교 후배이기도 해서 조금은 만만했더랬는데, 이태 전에 단신으로 올라갔다 때때권총 차고 내려오더 니 이젠 숙명 선배 가지고는 씨도 먹히지 않는 모양이었다. 하기야 나 중에 들은 소리지만, 손아래도 한참 아래인 막내가, 언젠가 다옥정에 들 른 오래비에게, "오빠는 우리 인민들이 헐벗고 굶주리는 때 혼자서 호 의호식하며 잘 지내지 않으셨수" 하고 나무라는 걸 들었다고 명치정 아 주머니가 흥분을 하며 전해주더란다.

어머니는 매일 파김치가 되어 돌아와 이제 더는 안 나가겠다고 하 시면서도 날만 밝으면 우리들이 보기에 아무 대책도 없으면서, 그냥 두

요동치는 역사의 한복판에서

손 놓고 집에 틀어박혀 있기는 정히 힘이 드시는지, 나가시곤 하기를 근 일주일이나 되어갈 때였다. 아버지는 초췌한 몰골에 웃음기도 없이 사립을 들어서셨다. 오시는 길로 씻지도 않으시고 피로하다며 거른방으로 들어가신 뒤에 어머니만 몇 번 미음상에 물 대접을 들고 드나드셨고, 우리들은 밖에서 애들 소리가 하 요란해도 감히 나가 놀 엄두도 내지 못하고 집에서들 조용히 보냈다.

그러면서 며칠이나 지났는지, 아직 장마가 그치지 않은 어느 날 아침 아버지는 맥고모자에 분명히 각반은 아닌데 걷기 편한 차림으로 작은 가방을 메고 집을 나서셨다(아마도 종군작가로 차출되어 나가신 게 이때가 아닌가 싶다). 나중에야 안 일이지만, 집을 나서자 하늘이 차차 어두워지더니 장대 같은 비가 쏟아지기 시작했는데, 아버지는 줄기차게 이틀을 퍼붓는 비로 하여 수원까지 가서 비긋기를 기다리다 그냥 돌아오셨단다.

또 한 번 초췌한 몰골을 하고서……

내가 그때 대뜸 생각해낸 건 아버지의 심한 야맹증(夜盲症)이었다. 얼마나 심하신고 하니, 밤이면, 특히 당시의 성북동같이 띄엄띄엄 있는 전봇대에 하나 걸러도 아니고 동네 어귀에 하나 정도밖에 없는 희미한 외등 불빛은 있으나마나, 간혹 개울 건너 배정국 씨 댁으로 바둑이라도 두러 가시려면 나를 지팡이로 삼지 않고는 건너야 할 외나무다리는 엄두도 못 내실 정도로 당시 성북동 골짜기에서의 밤은 아버지에게 암흑 그 자체였다. 가끔 내 손을 잡고 건너가 바둑을 두시는데 두 분은 적수였던 듯 심심치 않게 흑백이 왔다 갔다 했을 뿐만 아니라, 한번 시작을 하시면 옆에 있는 내가 졸리거나 말거나였다.

가끔 가다가 생각이 나신 듯 시선은 바둑판에 꽂으신 채로,

'이령이 졸립냐?' 하시면, 온종일 밖으로 싸다닌 어린것이 노는 데

팔려 허기진 김에 과식을 했을 건 빤한 일일 텐데, 졸면서 흘린 침을 닦으려고도 아니 하고는, '아뇨' 하고 볼 줄도 모르는 바둑판에 눈을 주곤 했었다.

어쨌건 아버지의 야맹증은 아주 심각해, 개울 위로 난 난간 없는 외나무다리는 나 없인 건너질 못하셨다. 성북천을 따라 청룡암을 바라고 오르다 폭포가 바라보이는 데쯤 해서 오른쪽 백양당 배정국 씨 집 화초장이 보이는데 바로 고 못미처쯤에서 개울을 건너야 하는데, 그 다리란 것이 가끔 개울을 막고 먹을 감다 밑에서 쳐다보면 전봇대 세 개를 나란히 걸친, 리어카도 건너지 못하게 좁은 데다 난간도 없는 외나무다리였던 것이다. 다리를 건너면 꽤는 큰 소나무가 개울 위로 차일을 치듯 뻗어 있는데 그 규모가 동네 애들 대여섯은 그 위에 올라앉고 누울 수도 있을 정도였다. 아이들은 그 위에 앉아 '해방된 역마차는……'이라든가 '울려고 내가 왔던가……'를 구성지게 부르며[26] 개울물에 송사리 떼를 놀라게 하곤 했다.

심한 야맹증으로 하여 친한 벗들 사이에는 '구보의 평지낙상(坪地落傷)'이란 것이 그리 흥이 될 게 없는 일로 알려져 있었다. 조금 자세히 들어가보자면, 약주를 조금 과하게 드시고 보성고개를 넘어 마전터를 지나고 보면 난간이 없는, 깊지 않은 성북천이 밤이면 구불거리고 더욱 길어져, 눈이라도 오는 날이면 길이고 개울이며 등이 모두 하얘서, 눈 밝은 사람도 눈에 홀려 헛딛기 십상인데, 구보와 같이 부실한 눈에 야맹증까지 있는 사람이야 평지낙상 안 하면 이상하겠다지! 게다가 거

---

26) 어떤 땐 아버지가 시내에 볼일 보러 가시느라 그 밑을 지나시는 것도 모르고 아이들은 어른들, 그것도 점잖지 못한 사람들이나 부르는 유행가를 목청이 터져라 불러대곤 했다. 그러던 중 한 번은 아버지가 동네의 좀은 나보다 큰 애들 서넛을 불러 한여름에 수박을 먹여가며 가곡이나 서양 민요를 가르치신 적이 있었는데, 애들은 수박 맛보다도 학교만 갔다 오면 집 안에만 틀어박혀 있는 두 여학생을 가까이에서 볼 수 있을까 하는 욕심에 응했을 뿐으로, '구보의 청소년 건전 가요 부르기 운동(?)'에는 전혀 관심이 없었기 때문에 그 후로도 우리는 모이기만 하면 '한 많은 단발령에……'라든가 '진주라 천릿길……'을 계속 동네가 떠나가게 부르곤 했었지.

나하게 취해 길이 높아졌다 낮아졌다 하는 데다 눈에라도 홀리는 날에
는……

'서령아, 이령아'만 연해 불러가며, 높진 않지만 길 위로 올라선다는
일이 과히 예삿일이 아니라서, 혹 운이 좋아 동네 사람이라도 만난다면
모를까, 그렇지 않아도 한번은 약주를 과하게 드신 데다 눈에 취해 아
주 큰일이 날 뻔도 하셨다지, 아마. 으레 그런 일이 있고 나면 대부분
원고 심부름을 왔던 신문사나 잡지사 사동에 의해 사내가 한바탕 웅성
거린 뒤에는, 곧이어 종로통 황금정, 본정통 진고개 다료, 술집에 소문
이 도는 것은 물론이요, 때때로 잡지 소식란이나 편집 후기에까지 남의
말 좋아하는 이들이 아무 때 구보가 눈에 홀려 어땠다더라 하여 독자
들의 입초시에 오르내리게도 하니, 초야에 묻혀 글이나 써야 하는 분이
솔찮게 가십난을 장식하곤 했단다.

어머니는 불도 없는 전장(戰場)을 누벼야 하는, 생전 해보지 않은 종
군작가 일이라는 거에 도무지 마음이 놓이질 않아, 한번은 우리들도 있
는 데서 지나가는 말처럼,

"당신 평지낙상을 허셨다구 허구설랑 담번에 그 젊은이 오건, 놋대
야에 발이나 담그구 있으시구랴!"

하는, 아버지가 생각하기에는 쓸데없는 묘안도 건네보셨다.

아버지가 벗과 약주를 잡숫고 밤늦게 귀가를 하시다 평지낙상을 하
신 적이 있다. 언젠가는 좀 높은 데서 떨어져 발목이 부러지고 말아 접
골원(接骨院)까지 가서 부러진 뼈를 맞춰야 했다. 뼈는 제대로 맞췄지만
회복이 더디게 생겼다더라는 소문이 서울 장안을 돌아, 알 만한 사람
들은 다 아는 사실이 되고 말았다고 한다면…… 그리하여 우리는 하나
의 계획을 세우기에 이르렀다. 우리는 아버지를 찾아온 사람이 나타나
면 풍로에 올려놓았던 들통의 물을 놋대야에 붓고 뜨겁지 않게 우물가

물동이의 찬물을 섞어 발 빠르게 거른방 툇마루에 갖다놓으려는 계획을 세웠다. 아버지는 발을 자주 씻으셨거니와 『삼국지』 번역에 골몰하시다 헝클어진 머리를 손가락으로 빗으시며 고의를 걷고 그 정한 발을 대얏물에 담그시기로 하면, 피로도 풀리고 부기도 빠지고 그랬을 것이다. 계획은 그러했지만, 첫째 아버지가 그 안(案)에 동의를 아니 하셔서 혹 우리가 적당한(?) 때 세숫대야에 찜질이나 습부를 할 물을 대령한다고 하더라도, 아버지께서 발을 담그실지는 미지수였고, 그러나 우리의 대비는 전적으로 엄마의 의견에 따른 것으로, 우리들의 리허설은 완벽했지만, 단 한 번도 그러한 일이 일어난 적이 없었을 뿐 아니라, 어머니는 여맹에, 그리고 나는 신문팔이에, 그리고 또 가끔이지만 소년단에도 나가야 해서, 위와 같은 용의주도한 작전(?)은 자연 흐지부지되고 말았다.

아니나 다를까, 어머니의 '묘안'이 마치 아버지에겐 당신을 모욕이라도 하려드는 것 같이 들렸던지,

"아이, 듣기 싫여, 애들 앞에서 헌다는 소리가……"

하시곤 일언지하에 거절을 하셨던 일도 있었다.

그러곤 정말 며칠 후, 종군작가 행렬에 참여를 하셨다. 이때가 한여름이어서 맥고모자에 서늘한 모시 셔츠 노타이로 집을 나서셨는데, 원남동 로터리에서 돈화문 방면 창경원 돌담길을 걷다 백철 씨를 만나셨던 듯, 백 선생 글에 지금 내가 언급한 외모로 구보를 만난 게 마지막이었다고 『사상계』에 구보를 회상하는 글을 썼던 걸 읽은 적이 있다.[27] 그러자 어디선지 구인회 일원이었던, 남쪽에 남은 분 중엔 구인회 당시의 일을 그중 잘 아신다는 분이, 당신도 원남동에서 돈화문으로 넘어가는 구름다리 근처에서 구보를 봤는데 이분은 구보가 야구 모자를 쓰고 가더라 했는데 부친은 야구 구경을 좋아는 해서 나도 어려서 서너 번 경

27) 1957, 8년경의 글.

성 운동장으로 콩볶으니를 제각기 손에 들고 야구 구경을 간 적이 있지만, 결코 야구 모자를 쓸 분이 아닐 뿐 아니라 우리 집엔 야구 모자 비슷한 것도 없었다.

아무려나 이때 아마 낙동강 전투 최전방까지 종군작가로 따라가셨던 듯, 뒤에 북에 가 이태나 지나서야 발표하신 중편소설 「조국의 깃발」의 내용으로 보아 그것이 그때 그 행보의 기록이었던 것 같다. 북에서 아버지의 의붓딸로서 36년을 모셨다던 정태은이는, 「나의 아버지 박태원」[28]에서 그 내용을 "조옥희 영웅을 형상화했다"라고 했는데, 나는 전후 사정으로 미루어 이 글이 구보가 월북을 한 후에 쓰신 최초의 글이며, 그 이후 종군작가로서 군관복을 벗을 때까지 전쟁에 관한 이렇다 할 작품은 발표하신 게 없었던 게 이상하긴 하지만(아마 좀 쓰신 게 있긴 해서 아버지가 북으로 올라갔다 못 오시게 되자 막판에 불태운 원고 중에는 『삼국지』 번역분 말고 종군작가행을 했다 메모를 해둔 그런 게 있었을지도 모르겠다는 생각도 든다) 위의 것 말고 어떤 작품도 전장에 관한 작품은 없는 게 사실이고 보면 「조국의 깃발」은 낙동강 전투를 주제로 다룬 중편소설이 확실하다고 생각한다.

28) 북에서 발간된 『통일문학』 2000년 3~4월호.

2장

－

월북과 가족 이산

평양시찰단의 일원으로 차출되다

무덥던 8월의 어느 날, 아버지는 정말 남루하다고밖엔 표현할 수가 없는 꾀죄죄한 몰골로 사립문을 들어서셨다. 우리 모두는 거위가 울고 개가 짖어 미리 알고 있었지만, 누구도 나가서 아버지를 부축해드릴 염을 못 내고 그저 마음만 졸이며 사립이 지쳐지기를 기다렸다. 주위엔 아무도 없었겠지만 동네 사람 모두가 우리를 주시하고 있는 듯싶어서였다. 우리는 아버지가 사립을 들어서시자마자 우르르 달려들어 누가 먼저랄 것도 없이 일제히 울음을 터뜨려버렸다. 지금 생각해도 무슨 연유로, 또는 무엇을 생각했기에 그리도 서럽게들 울었는지 모르겠다.

아버지가 종군 행보를 하셨다가 돌아오신 뒤부터 우리 집안엔 전과 다른 기운이 감돌았다. 될 수 있으면 남에게(?) 묻는 일 없이 우리 큰 아이들은 제각기 저의 할 일들을 만들어 실천에 옮기고 있었다. 그 한 예로서, 나는 동네 큰 아이들을 따라 종로 2가 한청 빌딩이었는지 하는 데 가서 신문을 받아 가지고 "조선인민보, 해방일보!"를 외치며 전찻길을 잽싸게 건너다녔다. 그런데 신문 파는 애들이 너무 많은 데다 사는 사람은 많지가 않아 뉘엿뉘엿 석양이 질 때까지 때꼬장물로 앙깽이를 그린 채로도 집으로 돌아갈 염은 아예 못 하고 여전히 전찻길을 건너다니며 남은 신문을 마저 팔아보려고 안간힘을 썼다. 그때를 생각하면 지금도 코가 찡해온다.

어머니는 세칭 민주여성동맹(여맹)으로부터 일을 해달라는 청(?)을 늘 받긴 했으나 다섯이나 되는 애들 건사하기가 수월찮고 부군이 종군작가 행렬에 올라 있다는 당당한 명분으로 거절을 하고 있었다. 그러던 차에 아버지가 돌아오시자 이번에는 어쩔 수 없이 여맹 총무를 따라나서게 되었다. 나와 동생(재영)은 개울을 따라 내려가다 전형필 별장을 지나 보성고개 마루턱 채 못미처에 좁은 다리(?)로 연결이 된 예쁘장하게 생긴 양옥집에 둥지를 튼 소년단에 나가곤 했다. 신문이 잘 팔려 일찍 들어오는 날엔 거기 가서 노래도 배우고, 잔손 들어가는 일들도 하고, 가끔씩은 별식(?)도 받아먹으며 그렇게 그 여름을 보냈던 걸로 기억한다.

어머니가 '여맹'에 출석키로 한 것은 당시로서는 가벼이 판단한 결과이나 실은 대단한 각오와 결단이 필요한 일이었다. 이 일이 훗날 당신 삶을 송두리째 뒤바꿔놓을 줄은 꿈에도 생각지 못하셨을 것이다.

우리 가족이 여맹이나 소년단에 발을 담그게 된 이유는 무엇보다 아버지를 살리고자 했기 때문이다. 우리에게 귀환한 아버지의 모습은 충격 그 자체였다. 그런 한편으로 마치 「솔베이지의 노래」의 주인공처럼 오랫동안 희망 없이 기다리다 돌아오신 아버지를 맞이해 더할 나위 없이 다행이라고 생각하여, 다시는 아버지가 그러한 어려운 시험에 들지 않게 하기 위해서 가족들이 나선 것이었다. 우리가 아버지를 보호해야만 한다는 생각에서.

아버지의 야맹증을 놓고 생각해볼 때 아버지에게 종군작가 생활이란 정말 위험천만한 일이었을 것이다. 하늘을 새 떼처럼 덮는 유엔군의 공습으로 인민군들의 행군이란 밤에만 가능했다던데, 어둠 속이라면 도무지 두미지석(頭尾之石)을 분간 못 하시는 아버지시니 밤이 올 때마다 아버지의 지팡이가 되었던 나로서는 아버지가 처한 상황을 상상할 때마다 너무나 괴로웠다.

내가 아주 어른이 되고 나서 이태(李泰)의 『남부군』(두레, 2003)을 읽었는데, 소설 속의 주인공과 행동을 같이하던 지독한 근시의 문학청년이 나온다. 그는 지리산 토벌대에 쫓기다가 산죽나무 숲에 안경을 빼앗기고는 낮이고 밤이고 앞을 가늠할 길이 없어, 앞으로 전진을 하려면 두 팔을 도리깨처럼 휘두르며 허공을 더듬었다고 한다. 내가 그 대목을 읽었을 때는 아버지가 꼭이 그 사람인 듯만 싶었다. 아버지는 결국 한 번 더 종군작가가 되어 남부 전선에 투입되었는데, 그 생각만 하면 예의 그 장중의 근시의 문학청년이 함께 떠올라 치가 떨렸다. 아무리 뇌리에서 지우려 해도 아예 부친이 그랬다고 믿어져버린 것이다. 그런 생활을 휴전이 될 때까지 계속하셨으니, 그 수많은 칠흑 같은 밤을 어찌 보내셨을까? 그러나 다른 한편으로 생각하면 그 일로 해서 모진 바람몇이에 서는 일을 피할 수 있었고, 같이 행동을 한 동료 ㅇ선생과 ㅅ선생의 배려와 보증(?)으로 쉬 작가생활에 정상적으로 복귀할 수 있게 되었음은, 굳이 새옹지마의 고사를 들먹이지 않더라도 정말 다행스러운 일이리라.

'역시 유일한 승자'란, 이렇게 단정지어 말할 계제는 아니지만 그리 많이 빗나가지 않은 생각이라고 내 자신을 다독여가면서, 그렇다, 차라리 행운아란, 그래도 어폐스럽다면, 그 많은 가족들을 슬픔 속에 처박아두고 자신의 의지에 반해(?) 북에 외호르게(외롭게) 남아버린, 그래도 당신이 천직으로 아는 글을 쓰게 된, 그렇게 된 존재─운명 같은 뭐 그런 거, 이렇게도 아픈 데서, 메마르고 각박한 토질에서 피어나는 한 송이 도라지꽃처럼 그리도 처절한 게 아닌가 하는 생각이 들 때가 이즈막에도 종종 있다.

이러구러 더위도 한풀 꺾여 아침저녁으로 시원친 않아도 찌지는 않게시리 가을이 기웃거릴 무렵 우리는 다시 손님을 맞았다. 손님이 돌아간 후 다시 어머니와 아버지는 오랫동안 일본말을 섞어가며 얘기를 하셨고, 우리들은 두 분이 대화 중에 일본말을 하시기만 하면, 우리가 들으면 이로울 게 없거나 비밀을 요하는 것이라는 것을 알기에, 무엇인가 심상치 않은 일이 진행되고 있구나 하면서도 역시 어린 까닭에 우리의 속내를 감추려 애쓰며 어른들의 심사에만 관심을 쏟았다. 그러나 그로부터 며칠이 지나 알게 된 일로서, 그 젊은이의 방문은 아버지가 '남조선문학가동맹 평양시찰단'의 일원(?)으로 뽑혔다는 전갈이었다.

일찍이 우리 문단에는, 북에서는 예술인들에 대한 배려가 극진하다는 얘기가 돌고 있었다. 북조선의 예술가들은 생계는 물론 의료, 교육 등 제반 혜택이 식솔들에게까지 베풀어져 예술가들은 오직 창작에만 매진할 수 있다는 것이었다. 게다가 여기저기 쾌적한 분위기의 작업실을 마련해주어서 그야말로 '예술을 하는 사람들의 천국'처럼 알려지기도 했다. 작가들에게는 너무나 꿈만 같은 일이라 그대로는 믿지 않으면서도, 누구든지 직접 가보고 돌아와 그곳 이야기를 해준다면 참 좋겠단 생각을, 남쪽의 예술인 중 얼마만큼은 했을 것이다. 북측이 남쪽의 예술가들로 하여금 '평양 시찰'을 하게 한 목적은 바로 그것이 아니었을까.

그러나 아버지의 마음은 그렇게 단순하지만은 않았을 것이다. 우선은 단체행동을 해야 한다는 게 첫번째 부담이었고, 누군가의 지시에 따라 움직여야 한다는 게 그 둘째였을 테고, 셋째는 몸도 쾌차하지 못한 상태에서 다시 먼 길을 가야 한다는 게 다시없는 부담이었으리라. 그 외에 사랑하는 가족을 두고 여러 날을 떠나 있어야 한다는 생각이, 무엇보다 끼니를 대기가 어려운 작금의 식량 사정에서 더욱 그러하였으리라 생각된다.

그러나 어쩌랴, 세상이 바뀌었으니……

그즈음 문원이 아저씨[1]도 한번 들르셨는데, 나는 삼촌의 '일본 이불'[2]로 6월 27일 대포알을 피했었다는 이야기도 해가면서 아저씨를 반겼다. 그런데 삼촌은 우리의 말이 무슨 소린지 모르는 양, 아니면 아버지와 더 긴한 이야기가 있어 그랬던지, 우리들의 이야기는 귓전으로 들으며 마지못해 미소만 짓다가, 저녁을 들고 가라는 어머니의 말도 들은 둥 만 둥 그렇게 가버렸다. 그게 우리가 문원 삼촌, 아니, '셋째아버지'를 본 마지막이었다.

1960년대 중반, 경향신문사 최영해 부사장님을 찾아갔다가 정비석 소설가를 만난 적이 있다. 최 부사장님은 나를 소개하면서

"이 친구가 구보의 아들인데 구보(九甫)는 못 되고 팔보(八甫)쯤 되는 사람이오."

하셨다.

정비석 님은 내 인사를 받자,

"정말 반갑군요, 내가 춘부장 어른과는……"

하시기에,

"말씀 편히 하십시오, 이제 막 대학 졸업했습니다."

1) 우리는 줄곧 그렇게 부르다가, 언제부터인지 아버지의 제의로, 장가는 안 갔지만 이제 나이도 들고 했으니 '셋째아버지'라고 부르라는 분부가 있었지만 입안에서만 맴돌 뿐 잘 나오지 않았다.

2) 일본 이불이란, 삼촌이 미술 공부를 하러 일본 센다이의 토호쿠 대학교(東北帝大)로 유학을 갔을 때 가지고 갔던 아주 두꺼운 이불로, 두께가 자그마치 방석 너덧 장 포갠 폭은 되게 푹신한 이불이었는데, 대동아전쟁 말기 징병에 걸려 급히 일본에서 귀국을 할 때 그 이불을 우리 집에 두고 청량리역에 나가 온 식구들이 기차 앞에서 사진도 찍고 환송을 했던 기억이 있는데, 떠난 지 달포 남짓 만에 해방이 되어 삼촌은 무사히 돌아오고, 학업은 경성제대(현 서울대) 미학과 4학년으로 편입을 해서 이듬해 졸업을 했다. 그런데 그 이불이 두껍기만 한 게 아니라 정말 무거워, 북에서 서울을 두려빼 듯 포격을 하던 6월 27일 밤에도 우리 일곱 식구는 쏟아지는 포탄에 귀를 막고 그 이불 속에 발들을 어근매끼고 앉아, 쀼우우— 하고 대포알 지나가는 소리만 나면 머리를 이불 밑으로 꿩마냥 처박고 소리가 지나가기만을 조마조마 기다리며 밤을 새웠던 이불이다.

했더니,

"아 그래도······"

하시더니,

"내 나이가 구보와 비슷하네만 나는 문단에 구보보다 한참 뒤에야 등단을 해 30년 중반에도 난 문학청년 소리를 들었지. 구보는 항상 마음으로 가까이 하고 싶은 분이었네. 우리 최 사장 덕에 두어 번 자리를 같이하긴 했지만······"

하셨다. 내가 미국 떠나기 전날 회사차로 후암동을 지날 일이 있어 아침결에 들렀는데, 원고를 쓰시다 말고 반가이 맞으시며 내가 떠난다니까 많이 아쉬우신지

"시간이 좀 이르긴 하지만 구보 술 좋아하던 거 생각하면서 한잔하십시다."

하곤 아침결에 주시는 양주 한 잔 마시고 숨이 좀 찼던 것이 1950년대에 낙양의 지가를 올렸던 『자유부인』의 저자 정비석 님에 대한 나의 기억이다.

내가 평론가 백철 선생을 만난 것도 그즈음이다. 선생은 내가 구보의 아들이라는 사실을 알고는, 마치 아버지를 대하듯 그렇게 다가앉으시며,

"실은 내가 구보와 가깝게 지내고 싶어, 마음속으로는 늘 노력을 많이 해왔네만, 일이 여의치 않았지. 내가 카프에 얽혀 글을 쓰며 살아갈 때 부친은 상허와 더불어 순수문학을 부르짖으며 '구인회'를 만들어 우리들 맞은짝에서 활발히 활동하고 있었잖은가. 해방이 된 뒤에 내가 방향을 틀어 민족 진영으로 오자, 자네 부친은 나와는 달리 좌파에 기우는 듯해서 서로 교류를 할 기회가 없었네. 나로 말하면 한평생을 평론으로 살아온 사람이니 이런 말을 하네만, 부친은 그간에 작품들로 미루어보아도 결코 북으로 갈 분이라고는 생각이 되지를 않아! 내 생각으론

해방이 되고 그 편에 서게 된 것도 친구 탓이고, 난리 통에 북으로 가게 된 것도 '동무 따라 강남(江南) 갔다'고밖엔 달리 표현할 길이 없다고 생각한다네. 내 연전에 『사상계』에도 이런 뜻에서 똑같이 썼다네!"

하시며 내 손을 잡고 내 얼굴을 물끄러미 바라보며 이젠 가고 없는 아버지를 그리는 듯했던 일을 떠올리니, 문득 반백의 교수의 눈에 연민의 정이 묻어나던 일이 내 뇌리를 다시 흔든다.

아버지가 평양 시찰 건으로 골머리를 앓고 있을 때, 어머니는 어머니대로 고민이 있었다. 먼 길을 떠나는 남편이 아무나하고 잘 어울리며 식성도 아무거나 잘 자시는 그런 사람이라면 얼마나 좋으랴만, 숫기가 없어 누구 하나를 사귀자면 몇 날 며칠이 걸리고, 식성 또한 꽤 까다로운 데다가 위장 또한 신통치를 못해 건위고장환(健胃固腸丸)을 달고 사시는 양반이었다. 아무리 여름 날씨라지만, 집 떠나면 아침저녁으로 기온에 적응하기도 그렇고, 혹 물이 바뀌어 배탈이라도 난다면 그것도 생각하고 싶지 않은 일들이었다. 그래서 되도록이면 노자라도 두둑이 마련해드려야 할 텐데 이즈막엔 비단으로도 쌀을 구하기가 쉽지 않은 데다 현금을 융통하려 해도 금붙이가 아니면 내놓으려고들을 아니했다. 생각 끝에 집에 있던 은주전자를 내다 팔기로 마음을 정하고 보니, 은붙이 중 그래도 그중 좋은, 정종을 부으면 노오란 금빛까지 어리는 그런 순은에 가까운 것이 있었다. 특히 당신의 대표작 『천변풍경』이 해방 후 재판(초판 때는 장정이 정현웅이었다가 재판 때는 박문원이 그렸다)을 찍어 출판기념회 때 주위 친구들이 큰돈을 모아 만들어준 것으로, 이번 길이 구보에게 중한 여행이긴 하지만, 이것을 없앤다는 것은 아무리 생각해도 내키지 않았다. 그러나 번번이 아쉬울 때마다 친정에 가 손을 내밀 수도 없는 일인 데다가, 무엇보다 구보는 굶는 한이 있을망정 처갓집 신세는 질색인 위인이라, 이런저런 궁리 끝에 은주전자로 돈을 마련했다.

한데 뒤늦게 아버지가 문원 삼촌과 동행하게 되었다는 걸 알게 됐다. 어머니는 처음엔 형님이라면 하늘같이 아는 아우님이시니 그래도 한숨 돌렸다고 좋아했는데, 다시 생각해보니, 도련님 노자가 걱정이었다. 도련님으로 말하면 가진 거라고는 아무것도 없는 노총각에, 허구한 날 쫓겨 다니고, 감옥엘 들어갔다 나왔다, 나왔나 하면 다시 들어가 앉았고 하기를 밥 먹듯 하다가, 난리가 나서 제 발로 서대문형무소에서 걸어 나온 위인이었으니까. 하지만 아무래도 그가 남조선미술가동맹 대표라는 데 생각을 멈추니, 높은 자리에 있는 동생이 형님을 모시고 간다는 사실이 어느 면으로도 마음 든든했다. 그렇더라도 역시 노자가 또한 걱정이라, 생각에 생각을 거듭한 끝에 이화동(친정)으로 발길을 돌렸다.

나로서는 이 일을 최근까지도 모르고 있었던 사실인데, 이번 쓰게 될 원고 내용을 가지고 작은 누나(박소영)와 의논을 하던 중,

"얘, 말도 마라, 내가 첫 월급을 타가지고 할머니, 어머니, 그리고 은영이 내복을 사오지 않았겠니. 그랬더니 할머니가 조용히 다가오시더니, '너 얼른 돈 모아 내 금시계 사내라, 네 애비 북에 갈 때 노자가 없다며, 네 에미가 와서 울고불며 졸라, 내가 청도에서 네 할아버지가 사주신 금시계 팔아서 네 애비 노자에 보탰다' 하시지 않겠니?"

그래 그 금시계 사드리느라 몇 달을 헛글 짚으며 살았노라는 소릴 들었다.

외할아버님으로 말씀하면, 왜정 시대 황금정 사정목 못미처 청계천 변에 있는 '천일약방'의 약제주임으로 계셔서, 일본사람들까지 휘하에 두시고 떵떵거리셨는데, 한 해에 두어 번씩은 중국 청도에서 열리는 약령시(藥令市)에 사람을 데리고 가시어 당재(唐材, 당나라 약재료)를 사입해 오곤 하셨단다. 한데 아마 어느 땐가 동부인해 가셔서 마나님한테 금시계를 사드렸던 모양이다.

우리 외할머니는 전형적인 순 서울 토박이로, 왜소하신 데다 안색이 흰 축에 속하지만 조금은 가무잡잡한, 갸름한 얼굴에 늘 조막만 한 쪽을 지고 계셨다. 체수에 비해 손이 크신 데다 고생을 모르고 사신 분이라, 간혹 딸네 집 나들이라도 오시려면 고 조그만 할머니가 망또에 조바위까지 받쳐 쓰시고, 까만 우단 마스크에 털신 잡숫고, 사람 딸려 보따리 보따리 들려 오셨는데, 끌러놓는 보따리에서 나오느니 사위 위한 마른안주며 어란이며, 우리들 좋아할 온갖 맛있는 것 두고두고 먹을 수 있게 그리도 많이씩 사오셨다. 그런 우리 외할머니 행차 때면 으레, 내가 급해맞어 고꾸라질 듯 달음박질해 내려오는 언덕배기까지 오셔서는, 게서 쉬시며 아랫것 짐 들려 먼저 내려보내시고 담배 한 대 무시면, 우리들이 쫓아올라가 모시고 내려오곤 했다. 할머니는 늘 비탈길을 내려오시며, '느이 집 오려면 이 언덕배기가 불행이야!'를 뇌셨다. 그런 할머니 어찌 잊어 금시계 아니 사드릴까! 그 외에 금지옥엽으로 키운 외동딸이 시절 잘못 만나 징역살이까지 하는 꼴 보셨으니, 외손주라서 그에서 더 큰 죄 어디 있으리요! 항상 불행을 염려하셨던 듯 '이 문고리는 높아서 불행이야!' 소리도 하시던 할머니……

외손봉사는 아니 받는 거라시며, 외할아버지 제사는 나 퇴근하기 전 부랴부랴 지내놓고, 신주 대신 버티고 계신 영정 앞에 놋재떨이 치우지 않고 놓아두었다가,

"우리 이룡이, 할아버지께 담배나 한 대 올려라"

하시곤, 내가 굳이 드리는 절 못마땅해 혀 끌끌 차셨다. '할머니, 돌아가신 뒤 내가 차려드리는 제사, 잡수실 테유 물리실 테유?' 하고 물어보고 싶었던 말 이제야 뱉고 있다. (실은 우리 할머니께 나 그렇게 버릇없진 않았다.) 끝까지 모시지 못하고 공부한답시고 태평양 건너자, 고새를 못 참으시고 훨훨 떠나버린 님.

뒤에 얘기하겠지만, 어머니의 4년 7개월 옥살이는 나로서도 정말이지 외할머니, 외할아버지께 죄스러운 마음 그지없었는데, 내가 속죄의 뜻으로(?) 해드린 거라곤, 할아버지 겨울에 뒷간 출입하시다가 빙판에 낙상하시어 몸져누우셨을 때 서너 번 씻겨드리고 몽드라진 발톱 깎아드린 것과, 우리 멋쟁이 쪽뺏또[3] 할머니께 남들 눈치 채지 않게 반주 값 챙겨 드리던 일[4]뿐이다. 가끔 동네 어느 집에 돌잔치가 있으면 나도 어머니만큼이나 귀히 여기는, 남빛 비단으로 표지를 꾸민, 내 돌상에 올랐던 아버지의 유일한 선물, 『천인천자문』을, 어머니 눈 기시느라 어물어물 하시다가 슬그머니 치마폭에 감춰 자랑하러 가지고 나가시던 쪽뺏또 할머니, 어느 집 손주 돌상에 가져가 자랑하시려는지 지금도 그 표정 내 눈에 선하네.

작은누나 소영이 일깨워 나도 생각이 났던 또 한 가지가 있다. 아버지가 평양으로 떠나시던 날 축대를 내려서시다 다시 들어오셔서, 메고 가려던 UN군 의무병 가방(내의와 양말, 그리고 세면도구를 챙겼었는데)을 내려놓으며,

"여보, 이것 좀 가려주구료"

하며 가만히 손가락으로 가리키시던 UN이란 두 글자. 반짇고리를 당겨서 흰 헝겊을 씌워 바늘로 감치시던 어머니의 자태를 내려다보고 계시던 아버지의 가슴 안에 무슨 생각이 흐르고 있었을까.

갑자기 머리를 스치는 한 가지—어머니는 몇 번이나 손가락을 빠시며, '아야, 아야퍼!'를 연발해가며 또한 아버지를 어떤 눈으로 올려다봤을까? 그 모습을 아버지는 언제까지 기억하고 계셨을까.

---

3) 쪽 뺐다는, 늘 단정하셨다는 뜻이다.
4) 내 월급날은 어찌 그리 용케 챙기시는지, 구두 신고 나갈라치면 쓸 것도 없는 마당에서 몽당발이 수수비 들고 서성거리시곤 했다.

어머니는 바느질에 좀 약하셨다. 밤이 깊지 않아, 식구들이 아직 잠자리에는 들지 않은 그런 시각에 다소곳이 한쪽에 앉아 바느질을 하는 모습과는 어울리지 않는 타입이랄까. 물론 우리 집엔, 어머니가 시집을 때 가지고 오셨다는, 어려서는 말타기를 하고 놀던 싱거 재봉틀도 있었고, 반짇고리도 잘 갖춰져 있었다. 난 좀 그렇게 다소곳이 앉아 바느질하는 여인(?) 곁에서 잠을 청해보고 싶어 하는 그런 축인데, 아버지는 어떤 축이었는지…… 그리고, 어머니는…… 그때야 물론 경황도 없으셨겠지만……

그런데 이 가방에 대해서는 한 가지 의문점이 남는다. 누나가 아버지의 가방에서 보았다는 UN 표시가 가능성이 희박한 얘기인 것이다. 해방되고 조선에 진주했던 미군 부대에서 물건들이 더러 흘러나왔고 아버지의 가방도 그중 하나였을 것이다. 그러므로 US가 이치에 맞다. UN이 표기된 물건들은 6·25동란이 발발한 후 국제연합 상임이사회의에서 '한국전을 북한의 불법 침략으로 규정'하여 UN군을 파견하기로 한 뒤의 일일 테니 시기가 맞지 않는다. 6·25 발발 후 오키나와에 있던 미군들이 국제연합군으로 둔갑(?)을 해 들어온 것이며, 그들의 소지품이 서울의 일반인에게까지 흘러나오려면 모르긴 몰라도 아버지가 떠나고도 한참 뒤나 되어서일 것이다.

작은누나 소영과 옛날이야기를 나누던 중에 그게 상식적으로 UN이 아니라 US여야 한다니까, 자기는 분명 UN으로 봤대서, 그럼 그렇게 하겠노라고, 나야 그때 공식적으로 영어를 학교에서 배울 수 없는 국민학교 5학년생이었으니…… 하면서 전화를 끊었다. 누나는 영어를 배우던 중학교 1학년생이었다. 게다가 직접 봤고 지금도 생생하게 기억을 한다니 나로서는 우겨댈 아무런 근거가 없었다. 그런데 조금 뒤에 걸려온 전화에, 매부께서 한 말씀 하시기를, 그건 US가 맞을 거란다. 우리 매부로 말할 것 같으면, 한국전에 대구에서 학도병으로 출전을 했던 역전의 용사로 당시의 상황을 누구보다도 비교적 정확하게 기억하고 있을 분이다.

가족, 풍비박산이 되다

전쟁이 발발한 해의 9월, 중순을 훨씬 넘어 22일, 우리는 아버지가 떠나시던 당시까지는, 전세가 이상하게 돌아간다든가 UN군이 인천 상륙을 하게 된다든가 하는 데는 감감절벽이었다. 아버지가 떠나시고 나서 사날이 지나니 전세가 뒤바뀌는 듯, 어른들의 행보도 그렇거니와 소년단뿐 아니라 거리에 사람들도 발걸음이 무엇에 쫓기는 것처럼 이상한 분위기가 형성되었다. 그런 와중에 집으로 전갈이 왔다. '전략상 잠시 서울을 비워야 한다. 간단한 보따리를 꾸려 의정부까지 오면 북으로 가는 기차 편이 제공될 것이니 채비를 하라'는 것이었다.

어머니는 여맹 일에, 우리 식구 끼니까지 마련하느라 밤마다 초주검이 되어 끙끙 앓기만 하셨는데, 갑자기 다섯 남매를 이끌고 떠날 엄두가 안 났는지 전갈을 받고도 아무런 조치를 안 하셨다. 이튿날 저녁, 그러니까 25일에 다시 전갈이라기보다는 명령에 가까운, 쫓기듯 달려든 젊은이로부터 소식이 왔다. 폭격으로 인하여 의정부역은 폐쇄가 되었으니 동두천까지는 나와야 한다는 얘기였다.

우리는 다시 이튿날 아침 일찍들 일어나, 책가방에 책과 공책들 넣고 제 딴에 중요하다고 생각되는 것들을 챙겼다. 막내는 큰누나가 업고, 엄마는 무언가를 싼 남빛 비단보따리도 하나 드셨다. 거위밥도 개밥도 넉넉히 준 뒤 그렇게 우리는 성북동 골짜기를 벗어나려 집을 나섰다. 우리는 남부여대 보따리를 지고 묵묵히 고개를 바라고들 올라가는데, 미아리고개를 넘을 때는 여기저기 구덩이를 파는 젊은이들이 눈에 띄었다. 우리의 걸음은 너무도 느려, 마치 그들을 구경 나온 사람들인

양 그런 착각에 빠질 정도였다. 그도 그럴 것이, 네 살배기 막내가 열여섯의 큰누이에겐 벅찼고, 힘이 든다고 내려놓고 걸리자니 도무지 속도를 낼 수 없었다. 미아리고개 마루턱에서 떡장수에게 물도 얻어 마시고 쉬기도 하다가, 고개를 넘어 개울가에 다다랐을 때는 이미 해가 서산에 걸렸을 때였다. 준비해간 점심도 이미 끝낸 지 오래니 다시 배는 고파오고, 동생들은 어디라도 좀 앉고 싶어만 했다. 사리를 아는 큰 것들이야 고단한 분수엔 짜증도 내고 싶고 소리라도 지르고 싶건만 참고 있을 수밖에 다른 도리가 없지마는, 아직 어린 동생들은, 언제라고 먼 걸음들 해본 일도 없을 뿐더러, 아직도 늦더위가 기승을 부리고 있었다.

우리가 돈암정 전차 종점까지 당도하니 이미 날이 저물어 주위가 깜깜해진 뒤였다. 종일을 걸려 성북동 집을 떠나 미아리고개를 넘어온 다리로 어떻게 동두천까지 간단 말인가…… 어머니는 발길을 되돌리기로 했다. 가족을 위해, 그리고 지아비를 위해 결단을 내리신 것이다. 아마도 우리가 북행을 감행했다면 천신만고 끝에 동두천에 닿았더라도 역은 다시 더 북쪽으로 옮겨졌을 것이고 우리는 역만 따라가다 폭격에 풍비박산이 되었을지도 모른다. 정말 어머니가 남빛 보자기에 싼 것들이 제 구실을 하게 되었을 것만 같은[5] 그 불길한 예감 앞에 내 방정맞음만 탓할 수는 없을 것이다. 사람들의 표정, 발걸음, 행렬에 말로는 설명할 수 없는 불길한 그 무엇이 있었기 때문이다.

그 밤은 신흥사 들어가는 초입에 있던, 고모가 내려와 고모부와 살던 조선 기와집이 마침 비어 있어 그곳 안채에서 잤다. 아무리 빈집이

---

5) 보자기에는 아버지와 어머니 결혼 때의 혼서지와 결혼식 방명록, 그리고 『천인천자문』과 결혼사진이 함께 들어 있었다. 당시 우리가 폭격이라도 맞았다면 그것들이 우리가 구보 박태원의 가족임을 증명해줬을 것이다. 대개 아시겠지만 혼서지란, 신랑 집에서 신부 집에 신부를 시댁 식구로 청하는 공식 문서로서 죽어 묻힐 때 같이 묻어주면 명부에 가서 성은 다르지만 시댁 식구임을 증명하는 중요한 문서라고 항간에 전해 내려온다.

라곤 해도 남의 집 안채를 함부로 쓰기가 무엇했으나 중문간 초입 아래 채의 방은 밖으로 잠겨 있어 할 수 없었다. 아침 일찍 일어나니 벌써 큰 아버지께서 리어카꾼들을 데리고 오셔서, 아래채의 방문을 활짝 열어놓 으시고, 아주머니의 보따리들을 산처럼 싣고 계셨다. 뒤에 안 일이지만, 미리 전세가 불리한 것을 안 고모네는 북으로 후퇴를 하기 직전에 집(큰 댁)에 알려, 동생할머니가 큰아드님으로 하여금 다옥정 집에서 옮겨갔 던 짐[6]을 다시 실어오게 한 것이었다. 동두천 가기를 포기하고 돌아온 우리 여섯 식구는 그 집 안채에서 하룻밤을 묵고 성북동 집으로 다시 돌아가려던 차에 큰아버지와 극적으로 상봉을 한 꼴이었다.

마치 도살장에 끌려가는 심정으로 어머니는 그 깊은 성북동 골짜기 로 되돌아와서는 이불을 뒤집어쓰고 누워버리고 말았다. 간간 들려 나 오느니 신음 소리뿐이었다. 우리 형제들 모두도 녹아떨어졌다. 미아리 고개를 넘어갔다 넘어온 이틀간의 피난길이 고됐던 데다 먹은 것도 시 원치 않았기 때문이었다. 모두가 낮잠도 자고 뭘 했는지 모르게 그 오후 가 갔다. 밤이 되자 포 소리가 쿵쿵 더욱 커져만 가더니, UN군이 인천 에서 함포 사격을 한다고 난리들이었다. 우리는 석 달 전에 했듯이 '일 본 이불'을 거른방에 펴놓고 그 속에 들엎며 숨을 죽이고 밤을 세웠다.

먼동이 틀 무렵 포 소리는 멀어지다 잠잠해지고 아침은 그래도 밝으 려는데, 고요한 아침이 불안하기만 했다. 어머니는 무슨 결정을 하셨는 지 부랴부랴 집 떠날 채비를 하시면서, 큰누나를 재촉해서 막내를 업으 라시더니, 조금 있다간 생각을 바꾸시곤,

"애는 내가 업을 테니 넌 이 가방이나 들구 날 따라나서거라"

하시고 그 뒤로는 아무 지시가 없으셨다. 아직 결정이 서질 않으시

---

6) 주로 당신의 혼숫감으로, 후에 그걸 끌고 피난을 가는데, 그 보따리가 국군의 포탄을 막아주어 열여 섯 식구의 목숨을 건졌다.

는 게로구나…… 나는 아무것도 못 본 척 못 들은 척 이불깃만 손톱으로 후벼 파고 있었다.

지시를 기다리고 있는데 갑자기 어머니가 황급히 막내를 처네[7]로 둘러업고는 나가버리셨다. 뒤이어 큰누나도 가방 들고 뒤쫓아나갔다. 총망 중에 무슨 상상을 하셨기에 우리 삼남매에겐 일언반구도 없었다. 사립을 나서는 맡에, 당신은 먼저 이화동으로 가시겠다고, 길은 풍문학교 질러가는 우리 집 뒤로 난 산길을 택하겠노라고 하시긴 하셨다. 그러나 그게 우리더러 어찌하라는 소린지는 알 수 없었다. 우리 삼남매는 그냥 일본 이불 속에 다리를 넣은 채로 아침을 먹을 엄두도 내지 못하고, 앞으로 어떻게 하겠다는 생각도 없이, 무슨 일이든 일어나야 그에 대한 반응을 보일 거란 막연한 생각에 속으로 떨며 그냥 그러고 얼마를 기다렸던지……

드디어 개가 짖고 거위가 소리를 지르더니 삽작이 부서져라 열리는 소리와 함께 군홧발들이 막무가내로 방에 들어섰다. 그들은 우리가 하반신을 덮고 있는 일본 이불 한 자락을, 장총에 꽂은 창검으로 들춰보더니,

"이것들이 아직도 남아 있을 턱이 없지!"

하고는 우리는 아주 없는 걸로 치부를 하는지, 소리를 지르며 으르땅땅거리기는커녕 아무 말도 묻는 일 없이, 가쁜 숨을 몰아쉬느라 씩씩거리며 이불장을 열어젖혔다. 그리고 모본단 이불을 한 번 푹— 찌르더니,

"가자!"

하고는 성큼 마루로 나갔다. 보지는 못했지만 섬돌을 짚지도 않고 마당으로 뛰어내린 듯 쿵 소리가 나더니만, 밖에 서 있던 한 청년과 셋

7) 어린애를 업을 때 두르는 끈이 달린 작은 포대기.

이서 급히 돌층계를 뛰어 내려가는 소리가, 거위와 개 짖는 소리에 섞여 들려왔다.

우리는 누가 먼저랄 것도 없이 엊그제 윗목에 밀어놓았던 책가방을 들쳐 메고 일어섰다, 마치 미리 연습이나 해두었던 것처럼. 나는 무언가 미심쩍어 두리번거리다가, 엄마가 엊그제 미아리로 피난 갈 때 가지고 가셨던 남빛 비단 보자기에 쌌던 게 눈에 띄기에 들고, 사립을 꼭 지치지도 않고, 그렇게 우리는 이화동 외가를 향해 성북동 골짜기[8]를 빠져나왔다.

서기 1950년 9월 28일 오정 때쯤이었다.

한동안 나는 아버지를 궁금해할 겨를이 없었다. 어머니가 산길에서 국방군에게 잡혀 경찰서로 연행되었다는 소식을 접했던 것이다. 예의 그 예리한 칼날 꽂은 장총으로 이불장을 쑤시던 장면에서 입술을 깨물며 침을 꿀꺽 삼켜야 했던 공포가 떠올랐다. 무엇보다 어머니를 잃어버린 것이 변변치 못한 저것들 탓일지도 모른다고 생각하실 외할머니 외할아버지를 생각할 때마다 나는 그분들을 감히 똑바로 쳐다볼 수가 없었다.

큰누나가, 가뜩이나 쌍꺼풀이 진 눈이 하가마가 되어 더 핼쑥해진 채 들어왔다. 등에 업은 은영이는 허기가 져서 그런지 축 처져 처네에서 금방이라도 빠져버릴 것 같았고 고개가 위태롭게 꺾여 잠들어 있었다. 누나는 쓰러질 듯 기둥을 두 손으로 부여잡더니 술래잡기를 할 때 술래처럼 이마를 기둥에 대고 흐느끼며 한참을 울다가 얘기를 시작했다.

이른 새벽 허위단심 산허리를 돌던 세 식구는 한 떼의 총검을 장착

---

8) 이후 내가 다시 성북동 골짜기를 찾은 건 2008년 늦은 봄, 구보의 『삼국지』 출판기념회 뒤였다! 실로 58년 만에. 한데, 옛 집터는 올해도 못 찾았다. 아니 나타나길 원치 않는지도 모른다. 어쩜 내가 죽을 때까지……

한 군인들에게 둘러싸여, '애가 열이 나서 급히 의원을 찾아간다'는 말도 무시를 당한 채 얼마를 끌려가다가, 마침 지나가는 경찰에 인계가되어 관할 경찰서로 연행됐다. 이미 붙들려와서 무릎을 꿇고 고개들을 직수그리고 앉았는 사람들 중엔 다행히도 아는 사람이 없어, 엄마가 애아픈 것만 자꾸 뇌니, 그냥 놓아줄 요량으로 다른 방으로 보내려 했단다. 그런데 그걸 본 한 여자가, 느닷없이,

"내사 미테서 시키는 대로만 했다 캤는데도 자바노코, 위원장 동문 왁카노!"[9]

하는 소리에 놀라 그쪽을 보니, 여맹에서 일 보던 딱정떼 마누라였다.

누나는 엄마는 남고 애들만 내보내서 오는 길이라고, 거기까지 늘어놓더니 갑자기 머리를 기둥에 찧어가며 맹렬히 울기 시작했다. 우리는 숨을 죽이고 이야기를 듣다가 별안간 큰소리로 울어 재끼는 큰누나의 행동에 하도 놀라 어안이 벙벙해 섰다가, 종내는 외할머니와 함께 모두가 엉켜서 엉엉 소리치며 울어버리고 말았다.

어머니 일은 아주 몇 년 후에야 알게 되었다. 적치(赤治) 90일 동안에, 소위 그 '부역(附逆)'이라고 일컬어지던 덫에 걸려, 1950년 9월 28일, UN군과 해병대의 인천상륙으로 석 달 만에 서울이 수복되던 날 영어(囹圄)의 몸이 되었던 것이다. 그로부터 같은 해 12월 19일, 중공군의 참전으로 북쪽으로 한껏 올라갔던 전선이 다시 밀리기 시작할 무렵, 서울지방법원에서 열린 공판에서 종신형을 언도받고 서대문형무소에 수감되어 있다가 이듬해 1951년 1·4후퇴로 서울을 내주게 되었을 때, 구사일생으로 대전 형무소를 거쳐 안동까지 압송되어 징역을 살게 되었다.

내가 '구사일생(九死一生)'이란 어휘를 넣은 것은, 당시 급작이 후퇴

---

9) 나는 밑에서 시키는 것만 했다 해도 잡아놓고는 위원장 동무는 왜 놓아주려는 거야!

를 거듭하게 되매, 남으로 밀려 내려가며 무수한 보도연맹원들을 처형(?)했다는 기록이 이즈막에 속속 밝혀지고 있는 판이기 때문이다. 사상범에다 무기수인 어머니를 끌고 대전을 거쳐 안동까지 갔다는 일은 도저히 상식으로서는 이해가 되지 않는, 불가사의한 일이라고밖에는 달리 생각할 수가 없다.

경황이 없는 중에 졸속 재판으로 종신형을 받고 그 난리 중에도 대전을 거쳐 안동까지 끌려가 4년 7개월 복역하다, 그래도 아버지 친구들의 주선으로 두 번에 걸친 재심 끝에 감형이 되어, 쌍팔년도(단기 4288년을 그때는 그렇게 얘기했다. 서기로는 1955년)에 집행유예로 어깻죽지에 벽돌짝만 한 푸른 멍을 지고 나오셨다. 그로부터 5년이 지나고 10년이 지

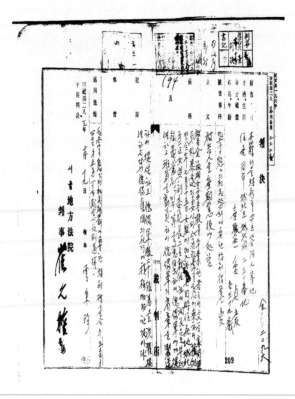

1950년 12월 19일 서울지방법원에서 어머니 김정애 여사가 종신형 언도를 받은 판결문.

나도 천형 같은 푸른 점은 사라질 줄도 작아질 줄도 모르고, 그렇게 아픈 기억처럼 그렇게 내 가슴에까지 남아 있었다.

우리 어머니 김정애 여사는 어깨의 푸른 점을 이승의 멍에로 지고 사시다가 1980년 한 많은 생애를 마치셨다. 내가 보기에 우리 어머니는 자신의 생애를 온 가족 위에 걸고 스스로 결정을 해야만 했고, 그로 인하여 인고(忍苦)의 생을 살다가, 그예, 시원한 꼴도 못 보고 이승을 하직하고 마신 분이다. 자식으로서, 생각만 해도 어디라 눈 둘 곳을 찾을 수 없는 그런 삶의 주인공이셨던 것이다.

2009년 국가기록원에서 대외비(對外秘)였던 당시의 기록 보존령을 해제하여, 그때의 법원 기록이 일반에 공개되었다. 소식을 듣고는 동생 재영이 달려가 재판 기록 사본을 떼어왔다. 남쪽에 남은 우리 사남매는 이제 와서 누구를 지청구할 수도, 원망할 수도 없는 당시의 일을 되새기니 더욱더 서러워, 이젠 경기도 광주 천주교 묘역에 평안히(?) 누워 계신 어머님의 무덤을 보듬으며 하염없이 눈물만 흘렸다.

기록에 나타난 바와 같이 어머니에게 종신형을 내릴 만큼 무거운 죄상(罪狀)이란 것이 '이적행위(利敵行爲)'다. 지아비의 방패막이가 되어야 했던 사정으로 마지못해 여맹 일을 본 일이 세상이 바뀌자 '부역'이란 대역죄로 둔갑을 하게 된 것이었다. 남들보다 학벌이 있어 여맹 부위원장 자리가 주어졌고, 전세가 뒤집힐 무렵엔 위에서 시키는 통에 할 수 없이 성북 제2지구 반원들로부터 빨랫비누 스무 장을 거둬, 인민군 군복 70착(벌)을 주민들과 함께 빨아주었다. 그리고 그 세탁한 군복에 견장(肩帳)을 달아주었다는(짐작건대 견장 속에 마분지가 들어 있어 세탁을 하려면 견장을 뗐다 나중에 제자리에 꿰매 달아야 했었나?) 일이, 어머니가 1950년 7월 25일부터 동년 9월 27일까지 두 달 남짓한 적치하에서 저지른 '이적행위'의 전부였다. 전시(戰時)였다고는 하지만 계엄령하의 군사재판도 아니고 종신형을 언도한 건 지금의 상식으로는 아무래도 이해

1959년도 이화동 외갓집에서의 어머니 김정애 여사.

할 수 없는 일이다.

위의 사실들은 이미 재심을 위해 수고해주신 분들을 통해서나 징역을 마치고 나오신 어머니를 통해서나 다 알고는 있었지만 막상 문서화된 기록으로 마주하고 보니 느낌이 전혀 새로웠다. 이북까지 가서 부친 묘에 성묘까지 하고 올 만큼 세상이 변했는데 더 말해 무엇하랴. 그래도 당신이 가신 지 어언 30여 년이 지났고 보니, 지금의 우리들의 심정은 마치 짙은 안갯속에서 누군지도 모를 보호령(保護靈)을 따라 방황하는 듯하다. 이러한 나의 심정을 그려내기엔 이다지도 무딘 붓끝이 안타까울 뿐이다.

나는 1·4 후퇴 때(1951년 1월) 큰집을 따라 수원까지 피난을 갔다가 서울이 수복되고 어머니가 집으로 돌아오신 뒤에도 그 즉시 상경을 하지 않았다. 상급 학교 진학을 핑계로, 우리 삼남매 중 가장 늦게야 어머니 품으로 돌아온 셈인데(1956년 12월 초), 그래도 명색이 맏아들이라고 의지하는 어머니의 심정은 어땠을까. 목전의 일밖에 볼 줄 모르는 위인이라 공부하는 것 말고는 어머니의 속을 썩이지 않았다고 하면 변명이 될까. 젊어서 홀로 되신 어머니의 외호름(외로움)까지 이해하기엔 너무 어렸다는 얘기도 들어주실까. 아니다. 나는 장성해서도 몸만 커졌지 철부지였다. 지금에 와서 생각하면, 대학을 들어가서도 내가 저지른, 내게 일어났던 그 모든 일들이 그저 불효막급이었다. 이렇게 어머니를 그리다 보면 언제나 마지막엔 말을 문 채 고개를 땅에 박고 무릎을 꿇게 된다.

2
부

그리고 우리 아버지. 어머니는 이 세상에 단 하나밖에 없는 남편을 이제나저제나 기다리고 있었는데, 돌아와야 할 사람이 아주 단념을 해 버렸다면[10] 기다리는 사람은 알아도 안타깝지만 몰라도 역시 안쓰러운 이야길 텐데, 근 다섯 해를 차디찬 감방에서 갖은 고초를 당한 몸이니, 더는 버틸 기력도 없고, 그렇다고 이대로는 결코 포기할 수가 없다는 자기대로의 신념에 젖 먹던 힘까지 그러모아 버티고 있는 계제에 들려 온 억울한(?) 소식이라면 그 노릇을 어찌할 거나 어이할 거나…… 그러다가 진(盡)해 가버리신 우리 어머니, 김정애 여사……

그랬던가? 정말 당신은, 전쟁 통에 죽어버린 그런 사람이었던가?

1980년 부활절을 앞두고 다시 30년 전으로 돌아가, 지아비를 따르려 다섯 아이 데리고 미아리고개를 넘던 영혼, 동두천은 고사하고 고개도 넘지 못하고 돌아서야 했던 그 밤, 언덕마루에 남기고 간 남빛 비단 보퉁이, 저승에 가서 지아비 찾으려 들고 갔다는 혼서지(婚書紙)와 첫 아들 기특하다고 천 사람에게서 받은 『천인천자문』, 첫 장에 올린 일영(一英)이란 필체 믿길까 마음해보며 한데 싼 보퉁이, 혹 그의 벗들이라도 만난다면 저승길이라도 안내해줄까 함께 넣은 결혼식 방명록, 그러고는 허리에 단단히 차고 오르고 내리던 미아리고개, 의정부도 말만 듣던 곳인데, 동두천은 어드메냐, 그 험한 길 어이 가리 해가며 떼놓던 발걸음, 올망졸망 제 몸도 추스르지 못하는 어린것들 다섯으로 해서 하루 만에 도로아미타불이 되어, 성북동 사립문 들어서자 억장이 무너지는 듯, 절대 절망 속에서도 어린것들 보고 듣는 데서 큰소리로 울지도 못 하고 지새워야 했던 밤……

<hr>

10) 북에 가신 아버지는 어머니가 이미 이 세상 사람이 아니라는 소문을 들었으려나. 물론 그렇지 않더라도 만날 수 있는 길은 아예 끊기고 말았지만.

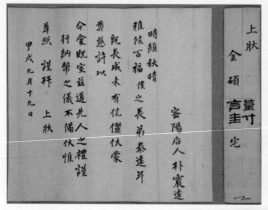

어머니가 아버지를 찾아 나설 당시 남빛 보자기에 결혼사진과 함께 챙겼던 혼서지(좌)와 『천인천자문』(우).

어둠이 걷히는 건 고사하고 차디찬 벽 안에 갇혀 다시 다섯 해를 헤었구나! 아무도 찾지 않는 그런 긴 암흑의 터널…… 그리고 나서 세상 빛 봤다고 무슨 시원한 꼴 보았던가, 어이없게 찍혀버린 무기수라는 낙인(烙印)을 지고, 어딘가에 살아 있대서 무턱대고 기다려온 20유여 성상, 한 점 부끄러움 없대서 그 누구라 알아줄 이가 있으랴. 가야만 할 사람은 하릴없이 간다지만 남은 자식 속 틔었다고 타는 내 속 뉘 알아주며, 늬고 나고 마주 본들 무슨 신통한 수 있을쏘냐. 슬퍼서 애고애고 답답해서 애고고.

그러다 마친 한생 어디 가 보상받나, 하늘이 안아줄까 땅이라서 품어줄까, 기다리는 지아비 나 두고 어디 갔나, 설마 알아준대도 어쩌는 수 없겠는데, 저 먼 북녘 하늘 아래 어찌 내 사정 가늠할까. 죽은 자만 억울하단 말 그른 것 하나 없네, 죽고 보니 그도 진실, 말 그대로 가련쿠나! 애고애고 내 신세야, 내 한생 허실(虛失)이람 진실로 애절쿠나!

1958년 겨울이지 아마, 어머니와 함께 평화극장 뒷골목에 있던 그 고명하시다는 관상쟁이 어른 찾아가 뵈었을 때, 우리 배 도사(道士), 어머니께는 뭐라 하셨는지 아직까지도 궁금하다……

무슨 소리인고 하니, 앞서 '다방골 봇다잉 장가가오!'라는 장에서 소개한 결혼식 피로연 방명록에 고보 동창 하나가 나중에 관상을 잘 본다고 장안에 소문이 났는데, 그 양반이, 얼굴이 반쪽밖에 없는 요상한 그림을 구보의 결혼식 피로연에서의 방명록에 남겼것다!

독자님들은 혹 조선 후기에 영험한 관상가로 명성을 날리던 백운학(白雲學)이란 성명 석 자 들어보셨는지? 하루는 이이가 운현궁 돌담을 끼고 지나다 거래도 없이 안으로 쑥 들어가, 마당에서 놀고 있는 대원위 대감의 아들 복룡 도령 앞으로 미끄러지듯 나아가 넙죽 절을 올리니, 황당한 꼴을 보고 자못 놀란 대원위 대감 왈,

"허허, 고얀지고, 네 대체 뉘관대 이런 해괴한 짓을 하는고?"

하니, 그제야 일어서서 대원군을 바라 읍하고 아뢰는 말이,

"제 어리석은 소견으로 바라보오매, 수이 복룡 도령께옵서 임금의 자리에 오르실 것을 알았사옵기에 이렇게 미리 경하를 드렸사옵니다. 대감께서도 어여 제 축하의 절 받으시옵소서."

하고 장담을 하니, 대감은 쾌히 3만 냥 복채를 약속했는데, 도령이 정녕 왕위(王位)에 오르자, 흥선대원군은 약속한 대로 3만 냥 복채와 현감 자리까지 주었다지 아마. 그렇게나 유명 짜한 백운학이만큼 고명하다고 장안에 소문이 난, 비록 성은 다르지만 이름은 똑같은 관상쟁이(?) 배운학(裵雲學)이 그린 그림인데,

'이 결혼은 검은 머리 파뿌리가 되도록 백년해로(百年偕老)를 하라'는 게 아니라, 내게는, '난리가 나면 이 결혼이 두 동강이 나리라'는 예언처럼만 느껴지던 얼굴 반쪽만의 그림. 물론 오른쪽 페이지에는 '유무(有無)의 만(晩)'이라고 곧, 우리 인간이란 허우대는 멀쩡하지만 실제로는 반쪽씩밖에는 안 되는 고로 남녀가 결혼을 해서 한데 합쳐야만 그제

야 온전한 하나가 된다는 뜻이란 글귀가 있긴 하지만서도…… 어쨌거나 내겐 왠지 우리 집안에 미구에 닥칠 운명을, 그 아저씨는 미리 알고 이런 그림을 그렸을 것만 같은 예감이 들더라니……

1958년 겨울이었다. 나도 엄마 따라 배 도사 찾아 평화극장 뒷골목 일각 대문을 들어섰던 기억이 나는데, 나는 결혼 수에 파(破)가 들어 있으니 결혼은 서른을 넘겨서 해야 좋고, 그래야만 외국을 내 집 드나들 듯 하겠다더니, 그예 그의 뜻대로 벌써 40년째 이역만리 타국에서 살고 있나 보다. 서른도 되기 전에 서둘러 결혼을 했더니만……

1963년 초, 내가 정음사 편집부에 들어가 교정을 배울 무렵, 1년도 되지 않아 겨우 활자 호수나 분별할 줄 알던 시절, 큰사장님의 호출을 받아 '호수 다방'엘 들어서니, 원고 뭉치 하날 내주시며 수필집을 꾸미라신다. 급하지도 않고 특별히 저자가 주문한 바도 없으니 소신껏 만들어보는데, 사내(社內)에서 할 일 다 하고 시간 날 때 하라신다. 들고 와서 부장님께 고하니, 파이프 담배 한 소끔을 다 태우도록 통이 말이 없으셨다. 그러고 있다가 오야지(한참은 큰사장님을 고참들은 오야지라 불렀다)가 그렇게 말씀하셨다면 박 형이 알아서 할 일이란다. 주문하신 대로 재교(再校)가 나와 고하니, 저자가 아주 높은 자리에 계신 법관인데, 교정지 가지고 가 전할 때, 아버님 성함 여쭙고 나서, '고맙습니다' 하고 큰절 한번 올리라신다.

외투 깃 한껏 올리고 덕수궁 돌담 끼고 법원에 올라가 문을 열고 들어서니, 꼭이 책상 없는 학교 교실만 한 휑뎅그렁한 큰 방에, 큼직한 구닥다리 양수 책상 앞에 앉았다 일어서시는데, 키가 9척인 거라. 그때만해도 내 키도 큰 킨데 내 머리 하나는 더 있는 그런 분이 검정 두루마기에 검정 고무신을 신으셨는데, 역시나—

잡담 제하고 앞으로 나아가, 어디서 온 누구라고 밝히고 나서, 교정

지를 내밀면서 부친이 박 아무개올습니다, 고하고는, 자리도 가릴 것
없이 그 넓은 마룻바닥에 넙죽 엎드려, 한참을 아무 말 없이 들엎뎌 있
다가,

"우리 어머니…… 고맙습니다"

하고 눈물을 훔치며 나온 적이 있었다.

서울이 수복된 9·28 직후 시민증[11]이란 게 나왔는데, 우리 식구 중
큰누나만 열여섯 살이어서 발급 대상에는 들었으나 빨갱이 자녀라고 해
서 결국엔 '쯩'을 발부받지 못했다. 아버지는 행방불명이고, 엄마는 부
역을 했다고 잡혀가서는 무기수가 되어 갇혀 있었으니(당시는 어머니의
생사조차 몰랐다) 전시 상황에서는 당연했던 일인지도 모른다.

우리 다섯 남매가 어떻게 갈리게 되었는지는 기억에 없다. 연로하신
할아버지 할머니만 사시는 외갓집에 애 다섯이란 너무 벅차서 큰누나와
막내를 제외한 우리 가운데 셋은 다옥정 큰댁으로 갔다. 신분증이 없어
법적으로 통행이 불가능한 큰누나는 되도록 문밖출입을 자제했다. 그러
다가 아주 가끔 우리가 얹혀사는 다옥정 큰댁에 우리를 보러 오곤 했는
데, 늦은 시간에 막내가 잠이 들었더라도 둘러업고 왔다. 아마도 애를
업으면 검문을 피할 수 있거나 그렇지 않더라도 애가 딸려 있어서 조금
은 나을 것도 같은 생각이었을 것이다. 그렇게 고반소[12]가 없는 청계천
을 따라 얼른 와서는 우리를 보고 갔다. 힘이 들어 그랬는지 너무 위험
해 그랬는지 내 기억으로는 너댓 번에 그친 일이다.

어쨌건 생전 처음으로 서로 떨어져 살게 되었다. 난리라고 날 때는

---

11) 만 16세 이상은 반드시 지녀야 하는 신분증으로 서울 시민은 시민증, 시골 사람들에겐 되민증(도민
증)이란 걸 발급했다.
12) 파출소를 일제 시대에는 고발을 하는 데라는 의미로 고발소(告發所)라 했는데, 발음이 좀 어렵다
보니 '고반소'가 됐겠지.

어안이 벙벙하게 그렇게 나더니, 어영부영하다가 부모 모두 행방불명에다 생사조차 모르고 종내는 애들까지 갈리고 만 것이다. 단란했던 우리 식구는 문자 그대로 난리 통에 풍비박산이 나고 우리들은 고아 아닌 고아가 되어 눈칫밥을 먹는 생활을 시작했다.

우리가 간 큰집도 식구만 많을 뿐 나을 게 없었다. 큰아버지의 입장에서는 난리 전부터 동생 둘(문원과 경원)이 결혼도 미루면서, 저무도록 좌익이란 점이 찍힐 일만 해대서, 형사들이 애매한 맏이만 툭하면 불러내 들볶았던 모양인데, 동생들이 한바탕 휘젓고 북으로 올라가버렸으니 다시 맏형님 잡혀 들어갈 것은 뻔한 일. 그런 집에 어쨌건 빨갱이 자식들이 셋이나 왔으니 큰어머니의 그 심정이야 말할 것도 없을 것이다. 큰댁에 몰린 식솔을 모두 꼽아보자면, 전실 자식[13] 넷 중 맏이 상건은 막판에 의용군 나가고 셋, 당신이 들어와 낳은 소생 남매가 둘, 시어머니에다, 윗대에서 두 집이 한창 세월 좋을 때, 수돗가 쪽문 하나로 이웃해 사셨다던 작은댁 할아버지의 귀공자처럼 생긴 아들 하나(박용남의 아들 방원)가 공전(서울대 공대 전신) 졸업반이었는데 막판에 의용군 끌려나가고, 입바른 소리 잘하시는 작은댁 할머니가 네 미인 딸들 앞세워 장조카 진원네로 합쳐버렸으니 도합 열여섯이었다. 큰어머님으로서는 상전에 상전들뿐인 데다 하나같이 마뜩잖은 인사들이었다.

1·4후퇴

9·28 서울 수복 이후 다옥정 큰댁 대주(代主)인 큰아버지도 북으로 간 동생들 까탄에 애매하게 잡혀 들어가 서

---

13) 이때 이미 큰아버지 박진원은 후처를 맞이해 두 자녀를 낳고 살고 있었다. 전처는 사남매를 낳고 일찍 죽었다.

대문형무소에서 근 석 달이나 생고생을 하셨다. 큰아버지를 데려간 사람들도 애석해하긴 한가지였으나, 그렇다고 사리를 따져 그냥 내줄 수도 없는 일이었을 것이다. 그런 와중에 북에선 중공군 밀고 내려온다고 피난이다 뭐다 난리들이고 밖에서는 친구다 누구다 해가며, 어지간하면 내주라고 들쑤셔댔던 모양이다. 여기에는 명치정 아주머니의 노력이 컸는데, 아버지 친구들에게 얼굴이 많이 알려진 사람은 명치정 아주머니 한 분뿐이니 오라버니 친구란 친구는 다 쫓아다니며, 판사다 검사다 만나보았단다. 그러나 시국이 시국인지라 저마다 나서기를 꺼려해 도무지 쉬 석방이 될 기미는 보이질 않았다.

당시 큰집의 분위기란 정말 참담했다. 약국은 아침마다 중학 3학년인 사촌 형이 빈지를 떼고 열어놓긴 했지만, 약제사가 없는 약국에서 사갈 것은 매약뿐이니…… 찾아오는 손님들도 별로 없어 이른 아침부터 나와 둘이 서서 바지 주머니에 손 찌르고 다리 떨며 「가고파」에 「바위고개」만 3절까지 분합이 부르르 떨게끔 부르고 다시 부르고 했다.

난 콩 장수(콩을 튀겨 파는)도 해가며, 약국에서 잔심부름도 했다. 이때 오촌 고모 두 분이 약국 옆 빈 공간에 약장(진열장) 하나 비워 놓고는 나마까시(생과자)에 모찌(찹쌀떡)에 젠사이(새알심 넣은 단팥죽)를 판다고 아침마다 내게 찹쌀떡을 청계천 수표교 근처에서 떼오게 했다. 찹쌀떡은 애들 토끼털 귓집만 한 것 40개 들이가 한 목판인데, 그 목판 크기가 운동회 때 가위 들고 동에 번쩍 서에 번쩍 나타나는 엿장수 목판만 한 기라. 키도 작고 목이 다붙은 내가 두 팔을 있는 대로 벌려 들어 올리는 것까지는 괜찮은데, 무겁지는 않지만 무엇보다 내 두 팔 길이에 벅찬 크기에다 앞을 가리는 데는, 용빼는 장사가 없다. 목판이 앞을 가려 발 옮겨놓을 데 찾기가 힘들고, 앞에서 오는 사람도 피해야 하고, 길은 얼어 미끄러운 데다, 성미 급한 사람 앞서가게 길도 비켜주어야 하고, 가끔가다 자전거도 오고, 원래가 천변길이라는 게 난간도 없는 데다 개천

쪽으로 경사가 나 있어, 삐끗 잘못하면 바로 개천행이니, 게다가 눈이 와 미끄럽긴 하지, 이른 새벽인데 웬 사람들은 백결(흰 물결) 치듯 많은지, 제일에 진땀이 나서 생각만 해도 죽을 똥이었다. 그런 형편이니 남들 학교 가는 것 부러워할 계제도 아니고, 부러워할 시간도 없었다. 무엇보다 나는 나의 사업, 콩 튀긴 걸 팔아야 했다. 그때 아마 큰아버지가 나와 계셨다면, 난 사촌들이랑 덕수국민학교를 졸업할 뻔했겠다.

큰아버지는 어찌어찌 힘을 써서 크리스마스도 지난 세모에 병환이 들 대로 들어 나오셨다. 초주검이 되어 있지 않았으면 도리어 이상했을 것이다. 우리 큰아버지로 말하면 조양 유치원에서 이은 공(公)과 손 마주잡고 유희 배우시던 양반인 데다, 가시가 좀 많은 생선이 상에 오르면 큰어머니가 부엌에서 행주치마에다 손의 물기 닦으며 부리나케 들어오셔서 가시를 발라드려야 진지를 드시는 그런 위인이셨다. 그러니 모진 고문 아니래도 감방 창살만 바라봐도 혼이 10리만큼 나가고 진땀을 흘리셔서 병이 나도 벌써 나실 만한 그런 체질의 양반이었다.

남들은 피난을 간다는데, 남아 있다간 언제 다시 부역자가 될지도 모르는 급박한 상황이 전개됐다. 그간 큰누나 설영은 위에서도 말했지만 남의 눈을 피해 첩보영화 찍듯 조용하고 신속하게 와서 동생들도 만나보고, 혹 어린 동생들이 사촌에게 당한 억울한 일이라도 호소하면 차마 제가 나무라지는 못하고 큰소리로 혼자 성토를 해대다 가곤 했다. 한번은 좀 심하게 큰소리를 냈다가 오촌 고모 중 한 분인 명치정 아주머니한테, '니가 뭘 안다구 주절대느냐?'는 무안을 당하고 나서는, 그 뒤론 암상이 났는지 발길을 뚝 끊었는데, 우리도 한참을 못 보아 궁금해하고 있던 차에 큰아버지가 우리들 삼남매를 부르셨다. 큰아버지는 감방에서 나오신 뒤로 골치가 빠개지게 아프신지 뒷골이 땅기시는지 이마에다 하찌마끼(머리끈)를 질끈 동여매시고 자리보전을 하고 계시던 중이었다.

"지금 사실 경황이 없기는 하다마는 우리 식구는 남쪽으로 피난을 가려고 하는데, 너희들은 어찌 하는 게 좋을는지 외갓집에 가서 할머님 할아버지님께 여쭈어보고 오너라"라는 분부였다. 우리는 큰아버지의 분부를 받고 이화동으로 오게 됐다. 외할머니는 우리를 반기시다가 우리가 온 사연을 알고는 단박에, "박씨들은 다 박씨 집으로 가거라!" 하고 결정을 내려버리시니, 너무나 의외의 소리에 놀라기도 했고 정말 기들이 막혔다. 큰누나와 막내는 외갓집에 남기로 하고 나머지 셋은 큰집을 따라 피난을 가기로 했기에 이별을 앞둔 우리는 서로 붙들고 얼마나 울었는지 모른다.

이미 이번엔 중공군까지 내려온다는 소문을 듣고는 어마 뜨거라 하고 일찌감치들 떠난 집들이 많았다. 그러나 우리는 큰아버지가 서대문 형무소에서 근 석 달이나 생고생을 하시다가, 크리스마스도 지나고 연말이 다 돼서야 겨우 풀려나와 자리보전한 채 미음으로 기운을 차리고 계시던 중이었다. 모르긴 몰라도 큰아버지는 많은 식구들을 끌고 어디로 가야 할지 막막했을 것이다. 우리 집안은 큰집 작은집 안팎이 모두 서울 토박이들이라 어디 시골이라서 연고가 없으니 생각만 해도 구들이 꺼질 정도로 한숨만 나왔을 터, 그래도 어찌어찌 익선동 처갓집(큰아버지의) 사람들이 딱한 사정을 알고 큰아버지의 동서 되는 최 서방이 반나마 자기네 짐 실은 수레를 끌고 왔다. 이 집 피난 보따리는 동생할머니 고명딸 혼숫감으로 애지중지하시던 비단에 모본단에 천근 같은 다섯 개 말고는 더는 올라갈 데가 없어, 하다못해 다섯 살짜리 사촌 동생마저 '류삭구(류색)'에 소금통(미국 약국방에 있는 정제로 된 소금 태블릿 천 정들이) 짊어지고 나서야 했으니 다른 식구야 더 말할 것도 없었다.

그 높은 서해바다 조수간만의 차를 이용해 상상도 못 할, 세계 전사에 남을 인천상륙작전에 성공한 UN군은 파죽지세로 밀어붙여 10월 초에는 평양을 점령하고 계속 북진하여, 서부 전선은 이미 압록강을 코앞에 두게 되었는데, 아버지는 올라가시자 전세가 불리해져 곧 종군작가단에 편성되어(?) 낭림산맥 줄기를 따라 후퇴하다가 혜산진까지 밀려간 모양이다. 정부 기관의 일부는 강 건너에 주둔하고(?), 추위와 중공군의 참전으로 잠시 전투는 소강상태에 들어가는 듯했으나, 대대적인 중공군의 남하로 인해 일부의 인민군들은 함께 서울로 진입을 했고, 남쪽에서 올라간 사람들 대부분은 전세를 관망하며 그곳에 남아 있게 했나 보다. 하기야 눈 덮인 종로 네거리에 서서, 두고 간 딸을 찾으며 임화가 자기의 시(「네거리의 순이」)[14]를 울부짖던 걸 생각하면, 중공군을 따라 눈길을 걸어 내려왔던 문인도 더러는 있었던 모양이지만…… 어찌 되었든 우리는 1·4후퇴로 큰집을 따라 남쪽으로 피난길에 올랐고, 큰누나는 막내와 외갓집에 남아 있다가 북에서 중공군을 따라 내려왔던 경원 고모가 데리고 북으로 갔다. 이때 막내 은영은 남겨져서 외할머니 손에 길러지다가 나중에 어머니가 석방되었을 때 이화동 외갓집에서 우리와 만났다.

　나는 1990년 방북 때, 당시의 얘기를 평안도 사투리가 섞인 말로 40년 만에야 평양 광복거리 큰누나의 아파트에서 들을 수 있었다. 고모와 동행한 큰누나는 두어 달을 고모가 배속돼 있던 부대의 전령으로 뛰어다니며 북으로 쫓기다가 1951년 2월 하순께에야 혜산진에서 아버지를 만날 수 있었다. 아버지는 누나에게서 남에 남긴 가족들의 소식은 들었지만, 당시는 이미 종군작가로 신분이 바뀌어 군관복 입은 군속(군인?)으로서, 상부 명령에 따라 전선을 누벼야 했기에 일껏 만난 부녀는 다시

---

14) 실제로 임화는 이 당시 자신이 1929년에 창작한 이 시를 읊조리며 남쪽에 두고 갔던 딸에 대한 상실감을 달랬다고 한다.

헤어져야만 했다.

2006년 남북 이산가족 상봉 때 설영 누나는 시민증이 안 나와 꼼짝
없이 집 안에 틀어박혀 지내야 했던 당시를 회상하면서, 자기에겐 신발
이 필요 없게 되었단 생각도 했더란다(난 몸이 좋지 않아 그냥 미국에 있
었다). 언제 순사가 들이닥쳐 자기를 잡아갈지도 모른다는 공포에 잠자
리에 들 때면 항상 다른 사람과는 어긋매껴서 발치 쪽으로 머리를 두고
잤노라는 이야기를 할 때는 눈물도 보였단다.

원래부터 어른들이 '우리 서령이는 너무 마지메[15]라서……' 하는 소
리를 종종 들었는데, 누나는 정말 성실해 줄곧 우등 첫찌만 하다가 사
대부중 특차에 합격까지 했다. 비록 부모가 말려서 진학은 하지 않았
지만 아주 우수한 재원이었음은 틀림없다. 그런데 한편으로는 그렇게
성실한 사람은 일면 고지식한 면도 없지 않아, 내가 1990년에 방북했
을 때는 본인을 북으로 데려간 경원 고모가 계셔 조심하느라 그랬는지
는 몰라도 당시의 상황에 대한 소회를 입 밖으로 꺼내지 않았다. 누나
가 했다는 말이 사실이라면 고모가 북으로 후퇴를 하면서, "너 나하구
같이 가 아버지 만나련?" 했을 때 두말 않고 따라나섰을 건 물어보나마
나겠다. 그렇게 고모 부대를 따라가며 '전령' 노릇을 할 때 큰누나는 어
찌나 재게 전달을 잘하는지(원래가 중학교 다닐 때 단거리 육상 선수에 송구
선수였다), 모두가 혀를 내둘렀다는 이야기를, 평양 갔을 때(1990년) 황
해도에서 날 보러 온 고모가, 신이야 넋이야 들려준 게 지금도 귀에 생
생하다. 그런데 2006년 이산가족 상봉 때의 얘기를 나중에 작은누나를
통해 듣자니까, 거기 나온 설영은 여전히 뭐든지 첫째인 것이, 무엇에
쫓기는 사람처럼 아직 돌아갈 시간도 되기 전에 갈 준비에, 버스에 오

15) 진지하다, 성실하다는 뜻의 일본어. 어른들이 누나더러 마지메라고 한 건 고지식하다는 뜻이었다.

를 궁리에, 뭐든지 남보다는 먼저 해치우는 게 자기의 책무(?)인 양 그렇게 행동을 하더란다. 늘 쫓기는 심정으로 살아 그런가, 아니면 아버지와 일찍 떨어졌기 때문인가, 별걱정 다 해가면서, 본디가 소심한 작은누나 소영은 소소한 일이 눈에 밟히는지 똑같은 말을 뇌고 또 뇌며 눈물을 보였다.

큰누나는 우리 다섯 남매 중 막내와 같이 얼굴이 그중 흰 편이며, 머리는 약간 고수머리에다(아주 꼽슬이 아니라 앞이마 위 뱅이나 뒤쪽에 좀 웨이브가 있는 정도) 아주 까맣질 않고 좀 노란기가 있었는데, 어찌 된 일인지 40년 만에 만나본 설영 누나는, 시장 바닥에 흔한 '피안도 아주마이'가 다 되어,[16] 억양에서, 말투에서, 서울내기라고 하기에는 어디에도 그런 티가 남아 있질 않았다. 지금도 그곳에서의 누나를 떠올리면 고개를 가로젓게 된다. 불가사의란 표현은 너무한지 모르나, 어릴 때 모습이 가뭇도 없는 모습이었다. 어떻게 딴 사람들은 그렇지가 않던데, 우리 설영이 누나는 그렇게 생김새부터 말투에다 하는 행동거지 하나까지도 이북 사람이 됐을까. 아무리 머리를 짜가며 곰곰 생각해봐도 도무지 어림이 서질 않는다.

후퇴 당시를 생각하면 정월 초사흘에야 매운 추위 속에 다리는 이미 끊겨 달빛에 출렁대는 부교 위로, 어설픈 운전수(?)에 조수 셋이 붙어 구루마 한 채를 밀며 끌며 건너는 장면부터 떠오른다. 물론 구루마

---

16) 이런 표현을 한 동생의 글을 읽게 되면 얼마나 실망을 하며, 그 조카들, 그리고 걔네들에 딸린 식구들이 죄다 내게 곱지 않은 눈초리를 보낼 걸 생각하니 두 손이 자판에 붙어 떨어지질 않는다. 우리 큰누나가 이젠 다섯 남매의 어머니인 데다 그 밑에 손주들 생각하면…… 하지만 지난번 평양 가서 입 걸고 농담 재밌게 잘하는 '미국 삼촌 할아버지'로 이름표를 붙여놨으니 그리 걱정은 안 한다. 노파심에서 한마디 얹자면, 해방 후 북에서 온 피난민들은 대개 시장 바닥에서 노점상들을 했는데, 그래서 어린 눈에 인상이 그렇게 박혔나 보다.

에 들러붙은 조수 세 명 중엔 나까지 끼어 있었다. 남자 꼬빼기라곤 모두가 그렇고 그래서……

우리는 노인, 아이, 주로 여자들로 구성되어 총 인원이 스물한 명이었다. 큰누나와 막냇동생은 외갓집에 남고 끼지도 못했는데도 그리 많았다. 나는 큰누나가 떠나기 하루 전날 밤에 국방색 멋쟁이 할머니 잠바를 입고 왔다가 내게 벗어주어, 한 이태 나무 댕길 동안 그 덕에 덜 떨었다.

늑장을 부리다(?) 다리는 이미 끊어진 지 오래고, 강의 얼음을 깬 임시 부교가 놓인 덕에 피난민들은 강을 건널 수 있었다. 우리는 계속해서 흑석동을 지나 남으로 가다가 남태령 고개를 넘어야 했는데, 눈 덮인 빙판길에 구루마가 미끄러졌다. 올라갈 땐 뒤에서 미끄러져가며 밀었지만, 내리막길에선 수레채에 밧줄을 양쪽에 묶어 뒤에서 버티며 내려가야 했다. 우리(사촌과 사촌의 이종사촌과 나, 둘은 중학생 나는 국민학생)는 너무나 미끄러운 나머지 버티다 버티다 그만 밧줄을 놓치고 말았으니, 고봉으로 실은 피난 보따리가 얼마나 무거울 건가. 그게 잡아주는 사람도 없이 혼자 쏜살같이 달려 내려갔으니, 수레채를 맡았던, 큰어머니의 혼자된 형부 혼자서는 살아남을 재간이 없겠는데, 다행히 빙판길에 곤두박질을 치다가, 천우신조로 한쪽 다리만 부러진 것은 불행 중 다행이랄까 천우신조랄까…… 결국 아무리 중공군이 무섭다기로서니 사람이 그 지경이 되었는데 계속 남하를 한다는 건 말도 되지 않는다는 가족회의의 결정으로 우리는 화성군 일왕면(日旺面, 현재는 의왕시가 됐던가?) 학의리라는 곳의 이장집(조선 시대 국도로 구길이라 불리는 행길갓집)이 피난을 가고 비어 있어, 그곳에 짐을 풀게 되었다. 그런데 그 밤으로 중공군이 들이닥쳤다.

불도 없는 두 칸 방에 스물한 식구가 몰려 앉아 밤을 꼬박 세우는데, 말발굽 소리에 쏼라쏼라 짱꿀라 소란에, 애고 어른이고 없이 진땀을 빼고 있었다. 그러다가 중공군 한 명이 방문을 열어젖히고 불쑥 그 좁은 데로 상반신을 들이밀고는, 숫자를 세는 건지, 남자 여자를 구별하려는 건지, 얼굴에 얼굴을 마주 갖다 대고 담배를 뻐끔 빨아서, 조금 버언해지는 담배 불빛에 제 것과 내 것이 서로 간에 분간이 되는 거라. 서너 번 그러더니 명치정 아주머니 차례에 와서 멈췄는데, 종이쪽지를 내밀며 또 담배를 뻐끔 빠니, 거기에 우물 정(井) 자가 쐬어 있더라지. 용감한 우리 미인 아주머니, 자리 털고 일어나 길 건너 버드나무 아래 있는 우물 앞까지 안내하고 돌아오셨것다. 이것 말고도 이야기는 많은데 중공군들하고 보낸 며칠 얘기는 어느 하 세월에 털어놓고 가게 될는지……

우리는 다 늦게 다리 끊어져 고무배에 얹어놓은, 출렁거리는 가교(假橋) 위로 달구지 끌고 강을 건너, 과천에서 미군의 착오로 기총소사 당해 혼마저 빠진 데다가, 대로(국도)는 후퇴하는 군인들에게 빼앗겨[17] 남태령 곱은재에서 일행이 다리가 부러지는 그 낭패를 봐가며 오르내린 천신만고 끝에 학의리에서 불안한 몇 달을 보내고 초봄에 국군이 다시 들어와 화성군 팔탄면 구장리(舊場里)라는, 발안장(場)이 7마장[18]쯤 떨어진 곳의 박씨 집성촌에 다다랐다. 동촌이 건너다보이는 서촌(西村)에 피난 보따리를 풀었다. 우리 동생할머니는 게서, 9월 보름 생신 잡숫고, 그 저녁을 못 넘기고 돌아가시고 말았다. 큰어머니는 '생신 잡숫고 돌아가시는 분은 제명에 가시는 거'라며 슬퍼도 아니하셨다. 할머니가 돌아가시자 동네에서는 그래도 종씨(宗氏)라고 동네 상여 쓰라는데도 큰아버지는 신세 지기 싫다시며 날 어둡건 들것에 모시겠다고 하셨다. 사촌 형과 나는 그 말씀 받들어 낫 들고 야산에 올라 오리나무 두어 그루

17) 전략상 차량 통행이 원활해야 하므로 피난민은 국도를 양보하고 구도(옛길)를 이용하래서.
18) 현재 지도상으로는 약 4킬로미터, 10마장이겠으나 당시 거리 감각으로는 7마장으로 인식되었던 듯.

조겨, 가지 쳐버리고 한데 얽어 한끝씩 메고 내려오던 길에 논두렁에서 서슬 퍼런 산 임자를 만났다.

"벌건 대낮에 여기가 어디라고 생나무를 지고 내려오느냐?" 소리를 벽력같이 지르려는 걸, 내가 앞질러 울음부터 쏟아놓으니, 하 기가 찬 산림감수 한다는 소리,

"대체 불도 붙지 않을 그 생나문 어디다 쓸라구 베어내느냐?"

나는 울면서,

"돌아가신 우리 동생할머니 운구(運柩)할 들것체로 쓰려구요……"
하니,

"어여 갖고 내려가거라, 쯧쯧쯧……"

하며 보내주었다.

그렇게 해서 동네 공동묘지에 모셨더랬는데, 할머니를 구장리에 모신 뒤(음력 9월 보름, 홍대를 지고 달을 보며 영구를 따랐었지), 그 겨울을 게서 나고 초봄에 대처라고, 수원으로 나와 용두각이 내려다보고 있는 방화수류정 앞에 약국 터 얻어 자리를 잡았다. 공애당약방이란 이름은 한 가지 공(共)자가 재물이 가운데로 빠지는 글자라 장삿속으론 젬병이라며 다른 이름을 주어 그날로 역사 깊은 '공애당약방'은 세상을 하직했다. 그게 다 용하다는 '문관사니'에게 바친 두둑한 복채에서 나온 거렷다! 아무려나 게서 자리 잡고 한 이태 지나서 할머니 모신 곳을 찾았더니만, 큰물이 나 그 사태로 할머니 봉분 있던 자리 일대가 가뭇도 없이 사라지고 없었다. 평화 시대 오면 우이동 선산 할아버지 곁에 면례해드린다 약속을 했는데 불쌍한 우리 할머니 어디 가 찾을 손가.

그 할머니가 조고리 앞섶에 작은 비밀 주머니 다시고, 고 속에 고이 간직하는 골무만 한 빛바랜 사진이 하나 있었다. 빠질 대로 다 빠져 빗을 것도 없는 머리 물 발라 곱게 빗어 조막만 한 쪽 찌시고 양지짝에 해 바라기하며 앞섶 헤쳐 꺼내 드는, 발이 굵은 베헝겊에 제사상 신주 모

시듯 싸여 있는 사진이란 것이, 마흔여덟 상여꾼이 멘 덩처럼 큰 상여에다 뒤따르는 만장이 수십 개는 실히 되는, 나라님 행차처럼 굉장치도 않은 운구 행렬이었다. 사진은 다름 아니라 바로 구보 박태원의 선친 박용환의 운구 행렬을 찍은 것이었다. 나는 예배당에서 고별 예배를 드렸다니 꽃상여 같은 지붕을 인 신식 상여 자동차(영구차)겠지 했는데 덩 같은 상여였다. 할머니는 얼마나 부러우셨으면 그 사진 가슴에 고이 안고 여생을 사시는 동안, 나 죽으면 얼마나 대단한 상여를 쓸 건가 큰아들 진원이도 바라보고 둘째아들 태원이 얼굴도 바라보면서 얼마나 혼자 생각이 많으셨을까. 그런데 손주들이 베어온 바지랑대 같은 것에 거적 쳐매 들것 만들어 옮겼으니, 그러고도 고 작은 시신(屍身) 길이 보존조차 못 했으니, 자손된 도리로 이만한 불효가 또 어디 있을까 싶다.

「소설가 구보씨의 일일」을 쓴 소설가 구보, 생시에는 자기 행복 차후로 미루고 장가부터 가 어머님 행복하게 해드린 줄 알았겠지만 임종도 못 지키고 종내는 저도 혼자 가버렸구나.

중공군이 쳐내려온대서 남으로 향해 피난을 가다가, 피난 행렬이 너무 더뎌, 그만 중공군이 우릴 앞서 가게 되니, 중공군 따라갈 일 없는 우린 앞서 말했듯, 청계산이 가까운 학의리 이장집에 주저앉았는데, 입은 많고 식량은 구할 데가 없어 얼마 동안은 1일 1식을 하며 연명했다. 그땐 스무 식구도 넘었지, 아마. 그러다 준 게 열여섯, 그리곤 그 이듬해 아이 연년생으로 여덟이 있는 양약국집의 열 식구가 됐지.

내가 수원 피난 시절에 광교산에 올라가, 땔나무를 하면서 결심을 한 것은, 평화 시대가 오면(그땐 막연히 평화 시대가 오게 되면, 우리 식구 모두가 다시 옛날처럼 모여 살게 되는 걸로 생각을 했던가?) '다신 반찬 투정 안 하겠다'였다. 그렇지만 밥은 밥하는 누나한테 고봉으로 퍼달래야지 하고, 김이 모락모락 오르는, 고봉으로 담긴 하얀 쌀밥을 그리고 또 그렸다. 그러나 그 당시는 호밀에 '알랑미' 배급도 드문드문 나오곤 했는데 삼시 세끼도 아니고 얼마 동안은 1일 1식으로 버텨야 했다.

먹을 것이라곤 꽁보리밥은커녕 밀기울이니, 콩버무리 따위가 전부였다. 콩버무리란 떡도 아닌 것이, 어쩌다 콩 한 말 팔아오면(비단이나 약, 뭐 그런 걸 주고), 먹게 되는 별식이었다. 가마솥에 콩을 볶다가 다 볶아지면 밀가루를 풀어 끼얹어 양철 '다라'에 빤빤하게 펴서, 큰 칼에 물기 묻혀 부채꼴로 열여섯 조각을 내는데(요새 피자 나눠 먹을 때처럼), 서른 두 개의 눈이 콩버무리 위로 어른거렸다. 아무리 어른이고 대주(大主)라 해도 더 먹는 일이 없던 그때는, 우리 큰어머니 주장대로, "없는 집 애들은 배창주도 늘어나 어른 애 할 것 없이 죽 한 그릇 밥 한 사발 언제나 납붓해 그저 굶어 죽은 귀신에게 칭원 듣지 않으려면 밥주걱 쥔 년이 똑같이 분배"해야 한다고 하셨다. 그런데 그 넓은 양철 다라 한 복판에 밴병두리를 엎었다가, 1일 1식 한 덩어리씩 콩버무리 나눈 뒤에, 밴병두리 안엣 것 둘로 갈라 베보자기에 싼 것이 나와 사촌 형 몫이었던 이유는, 우리 둘은 땔나무 하러 불발탄 천지인 산을 타야 하기 때문이었다.

배는 주려도 방은 뜨수해야 한다고, 무엇보다 물배라도 채우려면 가마솥에 물은 항상 끓고 있어야 간장 탄 물 한 대접씩이라도 마시고 허길 달랠 수 있었다. 그러다가 호밀도 먹어보고, 나중에는 들깻묵에 도토리묵 찌끼라든가 뭐라든가도 먹어봤다. 워낙 허기만 달랬지 항상 주려 있다 보니 어쩌다 배를 불린 날 뒷간 가서 혼이 났던 생각이 난다. 동네 대장간에 가서 풀무를 불어주고 쌀밥을 얻어먹은 날이었다. 팔뚝 굵고 입 크고 입들 건 일꾼들 틈에 끼어 나도 일꾼이라고 점심 한 끼로 이밥(쌀밥) 고봉으로 얻어먹은 적이 있었는데, 그 차지고 숟가락에 착착 감기는 흰쌀밥 본 지가 언제였던지 그저 황송하고 고맙기만 했다. 한데 초저녁부터 속이 거북하더니 곧 배 속에서 대동아전쟁이 일어난 거라,

밤새도록 뒷간 출입만 했던 기억을 되새기니 쓴웃음이 난다. 늘 숟가락
위에서 홀홀 헤지는 잡곡밥만 들어갔던 창자에 차지디 차진 쌀밥이 들
어가놓으니 배가 그만 놀라서 그랬겠지. 밤새도록 들락날락 뒷간 출입
만 하다 늘어져버려, 이튿날은 그만 쌀밥 한 사발을 놓치고 말았다. 요
새 사람들은 이해들 하실라나? 화성군 팔탄면 구장리, 그곳 사람들은
하나같이 게가 '피난곳'이라고, 거기도 구길(舊道)이라 제법 큰 길인 데
도 중공군은 냄새도 못 맡았다는 동네— 그런 동네 대장간에서 풀무질
종일 하고 밥 한 끼 얻어먹었던 실화 한 토막이다.

　　수원으로 나가 피난 종합 국민학교를 졸업하고 수원중학에 들어갔을
때였다. 나는 서울말을 쓴다고 뽑힌 '웅변부'에서 두각을 나타냈는데,
　　"이 어찌 통탄할 바가 아니겠습니까!"
　　하고 기를 쓰고 소리를 내지르며 손바닥이 얼얼하도록 책상을 두 손
으로 두드리면 기립 박수가 나오고, 그러고 나면 나는 곧잘 우승배를
거머쥐었다. 그때는 도(道) 대회여서, 전에 한 번은 하루 전에 서울로
올라와 국어 선생님과 함께 여관방에서 묵기도 했지만, 이번에는 어머
니도 나오셔서 이화동 집에 와 자는데, 그간 햇수로 근 3년을 웅변을 해
수원서는 모르는 애들이 없고, 전국 대회서도 서너 번 한 아름이나 되
는 큰 은컵(銀盃)을, 안호상 문교부 장관, 이호 법무부 장관, 그리고 이
익흥 내무부 장관[19] 들에게서 받았었다.
　　아마 먼저 서울로 올라온 누나 소영과 동생 재영이가 그 일들을 어
머니께 자랑(?)을 했던 모양으로, 궁금해하시던 어머니가 원고를 좀 보
자시기에 부끄러운 생각에 좀은 내키질 않았지만 보여드렸다. 8분 원고

---

19) 아직 경기도지사를 지내던 때였던지, 이미 '시원하시겠습니다, 각하' 소리가 나온 후 내무장관 때
　　였던지.

니 장수가 꽤는 되는데, 어머니는 뒤로 읽어갈수록 표정이 일그러지셨다. 다소 놀라면서도 어머니가 그러시는 덴 이유가 있어서라고 나대로 깊은 생각에 빠졌다.

당시의 시대상으로 봐서는, '빨갱이'를 증오하는 감정이 극도로 팽배해 있던 전후였으므로, 하다못해 식목일이나 학생의 날 기념 웅변 원고도, '멸공'이나 '북진 통일'을 넣지 않고는 청중의 박수를 유도할 수 없는 때였다. 내 원고는 트로피를 받을 정도였으니 스피치는 차치하고라도 그 내용의 수위가 어머니에게는 무리였던 모양이다.

"이런 내용들로 그 많은 상을 탔구나……" 하던 말씀이 걸려, 결국 그때 그 일을 빌미로 나는 웅변을 그만둬버렸다. 그 당시엔 시국이 시국인지라 웅변대회도 많았고, 나가면 일등을 해서 줄곧 수업료 면제의 특혜를 받을 수 있었던 데다 학교에서 컵 대신 부상을 주기도 했는데 그것들을 다 포기해야만 했다.

그러고서는, 어머니가 여맹에 가입한 것은 아버지의 종군작가 차출을 어떻게든 줄여보려는 심정에서 멋모르고 한 일인데도 불구하고 저토록이나 정짜배기(진성 당원, 열성분자)로 만들어놓질 않았던가, 그렇게 당했던 모진 일들과 나중에 보게 된 어머니 어깻죽지에 벽돌짝만 한 푸른 멍이 일종의 정신적 외상이 되어 매사 어느 쪽에 치우치는 걸 조심하게 되는 의식을 갖게 만들었을지도 모른다는 생각을 해보았다. 어머니를 한동안 수양동생이네, 또 그 아주머니의 수양동생이네 하고 집에 자주 오던, 당시 전역을 한 지 얼마 안 됐다는 해군도 나는 색안경을 끼고 바라본 적이 있었다.

하지만 그런 건 나만의 생각이었을 뿐, 내가 아는 우리 어머니는 그냥 그런대로 그런 거 모르는 분이셨다. 집행유예로 풀려나 한 달에 한 번씩 인사(?)를 받는 일도 운명으로 웃으며 받아들이시던 걸 보면, 모든 일이 천재지변처럼 자신의 힘으로서는 불가항력적이었다 치부를 하셨던 듯하다. 자신에게 내려진 형벌마저 숙명으로 받아들이듯 그리도 양처럼 온순하셨던 우리 어머니였다.

내 치기 어린 상념은, 저 지워질 줄 모르는 전쟁의 상흔처럼 그렇게 소리 없이 아우성을 쳐대는 시퍼런 멍에 오래도록 머물렀다. 『수호전』에서 시진이 면한 '살위봉'이 저럴까 해가면서 도대체 어떻게 생긴 매길래 저리도 가실 줄 모르게 흔적을 남길 수 있었는지 분해하기도 여러 날. 천형인 양 남아버린 우리 어머니의 상처처럼 전쟁은 그렇게 푸르스름한 기억을 가슴속 깊이도 새겨놓고 가버렸다.

3부
그리고,
삶은
계속된다

1장

—

낯선 삶을 견디며

월북 당시의 정황

앞서 말한 바와 같이 아버지는 1950년 9월 22일에 '남조선문학가동맹 평양시찰단'의 일원(?)으로 북행했다. 여기서 필자가 일원(一員)이란 데다 괄호를 열고 물음표를 찍은 이유는 내 눈으로 본 것이라곤 집을 나서시던 날 아버지의 모습뿐이고 나중에 아버지와 함께 북행길에 올랐다는 사람[1]의 증언으로 미루어 '시찰단원'들이 한데 모여 올라갔을 거란 짐작만 가지고 있기 때문이다.

'평양시찰단' 이전에 이와 비슷한 성격의 일이 하나 있었다. 글 쓰는 일밖에는 모르던 상허가 해방 후 소련의 초청을 받고는 뭣도 모르고 따라나서서 두 달 동안 그곳의 문화 시설을 두루 살피고 돌아온 것이다. 그는 당시 체험을 기행문으로 작성해 백양당에서 책으로 냈는데, 이러한 집필 유도와 출판의 일단에는 특별한 의도가 깔려 있었다. 즉, 상허의 기행문을 묶은 책은 소비에트 연방의 예술계를 돌아보고 그쪽 체제를 찬양한 것으로, 상당한 선전 효과를 거두었던 것이다. 미군정기에 그러한 책이 남에서 발간되자 장안에서 물의를 일으켜 성북동 상허의 자

---

1) 어머니가 면회한 대남공작원으로, 남에 내려왔다가 체포돼 무기수가 된 이.

택으로 기관원이 들이닥치기에 이르렀다. 그러나 당시 상허는 이미 솔가하여 북으로 올라간 뒤였다. 필자는 상허의 소련행과 같은 맥락에서 아버지의 평양행을 생각했다. 또 삼촌 박문원이 미술가동맹 대표로 동행을 했다 하는데, 삼촌의 과거 남쪽에서의 행적을 감안하면 과연 그랬으리라 고개를 주억거리게 되니, '시찰단'이라고 적어도 무리가 없을 것이다.

부친의 작품을 읽으면 어떤 경우는 어이없을 정도로 허무맹랑한 일도 잘 지어내는 재주를 지닌 천생 작가라 할 분도 있겠다. 그러나 실은 부친처럼 매사에 고지식하신 분도 없어, 그와 가까이 지내는 분들, 특히나 제일고보 동창들 사이에서는 본 적 들은 적 없는 말은 못 하는 위인이라고 정평이 나 있었다. 이러한 구보의 기질이 평양시찰단에 뽑히게 된 이유 중 하나라고 볼 수도 있겠는데, 구보가 현지의 사정을 보고 와서 이남에 있는 동료 작가들에게 이야기를 한다면, 대부분이 의심 없이 믿으리라는 계산이 있었지 않나 하는 것이다.

한편, 여기서 짚고 넘어가야 할 일이 하나 있다. 『내가 만난 북녘 사람들』(홍정자, 코리아미디어, 2005)에는 나와 부친의 이야기가 실려 있는데, 저자를 알긴 알아도 서로 대면을 했거나 전화로라도 인터뷰를 한 적은 없다. 그런데 창작을 했는지 어디서 허황된 소리를 듣고 쓴 건지 부친이나 내가 하지 않은 일들이 기록돼 있는 것이다. 부친의 수기 비슷한 글과 『갑오농민전쟁』 셋째 권 말미에 권영희 여사의 말을 토대로 해서 만든 글인 듯한데, 생뚱맞은 소리가 많이 섞여 있어 도저히 마음 놓고 옮길 수가 없다. 그러나 말을 꺼낸 마당이니 조금만 옮겨보자면, "그러던 어느 날이었다. 미술인인 아우 박문원 씨와 함께 북한에서 두 장의 초청장이 날아온 것이다. 두 형제는 월북을 결심, 북행길에 올랐다 [……]"와 같은 문장이 있는데, 이는 아무래도 좀더 신중히 사실 관계를 확인하고 썼어야 하지 않았나 싶다.

그런가 하면 1990년 9월 모일 자 서울의 유수한 모 일간지에 나의 북한 방문 기사가 났는데, 나를 인터뷰한 것처럼 작성돼 있었다. 그러나 나는 방북 뒤 곧장 미국으로 돌아와 서울엔 언제 방문할까 나대로 궁리를 하던 중이었는데…… 그래서 『삼국지』 출간기념회 참석차 왔던 2008년인가 구보 탄생 백 주년 때문에 왔던 2009년인가, 새로 지었다는 그 신문사 구경도 하고(정음사 있을 때 자주 드나들던 데라서) 그 기자 양반 한번 만나 뵐까도 했었는데 바빠서 기회를 놓치고 말았다.

1957년, 가을도 깊어 아침저녁으론 제법 쌀쌀하던 어느 날, 어머니는 두근거리는 가슴을 붙안고 고교 2학년생인 나를 데리고 서대문형무소로 '박 아무개'라는 기결수를 면회하러 갔던 일이 있었다. 장기수에 사상범으로 수감된 그 사람은, 어머니의 진외가 쪽 침모[2]의 아들로서, 아버지의 소식을 안다기에 우리가 형무소 걸음을 하게 된 것이다. 가보니 나는 들어갈 수가 없고, 어머니만 들어가셨다가 점심때가 지나서야 만나고 나오셨다. 어머니 말씀으론 그 사람이 아버지가 평양 가실 때 같은 트럭을 타고 갔던 모양으로, 이동 중에 술들을 자셨나 보다. 술잔을 든 채로 하염없이 눈물을 흘리시기에, 이런저런 말로 취하셨나 보다고 해도 말을 물고 눈물만 지으시더란다. 그래 자기가 버릇없이 마구 윽박지르면서, 누님[3]이 아이들 데리고 곧 따라올 텐데, 무엇이 걱정이 돼 울긴 왜 우시느냐고 핀잔을 줬다는 얘기다. 여기서 내가 했던 생

---

2) 몇 번 외할머니를 모시고 집에도 찾아왔던 두 눈이 쌍꺼풀이 져 놀란 토끼 같은 가무잡잡한 그런 할머니로, 아들이 의용군으로 북에 갔다더니 아마 남파되어 넘어왔다가 잡힌 모양. 이 할머니가 침모라곤 잘 믿기지 않는 것이, 체수에 어울리지 않게시리 행동거지가 괄괄한 데다 한여름 대청에 앉아 치마나 뭐 그런 넓은 거 세차게 잘 대릴 그런 분으로, 인두로 동정이나 앞섶 끝동을 요 각도 조 각도로 맵시 있게 다릴 것 같인 안 생겼던데…… 제일에 늘그막에 횟배나 뭐 속앓이 때문에 배운 것 같진 않은 궐련 태우시는 것에 술 드시는 걸 보면.

3) 모친이 침모였다고는 하나 워낙 우리 외할머니를 친 형님처럼 모셨기에 그 아들로서 우리 어머니를 누님이라 불렀나 보다. 정작 나이를 따지자면 저 아래 막냇동생뻘도 될까 말까 할 만큼 까마득히 아래였다.

각은, 그 사람이 그렇게 예술인들 싣고 북으로 가는 트럭 가까리(담당)였었는지 어쨌는지는 모르겠으나, 휴전이 되기까지 고생도 숱해 했을 테고, 간첩으로 잡혀서 되게 당해 기억력이 왔다 갔다 했을 수도 있다는 것이었다. 무슨 얘기냐면, 그와 아버지가 탄 트럭은 남쪽에서 치받아 쫓겨가는 형국도 아니요, 거기 탄 사람들 중엔 모르긴 해도 최소한 문원 삼촌이 옆에 있었겠는데, 형님이 술을 들며 하염없이 눈물을 흘리고 있고, 웬 젊은 사람이 옆에서 자기 형님을 윽박지르고 있었다면, 아무리 부처님 가운데 토막 같은 우리 삼촌이라도 가만히 있었을 리는 없었을 것이란 말이다. 게다가 '누님이 곧 아이들 데리고 올라오실 거'라는 게 씨가 먹히지 않는 소리인 것이, 당시는 유엔군의 인천상륙작전이 있을 것조차 모를 때이기 때문이다. 그러고 보면 그 사람이 아버지와 같은 트럭을 탄 게 아니었거나, 후에 어디서 들은 소리 가지고 지어낸 말일지도 모른단 생각을 했다. 그렇지만, 어머니로선 늘상 애면글면 아버지를 그리며 세월을 낚고 있는 처지라는 데 생각을 멈추니, 사실이 어떻건 살아 있다는 소식과 가족을, 무엇보다 당신을 생각하며 눈물을 흘리셨다는 소리에 그로써 온 보람을 느낄 수도 있겠다 싶었다. 그래서 나는 어머니의 말을 들으며 아주 심각한 척 고개만 직수그리고 있었다. 그 후 그 사람을 내가 한번 만날 기회가 있을라나 마음해보다가 그냥 잊고, 어머니처럼 나도 그렇게, 그가 전했단 말을 사실로 받아들이기로 했다. 연줄연줄로 먼 친척뻘이래도 수긍이 갈 처지라면, 알고 있는 것, 들은 것 전할 수도 있는 일이고, 모처럼 모친이 면회를 왔다가 얘기가 나와 생사라도 들을 수 있었다면, 직접 만나는 것도 고마운 일이라 생각할 수 있는 계제이니, 그 문제는 나로서도 거기서 일단락을 짓고 말았던 게 사실이다.

　　아버지가 트럭을 타고 가셨다니 생각나는 게 있다. 난리 전에, 물론 성북동으로 이사를 한 뒤인데, 서울신문사로 기억을 하니 「임진왜란」[4]
을 연재하고 있을 때인지 끝이 났을(중단을 했던) 땐지, 아무튼 지금은
국립수목원인가 뭔가로 이름이 바뀐 경기도 광릉의, 세계에서 우리나
라에만 산다는 '크낙새', '따악따악' 하고 나무를 쪼는 딱따구리가 있다
는 곳으로 바람을 쐬러 가자시기에 따라나섰는데, 트럭 짐칸에 올라보
니 그게 아니고 수십 명이 석 대의 트럭을 나눠 타고 떠나는 신문사 야
유회 정도가 되는 규모에다 애라곤 나 하나뿐인 듯해서 멋모르고 따라
나선 일이 여간만 후회가 되는 게 아니었다.

　좌우간 그때 그 털럭거리는 트럭 짐칸, 그것도 뒤쪽으로 맨 구석에
앉아 한 팔을 모서리에 걸고, 왼손엔 찰찰 넘치게 따라준 소주잔을 드
시고, 얼른 한 모금이라도 마시면 잔이 곯아 흘리지는 않으시련만, 무
슨 얘기가 그리 많으신지, 이미 취해버린 동료 두어 분을 향해 하는 이
야기가 끝이 없는 데다가, 그때만 해도 아스팔트길이란 문안에서나 보
던 때이니 광릉길이야 울퉁불퉁에다 웬 호방(허방)은 그리 많은지, 트
럭은 태질을 하지, 자리는 맨 꽁무니지, 먼지는 해방 후 미군들이 이 잡
는 약 디디티를 얼굴이고 어디고 가리지 않고 뿌려대듯이 구름처럼 달
려들지, 도무지 경황이 없었는데도 언제 그렇게 연습을 잘 해두셨는지,
찰찰 넘치는 소주잔의 술을 단 한 방울도 흘리는 일 없이, 트럭이 춤을
출 때마다 술잔을 든 팔은 점점 더 높아지며 그때마다 평형을 유지하시
느라 어깨춤을 너울너울 추시는데, 옆 사람들 눈엔 불안기가 가득 이루
말할 수가 없는데도, 아버지는 전혀 아랑곳없이 하던 얘기를 계속하시

---

4) 『서울신문』에 연재됐던 「임진왜란」은 1948년 1월 4일부터 동년 12월 14일까지 전 273회를 연재하
　다 중단을 한 신문연재 역사소설로 몇몇 평론가들의 평을 보니, 필자가 자료는 많이 조사를 해 정히
　사료로서도 손색이 없는 그런 작품을 써보려는 의도가 역력해 독자들의 흥미에 관심을 두지 않는 듯
　하단 소리도 있고, 자료의 고갈로 준비가 충분히 되질 않아 끝을 맺질 못했다 했는데, 난 아직 어렸
　을 때라 자세한 건 모르겠으나, 어쨌건 저들이 6·28에 내려와 사상검증(?)을 할 때 이 소설 게재 문
　제로도 시일을 끌었던 걸로 알고 있다.

는 솜씨란 그야말로 서커스 구경 저리 가란데, 당신은 그땐 뭬 그리 즐거우셨는지…… 그런데 북으로 가실 땐 그렇게 흥에 겨워 가신 게 아니라 울면서 가셨구나…… 얼마를 그런 생각을 하며 살다 지쳐서 아주 잊어버리고, 그러면서 또 얼마를 살았다.

광릉수목원 입구 그 장중한 나무들이 길 옆에 줄느런히 서 있는 데 비해 너무도 협소한 실내에 들어가, 까마귀보다는 좀은 날렵하게 생기고 몸집이 작은, 박제된 새가 통나무 토막에 달라붙어 있던 장면이 종종 떠오른다―부리가 뾰죽했던가…… 이제 얘긴데, 여기 미국에 와서 살아보니 뒤뜰 상수리나무 숲에 날아드는 우드패커(딱따구리)는 종류도 서너 가지는 되는 데다, 벌레 찾는 소리도 제각각이어 늘그막에 광릉 생각을 가끔 하게 된다.

아버지는 휴전이 되기까지 근 3년 동안을 소좌 견장의 군관복을 입고 종군작가로서, 개성과 금강산을 잇는 전선에서 한 치의 땅이라도 더 차지하려는 남북의 치열한 공방전이 이태를 끌 동안 전선을 누비다가, 전사자들의 시체더미 속에서, 막판에 의용군으로 참전을 한 장조카(큰댁의 맏아들 상건)도 찾아내 구사일생으로 살려냈는가 하면, 이런저런 실화처럼은 들리지 않을 에피소드도 만들어내 가며 3년을 보냈다고 들었다. 그 부실한 눈에 그 깡마른 몸(6척, 180센티미터 장신의 아버진 당신의 몸무게가 늘 16관, 60킬로그램쯤 되셨으면 하셨지)을 해가지고……

그 길다면 긴 세월을 그 부실한 눈과 몸으로 용케 견뎌내어, 상한 데 없이 군복을 벗게 된 구보, 스스로도 얼마나 대견했을 거며 무엇보다 그를 지켜준 벗들 ㅇ씨와 ㅅ씨에게 얼마나 고마워했을까. 내가 생각하기에 ㅇ씨는 나중에 유명한 작곡가가 된 ㅎ씨[5]처럼, 1929년 발표한 두

5) 문득 떠오르는 유명한 작곡가 ㅎ씨는 단편 하나 썼다가 구보에게 혼이 났던 분으로, 그 일로 하여 딴

어 작품으로 젊은 구보에게 모욕에 가까운 평을 듣고는 다신 소설에는 손을 대지 않은 극작가였고, 나이도 훨씬 위였는데(6, 7년 연상), 그 후에도 북에 갔을 때 들은 바로는 여러 모로 부친을 감싸준 은인이었단다. 그분 말고 일찍이 정계에 진출한 ㅅ씨는(ㅇ씨도 후에 두 번이나 최고인민회의 대의원까지 지낸 분이다), 종군작가 시절에 체수에 어울리지 않는 중좌 계급장을 달아, 외모에 비해 높은 계급이 어울리지 않는다며[6] 여러 차례 검문을 당하는 등 수모도 받곤 했다지만, 역시 연약하게 마른 구보를 보호령처럼 잘 지켜준, 구보뿐 아니라 우리에게도(?) 은인이었지 않았나 생각하고 있다. 세월이 흘러 그야말로 '평화 시대'가 와 혹 그분들 후손이라도 만난담 어떤 감회에 젖어야 할까도 생각해봤다— 참 내가 생각해도 난 한심한 데가 많은 위인이다. 남북으로 제 일가붙이도 많은 데다 그도 잘 건사를 못 하는 주제에……

　더 들은 얘기로 ㅇ씨는 참으로 고마운 분인 게, 휴전이 되자 이분은 항일 유격대 격전지 탐사 작업에 종사하게 되었다더니, 그 이후로는 동남아 각국의 친선 사절로도 해외여행을 다니다가, 북경에서 발간된 모종강본 『삼국연의』도 구해다 주며, 남에서 하다가 만 『삼국지』 번역이라도 틈 있을 때(아마 구보가 6개월 집필 금지를 당했던 때였는지 그 전이었는지……) 해보라던 은인 같은 전우(戰友)였지 않았나 해, 나로 하여금 고마움에 머리가 수그러지게 만들던 사람 중 하나가 되어버렸다(새어머니에게서 들은, 새어머니도 들은 대로 옮긴 말—두 집이 합치기 전 이야기일

생각 안 하고 음악에 전념을 해 우리나라에서 저명한 작곡가로 추앙을 받게 되었지 않았나 하는 생각도 해봤다. 한데 언젠가 우연히 음악에 아주 조예가 깊은 의사 한 분을 만났는데, 그분은 구보가 아니라 자기가 ㅎ씨를 음악에만 전념하게 했다고 말하데……

6) 내가 알기론 곱상한 얼굴에 하관이 좀 빠르고, 자그마한 재사형이랄까, 얼굴에 점이 좀 많다고 들었나, 어쨌나…… 다른 한 분 ㅇ씨는 오만 군데를 뒤지고 후벼 사진을 찾아내 보니, 역시 내가 막연하게나마 상상을 했던 대로, '함경도 아바이'처럼 걸대도 그만하면 남자로서 크고 곧은 게, 마침 로스케 군인들 '맥시코우트' 입으면 군화 코만 겨우 보일까 말까 한, 기장이 긴 외투를, 깃을 세워 입은 데다 털벙거지까지 잡순 모습이었다.

터이니……).

어찌 되었건 구보의 울타리 노릇을 든든히 해준 분들 덕에 그 모진
풍파(세 번에 걸친 대대적인 남한 문인들에 대한 숙청 사업)에도 큰 제재를
받는 일 없이 구보가 작품 활동을 해나갈 수 있었던 건 우연이나 행운
(?)만은 결코 아닐 것이다. 역시 인생이란 필설(筆舌)로 운위할 그런 것
의 훨씬 우위에 있는, 차원을 달리하는 무엇인 것 같다. 그것이 무엇이
든 간에 어느 사회에서나 일어나니 인정은 해야 할 것 같지 않은가? 어
른들 말씀에, '사람 사는 덴 다 마찬가지'라고 하니까……

죽마고우의 아내와 재혼하다

1956년 코스모스 필 때, 구보는 사변 중
북행길에서 사라져버린 죽마고우 '태양이' 정인택의 아내, 권영희 여사
와 재혼을 했다.

1990년 방북 때 새어머니에게 6·25 당시의 그 댁 사정을 물었더니,
역시나……, 듣고 보니 내가 생각했던 대로였다. 정인택 선생은, 북에
서 진작에 처리가 끝난 친일 문제도 아마 묵직하게 걸려 있었을 테고(기
록에 나타난 일들만을 보아도 대동아전쟁 말기 한참 때 정 선생의 행적에 대해
기술된 것을 보면 이견이 별로 없을 듯), 그래서 인공 때(서울에서의 90일간)
는 아버지보다 더, 아주 오래 조사를 받았던 것으로 알고 있다.

아무려나, 부인과 두 딸은, 우리처럼 9·28 서울 수복 직전에 통기를
받고는, 우리처럼 엄두를 못 내거나 하는 일 없이 서둘러 북으로 갔으
나,[7] 정작 먼저 올라가 있어야 할 양반이 기다리고 기다려도 영영 나타

---

7) 그 집은 식구가 단출한 데다. 큰애 태선은 열한 살이니 곧잘 걸을 수 있었을 테고, 둘째 딸 태은이는
돌도 지나지 않은 갓난쟁이였다고는 하나 건장하신 우리 새어머니야 한창 나이였으니 갓난쟁이 업
고 횡허니 잘 올라가셨던 듯하다.

나지를 않았단다. 하기야, 난리 통에 이런 분들 어디 한둘인가? 그래 결국 여사 께서는 6년을 기다리다 아 버지와 합치게 된 것이다.

여기에 그 세세한 사연 을 대신할 만한 자료가 있 어 옮긴다. 새어머니 권영 희 여사가 내가 방북했던 이듬해에 보낸 편지다.

북의 새어머니 권영희 여사로부터의 편지 겉봉들.

일영이 보라구

온 가족이 다 무고한가? 우리는 그동안 식구가 하나 늘었소. 내 부 담이 더해진 셈이지. 식은 그저 간단히 소박하게 했소 까치까치끼린걸 뭐……

나는 일영이가 가져다 준 약으로 일시 소강을 회복한 듯하더니 최근 도로 후퇴하는 감이 있소.

그래 내 인생을 총화하기에 앞서 박태원과의 30여 년 생활을 처음부터 헤쳐보기로 하고 덮었던 뚜껑을 열었소.

그리고 지난 11월 초부터는 심장이 더 나빠져서 병원에서는 절대 안정 하라 하고 또 행동하기도 어려워 누워 있으니 자연 생각이 많아지오그려.

나는 1956년 10월 어느 날 딸(설영)을 앞세우고, 아니 정확히 말하면 딸애의 손에 이끌리어 온 박태원의 방문을 받았소.

이전부터 알기도 하거니와 선이 아버지의 막역한 친우인 그의 방문은 나를 더없이 기쁘게 하였소.

나는 그때 음악 대학 전문부(그 당시는 종합 예술 학교)에서 알지도 못

그리고, 삶은 계속된다

하는 해부 생리라는 왕청 같은 강의를 하며, 폐허 우에 지은 조꼬만 집이었으나 유리 한 장의 뙤창문으로는 햇빛이 밝게 비쳐들고 그 작은 창에는 창가림이 드리워진, 마치 동화에서 나오는 그런 집에서 선이 형제를 데리고 조촐히 살고 있었소.

점심 식사가 끝나자 설영이는 곧 태선이를 만나러 나가고(우리 집은 학교 구내에 있었다) 아버지는 말없이 안경만 끼었다 벗었다 하다가 문득 이런 말을 하더군.

"부인! 우리 두 가정을 한데 합치면 어떨까요?"

뜻밖의 이런 질문에 나는 대답을 못 하는데 그는 자리를 고쳐 앉으며 정색을 하고 이렇게 말하더군,

"솔직히 말씀하면 저는 지금 활자 두 자만을 인정하는 눈으로 일을 하고 있습니다."

하고 잠시 동안을 두었다가,

"그리고 또 아이들을 데리고 고생 하시는 부인을 그저 보고만 있을 수도 없지 않습니까?"

하더니 대답을 독촉하더군. 나는,

"말씀의 뜻은 알겠습니다. 그러나 나에게는 다 큰 선이도 있어서……"

하자 그는 싱그레 웃더니,

"선이는 설영이가 만나 이미 설복했을 겁니다."

하고 나서, 설영이가 돌아오자 나에게 생각할 시간을 주고 떠나갔소.

그리고 며칠이 지난 어느 날 이번에는 아우 박문원 삼촌의 손에 이끌리어 두번째의 방문이 있었소. 나는 생각했소. 어떤 의미에서건 나를 자기의 방조자로 선택해준 그 믿음이 고맙기도 하려니와 그처럼 자존이 강한 그가 나를 찾아와 생활을 합치자는 제의를 하기에 이른 그의 처지가 나의 가슴을 쳤소. 그때 그의 처지는 말할 수 없이 아주 어려운 때였소. 여러모로 말이요. 그 후 나는 결심을 굳히고 직장에 사표를 내고 또 선이

의 기숙사 입사 수속을 끝낸 다음 해 지기를 기다려 마당에 한창 제철을 자랑하며 흐드러지게 피어 있는 코스모스 한 묶음을 꺾어 아이(은이)에게 안겨 앞세우고 아버지를 찾아갔소.

노크를 해도 반응이 없어 문을 열고 방 안으로 들어서며,

"계세요?"

하자, 불도 안 켠 캄캄한 방안 한구석 캉 우에 와불처럼 누워 있던 그는 굴러떨어지듯 캉에서 내리며 두 팔을 벌리고 소리나는 쪽을 향해 달려오며,

"오셨군요, 오셨군요, 고맙습니다, 고맙습니다."

하였소. 나는 그의 이 모습을 보자 웬일인지 눈물이 왈칵 솟아올랐소. 방 안에 불이 켜지자 이 광경을 빤히 올려다보고 있던 어린 은이가,

"아저씨 이거 꽃!"

하자 그는, 꽃다발을 아이에게서 받아들며,

"은이야, 아저씨가 아니라 아버지야. 너의 아버지."

하고 말하는데 그의 눈에는 이슬이 맺혀 있었소. 저 멀리에 두고 온 은영이를 생각하고 있기라도 하는지……

나의 눈에서도 뜨거운 것이 하염없이 흘러내렸소. 그러면서 생각하였소, 나의 손을 이토록 기다리는 사람이 있으니 나는 행복한 사람이라고…… 그리고 결심하기 잘 했다고. 이렇게 우리는 결합되었소. 그러면서도 한편 나는 근심스러웠소. 활자 두 자를 알아 볼 수 있다지만 이것마저 그의 시야에서 언제 사라질지도 모르는데 이 무식한 녀인이 과연 그를 도와줄 수 있을까, 불안한 가운데 시간이 흘러 2, 3개월이 지난 어느 날, 그는 문득 책 한 권을 내게 내밀며,

"이것을 좀 읽어보십시오."

하더군. 그 책은 일본 정부가 조선에 와 있던 령사 대사에게 보낸 훈령과 조선에 와 있던 대사 령사들이 저희 정부에 보낸 서한들이였소(아주

고투의 이른바 '소로분'이라는 것이지). 나는 별 생각 없이 읽어 내려가는데, 문득,

"됐다! 됐어!"

하며 환성을 올리더군. 그러더니 래일 당장 출장 증명서 수속하여 개성에 가자고 하였소. (개성 박물관에) 자료 작업이 필요한 모양이었소.

이렇게 되여 우리의 부부 생활, 아니 전우로서의 결합이 이루어졌소.

이때부터 우리의 생활은 참으로 파란만첩의 경로를 걷게 되오. 윤달이 둘이라도 못다 할 이야기를 이 혀끝이나 붓끝으로 어찌 다 형용할 수 있겠소. 옛말에 나오는 악전이 되여 신선의 술법을 배워 워싱톤에 날아가 회포를 나누어 보았으면 좋으련만……

일영이! 나는 꼭 아버지에 대한 이야기를 아들에게 해주어야 하오, 일종의 의무감을 가지고 말이요. 다른 것은 그만두고라도 시신경 위축으로 장님이 되고 게다가 정신착란, 뇌출혈로 반신불수, 다시 혈전에 의해 전신불수에 언어의 심한 장애. 그에게는 귀밖에 성한 것이 없었소. 병원에서도 기적이라고 하오. 이런 형편에서 그가 초인간적인 힘으로 일하였고, 또 천하에 둘도 없을 이런 불구의 안해가 바가지를 들고 남의 집 문전에 서지 않은 것은 우리 제도에서만 있을 수 있는 일일 겔세. 그러나 그의 그 무서운 어려움에 대해 어찌 무심할 수 있겠나. 그를 위해 내가 흘린 눈물이 동이로 하나라면 그가 나를 위로해서 해 준 소화(세계 笑話)[8]는 수천 수만을 헤아릴 거요.

쓰다가 보니 부피가 많아져 더 못쓰겠구료. 그만 쓰겠소. 이 이야기의 계속은 나의 수기로 이어질 게요만 꼭 만나야만 하겠는데 꼭 말이요. 오려면 비용이 많이 들겠지. 나는 금년 1년도 채울 것 같지 않은데…… 어찌할가.

8) 재밌는 이야기. 유머.

　북에서, 설영 누나는 대학 간다고 훌쩍 기숙사로 들어가고 싶어도 눈이 부실한 아버지가 마음에 걸리고, 정 선생님 댁으로 말하면, 가족(권 여사와 두 딸)은 무사히 올라왔는데 정작 허약해 빠진 선생이 운 나쁘게 북행길에 성공을 못한 케이스이니, 두 집은 각자의 결핍이 컸던 시기였다. 정 선생님 댁으로선 아무리 기다려도 오지 않는 이를 더 기다려본다는 일이 부질없는 일이었을 게고, 아버지 쪽 사정을 보면, 애저녁에 차편이 없이는 아이 다섯을 데리고 어머니가 북행길에 오른다는 건 어림도 없는 소리였던 데다가, 큰아이(맏딸 설영)가 뒤쫓아와, 혜산진에서 만나 전한 소식으로는, 정부가 1·4후퇴 중에 사상범(어머니)을, 고이 살려서 데리고 내려갔으리라고는 애시당초 기대할 수 없을 형편이었다. 어머니의 사정을 풍문에 들었대도 그냥 믿어버릴 세상인데, 감옥에서 그만 잘못들 되는 걸 보았다는 사람이 있다고도 했고 어찌어찌 알아본 결과, 잘못된 사람들 명단에 어머니의 이름이 있다는 얘기까지 들렸다던가. 홀가분하다면 어폐가 있겠으나, 그 말을 사실로 받아들인 지가 이미 여러 해 전이었다면. 그러고 보면, 양쪽 집이 합친다는 데 있어 그리들 마음에 부담을 느끼지는 않았으리라 생각해본다. 그러하기에 위의 서신이나 우리가 처음 상면을 했을 때도, 가족의 안부(어머니의)로 시작이 된 적이 없었고, 단 한 번이라서 남녘에 두고 온(?) 여인에 관해 언급을 한 일이 없었기에 나도 그러려니 말을 물고 있었다(물론 아버지 쪽은 들은 일이 없지만서두).

　어쨌건 새어머니가 편지에서 두 집이 합치는 데 대해 도덕적(?)인 문제라든가 남쪽에 남아 있는 가족에 관한 얘기는 일체 없이, 두 집이 합칠 당시 각각의 상황만을 언급한 것을 보면 어림짐작만 하고 있던 일이 약간은 또렷해지는 기분이 든다. 무슨 말인고 하면, 공교롭게 그리된 건지는 몰라도 내가 알고 있는 두어 분 역시 아버지와 비슷한 시기에 재혼들을 했는데, 상황을 보며 기다리다 약속이나 한 듯 너도나도 새 가정을 꾸미는 그런 시기였다는 인상을 갖고 있었다. 남쪽에서도 한때 북에 가족을 두고 내려온, 주로 교계에 있는 목사나 그런 분들이 너도나도 재혼을 하던 때가 있었다. 그러나저러나 여기 앉아 당시의 그곳 사정 알아본달 재주야 없는 거고, 어찌 생각하면 당사자들에겐 좀 심각한 건진 몰라도 독자들에게 그런 게 그리 문제가 될 것도 없는 데다 혹 하자가 있다손 치더라도 전쟁이나 난리를 들먹이면 아무런 가십거리가 되려야 될 수가 없는 거니까……

그렇지만, 내가 생각하기에, 우리 자식들은 말고라도, 같은 여인으로서, 남에 두고 간 어머니에 대한 이야기는 할 만도 하다고 생각하는 건, 내가 여인도 아니고 당사자도 아니기 때문에 이런 말을 주절대고 있는 건지 모르긴 하지만, 나 또한 아직 어느 여인에게도 물은 적이 없다. 아마 새어머니 권 여사는 진실이 아닌 '기정 사실'을 사실로 묶어두고 편지를 보낸 게 아닌가 하는 생각도 드는 게, 어쨌거나, 그래서들 양방이 모두, 오직 다 큰 딸들에 대한 문제만을 거론했던 걸로 알고…… 어쩜 내가 아들이 된다기보다는 조금은 더 어려운, 아니면 그곳에선 그렇게 치부되는 어림이 서지 않는 그런 그곳 사회의 생리일 수도 있다고 생각하면서…… 그러니 우리도 그냥 그렇게들 아십시다.

정인택 집안의 맏형 정민택 선생은 정인택 선생과 15년이나 터울이 진다. 우리나라에 서양 의학이 들어오고 그리 오래지 않은 초창기에 일본에서 의학 공부를 하고 오신 분으로, 당시 외과의로 백인제를 꼽았다

구보의 집필실에서: 왼쪽부터, 정태선, 권 여사, 필자, 태선의 딸, 정태은, 박설영. 1990년 평양 대동강변 집에서.

면 내과 의사론 정민택이었다.[9] 정 선생 집안은 일찌감치 온 가족이 북
으로 올라갔기 때문에 시집이 든든했달까, 그래서 권 여사가 구보와 '합
한' 후, 한때는 집필에 도움이 될까 해서 어린 막내[10]를 시댁(?)에 보낸
일도 있다고 북에 갔을 땐가 서신에선가 권 여사에게서 들은 적이 있다.
그 소리는 정씨 문중에서도 권 여사의 재혼을 호의적으로 생각하고 있
었다는 증거라 하겠다. 새어머니는 마음을 정한 뒤 직장에 사직서를 내
고 큰애[11]를 기숙사에 넣었다고 했는데, 큰애는 기숙사로 들어간 게 아
니라 그 당시 대학생이었던 그의 오촌 고모와 자취를 했다고 들었다.

태은이의 「나의 아버지 박태원」에서, 구보가 위급했을 때 이미 아흔

9) 우리나라 초창기 의사협회나 의사시보 같은 데의 초대 회장이나 그런 분들은 우리 작은댁 할아버지
   연배고 백인제나 정민택 이분들은 그 바로 아래에 드는 세대들이었다.
10) 정태은, 정인택과 권영희 사이의 차녀.
11) 정태선, 당시 종합예술학교 학생.

을 바라보는, 현역에서 물러나신 정민택 선생을 모셔온 이야기도 나오
는데, 물론 구보와 정인택이 소학교 적부터, 그리고 제일고보 5년 동안
을 죽마고우로서 함께 보낸 사이이기에 선생께서 동생의 친구 구보를
알아봤다는 건 조금도 이상할 게 없는 일이다. 정인택 선생이 정릉 사
실 때 나도 소영 누나도 아버지를 따라 그 집에 서너 번 들렀었기에, 내
가 평양에서 권 여사 식구들을 만났을 때는 누가 먼저랄 것 없이 옛 기
억에 젖어들었다.

1990년 방북 때 권 여사는 나를 처음 대할 때부터 서먹한 티를 내는
일 없이 따뜻이 대해주었으며, 두 의붓 누이들도 전혀 스스럼없이 대
해주어, 나도 아무 부담 없이(?) 이틀을 꼬박, 지난 사연들을 주고받으
며 낮과 밤을 그들과 함께 보낼 수 있었다. 선생의 큰딸 태선도 우리 가
족을 아예 모르지는 않아 나는 기억에 없지만 둘째 누나 소영은 생각
이 난다고 했다. 하긴 나도 그 신흥사 들어가는 해넓고 먼지 나는 행길
의 길갓집이었던 것과 길에서 두 층의 돌층계 위에 문지방을 넘었던 집
대문과 흰 모시옷을 입고 있던 지금의 새어머니와 웨이브가 자연스러운
고수머리에다 갸름한 얼굴에 항상 눈웃음을 달고 있던, 애들에게 특히
자상하던 정 선생님 생각은 나지만 큰딸 태선이 생각은 아니 났었다.
막내 태은이야 갓난애 적이나 배 속에 있었을 테니 기억할 리 없고……

새어머니는 젊어서는 부잣집 맏며느리감이라면 무엄한 표현인지 몰
라도, 어쨌든 중후한 인상에 머리까지 희게 센 데다 풍채가 넉넉해 보
이고, 무엇보다 여자 키로는 큰 편이어서 아버지와는 그런대로 잘 어울
리는 부부였으리라 생각하다가 문득 돌아가신 어머니가 떠올라 미안한
마음도 잠시 가져보았다.

그곳에 머무는 동안 나는 식구들과 집안 분위기에서 어딘가 고급스
럽고 풍요롭게 살아온 듯한 느낌을 받았다. 아마 항상 나의 마음속에

서 기둥이 되어주시던 아버지가 거처하시던 곳이기에, 무엇 하나 모자란 것 없이 무엇이라 걱정할 것 없이 지내셨으리라는 막연한 선입견 탓인지도 모르겠다. 거기에는 내가 어려서 그렇게 자란 기억도 한몫했을 것이다. 맥주 안주로 미국에서 수입한 믹스트넛에 파인애플 캔이 나왔고 책장이며 침대 따위의 가구에다 벽에 걸린 그림들에, 전축이며 자기 화병들까지도 풍족한 분위기를 거들었다. 그러고 보면 방북 일정 중에 가구라고는 정말 제대로 이름을 붙일 게 없이 사는 데만 거쳐온 뒤라서 더욱 그랬는지도 모르겠다. 대학교수 댁 책장이 허술하기가 이루 말할 수 없었던 걸 기억하는 나에게는.

어쨌거나 이젠 한집안이 되어, 말하자면 처음 상견례(?)를 하는 자리이니 정성껏 최선을 다했으리라는 것은 예상을 했지만, 그 자리에서나 지금이나(사실 만난 지 어느덧 25년이 훌쩍 흘러가버린 지금이지만) 내가 가졌던 첫 인상은 그랬다.

그 집에서 해 뜰 녘에 선친이 생전에 쓰시던 침상에 고단한 몸을 누이고 눈을 스르르 감으니 지성이면 감천이랄까, 그림자 하나가 다가들었다. 어쩌면 그 그림자는 내가 오매불망 그리던 아버지의 현신, 혹은 현몽이 아니었나 싶다.

새어머니 권 여사의 서신 중 아이에게 코스모스 한 다발을 들려 구보의 집을 찾았을 때 노크를 해도 답이 없자 그냥 문을 밀고 들어가니, 하고 이어지는 대목이 있다. 여기 앉아 말귀 하나 문구 하나 뜯어 읽고 새기며 행간을 읽기에 이골이 난 나는, 나이 마흔에 귀 달린 여인이 여아를 데리고, 장차 장래를 기약할 사람의 집을 방문하는데 노크를 해도 기척이 없다고 문을 열고 들어가기란 수월한 일이 아닐 거라는 생각이 들었다. 그러니 그간의 왕래가 없었던들 그렇게 자연스러운 방문이 가능했을까 하는 데까지 이르렀다. 또한 처음 아버지가 딸 설영을 데리고 와서 주고받은 말들도, 그간의 두 집의 거래가 그만큼 무람없는 사이였

대동강가에서. 왼쪽부터 동생 박문원, 그의 큰아들 박철호, 박태원, 권영희(1965).

을 거란 건 짐작해볼 수 있었다. 이런 가정을 진전시켜보면, 두 집은 이미 거의 한집안이나 마찬가지였다 봐도 되겠다. 그러니 내가 여기서 두 집이 합치는 대목(장면)에 관해서 구구절절 설명한다면 사족일 것이다.

두 분의 관계는 매우 원만했던 듯하다. 부친이 전업 작가이시니 시도 때도 없이 외출을 했을 텐데, 물론 시력이 부실하시니 그랬겠지만, 외출을 할 때면 동부인을 해서 늘 팔짱을 끼고 다니셨다 한다. 그런데 당시에는 남에서보다 늦어 한창 전후 복구 사업(거기선 '고난의 행군'이라 부르던가)이 진행되고 있었을 걸 생각해보면, 대낮에 멀쩡한 중년 부부가 팔짱까지 끼고 나들이 가는 걸 본 작업 현장 사람들이 그들에게 손가락질도 하고 목소리 죽이는 일 없이 채 지나치기도 전에 한마디씩

던졌을 텐데, 당자들은 꼭뒤가 움츠러들고 때론 근지러웠을 수도 있었겠다.

뒤에 자세히 얘기하겠지만 아버지는 차츰 몸이 쇠약해져 나중에는 집필조차 힘들어지셨다. 겨우 운신만 할 수 있을 정도였을 때조차 평양 창작실 근무는 하셔야 했던 듯 출퇴근을 새어머니가 거들었단다. 그런데 새어머니는 외손녀까지 맡고 있었다. 하는 수 없이 새벽같이 수선을 떨어 아버지를 창작실 문 앞에 떨어뜨려놓고는 부리나케 애를 탁아소에 맡긴 뒤 가두 사업¹²⁾을 나가야 했단다. 너무 이른 시간이라 창작실은 늘 잠겨 있었는데 누군가 와서 문을 따주지 않으면 들어갈 수가 없었으므로 아버지는 늘 한데서 마냥 기다려야만 했다. 그러니 새어머니는 변변한 교통수단도 없이 아버지를 창작실로 데려가던 얘기 끝에 날씨라도 궂은 날에는 그냥 떨궈놓고 돌아서기가 정말로 어려웠다며 눈물까지 흘리셨다. 나는 아버지가 창작실 열쇠도 맡길 수 없는 그런 천덕꾸니였나 하고 답답한 심정을 가져보기도 했다. 아버지는 앞이 잘 보이지도 않아 남이 데려다주어야 하는 곳에 가서 화경으로 글자 한 자, 한 획을 더듬으며 온종일 무엇을 생각하셨을까?

삶의 의미나 행복은, 그리고 사랑이라는 것은 본인이 아니면 생각하고 상상해서 알 수 있고 느낄 수 있는 게 아닐 것이다. 나는 듣기에 그리 신난한 삶 속에서도 아버지는 행복을 느끼셨다고 믿고 싶다. 어떤 땐 기연가미연가해가면서도 아버지의 심정이 희미하게나마 느껴지기만 해도 다행스러워하며 가슴을 쓸어내린다. 살아 있음만으로도 생을 찬미, 아니 다행스러이 여기면서 자기는 행복한 축에 낀다고, 그렇게 행복해하시지는 않았을까. 역시 행복이나 사랑이란 줄곧 주관적인 것일 수

---

12) 당에서 일정한 직업을 갖지 않은, 주로 부녀자들을 동원해서 가지가지 일을 하게 하는 것을 일컫는 듯하다.

밖에 없는 거니까 지레 안타까워할 필요는 없는 게 아닐까. 그런 식으로 나 스스로 위안을 삼으며 여태 살아왔다. 그렇다면 지금의 나는, 이 유명 짜한 아버지를 그리며 눈 구덩이 속에서(이 글을 쓰고 있는 지금, 워싱턴엔 눈이 참 많이 왔다) 이러고 있는 나는 어떤 삶을 살고 있나 생각해본다. 한참을 행복한가 불행한가 저울질만 하다가 종내 답이 안 나와 잠시 붓을 내려놓는다.

새어머니 서신에선 아주 어려운 처지셨다지만 새 가정도 꾸리셨고, 기왕에 열여섯 권이나 되는 대하역사소설 『갑오농민전쟁』을 주제로 한 집필 계획도 당국에 접수가 된 데다가, 개성 박물관에 자료 조사차 동부인해 가려고 출장 증명서 필요하단 소리, 1956년 신혼 때—1957년 초가 되겠다— 주고받은 대화, 내게 온 서신들 읽으셨으니 생각들 나실 터, 두 집이 합치기로 했다고 선뜻(?) 다니던 직장에 휴직계를 내고 큰 아이 태선이를 기숙사에 넣었다고 했는데……

비난을 하거나 말꼬리를 잡자는 게 아니라, 여기 태평양 건너 터 잡고 앉아 지난 그 먼 데서 사신 아버지의 36년 동안의 역사를 만들자니, 그것도 그로부터도 다시 4반세기가 지나버려 헤어진 지 60년이 훌쩍 넘은 시점에서, 그 오랜 세월 오매불망 눈에 띄는 거라면 검부라기라도 거두어 말리고 털고 햇볕에 널어서 간직한 것들, 참 많이 읽고 대조도 했다. 그런데 왜들 그렇게 남의 얘기는 없는 얘기에, 제멋대로 덧붙이는지…… 아는 만큼만 말해도 될 것을 그럴듯하게 덧붙여야 되는 줄 아는지, 아니면 사연은 어떻건 간에 남으로 넘어와, 많이 아는 척하고 많이 뱉어놓을수록 여기서 운신하기가 편해진다고 생각들을 해서 그런지, 하기야 게서 넘어올 때 죽을 고비도 많이 넘겼고 해서 맺힌 게 많겠지만, 도무지 씨도 먹히지 않는 말 함부로 뱉고 하는 통에, 나 같은 사람 많이 실망도 시키고, 한편 생각하면 그런 까닭에 많이 배웠다.

새어머니 말마따나, 세간에 떠도는 말처럼 그렇게 지내기가 어렵진 않았던 듯싶은 것이, 당시에는 동생 문원에다, 누이동생 경원도, 그리고 죽다 살아난 장조카[13]도 세월들이 좋았던 시절인 데다가, 새 가정도 꾸미고, 틈틈이 대하소설 기획안 떨어진(허가 난) 거 자료 수집도 하시고……, 구미구미 『삼국지』 번역에 여념이 없으셨을 테니, 내 생각으론 어수선했던 전쟁이란 괴물로 인해 뒤죽박죽이 돼버린 생활의 또 다른 안정[14]을 되찾아 가는 시기가 아니었나 어림짐작해봤다. 물론 남에 두고 온(?) 가족 생각이 날 때면 때때로 착잡해지기도 하셨겠지만……

나야, 그제나 저제나 시간만 나면 빨갛고 하얗고를 따지지 않고, 이제 이르러서는 환한 대명천지에도 돋보기를 콧등에 걸고 잔뜩 찡그려야 뭐가 보이는 듯한 주제에, 쏟아져 나오는 각종 뉴스에 행간을 읽으려 이른 봄 볍씨 담가 뉘에 쭉정이 골라내듯 그렇게 걸러가며 아버지 소식 모아보려 애면글면 세월을 낚고 있었지만. 그러다 뒤늦게 이 글을 초하매, 너무 오래 망설이기만 하고 무얼 기다리고 있었던 건지, 한 번도 원망을 안 해본 전쟁[15]이 미워지기까지 했다.

누구보다 먼저 소개할 사람은 내 큰누나 설영이다.

우리 큰누나 설영은 아주 키도 크고 멋진 여성이 되었으리라 막연히 그려왔었다. 그런데 40년 만에 만나보니, 대학교수를 지내다 퇴임했다고는 하는데 등은 굽고 체구는 깡말라 보는 이의 마음이 무거웠다. 일찍이 혼자되어 애 다섯 키우기가 힘에 겨웠는지, 대학교수 일이 그리도

---

13) 장조카 상건은 남쪽에서 배재 다닐 때도 탁구와 피겨스케이트 국가대표선수였다. 하여 북에 가서는 탁구 국가대표 코치였다고 들었다. 그의 큰딸 아연도 국가대표선수였다.

14) 창작 생활에 있어서, 기록에는 신혼이어서 그랬는지, 물론 반년간의 '집필 정지' 기간이 걸려 있기는 했더라도, 별로 발표하신 글도 없이 1958년까지 조용했다.

15) 왜냐면 이 위인은 전쟁으로 하여 사람 꼴을 갖추게 됐다고, 난리 전인 '평화 시대'—피난을 가서는 참 이런 표현을 많이도 썼다. 어른들도 애들이 아파하고 고파하고 아쉬워할 때면 늘, '이제 평화 시대만 오면'이란 소릴 밥 먹듯 해서 희망을 주고, 애들을 달랬으니까—엔 지지리도 못난 숫기 없는 애였다고, 전쟁 통에 '용'됐다고, 자기합리화compromise를 오래전에 마친 까닭이다.

왼쪽: 1990년 8월에 선친의 묘소를 가족들과 찾아 성묘하는 중. 왼쪽부터 경원 고모, 새어머니 권영희 여사, 필자, 설영의 딸 소진과 그 남편(김일성종합대학 철학과 출신 교원), 설영 누나.

오른쪽: 1990년 성묘 때 애국 열사릉으로 이장할 계획이란 소식을 듣고 돌아왔는데, 너덧 해 뒤에 이장을 한 모양. 2009년 에 모 대학교수가 찍어온 이장된 열사릉의 돌사진 비석.

북에서 모습만 옮겨와 짜깁기한 가족사진. 남쪽에 있는 가족들 사진에 구보 박태원과 장녀 박설영의 북에서의 사진을 합성 하여 만든 것이다. 앞줄 가운데부터 시계 방향으로 막내딸 은영, 장남 일영, 차녀 소영, 부인 김정애 여사, 차남 재영, 그리고 1969년 회갑 때 사진에서의 구보, 맏딸 설영.

힘이 들었는지……

일찍 돌아가셨다는 우리 큰매부는 북에서 일컫는 말로 '고음 가수'였다. 성악가 테너였단 소린데, 어렵게 가져온 테이프를 들어보니 그 목소리가 실로 놀라웠다. 드라마틱 테너도 좋아하지만 릴릭 테너도 즐기는 내겐 그 벨칸토 창법의 청아하고 맑은 음성이 더없이 아름답기만 했던 것이다. 사진을 보니 그리 부하지도 않으셨던 분이 어쩌다 심장 질환을 얻어 돌아가셨을까. 살아계셨다면 내외가 의지하며 누나도 지금보다 한결 멋지게 늙었겠는데, 생각할수록 안타깝기만 하다.

다음으로, 나의 의붓동생 둘 중 첫째 정태선은 파리까지 무용단을 이끌고 가서 공연을 하고 왔다는 안무가였다. 한창 땐 전설적인 고전무용가 최승희를 사사하던 실력이었단다. 외탁을 해 키도 내 귀를 넘고 한복을 입으면 맵시가 나는 체격에 동양적 미인이다. 둘째 동생 태은은 인민군 오케스트라 멤버로 첼로를 연주한다고 했다. 다들 너무나 완벽하게 서울말을 구사하기에 말씨가 완전히 평양 사람 다 되어 있던 큰누이와 비교하자니 이런저런 생각으로 복잡해지기도 했다.

그 외에 은퇴한 뒤 남에서도 아주 가까워 날이 맑을 땐 멀리 바라보인다는 황해도 어디쯤에 사신다는 고모와 고모부, 그리고 혼자되신 작은어머니와 두 아들(내 사촌들)…… 다음에 기회가 되면 소개키로 하고 이쯤에서 말을 문다.

1990년 평양을 방문했을 때 아버지의 행적만큼이나 알고 싶었던 것이 문원 삼촌에 관한 일이었다. 헤어지기 전이라고 해야 내 생애를 통틀어 여남은 번이나 만났을까. 그런데 왜 그렇게 오래 같이 묵새기며 산 분보다 더 가까이 느껴지는지 나로서도 알 수가 없었다. 무엇에 정신이 팔려 있었는지, 어린 조카들이 오랜만에 만난 삼촌에게 매달려 '일본 이불' 속에서 대포알 날아가는 소리 들으며 밤을 새우던 이야기를

그리고, 삶은 계속된다

신야녔야 떠벌이는데 건성으로 으응 응만 하다가 총총히 떠나버린 그때 이후 근 40년의 세월이 가로놓여 있었다. 나는 방북해서야 작은어머니(문원 삼촌의 후처)와 삼촌의 두 아들을 만날 수 있었고, 삼촌은 이미 이 세상 사람이 아니었다.

남쪽에 있을 때, 운동(?)을 하다 잡혀 들어가도—듣기로 삼촌은 줄곧 독방 신세였단다—그렇게 여리고 조용하고 아주 작은 데까지 신경을 쓰고 아파하는 그런 양반이, 어디서 그런 모진 고문에도 굴하지 않고 버틸 수 있는 용기(?)가 있었는지, 나대로 살면서 생각해보니 환경이 그런 의지를 생기게 하지 않았던가 싶다. 말하자면 때로는 위대한 사상가나 혁명가도 자신이 제3자적인 입장에 서보겠다고 했다가 오류를 범해 자신을 그런 사람으로 만들어버리는 그런 수도 있긴 하겠다 싶었는데, 어쨌건 간에 나대로의 살아오면서의 터득이라고 생각하면서, 참 알고픈 것도 많고 하고 싶은 말도 많았다고 생각했다.

북에서 삼촌은 형님 구보와 남에서부터 막역했던 정현웅 화백[16]과 한 조가 되어 '고구려 고분 발굴대'의 고미술 담당으로 배속되었다 한다. 발굴대는 안악 고분, 강서 고분, 공민왕릉 등을 작업했는데, 삼촌은 고미술 특히 고분 벽화의 대한 학술적인 고증을 맡았으며, 정현웅 화백은 벽화의 모사화 제작을 도맡았다고 한다. 삼촌은 발굴 작업이 끝난 무덤으로 매일같이 출근을 해, 노구(?)를 이끌고 습기 찬 어둠 속에서 벽화를 모사해야 했던, 형님의 친구를 수시로 찾아가, 도움도 주고 말벗이 되어주었다는 뒷얘기도 들었다.

삼촌은 여기로 치면 국립박물관장(정확한 명칭은 불분명) 자리에 오르게 되었다는 소식을 듣고는, 너무도 기뻤던지 '바보 같은 웃음'을 흘리

---

16) 정 화백은 1930년대에 발간된 구보의 책 장정은 도맡아 그렸다. 2011년 10월 31일 발행된 『정현웅 전집』에 실린 해제 「정현웅의 사유와 행적」을 보면 '군정치하의 서울에서 정현웅은 박문원이 위원장으로 선출된 재건조선미술동맹 서기장이었다'고 나와 있다(p. 439).

며, '집에 좀 잠깐 다녀오마'고 나가서는, 아파트 난간에서 떨어져 비명 횡사를 했다고 한다. 바라던 직책을 받게 되자마자 소학교 다니는 아들밖에 없을 시각에 왜 굳이 집엘 갔는지가 불분명하다. 형님이 대개 근처인 집에서 집필을 하고 계시니까 아이도 학교 파하면 항상 큰아버지 집에서 오후를 보내곤 했다는데, 형님께 알리기 전에 집에 들를 일이 뭐가 있었는지, 그에 대해서는 속시원한 대답을 듣지 못했다. 그날도 아들은 학교 파하고 큰집에 와 있었단다. 그리고 그 시간에 삼촌을 보았다는 사람도, 그가 사고를 당하는 장면을 목격한 사람도 없었다고 한다.

나의 사랑하는 삼촌은 어두운 그림만 그렸다. 1990년 방북 때 대동강이 내려다보이는 평양 교외 야산에 아버님 성묘를 갔다가 작은어머니를 처음 뵙게 되었는데, 작은어머니는 그림 한 점을 내게 맡기시려 했다. 그것은 삼촌이 그린 그림으로, 삼촌이 상처를 하고 나서 아들 하나만을 데리고 혼자 지내다 찾은, 사랑하는 연인에게 내민 청혼의 그림이었다. 그런데 너무 어둡고 처절한 느낌이 들 뿐 아니라, 배에 타고 있는 사람은 혼자가 아닌 듯해 도무지 청혼을 위한 그림이라고는 믿기지 않았다. 본인에게 자세한 설명 들을 길 없으니 나도 함부로 입을 벌릴 수 없지만, 좌우지간 들은 바로는 자기가 처해 있는 여건을 그림으로 보여주면서 '용기가 있거든 이 배에 오르시오' 했단다. 그 얘기는 나를 사랑한다면 평탄하지만은 않겠지만 한배를 타자는 그런 의미였겠지— 이 대목에서 난 '집체예술'이라는, 좀은 낯선 것을 생각해봤다.

작은어머니가 그림을 내게 맡길 때 나대로 느낀 바는, 마치 두메산골에 묻혀 사는 한 소녀가 시냇물에 조각배를 띄우면서 속으로, '부디 큰물로 나가지이다' 기구하는 마음을 보는 것 같았다. 그래, 몇 번을 사양한 끝에 더는 거절을 못 하고 안고 왔던 것이다. 아무리 그렇다 하더라도 삼촌의 청혼 그림인데, 결혼을 허락하고 함께 살다 혼자가 된 그

"용기가 있거든 이 배에 오르시오."
삼촌 박문원이 재혼할 때 내민 프로포즈 그림.

박문원이 1971년에 후처 김학신의 수유
(授乳) 장면을 스케치한 것.

당사자가 내어준다고 그걸 넙죽 받아안고 미국으로 가져오다니…… 물론 나 혼자, 흘끗, 내 안에 떠오른 느낌이라는 걸 밝힌다.

그림 두 점을 소개하긴 했으나 삼촌의 그림 중 가장 기억에 깊이 새겨진 하나는 우리 돈암정 집 대청에 걸려 있던, 역시 어두운 색조의 그림인데, 현재의 행방을 아는 사람이 없어 아쉽게도 이 자리에서 소개하지 못하는 점 독자들께 양해를 구한다. 삼촌은 그 그림으로 선전(鮮展, 조선미술전람회)에서 입선을 한 바 있다. 그림 속에는 일에 찌든 여인이 갓난아이를 업고 머리에 커다란 광주리를 이고 있는데 그들의 표정이 금방이라도 어떤 일이 벌어질 것 같은 그런 느낌을 주었다. '어떤 일'이란 우리 가족을 뿔뿔이 흩어지게 만든 전쟁이 아닐까?

작은어머니는 사변 당시 명륜동에 있던 여의전(女醫專) 의학도였다고 한 걸로 기억하는데, 정녕 하얀 병원 벽에 어울리게 얼굴색이 뼈처럼 하얬고, 조금은 애잔해 보이기도 한 여인으로, 말씀도 피부 빛처럼 그렇게 마알갛게 하셨다. 어디서 일을 하시는지 얘기는 해주신 것 같은데 너무 아련해서 기억이 나지 않는다. 좌우지간에 외신을 받아 번역하는 일에 종사하신댔는데, 그래서 그런지 세상 돌아가는 걸, 심지어 이쪽

자본주의 사회의 생리마저 훤히 꿰뚫고 있으셨다. 그래서 나는 작은어머니를 북에서 만났던 사람들 중 가장 문리(文理)가 트이신 분이라고 기억하고 있다.

삼촌이 작성한 논문이나 발굴 현장에서 기록한 문건(?)들이 잘 보존되어 있던데, 내게 보여준 것만도 운두로 보아 수백 매가 넘었다. 워낙에 잔글씨로 꼼꼼히 기록했을 뿐 아니라 도면도 더할 나위 없이, 나 같은 문외한도 어림잡아 이해할 수 있게 기록해놓은 걸 보며, 무엇보다 그 분량이 대단한 데 놀랐다. 그런데 친절하게도 작은어머니가 이미 관계 부처에 알아보았더니, 모든 기록이 이미 마이크로필름에 담겨 있으니 내주어도 될 거라는 언질을 받았다고 했다. 그러나 나는 그것을 들고 나올 용기가 없었다. 내준다는 게 미국까지 가지고 가도 된다는 얘긴지 판단이 서질 않았고, 내가 그 방면에 문외한이므로 누가 왜 가져가느냐고 물으면 사실 할 말도 없었다. 그런 데다, 그 전에 보여준 삼촌의 ○○○를 읽어보고 나서는, 내가 이런 것을 챙겨서는 아니 될 것 같은 판단이 서서 그냥 돌아왔다.

그런데 삼촌은 수차례 일본에 가서 고구려 고분에 관한 세미나에 참석하는 등 학회 활동이 활발했다는 것을 나중에 알게 되었다. 그만큼 관련 학계에서 삼촌의 이름은 많이 알려져 있었다. 나는 삼촌이 작성한 고분 발굴 일지의 몇 장을 기념 삼아 작은어머니에게 얻어 왔는데 그것을 남쪽 유수한 대학에 계신 해당 분야 교수에게 보이니, 꽤 귀중한 자료인 듯 어디서 났느냐, 더는 없느냐며 깊은 관심을 보였다. 작은어머니가 삼촌의 연구 자료를 가져가라 했을 때 사양치 않았더라면, 하는 생각이 잠깐 들기는 그때가 처음이자 마지막이었다. 내 관심분야도 아니었거니와 이미 내 짐은 이미 아버지의 『삼국연의』 여섯 권에, 『계명산천은 밝아오느냐』 두 권과 『갑오농민전쟁』 세 권에다 아버지가 아끼셨던 자기 화병 등등, 거기다 식구들의 정성 어린 선물들로 하나 가득이었기에 욕심이 났더라도 포기했을 형편이었다. 그런데다 어려서부터 받은 반공 교육 때문인지 주저되었고 떠나올 때 한 3년 있다 다시 오마 했기에 무리를 해서까지 삼촌의 유품을 간수할 염이 안 났다. 한데 그게 벌써 20년도 훨씬 전의 일이다.

김일성 주석의 선조 삼대를 모셔놓은 묘소에 들렀다 내려올 때의 일이다. 처음부터 예정이 그러하지는 않았으나, 나는 특별 대우를 받아 일행에서 빠져나와 누이 집에서 지내도록 편의를 봐주었기에 그곳에 사는 식구들도 배려해서 '참배'를 자청했다. 묘지들 아래 만경대 공원에 있는 김일성 생가를 둘러보던 중 아주 높으신 분 일행을 우연히 만나게 되었다. 부친이 워낙 저명한 작가였기 때문인지 우리는 통성명을 하게 되었는데, 그는 우리 일행이 김형직 선생의 묘소를 답사할 예정인 것을 알자 동행을 하게 되었다. 티브이를 통해 남북 회담장에서 북측 대표단의 일원으로 여러 번 낯을 익힌 터이기도 하고, 이번 백두산 천지에서 발대식을 가진 '범민족조국통일 해외동포고국방문단(?)'이었는지, '조국통일범민족대회'였는지—실상 나는 목적이 가족 상봉이어서, 명목상 참관인 자격으로 따라온 처지였기에 모임의 정확한 명칭을 기억할 수가 없다—하는 자리에서도 익힌 얼굴이라, 내 딴에는 구면이라고 이런저런 이야기를 나누었다.

묘소를 답사하고 내려오는 층계가 스무 사람은 좋이 나란히 설 수 있을 만큼 넉넉한 데다 경사도 아주 완만하여 여유 있게 그 사람과 담소를 나누며 내려오고 있었다. 그러다가 눈을 들어 앞을 봤는데, 산정에 서서 내려다보니 대동강 하류가 질펀하게 널브러져 있었다. 눈앞의 풍광도 풍광이려니와, 마음을 놓아버리게끔 한 여유 탓인지, 조금은 앞지른 생각이 떠올랐던 것이다. 묏자리를 보니 굳이 따지자면 좌청룡 우백호가 아련히 둘렸고, 멀리나마 시원하게 굽이도는 대동강이 있어 무릎을 칠

만한 천하 명당이라, '야아아―' 감탄사를 던져놓고는 마치 미국서 온 고명하신 지관(地官) 나으리나 되는드키 한마디 내뱉는다는 노릇이,

"우리 수령님의 묏자리는 어디다 봐노셨습니까? 암만 보아도 내 눈엔 예가 천하 명당이고 보니⋯⋯" 하며 좌우를 의기양양하게 돌아보았는데, '아뿔싸!' 나도 모르게 벌어진 입이 닫히질 않았다.

갑자기 좌중에 찬 기운이 쫙 퍼지는 것이, 좌로도 우로도, 10여 명이 넘는 우리 식구나 일행들이나, 하나같이 얼음물로 벼락을 맞은 듯 표정이 경직되어버렸다. 나는 마음속으로 짚이는 데가 있어 고개를 주억거리고서는, 이미 엎질러진 물대접이 악살이 난 것을 내려다보는 심정으로, 어찌 수습을 해야 하나 궁리를 하다가 심호흡을 한 번 하고 나서,

"달리 생각들은 마실 일이, 서울 북쪽 우이동 입구에서 우측으로 바라다보이는 한 마장도 아니 되는 곳, 그러니까 창동역 못미처에, 저희 집 선산(先山)이 있었더랍니다. 다니던 직장도 걷어치우고 공부를 더해 본답시고 미국으로 건너가기 전까지는 해마다 거르지 않고 청명, 한식, 추석에는 가족들이 함께 모여 성묘를 가곤 했더랬는데, 나의 15대 할아버지부터 모신 만여 평이나 되는 터가 후손으로 꽉 차서, 남은 자리라곤 제 백부가 자랑삼아 보여주시던 단 한 자리밖에는 없었답니다. 그런데 이렇게 좌청룡 우백호에 저 멀리 대동강이 가로질러 흐르고 있으니 딴엔 예가 분명 명당이라 생각되기에, 여기 어딘가에 수령님이 누우실 자리도 이미 잡아놓았으리란 생각이 들어 해본 말씀인데⋯⋯"

그렇게 주절대고 다시 생각하니 어럽쇼, 사태를 봉합한다는 노릇이 갈수록 가관이 되어버린 격이었다. 내가 선산 얘기를 만좌중에 끄집어낸 일은 결국 선조가 봉건 시대의 양반 지주였다는 것을 입증하는 꼴이었다. 그 말은 곧 무산 계급의 피땀으로 편히(?) 대를 이어왔다는 이야기가 돼버리는데, 공산주의 사회에서 부르주아란 타도의 대상이며, 더군다나 출신 성분을 엄격히 따지는 이 사회에서 그처럼 무책임한 발언

을 한 것은 참으로 지각없는 짓이었다. 북에서는 선조가 양반이었다는 사실을 숨기기 위해 자식들의 이름도 항렬을 따르는 일을 피하는 듯하며, 일정 때 동경 유학이라도 다녀온 부류들은 하나같이 고학(?)을 했다거나 남이 학비를 대주어 유학을 갔었노라고 한다는 기록을 읽은 듯도 한데, 경솔하게도 기가 나서 지껄이며 스스로 조상이 양반에 지주였음을 발설하고 말았으니……

아무려나, 내가 뱉은 말 다시 거두어들인다는 일도 어불성설이고, 공은 건너갔으니 반응이나 보고 다음을 수습해보리라 생각하고 있는데, 한여름에 차디차게 가라앉은 공기가 한없이 썰렁하게만 느껴져서, 애꿎은 아랫입술만 자근자근 깨물고 있자니까, 전전긍긍을 하고 있기는 저쪽도 마찬가진 줄 알았더니, 어렵쇼, 역시나 당차게 생긴 내 지도원 동무가, 이윽고 밭은기침을 하며, 예의 그 카랑카랑한 목소리로 꺼내는 말인즉슨,

"저희 공화국 북반부에서는 말입니다, 수령님의 존재를 하늘에 떠 있는 태양과 같으신 분으로 생각하고 모시는 관계로 말입니다, (하며 두 손을 앞으로 내밀어, 마치 받들어 모시겠다는 듯 강보에 싸인 갓난애를 치켜드는 시늉을 하면서) 하늘에 태양이 없어지리란 생각을 저희들은 가져본 일도 가져볼 수도 없단 말입니다! 수령님이 안 계신 우리란 생각을 해본 일이 없기 때무네서리 저희는 수령님이 돌아가신 후엣일 같은 건 꿈에도 생각을 해본 일이 없단 말입니다. 그런 관계루다가, 선생께서 언급하신 '수령님의 묏자리 같은 것을 미리 잡아놓는다'든가 하는 상서롭지 않은 일은 말입니다, 우리네는 결단코, 예, 꿈에라도 기런 불길한 생각으네가서리 할 수가 없단 말입네다!"

"참말로 그러시겠습니다, 나도 말을 해놓고 보니 내 생각이 짧았다는 걸 알았습니다. 나는 그저 어려서부터 한식이나 추석에 성묘를 가면, 큰아버지 되시는 분께서 늘상 제 손을 가만히 잡으시고는 끌고 가서,

당신의 자리를 은근히 자랑삼아 보여주시곤 하던 생각이 나서, 그래 이 자리가 천하 명당인 것 같아 분명 여기 어디쯤엔가는 정녕 명당자리로다가 잡아놨을 거란 얕은 생각에 무심코 그런 실언을 한 것이나, 역시 선생의 이야기를 듣고 보니, 정말 그런 생각들은 가져보지도 않으시겠습니다그려. 다시 한 번 정중히 사과의 말씀을 드립니다."

하고 나니, 그제야 정말 다행이라는 듯 모두 어깨들 펴고 분위기가 부드러워져, 가벼운 안도의 숨소리가 들리는 듯했다. 그 대화에 물들었던 사람 모두가 소리 없이 입을 모아, '우리 이제 그 이야기는 그만하는 게 어떠냐'며, 좌중의 표정이 약속이나 한 듯 없던 일로 하자고 말하고 있었는데, 당시의 나의 실언(?)은 두고두고 생각해도 등골이 서늘해온다.

20년도 더 지난 지금이라서 당시의 난감했던 내 심정을 글로는 물론이고 말로도 온전히 옮겨놓을 재간이 없다. 그렇게 반세기에 이르도록 국경 아닌 삼팔선, 아니 휴전선을 사이에 두고 갈라져 있었더니, 이젠 생각마저 그만큼 멀어져버렸구나 하고 새삼 느꼈던 것이다. 내가 한 열흘 그곳에 머무는 동안 그와 비슷한 일을 여러 번 당해서, 역시 이 나라의 통일이란 남들이 말하듯 그렇게 간단히 합치기만 하면 한 핏줄이란 대명제 아래 모든 게 쉽게 예대로 아우러지고 뭉치리란 생각은, 너무도 안이한 생각이라고, 말로는 하나같이 '쉬, 머지않아'를 연발하지만, 실제로는 통일이란 게 아득히 멀어만 있다는 생각에, 나도 모르게 가만한 한숨을 토하며 쓰디쓴 비애를 맛보았다.

내가 그곳에 머무는 동안 두서너 군데 일간지와 인터뷰를 한 일이 있었는데, 하나같이 그 유명한 『갑오농민전쟁』의 저자, 눈멀고 몸 못써 자리보전하고 늘상 침대 생활을 하면서도 우리 인민을 위해 불철주야 유익한 이야기를 만들어주시는 박태원 작가 동지가 남에 두고 온 가족과 아들이 있다는 사실에 놀라는 표정과 질문들이 쏟아졌던 걸 기억하고 있다. 그런가 하면 우리 큰누나도 좀은 덜 알려져 있었던 것도 같고.

그런데 하나같이 북에서 그렇게 유명한 부친을 가진 아들이니, 남반부에서 살아남자면 얼마나 심한 고통(박해)을 받았겠느냐고, 사뭇 동정을 하는 투로 묻곤 했는데, 나는 나뿐이 아니라 똑같진 않지만, 전쟁 중에 나와 같은 처지의 사람 찾으려면 얼마든지 있다고, 고생이라고 특별히 나만이 한 건 없다고 생각한댔더니, 그들은, 내가 무슨 대단한 인물이나 돼 그렇게, 그들이 생각하는 그 모진 고초(?)를 대수롭지 않은 척한다고 넘겨짚어버렸음인지, 실제로 뒤에 나온 기사들을 보면, 내가 무슨 투사나 뭐 그런 대단한 위인이나 되는 것처럼 그리도 점잖게 잘(?)들 써줬두만.

1953년 7월 27일 3년여 동안 지속된 동족상잔의 피비린내 나는 내란이 UN군의 참전으로 확대일로에 있더니 UN군과 북한·중공과의 휴전협정으로 피아간에 총성이 멎게 되었다. 그러자 북에서는 패전(?)의 원인으로 남로당 간부들이 적과 내통했다는 혐의를 씌워 박헌영·이승엽 일파를 숙청하더니 이듬해에는 그 연장선상에서 월북 예술인을 대상으로 사상 검증이 일제히 실시되었다. 이로 인해 1954년 8월 국립고전예술극장 자백위원회에서도 무대예술인의 자백 사업이 강요되었다는데 극장 전속작가로 있던 구보 박태원 역시 순서에 따라 자백을 하지 않을 수 없게 되었단다. 당시의 상황을 목격한 이의 증언을 들어보자. 그는 문화선전성의 고위 관리였으며 1956년에 전향한 이철주 씨다.

그러나 자백위원회에서는 드디어 박태원이 과거 구인회의 일원이었던 까닭에 그 당시의 자기와 현재의 자기를 대비해 오늘의 창작부진 원인이 나변에 있는가를 자백하라 했다. 박태원이 자백을 강요당했을 때 자백 준비가 되지 않았음을 핑계로 연기를 요청하였다. 나는 이 무렵 구보 박태원을 만났다. 박태원은 자기 처신 문제를 이태준과 협의하고 싶어 작가동맹 부위원장실까지 갔다가 아무리 생각해도 그와의 만남이 앞으로 어떤 결과를 가져올지 두려워 되돌아가는 길이었다. 그의 사정을 알 까닭이 없는 나는 현재보다는 과거의 박태원을 생각해 다모토리(술) 한 잔을 청했더니 사양치 않았다. 내가 현재의 박태원보다 과거의 박태원을 생각했다는 것, 이는 분명 그를 존경하는 심정과 또 현재의 그를 동정하는 데서 온 것이었다. 이러한 나의 심정도 당성에 입각한다면 자기비판 감인 것이다. 왜냐하면 나의 머릿속에 다분히 부르조아 이데올로기의 잔재가 있었던 까닭으로 그의 과거를 존경한 것이기 때문이다. 단 둘이서 밤이 깊도록 술을 마시는 가운데도 그는 취하지 않았다. 그런 그의 초췌한 얼굴빛을 보고 안색이 몹시 안 좋다고 했더니 그제서야 그의 고민을 털어 놓는 것이었다.

1933년 당시의 일, 그러니까 21년 전의 일을 비판하라니 도대체 당의 의도를 모르겠다는 것이다. 자기가 일제하에서 구인회의 한 사람이 된 것은 공산주의나 프로레타리아 문학을 반대해서가 아니라고 했다.

1933년 당시로 말하자면 조선공산당이 해체된 지 이미 오래 후라 공산주의의 찬부 문제를 운위할 성질이 되지 못했고 또 프로문학은 퇴조기였으며 또 자기는 문학에서 프로문학과는 인연을 맺지 않았으며 프로문학을 비방한 사실도 없었다고 했다. 자기가 1933년 구인회에 가입한 것은 순수문학의 발전을 위해서이지 결코 사상문제로 해서 구인회에 가담한 것이 아님은 당시의 여러 문헌 등이 증명해줄 것이라고 푸념을 늘어놓았다. 그러니 자기의 자백을 어떻게 하면 좋겠느냐고 묻는 것이었다.

"부장 동무는 북한에서 쭉 있었고 또 당과 선전 계통에서 공작을 하셨으니 글쎄 나같은 경우 어떻게 하면 좋우?"

박태원은 그러면서 자기의 오늘의 창작부진이 나 자신의 문제이지 어찌 21년 전의 일과 관련이 되느냐고 역정까지 냈다. 나는 듣다못해 말했다.

"박 선생이 그렇게 생각하기 때문에 당에선 의심하는 것입니다."

"왜?"

"창작부진을 자기자신의 문제로 돌리니까 박 선생의 사상을 따지게 되지 않습니까?"

이렇게 말했더니 박태원은 '거, 그렇군……' 하면서 자기의 오늘의 창작부진을 구인회에 갖다 붙인다는 것은 천부당만부당한 일이며, 자기 생각 같아서는 북한의 사회적 생활 조리에 있는 것이지 다른 아무 이유도 없다고 반박을 해왔다. 그러면서 21년 전의 일을 들추자는 당의 의도를 생각할 때 자기는 월북한 것이 슬펐다고 했다. 자기가 자의든 타의에 의해서든 월북한 이상은 당의 문학정책을 따를 수밖에 없고, 또 자기 깐에는 하느라 했는데 이렇게 사람을 못 믿어서야 서러워서 어찌 살겠느냐고도 했다.

이런 말을 할 때 분명 마음속으로는 공산주의를 좀더 알았던들…… 또 공산주의의 생리를 한 걸음 더 알았던들…… 또 공산주의의 현실을 조금만 더 구체적으로 듣기만 했던들 월북도 하지 않았을 것이며, 이처럼 멸시도 받지 않았을 것이라고 후회하고 있는 듯했다.

그러기에 박태원은 이런 말을 했다.

"내가 좀더 공산주의를 배웠으면…… 좀더 멋있는 글을 쓸 수 있지 않았을까?"

나는 체념 속의 이 말을 듣고 말해 주고 싶었으나 꾹 참았다. 마르크스·레닌주의를 더 배운다는 것, 물론 좋은 일이다. 그러나 그것은 불가능한 일이고 무의미한 일이다, 내 경우를 생각해 보면. 이론은 어디까지나 이론이고 정책과 현실과는 먼 거리가 있었다.[17]

1956년 들어 풍문으로만 들리던 제3차 남로당과 숙청이 바야흐로 문

17) 이철주, 『북의 예술인』, 계몽사, 1966.

화계를 덮쳤다. 당시 상황은 일제 말 카프 해산시 임화 등에 맞서 해산을 방해하던 무리가 북으로 올라가 사변 전까지 자기들의 토대를 굳건히 닦아놓았었는데, 사변 직전 월북한 상허 등과 전쟁통에 북으로 간 이들이 초창기에는 소련파를 등에 업고 기세 좋게 기존 세력을 압도하는 듯했으나 휴전 후 서서히 남로당파가 세력을 잃어가던 시기였다. 하여 이번에는 이태준 등에 그치지 않고 결국 박태원에게도 작가회의에서의 창작 금지 조처가 결정되었다. 당시는 공식적으로는 일체의 창작 활동을 금지한다고 했지만 실질적으로는 본인의 이름으로 발표만 하지 않으면 글을 쓰는 것 자체만으로는 문제가 되지 않았던 모양이다. 구보는 어차피 『삼국지』 번역과 『갑오농민전쟁』 집필에 관해 당국의 허가(?)까지 받아 놓은 상태였기에 특별한 불편은 없었단다. 다만 대외적으로 그렇게 발표가 난 데다 이 사단이 나게 된 근본적인 문제가 앞으로 또 어떻게 불거질지를 알 수 없어 다소 불안하기는 했다고 한다. 게다가 태풍의 눈에 들어앉아 있는 사람(이태준)이 남에서부터 둘도 없는 벗이고 보니 드러내놓고 걱정을 한다든가 만나본다든가 어쩌고 할 수가 없어 마음속으로는 감당하기 힘든 시련을 겪던 시기였을 것이다. 하지만 따지고 보면 그간 국립고전예술극장에 적을 두고 있어 고전 번역에다 창극의 현대어화 작업에 동원되느라 본디 자신이 해야 할 일을 제쳐두고 아까운 시간을(?) 빼앗겼지 않았을까 하는 데 생각을 멈추면, 이런 기회에 위에 든 『삼국지』 번역과 『갑오농민전쟁』 창작에 온 정력을 쏟을 수가 있게 되었으니 오히려 전화위복이라고도 할 수 있었겠다. 그리고 그의 뒤에는 이미 남에서의 혁명 사업으로 사상적 검증을 마친 아우 박문원과 박경원이 있었으니 얼마나 든든했겠는가. 다만 부위원장직에 있던 벗이 끝내 숙청당한 일은 구보에게 크나큰 비극이었을지도 모르겠다.

항간에서는 구보가 이 파동에 함경도로 쫓겨가 인민학교 교장을 하고 있다는 둥, 어느 지방 인쇄소에서 교정을 보고 있다는 둥 하는 소리가 돌았다. 남쪽에서의 이런 이야기들은 나도 일선지구로 낚시를 갔다가 듣곤 하던 소리들이다. 이상한 것은, 내게 그런 뉴스(?)를 전해줄 때는 대개가 전방 가까이 조행(釣行)을 갔을 때, 언젠가는 중식 후 기지개를 켤 겸(오전 내내 쪼그리고들 앉아 손바닥만 한 붕어들과 씨름을 하느라 긴장들을 하고 있었기에) 야산을 거닐다 북에서 날려 보낸 삐라라도 주운 사람이 있을 그런 때 생각난 듯 내게 알려주곤 하던 게 지금 생각해도 야릇했다— 아버지와 만 30년을 함께하신 새어머니 권영희 여사는 아버지가 정치적인 제재로 평양을 떠나신 적이 단 한 번도 없다고 하셨다. 남북 관계가 한창 악화되던 때는 평양 시민을 백만 명으로 줄이고자 일종의 소개 차원에서 현장 학습을 강행(?)한 적이 있었나 보던데, 아버지는 심지어 그때도 평양을 떠나지 않았다고 한다. 그러니 앞으로는 누구라도, 아버지 박태원은 본의 아니게 평양 시찰차 북에 갔다가 전세가 불리해져(UN군의 인천상륙작전의 성공으로)그곳에 남게 된 작가로서 월북 후 6개월간 '집필 금지'를 받은 일 이외에는 어떤 제재도 받는 일 없이 창작에만 열과 성을 쏟았다는 데 이의를 두지 않았으면 하는 마음이다.

2장

치열한 창작 활동

실명과 전신마비를 부른 창작열

지독한 근시에 야맹증까지 가지고 있다
는 아버지의 눈에 대해선 앞서 얘기한 바 있으니 잘들 아시리라. 그런
데 북쪽 가족들, 특히 새어머니나 그 딸들이 아버지의 야맹증에 관해서
는 일언반구 언급이 없는 걸 보니 모르는 눈치였다. 아마도 기왕에 시
력을 잃어가는 마당에 만났으니 아버지 당신 스스로도 굳이 야맹증까지
없을 필요를 느끼지 않으셨으리라. 정말 내 생각처럼 그래서 말씀을 안
하신 건지 궁금은 하지만 이젠 모두 돌아가셨을 뿐 아니라 이젠 나마저
갈 준비를 하고 있는 마당이니 이제 와서 그런 것 캐 뭣하랴. 무상하기
만 한 일이다 생각하면서도 또 한편으로는 이렇게 궁금해하고 앉았으
니, 아무튼 사람, 아니 내 마음이란 요지경 속이다.

아버지는 재혼 뒤에도 한동안은 소리 없이 혼자 외출을 곧잘 하셨다
고 한다. 앞을 잘 보시지도 못하면서 갖은 모양을 다 내고 나가셨단다.
아마도, 머리가 헝클어지지는 않았나, 실보무라지라도 양복에 묻지 않
았나, 단추는 하나를 열어놓는다더라도 쉬 떨어질 것처럼 늘어진 것은
없나, 넥타이는 야무지게 뽕이 매어져 곱게 목에 지접을 하고 있나, 수
염은 잘 깎였나, 코털은 뽑아주지 않아도 되나 하는 것들로 늘 거울 앞

에서 꽤 많은 시간을 보냈을 것이다. 새어머니는 아버지가 없어진 걸 알면 조바심을 치다가, 돌아오시는 말에 싫은 소리를 한바탕 쏟아냈던 모양이다. 그래도 아버지는 아랑곳하는 일 없이, 자주는 아니지만 어딜 그렇게 나다니셔 새어머니가 애를 많이 끓이셨다고 한다. 그런데 한번은 풀이 죽어 들어오시는데 이마에는 상처를 입어 아직도 피가 흐르고 있었단다. 새어머니가 가슴이 덜컹 내려앉아 물어보니, 혼자 걸어오시다가 맨홀에 발을 헛디뎌 빠지셨다는 것이다. 마침 점심들을 하느라 주위에 자리를 잡고 있던 일꾼들이 아버지를 구출해줬는데, 웬 버젓이 차려입은 신사가 벌건 대낮에 맨홀에가 빠져 허우적거리고 있는 꼴을 보고는, 모두들 한마디씩을 했던 모양이다. 그중 누군가가,

"아니 지금 때가 어느 땐데 벌건 대낮에 술을 처먹고 저 지경이야, 남들은 고난의 시기라서 팔들을 걷어붙이고 전후 복구에 총력을 기울이고 있는 판에……"

하면서 혀를 끌끌 차다가, 일행 중 두엇이 구보를 부축해 맨홀에서 빼내려는 것을 보고는, 그냥 두라고 언성을 높였단다. 젊어서부터 남의 눈이라면 어마 뜨거라 줄곧 의식하며 사신 구보께서 무어라 발명도 못하고 하릴없이 허우적거리기만 했을 것을 떠올리니, 반세기가 흘러버린 지금도 말을 잊고 망연해지기만 한다.

어쨌건 그 일이 있은 후, 새어머니 말에 의하면, 아버지는, 다신 혼자서 바깥출입을 하신 일이 없었다고 한다.[1]

아버지의 눈에 대한 다른 한 가지. 구보는 광명을 잃자 솟아오르는 창작열을 쏟아낼 방도를 잃은 듯한 막막함에 처음에는 놀랐고 절망했고

---

1) 한번 당신이 마음을 정하면 더는 망설이는 일 없이 결단을 실행에 옮기시는, 젊어서도 그랬고 시력을 잃어갈 나이에도…… 그렇담 우리 동생할아버님 갑자기 돌아가신 일도, 들리는 소리엔 나이 차도 한참 나는 젊은 계수가, 원래 입바른 소릴 잘한다지만, '이젠 그 약주 좀 그만 하시'란 소리에 그 좋아하시던 약주를 갑자기 끊으시고 나서 그렇게 가셨다는 말— 그 성미 박씨 집 유전인지……

실의에 빠져 식음을 전폐하셨던 일이 있는데, 태은이 벗이 그 이야길 듣고 비닐판을 새겨 왼쪽에서 보는 바와 같은 원고지 틀을 만들어드린 적이 있었단다. 한데, 간살이가 고정을 시킬 수 있을 만큼 단단하지를 못해 아무리 조심을 하고 원고를 쓰신대도 줄은 고사하고 틀이 원고지에 고정이 되질 않아 어떤 날은 종일 쓰셨다는 원고가 쓴 데 다시 겹쳐 써서 무슨 말을 하는지 도무지 읽을 수가 없어 모녀가 소리 죽여 울곤 했고, 종당엔 당사자에게 그런 사

실명 후 집필을 위해 고안했던 원고지 간막이.

정을 밝히니 다신 혼자 글을 쓰실 엄두도 내지 않으셨다는 얘기를 들었다. 그때는 온 식구들이 다 제 맡은(할당을 받은) 일들이 있어 부친 곁에서 도와드릴 수가 없었기에 자주는 아니지만 근처에 살던 장조카 상건의 맏딸 아연이가 학교 파하고 와서 작은할아버지의 글을 받아쓰곤 했단다. 하긴 받아쓰는 것도 일과 후가 아니면 시간을 낼 수들이 없었다. 내가 알기론 실명을 한 건 1965년 초여름이었는데, 당에서 전적으로 구보의 집필을 위해 일을 그만두고 24시간 붙어 있을 수 있게 된(허용된, 또는 특혜를 받은) 것은 '수령님'이 『갑오농민전쟁』을 읽고 찬사를 보내고('수령님의 교시' 전달) 이듬해 국기 1급 훈장을 받은 후(1977년)로 추정된다(북에 있는 누구도 그런 말을 한 적이 없고 나 혼자 유추한 것임을 밝힌다). 그리고 청력이 쇠퇴했을 때는 새어머니가 보청기를 당중앙의 배려로[2] 지원받아 구보의 원고 진술을 수월히 받아쓸 수 있게 되었다 한다.

2) 1981년에 발표한 권영희 여사의 글에서.

구보의 이름 석 자가 문단이나 문학가동맹 같은 집단(단체)에 등재돼 있었기는 해도 휴전 후 불어닥친 두 차례 남로당 숙청의 광풍 속에서도 무사할 수 있었고, 남에서 올라간 구인회 멤버들을 잊을 만하면 들쑤셔 숙청할 때도 크게 부각되는 일 없이 넘어갔던 데는 역시 휴전이 되기까지 종군작가로서 군관복을 입고 있었던 덕분이겠다. 또 근 2년을 끈 정전 협정이 포로 교환으로 끝이 나자 전역을 하였는데 곧장 교수로, 국립고전극장 전속작가로, 좀은 한갓진, 소설가로서는 정통이 아닌 데로 배속되었는데 그 역시 큰 바람을 피할 수 있었던 연유인 듯도 하다. 그렇다고 하더라도 아주 열외일 수는 없어 결국 6개월간의 창작 금지 조처를 받은 것인데, 여기서 드는 의문은 6개월만이 아니라 근 3년 동안 이렇다 할 작품 활동이 안 보인다는 것이다.

앞서 문화선전성 고위 관리였다는 이철주 씨의 증언에서도 아버지는 두각을 나타내는 일 없이, '아직은 위대한 작가가 되기에 앞서 초년병이 되어야 할까 봅니다'라든가, '우선은 마르크스 레닌주의 철학에 눈이 어둡고, 다음은 지금의 환경이 나로 하여 글을 쓸 수 없게 하는군요'라며 운신의 폭을 신중히 했다는 점으로 미루어보아, 그리고 아버지의 말씀이 십분 이해가 되더라는 이철주 씨의 이어지는 글이, 아버지가 북으로 간 후 수삼 년간 이렇다 할 작품 활동을 하지 않은 데 대한 해답이 되겠다. 물론 아버지가 그간 남에서 쌓은 명성 때문에 당에서도 함부로 대할 수 없었다는 점도 있었겠다.

필자의 동생이 정 아무개라는, 당시 아버지가 속해 있던 데서 아주 높은 자리에 있다가 후에 소련으로 망명했다는 사람과 남한에 온 김에 만나 전후 사정을 들을 기회가 있었던 모양이다. 그 내용이란 것도 위에 든 자기변명이나 작가적인 소회로 대종을 이루어 누구의 말을 싣든 북에 간 구보의 처음 수삼 년은 같은 맥락에서 이해할 수 있겠다.

그분이 전했다는 말 중에 아버지는 회의나 토론 중엔 시종일관 침묵을 지키고 계시다가, 조직(북에선 토론의 뜻으로 이런 말 많이 쓴다)이 끝난 다음 시쳇말로 뒤풀이로 뜻이 맞는 몇몇이서들 어울릴 계제가 되면, 어디서 그리도 많은 말이 쏟아져 나오는지 정말 재밌더라는 소리를 들었을 때는, 아마 그 사람은 몰랐겠지만 아버지가 약주 기운만 돌면 자타공인 다변증(多辯症) 환자가 된다는 걸 기억하는 나는 다시금 옛날 일이 떠올라 눈앞이 뿌옇게 흐려졌다.

이제부턴 구보가 삶을 접은 1986년 7월 10일까지, 이북에서의 주요 작품 활동 내지는 연보를 나열하고 하나씩 설명을 해나가겠다. 구보는 맹렬한 창작열을 불태우다 시력을 잃고 끝내 전신불수가 되어 세상을 떠났다. 구보가 발표한 작품들을 중심으로 작품의 구상 과정 내지는 집필 환경, 건강악화 등에 대한 나대로의, 그동안 듣고 보고 읽고 한 것들을 토대로 연보 비슷하게 엮어보려 한다. 그 외에 지면과 시간이 허용한다면, 그런 것들을 나열하는 사이사이 구보의 사생활에 관해서 들여다보고 느끼고 들은 것들도 아는 대로 옮겨보겠다.

중편에 속하는 「조국의 깃발」은 내가 알기로 평양시찰단에 차출되기 전인 1950년 8월 초에, 종군작가단의 일원으로 낙동강 전투에 참전했을 때(기록에 보면 이 전투에는 난리 전에 북으로 올라갔다가 6·25 때 내려온 구보의 '강남 친구들'——이태준, 임화, 김남천 등 모두가 참전한 것으로 나와 있다)를 형상화한 것으로, 북에서 휴전이 되기까지 거의 3년을 소좌 견장의 종군작가로서 군복무를 했다지만, 그 무수한 전투 경험으로 인해 아주 여러 편 걸작(?)이 나왔을 만도 한데, 전쟁에 관한 창작이라고는 그의 생애를 통틀어 오직 이 한 편뿐임을 밝힌다는 게 나로서도 믿기지 않는다.

실은 그간 꾸준히 그 밖의 종군 시절에 발표하신 글이 있을까 해서, 미국 국회도서관으로 하버드의 옌칭 도서관으로 어디로 해서 꽤는 시간을 허비(?)했으며, 주로 문예지 및 문학신문 등 정기간행물 위주로 조사를 했는데, 그 오랜 기간 동안 오직 한 편뿐, 휴전 이후에 발표한 건 주로 역사물이나 번역물로[3] 특히 우리 역사 속의 명인들, 위인들의 전기를 수도 없이 연재하셨다. 더불어 이순신 장군(임진왜란)과 갑오농민전쟁(동학란)을 주제로 한 소설들도 많았다.

다시 말하거니와, 종군작가로서 목도한 전쟁을 형상화한 작품은 이 한 편뿐인데, 「조국의 깃발」을 발표하기까지 그 무수한 당회의니 자백회의니 무슨 무슨 모임에서, 걸핏하면 예의, 그 '창작 부진의 이유'를 어디 들어보자는 재촉에도 일관되게, '아직 준비가 안 되었다'고, '공부를 더 해야 작품을 쓸 수 있을 것 같다'고 하셨다더니…… 몇 번을 읽어도 내겐 아버지 작품 같지가 않게 낯설었다. 나는 문외한이지만 작품의 구성 면에서나, 이야기의 서술 양식 등이 도무지 아버지의 것 같지가 않더라는 말이다. 딱히 꼬집어 말할 수는 없지만 물 흐르듯 문맥의 연결이 부드러운 게 아버지 글의 특징인데, 이 작품에서는 내내 문장이 껑뚱거리고, 무엇보다 방언이 많고, 반드시 그래야 하는 건 아니겠지만 좀은 운율에 맞춰 출렁거려야 하는데 그렇지도 않고, 마치 앞부분 얼마 동안은 여러 사람이 한 꼭지씩 들고 고쳐나간 것만 같았다.

물론 작품 속 대화라든가 서술 중 북쪽 사람들의 생각하는 방식이라든가, 이북 사투리 앞에서, 고개를 외로 꼬게 되는 것이 나만은 아닐 테지만, 어쨌든 월북한 구보의 첫 발표작으로 알려진 「조국의 깃발」에서 대단한 변화 내지는 변이가 일어났다고(?) 할 수도 있겠다. 그렇다면 전화위복이랄까, 그 단편 하나로 오랫동안 버틸 수 있게 된 것이 말이다.

3) 1955~56년 동안 주로 『문학신문』에, 후에 당해년 작품 소개 때 언급한 것이다.

구성면에서나 내용면에서 구보에게 그 이상을 바라기에는 남쪽에서의 해방 전후 작품 성향으로 미루어보건대, '우물에 가서 숭늉 찾는 격'이 되는고로 좀더 두고 보자는 쪽으로 흘렀을 가능성도 있었겠다고 나대로 상상을 하는 것이다.

「조국의 깃발」을 다시 거론하며 분명하게 말하고 싶은 것은, 구보는 대화체를 쓸 때 다른 지방 사투리를 쓰는 일이 없이, 언제나 서울 사투리(서울 중류층에서 쓰는 말)로 이어간다는 점이다. 이러한 범례에 가까운 사실은, 심지어 북에 가서 쓰신 대하역사소설 『갑오농민전쟁』에서도 예외는 아니었다. 무슨 말인고 하니, 아시다시피 『갑오농민전쟁』은 전라도를 중심으로 일어난 동학란이 주제이고, 전라도 기층민이 주류를 이루는 줄거리이나, 그들이 소설 속에서 구사하는 언행은 모두가 서울말이라는 사실이다. 구보의 경우 어느 작품도 예외는 없었다. 그런데 북에서의 첫 작품이라고 보는 「조국의 깃발」에서는 당시 구보가 북에서 10년이고 20년을 사신 것도 아닌데 작품 도처에 북의 사투리나 그들이 즐겨 쓰는 어투가 섞여 있다. 이것은 어쩌면 누군가 '고마운 일(교정, 교열)'을 해줘서 그렇게 된 게 아닌가 생각되기도 한다. 구보의 작품 치곤 얼마나 새로웠는지 나로서는 '고마운 일'을 해준 그 누군가에게 '경의'를 표하고 싶은 심정마저 들었다.

내가 이 작품을 가지고 여러 번 부연을 하는 이유는 이 작품이 옌칭도서관에 있는 걸 모 국문학 교수가 찾아냈다 해서 어느 문예지에 실리며 두어 분이 평을 달았는데, 그중 하나가 부친이 북에 올라가 쓴 최초의 작품이 얼마나 공산주의에 감화되어 구보의 사상적 속내를 드러냈는가를 여실히 보여준 작품이라며, 전혀 행간을 읽지 않고, 구보가 그간 발표했던 작품들의 성향을 고려하는 일도 없이 공산주의 작가로 매도를 하기에, 아버지를 대변한다기보다는, 국문학 전공자도 아니면서도 나대로의 반박을 해보는 거다. 주제넘게 아전인수 격으로 떠들었다면 넓은

이해를 구하는 바이다.

『리순신 장군전』은 사실 얼마 전까지도 1956년도에 『리순신 장군 이야기』와 같은 해에 출간된 것으로 알려진 데다 소설인지 연극 각본인지 알지 못하고 있던 것인데, 미국에 있는 김환태 씨의 장남인 김영식 씨와 하바드대 옌칭 도서관 사서인 강영미 씨의 수고로 근자에 입수되어 실체를 확인할 수 있게 되었다.

유감스럽게도 뒷부분 네 쪽의 낙장으로 판권 부분이 소실된 관계로 정확한 발행 연월일은 알 수가 없다. 그러나 표지에 박힌 '임진조국전쟁 360주년 기념 출판'이란 부제를 근거로, 임진왜란이 발발했던 1592년에다 360을 더하니 1952년임이 판명(?)되었고, 책 뒷표지 안쪽에 옌칭 도서관 고무인에 책의 입수일로 보이는 1952년이 보이기에 1592년 발간으로 확신하게 되었다. 한편으론 1952년 4월 13일에 부산이 왜놈들에게 함락되었기에 혹 1952년 4월쯤이 아닐까도 생각해봤다.

총 190여 쪽으로 '국립출판사'라는 곳에서 발행했는데, '국립출판사'

밑에 한자로 '國立出版社'라고 인쇄돼 있는 게 이채롭다. 당시에는 북에서도 한자가 필요했는지…… 또 눈에 띈 것은 속표지에 실린 초상화 밑에 그린이 성명 석 자에 씨(氏) 자가 있다는 점이다. 물론 청전(青田)과 함께 2인전까지 열었던 화가 청정(青汀) 이여성이 언론인에다 독립운동까지 했던 분이어서 그랬는지는 몰라도.

1953년 7월 27일 휴전이 되자 구보는 3년 동안 입었던 군복을 벗어버리고 평양문학대학에서 교편을 잡는 한편, 국립고전극장 전속 작가로 활동하게 되었다.

1955년 9월에 출간된 『조선 창극집』[4]은 조운 김아부와 박태원의 공저로, 창극 6막 7장의 「춘향전」은 조운과 박태원이, 7막 8장의 「흥보전」은 박태원이, 그리고 김아부는 5막 10장의 「심청전」을 맡아 집필한 것이다. 책이 출판되고 난 뒤에 어느 평자는, "이번에 나온 『조선 창극집』에 실린 우리 고유의 고전 「춘향전」「흥보전」「심청전」은 이제까지 창(唱)으로 구전돼오던 우리 전통적인 소리극을 문자화한 데 그치는 게 아니라 창극 자체를 문학적인 작품으로 평가해야 할, 창극도 문학의 한 장르로서 맞아야 할, 가히 문학사적인 사업의 성과다"라고 평을 달았다.

이 책이 나온 이듬해인 1956년은 내가 남에서 한창 웅변대회에 열을 올리고 있을 무렵이었는데, 피난지 수원시 대표로 경기도 결선에 나가게 되어, 당시 경기도청이 광화문통에 있어, 서울에 올라왔다가 어느 지인으로부터, 이미 해묵은 소식이지만 '아버지가 국립고전극장 전속작가'로 계시다는 말을 들었는데,[5] '라디오에서, 광 속같이 어둠침침하고

---

4) 이 책은 1980년 중국 요녕성 인민출판사 판이 영인본으로 한국에 소개되었음을 밝힌다.
5) 비록 휴전선에 가로막혀 서로의 왕래는 고사하고 서신 교환조차 엄두도 못 낼 그런 때라지만, 뒷지원지에서 들은 상대편 쪽에서 일어나고 있는 것들을 알 것은 다 알고들 있던 때이니…… 내 입 빌릴 것도 없이, 후제, 통일이 되었을 때를 감안하여 행정 구역(선거구)을 남북이 숫자를 맞춰둘 궁리― 예를 들어 남북의 도(道)의 숫자를 같게 만든다든가, 서로 만나 대화를 하자면 급도 맞아야 하고 부

무서운 얘기도 하고 그러시겠구나' 하며 좀은 실망을 했었다. 고전극장 이라니까, '낙랑 공주와 왕자 호동'이나 그런 걸 생각했던 것이다.

앞서 잠깐 언급한 1956년 출간 『리순신 장군 이야기』는 최근에 영인 본을 볼 기회가 있었다. 1970년대 초 미국 국회도서관에 들러 북에서 발행된 양장본 『삼국연의』 여섯 권과 역시 하드커버로 된 『계명산천은 밝아오느냐』를 만날 수 있었다는 이야기는 했던 것 같은데, 듬직하고 묵직한, 그러면서도 따뜻한 아버지의 분신을 어루만지며 만감이 교차했 다. 그 후로 나는 미국 내 다른 곳에는 아버지의 책들을 얼마나 쟁여놓 았나 조사하기 시작했다. 그러던 중에 『리순신장군전』이 시카고에 있는 어느 대학 도서관에 있다는 사실을 알게 됐는데, 남에서 김기창 화백의 표지와 삽화로 어린이들을 위해 나왔던 것과 대동소이한 것일 게라 짐 작해봤다. 하버드 옌칭 도서관엔가 컬럼비아엔가 『임진조국전쟁』이 있 다는 소리도 들었는데 그때까지만 해도 『리순신 장군 이야기』의 행방은 묘연했다.

평양 갔을 때 새어머니가 무슨 말 끝엔가 당대 최고의 남성 연극배 우 황철[6]을 거론하며, 아버지와의 인연을 자랑삼아 말한 적이 있다. 당 시 그가 주연을 맡았던 연극 「리순신 장군」이 대단한 인기를 얻어 만인 의 입에 회자되었는데, 아버지께서 연극 대본에 영향을 많이 끼쳤다고 했다. 아마 이순신 역할을 성공리에 연출해보고자 아버지의 조언을 구

서도 상응한 부처가 있어야 격에 맞겠으니, 생경한 이름의 부처도 신설하고(무엇보다 평화적인 통 일이 되었을 때를 예상해서)—라든가, 흥보며 따라한다는 말에는 좀 어폐가 있겠는데, 나도 시간에 쫓기는 계제이니 더 늘어놓지 않고 그냥 써내려가기로 하려니와, 그간의 남북에서 행한 일련의 조치 (?)들을 두루 상고해보면 내 말이 혼자만의 그리 동떨어진 생각은 아닐 것이다.

6) 대단한(?) 연기과 배우로서 6·25 때 전선을 누비며 위문 공연을 다니다 폭격에 팔을 하나 잃었다. 북에 가서도 맹활약을 하다 역시 전상 후유증으로 1961년에 생을 마감한, 북에서는 문예봉과 쌍벽 을 이루었던 월북 배우로 알고 있다. 처음에는 '공훈 배우'였는데, 연극 「리순신 장군」 이후에 '인민 배우'가 되었다고 한다.

했었나 보다. 좌우지간 공연이 끝난 뒤인지 연극이 무대에 오르기 전인지 인사를 왔더란 얘기였다. 아버지의 『임진조국전쟁』이 나온 1960년에도 충무공의 연극이 성황리에 끝났는데, 그때는 새어머니가 아버지와 합친 후여서 자기도 늙었지만 배우 황철을 가까이에서 볼 기회가 있었노라고, 나로 하여 '역시 여자도 남자들이 여배우에 관심을 두듯, 그렇게 나이에 관계없이 인기 남성 배우에게는……' 하는 생각이 들게 했다. 그리고 언제 기회가 오면 그 황철이란 배우 사진이라도 한번 찾아보리라 생각했다.

1958년 8월에 출간된 『심청전』은 우리나라의 대표적인 고전 소설들을 대상으로 한 '현대어판 간행 계획'의 일환으로 출간된 것으로, 구보는 '예언(例言)'에서 다음과 같은 설명을 남겨놓았다.

원전에 나오는 난해한 한문구는 부득이한 경우에만 간략한 주해를 달아서 살려 두고 나머지는 모조리 알기 쉬운 말로 바꾸어 놓았으며, 허다한 고사들도 또한 적당히 풀어서 본문 속에다 넣도록 하였다. 그러나 아무리 '현대어판'이라 해도 원전의 그, 고전적인 건아한 맛은 살려야겠기에 〔……〕

이 작품집은 1955년 『조선 창극집』에 들어간 각본(창극)과는 다른 소설로서, 그때 아버지가 「춘향전」과 「홍보전」은 썼지만 「심청전」은 김아부가 맡았었기에 이번에 손을 댔던 듯하다. 그런데 먼젓번의 두 편은 창극 대본이고 이번은 소설이다. 그러니 '예언(例言)'을 더 들어보면, 원전이 구전되어 오는 창(唱)인고로, 원전의 맛을 살리기 위해, 판소리에는 어떠어떠하게 되어 있기에 이렇게 해석했다든가, 원전의 4·4조를 기준으로 한 운문적 문체를 그대로 답습하려 노력했다는 대목이나, 판소리에서는 곧 자진모리로 넘어가서, 등등 판소리 원전에 충실하려는 노고가 엿보인다. 한편, 현전하는 소설본 『심청전』(윤세평 주해본)도 참고하였다 밝혔으니, 이 저술은 판소리와 구 소설본 『심청전』의 현대어판으로의 편술(編述)이라고도 할 수 있겠다.

이로써 앞서 발표한 『조선 창극집』의 「춘향전」과 「흥보전」은 구전되던 판소리를 문학의 장르로 승격시킨 창극이고, 현전하는 윤세평 주해의, 소설본이라 언급했지만, 그것이 구전되어 오던 '심청전'을 활자화시킨 데 그친 것이라면(평자의 말), 이번 『심청전』은 우리나라의 고전을 현대어판으로 편술한 것으로, 문학사적으로 의의를 갖는다 하겠다.

1959년 『삼국연의』 제1권의 인쇄는 평양 도서 인쇄 공장, 기술 편집 강옥심에 교정은 김영선이 보았다 했다. 호화 양장에 국판 횡조 457면으로, 정가가 1원 45전이고, 원고 인쇄 회부가 1959년 3월 31일, 발행이 동년 9월 30일이며, 초판 발행 부수는 1만 부였다 적혀 있다.

『삼국지』 출간이란, 폭격으로 쑥대밭이 된 전후의 평양에서 종이난까지 겹친 터에 당할 말이며, 그런 상황에서 역사소설로 여생을 마감할 궁리가 어디서 나왔을까 감탄을 해보기도 했다. 그러나 뜻이 있는 곳에 길이 있다더니……

들은 바에 의하면 '『삼국지』 번역'의 시작은 창작 금지 조처가 내려진 6개월의 시기와 맞물려 있는 듯하다.[7] 번역에 앞서 저본으로 삼은 책은 1955년 북경 인민문학출판사 발행의 『삼국연의』였다. 이 판본은

---

7) 1956년에 당으로부터 『갑오농민전쟁』에 대한 3부 16권의 집필 계획을 승인받았고 『삼국지』 번역에도 계속 시간을 할애해 1959년 3월에 460쪽에 달하는 원고를 인쇄에 붙였다면, 1956년에 받은 6개월 집필 금지로 발표만 못 했을 뿐이지 창작 활동이나 번역 작업에 있어서는 전혀 지장이 없었던 듯하다.

마오쩌둥의 조언을 받아들여, 그간 삭제했던 시[8]를 모두 살려낸 모종강 본이었다. 아버지의 어느 벗께서 동남아 시찰을 마치고 돌아오다 북경에서 구한 이 책을 접하곤 조언을 해주셨다는데, 이번엔 한번 의욕적으로 번역을 해 끝을 내보라고, 주여창의 서언을 훑어보니 우리에게도 가능성이 있는 것 같다며 힘자라는 데까지 알아보겠노라는 전우의 위로 겸 충고에 구보는 당시 자기가 처한 상황에서 얼마나 감격에 다시 감격하면서 의욕적으로 『삼국지』 번역을 시작했을까. 그때의 이야기를 듣던 나까지도 감격해 눈물을 글썽이며 기운이 났을 정도였다.

내 생각에는 벗의 뜻도 뜻이지만, 이제와 생각해보면, 남쪽에서도 읽을거리가 전무했던 전후(戰後)에, 누런 갱지에 먹칠만 한 꼴인 정음사 판 『삼국지』가 장안의 지가(紙價)를 올리며 얼마나 많은 사람들의 호평 속에 읽혔던가…… 이와 같은 사정을 알고 박태원의 『삼국지』를 대한다면, 아무리 고난의 시절이었다 할지라도 『삼국지』는 북에서도 책으로 낼 만큼 좋은 아이템으로 인식되어 있었던 듯하다.

어찌 됐든 『삼국지』 번역이 다시 시작되었고, 그것도 북경에서 새로 나온 평점(評點)이 복원된 모종강본의 번역이고 보니, 시구를 고르느라 남에서 하던 것보다 시간이 두세 배가 더 들었겠다. 그렇더라도 작가가 무엇인가를 하고 있다는 것만 위에서 인지하면 생활이 해결이 되는 그런 체제 아래였기에 당신이 하고 있는 일이 1920년대에 삭제됐던 평점을 다시 복원한다는 책임감 있는 자세로 번역에 임했을 터이니 당시의 구보의 심상이 어떠했을까는 굳이 설명이 필요 없으리.

1960년 2월, 『갑오농민전쟁』이 글 박태원, 그림 홍종원으로 국립미술출판사에서, 어린이들을 위한 동화책으로 발간되었는데, 갑오년 동학

8) 1917년 중국의 '문학 혁명'을 주도한 후스(胡適)가 구어(口語) 운동의 일환으로 1920년대 『삼국연의』 모종강본에서 평점을 모두 빼버림으로써 영사시가 사라졌다

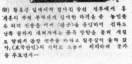

60) 황룡강 일대에서 벌어진 장성 전투에서 홍계훈의 주력 부대에게 심대한 타격을 준 농민들은 퇴각 선봉을 서서 〈관군〉을 유입하며 전라도 남쪽 골과지 내려가서는 문득 방향을 돌며 세찬 기세로 향해서 곧장 전주를 바라고 질풍같이 올라 갔다. 《보국안민》의 기치도 오늘거 의젓하게 글자를 부르면서……

61) 농민군은 필로 저항다운 저항도 밭아 보지 않고 마침내 전주성을 점령하였다. 전주성을 점령한 후 선 봉군은 군계를 정비하고 충정도 일대의 농민군들과 합하여 서울을 공격하려고 은미하였다. 그러나 이때 동학 지도층들은 서울 공격을 반대하여 통문을 사방에 돌리는 두 번뚜기 영위를 강병하였고, 이 일은 농민군을 동요시켰고 서울 공격을 일시 단념까지 하게 하였다.

소년 소녀를 위한 『갑오농민전쟁』 표지와 본문(글 박태원, 그림 홍종원).

혁명을 다룬 내용이 동화책이라기보다는 소년 소녀들을 위한 소설로 보는 것이 타당할 것 같은 인상을 받았다. 그림을 곁들인 소설로서, 어려운 궁중 용어나 한자 용어를 괄호 안에서 처리했으나, 동화이기에는 내용이 좀 어렵다고 봐야 할 것이다.

1956년 초에 대하역사소설 『갑오농민전쟁』의 집필 기획안을 제출해 당의 승인을 받을 당시 『삼국지』는 구보가 틈틈이 번역을 하고 있는 중이었다. 그러나 아직은 집필 기획이 승인되었을 뿐, 출판이 결정되지 않은 상태였으니 넉넉잡고 5년이란 기간을 정해, 당 4차 대회에 선을 뵈겠다고 하라는 말에 따랐을 것이다. 그러나 재혼에다, 전속작가로 있던 국립고전극장에서 고전을 현대어로 편술하는 작업이 진행되었던 데다, 막상 전과 같이 동학란에 직접 참가했던 사람이 어디에 있다든지 하는 정보도 부족했고, 자료 수집차 움직이려 해도 가정이 생기고 보니 다소는 전보다 매사에 차질이 생길 수도 있었겠다. 그래서 우선 생각해낸 것이 어린이들을 위한 단행본이 아니었나 싶다. 생활이 단출했던 시절에는 동학란에 직접 참가했던 노인이 함경도 어디엔가 산다는 소식(남에서 난리를 피해 월북을 했다는)을 듣고 단숨에 달려가시기도 했다는 애

기를 새어머니로부터 들은 기억도 나는데, 아마 그 후론 그렇게 열의를
보이려야 마음뿐이지 그럴 수가 없었을 수도 있었겠다. 그런 의미에서
옆의 어린이들을 위한『갑오농민전쟁』은 3부 16권으로 기획을 한 대하
역사소설의 '맛보기'쯤으로 생각해도 되지 않을까 하는 생각도 든다. 비
슷한 예로 남에서도 해방 후『서울신문』에「임진왜란」을 연재하기 전에
『충무공 이순신 장군』이란 어린이 도서를 출간하신 바 있다. 당시 어린
이를 위한『갑오농민전쟁』의 발행 부수는 3만 부나 되었다.

구보는『갑오농민전쟁』집필 자료로서 김일성종합대학 측지학실험
실에 대동여지도(大東輿地圖, 앞뒤 문맥으로 보아서 필자가 생각하기에)의 복
사본을 의뢰해놓았던 듯 생각되는데, 기다리던 복사본(수작업이었던 듯)
과 다음과 같은 편지가 날아들었다고 한다.
다음은 새어머니의 둘째 딸 정태은이 2000년 3월과 6월에 발간된『통
일문학』에 실은「나의 아버지 박태원」의 일부다.

아버지는 대동여지도 연구에도 달라붙었다.
지금도 나에게는 작가동맹민청원들이 아버지의 지리 연구에 도움을
주기 위해 작성해 보내 준 '오만분의 일' 지도가 보관되어 있다.
거기에는 이렇게 씌어 있다.

박태원 선생님에게
제4차 당대회에 드리는 선물로 창작하고 계시는 선생님의 장편 력사
소설『계명산천은 밝아오느냐』가 어서 세상에 나오기를 학수고대합니다.
1961년 4월 29일 밤 11시 30분
김일성종합대학 측지학실험실에서

제도자 난에는 전기영 외 여덟 명의 이름과 함께 수표가 있다. 그 지도를 보면 많은 것이 떠오른다. 그 5만분의 1 지도는 당시 김일성종합대학에 한 부 있고는 어디에도 없었다. 그들의 성의와 노력에 대해 다시 한 번 고개를 숙일 뿐이다. 이처럼 당 조직은 물론 청년 조직도 아버지를 도와 할 수 있는 모든 것을 다하였다.

위 글에서 의문이 가는 부분은 5만분의 1지도다. 지도가 전시 군인들이 사용하던 지도로서 대외비(對外非)인 것은 다 아는 바이지마는, 김일성종합대학에 한 부밖에 없었다는 것은 씨가 먹히지 않아, 아마 그게 아니라 대동여지도로서, 여덟 명이 함께 사인을 한 것을 보면, 알다시피 대동여지도가 여러 층으로 되어 있어 수작업으로 복사본을 만들 경우라도 여덟 명이라면 거의 세 층씩은 배당이 갔을 테니(대동여지도는 총 22층) 오밤중에야 끝낼 수도 있었겠고, 젊은 축들이 늦게까지 일을 했으니 시간도 적고 그랬을 것 같다. 그러므로 내 짐작대로라면 16만분의 1인 김정호의 대동여지도일 것 같다.

그리고 위의 김일성종합대학 실험실 직원들이 보낸 서신의 내용을 보면 제4차 당대회 선물이라 했는데, 제4차 당대회라면 바로 1961년이고, 갑오년 농민 혁명을 형상화하겠다는 집필 계획서에는 아마 5년을 잡아놓으셨던 모양이나(1956), 재혼도 하시고 『삼국연의』 번역에다 여기저기에서 원고 청탁이 들어오면 그때그때 응해야 하고, 그러다 약속한 5년이 후딱 지나갔으니 대외적으로도 명분은 세워야 하겠기에, 5월 1일 자 『문학신문』에 '로동당 시대의 작가로서'라는 제하의 당신의 작가로서의 근황을 소개하고, 미리 1960년엔 같은 제목에 그림책도 내시고, 그러고는 늦어지는 원고의 집필 계획을 밝힌 기사를 실었던 모양인데, 제목 이외에 내용을 못 봐 나대로 추측하는 데서 그치고, 뒤에라도 입수되는 대로 발표할 것을 약속하면서 이 대목은 그냥 넘어가겠다.

1960년 10월에 출간된 『임진조국전쟁』의 장정은 아우 박문원이 맡아 그렸다. 충무공 이순신 장군에 관한 책이나, 임진왜란에 관련된 저서는 줄잡아 남북에서 공히 너더댓 권씩은 출간이 되어, 남북 통틀어 생전에 열 권 가까이 쓰셨는데, 1949년 1월 4일부터 동년 12월 14일까지 『서울신문』에 모두 273회를 연재하다 중단한 장편소설 「임진왜란」 말고는 모두가 단행본으로 나왔다.

남에서는 해방 이듬해 『주간 소학생』에 「이순신 장군」을 전 15회 연재한 데 이어, 「충무공 이순신 장군」 편을 『독립혈사』 제1권에, 그리고 『동국혈사』에 「난중일기초」를, 을유문고에서 『이충무공 행록』을, 그리고 아협에서 『충무공 이순신 장군』[9]을 발표하거나 단행본으로 냈다. 위의 기간 중에는 나를 포함해 위로 삼남매가 아버지의 이야기를 들으며 느껴 울기도 하고 그랬다. 나는 걸핏하면 울기도 잘하고, 흥분도 잘하고, 의견도 많아 이야기를 자꾸 끊어놓는 바람에 누나들에게 핀잔도 참 많이 들었다. 그때마다 아버지는 뭬 그리 신통하신지, 그냥 두라고, 더 울게 두라시며 대부분 내 편을 들어주시곤 했다(우는데 편들어주는 이 있는 것도 자랑인가?).

아무려나, 앞에서 이미 언급했듯이, 구보는 생애를 통해 '삼국연의'나 '동학란'을 주제로 오랫동안 씨름했듯이, 성웅 이순신 장군에 대한 열의 또한 대단해서, 내가 지금도, 어렸을 때 거푸 해주신 장군의 이야기 중 마지막 장면의 대사를 아직도 기억하고 있는 것으로도 내 얘기가 과장이 아닌 게 증명이 되겠다.

"안위야, 안위야, 네가 정녕 군령을 어기려느냐!"

하는 대사인데, 아버지는 이런 대목도 감정을 넣어 비장하게 이야길

---

9) 총판은 을유문화사로 돼 있다.

하셨다. 이 대사는 장군이 왜놈의 조총에 맞아 위기에 처했을 때 조카가 휘하에 알려 구조를 청하려 하자, 장군은 지금 한창 승기를 잡아 왜구들을 몰아내고 있는 차제에 대장의 위급함을 알려 만약 왜놈들이 알게 되면 곧 되돌아올지 모른다는, 애오라지 구국 일념에서, 자신의 죽음을 알리지 않으려고 조카 '완'에게, 군령이니 절대 명령에 복종하라고 하는 대목이었는데, 지금도 조카 이름이 '완(浣)'이어서 '완이야'를 연발해야 하는 걸 알면서도, 위에 이야기를 할 때면 어린 귀로 들은 '안위야'를 연발하게 되는 것이다.

이 외에도 서울 건천동(현 중구 인현동)이라든가 하는 데서 태어나, 어렸을 때부터 병정놀이를 즐기고, 항상 무리의 앞에 나서 대장 노릇을 했다는 이야기도 들었고, 원균이 어떻고 울산 군수 이언함에, 동래 부사 송상현 등등, 이름도 지명도 확실한 발음은 아닐지 몰라도, 지금도 그냥 나오는 대로 읊을 수 있을 만큼 그렇게 이순신 장군은 우리들에게 친근해져 있었다. 우리가 어려서 어른들이 말리는 유행가를 귀동냥으로 들어 옮길 때, 무슨 뜻인지도, 혹 알아도 멋을 내 부르느라 가사를 전혀 다르게 배운 노래들, 지금 부르래도 옛날 무슨 뜻인지도 모르며 배운 대로 불러야 맛이 나듯이……

다음 생각나는 게 동래부사 송상현인데, 갑자기 명나라를 쳐들어갈 길을 열라는 왜놈의 수작에 결연히 왜놈을 칠새 중과부적으로 최후의 결전에 임하기 앞서 가족들의 안위를 걱정할 때, 소복을 하고 다락에 오른 아내(?)가 장군의 의기 가상히 생각한다며 신첩의 목숨을 먼저 거둬달라 했다는데, 왜놈들에게 짓밟히느니 장군의 손에 죽겠다는 뜻을 전해 듣고 얼마를 울먹였던지……

이순신 하니까 또 생각나는 건, 군사 혁명 나고 얼마 안 돼 한동안 한글 전용 문제가 신문지상에 나돌던 때가 있었다. 뒤로는 어느 정도 계획도 짜여 있어, 조급해지신 외솔 최현배 선생님, 하기야 평생 소원이 한글 전용이시니, 하여튼 일주일에 하루씩은 신촌 대흥동 자택으로 차출되어, 국정 교과서 국어 교본이 모두 바뀌어야 하니 미리미리 원고를 만들어두어야 한다시며 내게 첫 과제로 중학교 1학년 2학기인지 2학년 2학기인지에 들어갈, '이순신 장군'이란 제목의 원고를 만들라 하셨던 게 생각난다.

하긴 혁명 정부의 '한글 전용 시행안'은 여기저기서 대두되는 반대 의견에 부닥쳐 수포로 돌아가고 말았지만, 그 당시의 저의(?)는 저들의 '혁명'이 단순한 '군사 쿠데타'로 역사에 남게 될 것을 우려하여 일시적으로 떠오른 발상(?)이었기 때문이었는데, 실상 그때 그대로 밀어붙였으면 우리나라 국어 교육이 전혀 다른 양상으로 전개되었을 것도 상상해보겠다.

어쨌거나 그렇게, 몇몇 권이 나와 결국 『임진조국전쟁』으로 완결되었다고 보겠는데, 연전에 깊은샘에서 나온 책 해설[10]을 맡은 양반(방민호 교수)이 부친의 성웅 충무공 이순신 장군에 관한 집착을 논하다가, 체제가 다르고 시대가 다른 때에 쓴 책을 고찰하매 대부분이 국가와 백성들에게 충실했던 데는 이견이 없었다. 한 가지 흥미로운 점은 장군의 대표적인 시조 '한산섬 달 밝은 밤에 수루에 홀로 앉아……' 하는 것이, 초기엔 고향에 계신 늙은 어머니에 대한 시름이었다가, 1956년 북에서 낸 『리순신 장군 이야기』에서는 백성들과 나라를 걱정해서 잠 못 이루는 밤이 계속되던 날들 중의 소회였다더니, 종당에는 조정(朝政)이 왜구 요시라의 반간계에 넘어가 횡포와 무능한 위정자들로 인해 사지로 몰릴 자신의 심정을 시로 토로하는 바로 그런 와중에서도 고난에 허덕이는

10) 방민호, 「박태원의 『임진조국전쟁』론」, 『임진조국전쟁』, 깊은샘, 2006.

기층민들을 생각하며 읊었다는 데는, 그게 바로 구보 박태원이로구나, 생각했다고. 다음은 위에서 언급했던 서울대 국문과 방민호 교수의 「박태원의 『임진조국전쟁』론」의 일부다.

박태원의 『임진조국전쟁』은 아주 흥미롭고 멋진 장편소설이다. 그런데 그 현대적인 맛은 도저히 지금으로부터 50년 전에 북에서 쓰여진 작품이라고는 믿기 어려울 정도이다.

우선 간결하고 명쾌한 문장과 민첩한 장면 전환에서 오는 쾌미를 꼽아야 할 것이다. 박태원은 원래 '장문주의의 미학'(조남현)이라고 지칭할 만한 장거리 문장의 치렁치렁한 맛이 일품인 작가다. 그러나 1940년경을 전후로 하여 본격적으로 집필하기 시작한 역사소설 문체의 결정판이라고 할 만한 시원스러운 속도감을 보여준다.

[……]

『임진조국전쟁』은 이러한 모든 임진왜란 및 이순신 서사의 결정판으로서 다양한 자료 수집과 거듭된 창작적 실험의 소산이다. 이 작품은 『이충무공 행록』과 『징비록』의 내용을 뼈대로 삼으면서 남쪽에서 연재했던 「임진왜란」의 다소 지리한 문장과 난삽한 인용에서 벗어나 7년에 걸친 전쟁의 전체상을 흥미진진하게 공간적으로 펼쳐내 보인다. 작품 전반에 걸쳐서 소설적 긴장을 변함없이 유지하고 다기한 면모를 가진 수많은 인간 군상들을 요령껏 처리하면서 전쟁의 성격을 이순신과 인민의 전쟁으로 이끌어가는 작가의 솜씨는 이 작품이 처음에 출간되었던, 1960년 북한이라는 시공간적 제약을 쉽게 의식하지 못하게 하는 완성미를 보여준다고 할 것이다.

[……]

이 가운데 특히 이 작품의 14장 '인민들은 일어섰다'는 이 소설의 제명이 '임진왜란'이 아니라 '임진조국전쟁'이 되어야 하는 필연성을 제시하고 있는 것이다.

왕과 그의 신하들이 나라를 통째로 왜적에게 내맡기고 강을 건너 명나라로 들어가버리려고까지 생각하고 있을 때, 원수놈들에게서 내 고장을 도로 찾고 멸망 속에서 내 나라를 구해내려 떨쳐 일어난 것은 이 나라 인민들이다. 망건 뒤에 금관자 옥관자를 붙인 자들이, 허리에 대장패와 병부를 찬 무리들이 적을 멀리 피해다니느라 골몰일 때, 적의 바로 발 밑에서 들고 일어나 그 목에다 칼을 겨눈 것은 이 땅의 백성들이다. [······] 왕이 부르지 않았어도 그들은 일어났고 관가의 분부가 없어도 그들은 나가서 싸웠다. 어머니 조국에 대한 뜨거운 마음이 그들을 불러일으킨 것이다. 원수에게 대한 끓어오르는 적개심이 그들을 싸움터로 내몬 것이다.

마지막으로, 『삼국연의』 전 6권이 완간된 사정을 간략히 짚어보면 다음과 같다.

1961~62년, 역사를 빛낸 인물들의 이야기가 『문학신문』에 소개되었다. 우리 역사에 큰 획을 그은 명인명장들을 1961년 5월에서 1962년 7월까지 『문학신문』에 계속 소개했는데, 을지문덕, 김유신, 연개소문을 비롯해, 김생, 박제상, 구진천 등을 연재하였다. 『문학신문』은 격주 발행으로 알고 있다.

다음 사진은 북한에서 출판된 『삼국연의』 셋째 권의 판권인데(『삼국연의』 1권과 2권은 1960년에 발행되었다) 북에서는 보는 바와 같이 삼국지의 경우 1963년까지 송고날

『삼국연의』 3권의 판권. 하단 오른쪽에 8천 부 발행했다는 내용이 보인다.

짜가 판권에 인쇄돼 있었다. 한데 1964년부터 남쪽이나 비슷하게 인쇄와 발행 날짜가 10일을 격해 인쇄되기 시작했다. 따라서 『삼국연의』의 5권부터는 송고 날짜를 모르게 됐다.

3권은 조판과 인쇄를 하는 데 5개월이 걸렸고 부수도 만 부씩 찍던 것을 8천 부만 찍은 것으로 보아 필경 종이 사정이 최악이었던 듯하다. 남에서도 당시는 일반 서적은 갱지로 찍을 때여서 영미 서적의 번역본을 낼 경우 미공보원이나 운크라 쪽에서 모조지를 인쇄분보다 넉넉하게 받아올 수가 있어 그 좋은 종이를 아껴서 쓰고 남은 모조지로 매수가 적은 시집 같은 걸 찍던 생각이 난다.

1962년에는 『삼국연의』 4권이 나왔다. 2월 25일에 인쇄 회부, 11월 5일에 발행. 1만 부를 찍었다.

1964년 『삼국연의』 5권, 6권이 출간됐다. 5권은 1월 20일 인쇄, 1월 30일 발행. 내용은 80회에서 99회까지 실려 있으며, 저자 라관중, 역자 박태원에 총 419쪽으로, 편집원 윤경주, 기술편성 윤경주에다 교정 장석훈, 장정, 값은 2원 30전이며 발행 부수 1만 부라고 판권에 적혀 있다. 6권은 8월 20일 인쇄, 8월 30일 발행. 내용은 100회부터 120회까지 413쪽으로 색인까지 실려 대미를 장식했으며, 저자 라관중, 역자 박태원, 편집자 강학태, 기술편성 장석훈, 교정 김양순에다 발행 부수 2만 부에 값은 2원 34전으로 연초에 나온 5권보다 4전이 인상되었다. 발행소는 조선 문학예술총동맹출판사이며, 인쇄소는 평양 종합 인쇄 공장이다.

이와 같이 구보가 4반세기 동안 각고의 노력을 경주했던 『삼국연의』의 번역을 이북에 올라가 장장 5년여에 걸쳐 여섯 권으로 대미를 장식했다. 그리고 이 여섯 권의 『삼국연의』가 『삼국지』란 이름으로 남한에서 출간(총 열 권)된 것은, 그로부터 거의 반세기가 다시 흐른 2008년 4월, 그러니까 북에서 『삼국연의』 첫 권이 나온 후 정확히, 49년 만이었다!

여기서 한 가지 특기할 사항은 위 『삼국지』 대본은 1955년 북경에서 발간된 모종강본이라는 것과 전언(前言)의 필자가 주여창, 그리고 더욱 중요한 것은, 1920년 후스에 의해 모종강본 『삼국지』 원본에서 평점이 사라진 지 4반세기가 지나서, 모택동의 의견을 좇아 '평점을 다시 살려 낸 모종강본'의 번역이라는 점이다.

두툼한 『삼국연의』 첫 권이 나오자 전후 복구 사업 지연으로, 문예지나 문학신문, 그리고 몇몇 계간 문예지를 제외하곤 딱히 읽을거리가 없을 때였기에 독자들의 인기를 독차지하게 되었다고 짐작했다.

박흥병이란 문학평론가가 1960년 3월 1일 자 『문학신문』에 『삼국연의』에 대한 서평(「『삼국연의』와 번역」)을 실었다. 그는 『삼국지』가 불후의 명작이며, 이러한 대작을 번역하려면 막대한 정력과 예술적 재능이 뒷받침되어야 하는데, 이러한 견지에서 박태원 역 『삼국연의』 첫 권의 성과를 긍정적으로 대하는 바라고 하였다. 다음은 그의 글을 발췌해 실은 것이다.

역자는 웅건하고 활달한 필치로써 이 력작을 우리말로 재현시키는 데 노력하였다. 역자는 우리 고전 문학이 가지고 있는 언어의 특성들을 대담하게 많이 활용하였으며, 원작의 언어가 가지는 운률적인 요소들을 살리는 데도 원정한 노력을 기울였다. 복잡한 사건들로 얽혀진 원작의 언어들을 전개력 있는 필치로 박력 있게 끌고 내려갔다.

원작의 복잡한 문장을 역문에서 곱씹고 되짚어 읽어 내려가지 않아도 별로 막히거나 혼돈을 일으키지 않는다. 성격의 예술적 형상에서 중요한 수단의 하나로 되며, 사건 전개의 중요한 내용을 이루는 대화도 원숙하게 번역 처리되고 있다. 인물들의 성격을 특징짓는 대화들을 그 인물의 감정 상태와 제 푼수에 맞게, 그리고 일정한 억양을 살려 가며 재현하는 데 있어서 창작적 기량을 보여주고 있다. 그리하여 대화에서 별로 어색한 점이 별로 없으며 작중 인물들의 생각하는 바와 동작을 얼른 알아차릴 수 있게한다.

간간이 삽입된 시편들도 대부분 원작의 빠토스[11]를 비속화함이 없이 우리 시가(詩歌) 운률의 좋은 점들을 훌륭하게 활용하였다. 문장의 단락, 대화를 중심으로 한 앞뒤 문장의 처리도 매우 좋다. 장회체 소설의 특징으로 되는 시작 부문에서의 전회와의 련계, 또는 새로운 경지에로 끌고 가는 전환, 그리고 그 장회에서 독자를 흥미진진하게 [……]

이러한 찬사 끝에, 한자에 밝지 못한 젊은 세대를 생각하여 둘째 권부터는 어려운 한자 단어는 되도록 풀어줄 것과, 한자를 적게 써주었으면 한다는 역자에 대한 요구 사항도 곁들였다.

그리고 최근 중국에서 『삼국연의』의 인물 형상을 두고 일대 론쟁을 전개하고 있는 데 대하여 간단히 개괄함으로써 독자에게 좋은 방조를 줄 필요가 있다고 생각한다.

작년 초에 곽말약이 조조에 관한 문제를 대서특필하여 제기한 것을 계기로, 『삼국연의』에 대하여 열렬한 론쟁들이 『인민일보』를 비롯한 중요한 출판물들을 통하여 전개되었다. 첫 불을 걸은 곽말약은 조조가 억울하게도 1천여 년간 부정적인 인물로 알려져 왔는데 오늘이야말로 그의 명예를 회복해주어야 할 때라고 하면서 조조는 민족의 발전과 문화 발전에 거대한 공헌을 한 민족적인 영웅이라는 것을 론증하려고 하였다. 그러나 이와 상반되는 견해들도 허다하다. 인물 형상에 대한 문제, 이 작품에 대한 평가 문제 등은 다른 력사적인 인물에 대한 예술적 형상과 력사적 인물 형상에서 제기되는 사실과 허구 문제에까지 확대되어가고 있다.

11) 페이소스pathos의 노어 식 발음.

외국 문학 작품의 예술적 번역이 외국 문학에 대한 진지한 연구와 결합되어야 할 오늘날, 이러한 문제들까지도 우리의 관심사로 되어야 하며 가능한 한 독자들에게까지 소개될 필요가 있다고 생각된다. 우리는 이에 대한 가능성들을 발전시켜야 하며 이러한 가능성이 앞으로 나올 다섯 권에서 다양한 방법으로 발휘될 것을 희망한다.

박 평론가의 윗글은 그때까지 대세를 보였던 촉한정통론의 『삼국연의』에 대한 새로운 논쟁이 중국에서 일고 있다는 것을 언급한 듯하다.

구보와 『삼국지』

구보가 1920년대 중반에 백화 양건식 선생[12]을, 구보의 숙부 박용남의 소개로 사사(師事)했다는 이야기는 한 바 있다. 구보가 약관에 이르렀을 당시 이미 백화는 『삼국지』를 일간지 『매일신보』에 우리나라 최초로 번역 연재를, 그것도 8백여 회에 걸쳐 했으니(1929. 5. 5~1931. 9. 21), 젊어서부터 구보가 사숙을 하던 스승의 글을 읽는 것 외에 자기 나름대로 비평도 하다가, 언젠가는 구보도 자기식의 문체로 번역을 해보리란 생각을 은연중 했을 것이다. 그 뒤 일본의 인기 작가인 요시카와 에이지의 「삼국지」가 일어로 『경성일보』에까지 연재되고, 그 임시해서 만해 한용운(卍海 韓容雲)의 언문 「삼국지」도 『조선일보』에 연재되다 신문의 폐간으로 연재가 중단되자,[13] 구보는 권토중래하는 심정으로 『삼국연의』의 번역을 시작했던 것이다.

1941년 월간지 『신시대』 4월호에 「신역 삼국지」라 하여, 웅초 김규

---

12) 선생은 한학에도 조예가 깊었다. 일찍이 중국으로 건너가 중국 문학을 연구하고 돌아와 1918년과 25년에 우리 문학계에 『홍루몽(紅樓夢)』을 소개했고, 「삼국지」와 신역 「수호전」도 연재했다.
13) 만해의 「삼국지」는 『조선일보』에 1939년 11월 1일부터 1940년 8월 11일까지 총 281회 연재되었다.

택(雄焦 金奎澤) 화백의 삽화를 곁들여 제갈량(諸葛亮)편 제1장 삼고초려(三顧草廬)로부터 시작을 했는데, 그 대목이 당시 요시카와 에이지가 일본말로 경성에서 발행되던 일간 신문『경성일보』에 연재하던 것과 같은 대목이었다는 소린 앞서 얘기한 바다.

구보는 연재 첫 회에 '첫머리에'란 제하의 글을 실었다. 내용을 보면, 중국 사대기서(四大奇書)의 하나라는 것을 환기시킨 뒤『삼국연의』에 대한 역사적 맥락을 짚었고 주요 등장인물들을 간단히 소개한 끝에 연재 계획에 대해 밝혔다.『삼국지』는 워낙 방대한 작품이라 월간지에 연재하려면 최소한 50회 이상을 잡아야 하며, 그러려면 그 기간만도 4년 이상이 걸리게 되므로 월간 잡지에 싣기에는 적합지 않은 작품이라고 운을 뗀 뒤, '삼국연의 이야기'를 다음과 같이 네 등분했다.

첫째 권을 조조편(曹操篇), 둘째 권을 제갈량편(諸葛亮篇), 셋째 권을 관운장편(關雲長篇), 넷째 권을 사마씨편(司馬氏篇)으로 나누고, 구보는 그중 재미가 있는 제갈량편만을『신시대』에서 번역해 보여드리겠다고 했는데, 얼추 요시카와의「삼국지」연재와 비슷한 시기에 끝이 나도록 마무리하셨다(햇수로 3년 후에야 끝이 났지만, 얼추 그랬다). 이 연재분은 해방 전에 박문서관에서 1943년과 1945년에 두 권(첫 권은『제갈량』, 둘째 권은『적벽대전』)으로 발행되었다. 이후 박태원은『삼국지』완역에 매달려 6·25 직전까지 정음사에서 두 권을 펴낸다. 이후 난리가 터지고 종군작가에 차출되었다가 돌아오는 고초를 겪는 와중에도『삼국지』완역에 대한 집념은 꺾이지 않았고 이는 북에 갈 때까지 지속된다.

다음은 근 반세기 이상을 항간에 떠도는,『삼국연의』의 정음사판이라 알려진 열 권의『삼국지』에 대한 이야기다. 아버지가 번역한 완역『삼국지』첫 권과 둘째 권이 도서출판 정음사에서 1950년 2월과 5월에 발간된 바 있는데, 1950년에 발발한 6·25 동란 중에 3, 4권이 피난지 부산에서 발간되고, 5권이 1953년 8월, 휴전 직후에야 발간되었다. 그 후 계속하여 발행인 겸 역자(譯者)에 최영해(崔暎海)라는 이름이 찍힌 채 1955년 7월에 총 열 권으로 완간을 본 것이 소위 말하는 정음사판 『삼국지』다.

우리나라의 『삼국지』 판도를 보면, 그 번역물이 근대로부터 치자면 4백여 종에 이른다. 이 중에 박태원의 정음사판 『삼국지』가 삼국지 동호회를 비롯한 사계의 권위자들에게 가장 문학적으로 잘 번역된 것으로 정평이 나서 1970년대 후반까지 근 20여 년 동안 우리 서점가에서 독주했다. 물론 그간에 신문에 연재된 박종화의 「삼국지 평역」이나 요시카와 에이지의 번안본을 바탕으로 한 정비석, 김동리, 허윤석 제씨의 『삼국지』들뿐만 아니라 여타의 『삼국지』들이 수 종 서점가에 나돌기는 했지만 그야말로 박태원의 『삼국지』가 쌓아놓은 아성에 도전하기에는 역부족이었다.

한데, 삼국지 동호회를 비롯한 『삼국지』를 연구하는 많은 학자들 사이에서 정음사판 『삼국지』가 사장 최영해의 차명(借名)으로 완간을 보았다는 점이 비중 있게 거론되고 있고 실제로도 어디까지가 구보 박태원의 번역인지 문제되어온 것이 간과할 수 없는 사실이다. 혹자는 열 권 중 여섯 권이 박태원의 번역일 것이라 하는가 하면 또 다른 쪽에서는 열 권 중 여덟 권이, 심지어는 두 권만이[14] 박태원의 번역이라 보는 이들도 있다. 지금까지도 이렇다 할 결론(?)을 내리지 못하고 있는 상황을 지켜보면서 구보 박태원의 아들로서 구보의 평전을 씀에 있어, 이 문제에 대해 아는 대로 언급을 함이 마땅한 일이라 생각되었다. 그러나 이미 당시로부터 오랜 세월이 흘렀을 뿐 아니라, 관계되었던 분

---

14) 역자가 남에 있을 때 발행된 것은 처음 두 권뿐이었으므로, 난리 전 출간한 빨간 표지, 제자와 장정은 이주순(李朱旬) 씨의 판각이었다.

정음사판 『삼국지』 열 권으로 발행급역자는 최영해로 되어 있고, 장정은 김용환 화백이다.

들도 당사자를 비롯해 모두가 이승을 하직하신 마당이라 어디까지 밝혀야 할는지, 그리고 무엇보다 내가 이 분야에 문외한인 까닭에 감히 문체를 가지고 비교를 한다든가 묘사니 지문이니 대사 어쩌고 하는 일이 다 부질없는 짓일 수도 있다 생각해 주저하고 있었던 것 또한 사실이다.

그러나 박태원의 이름을 걸고 나오는 책자에 이 문제의 언급이 없다는 것도 우습고, 또 문외한이란 소리만 내세울 것이 아니라, 박태원『삼국지』의 한 애독자로서, 한때는 원고까지 나르며 어찌 되었건 평생을 마음속에 지니고 살아온 자체만으로라도 '지가 할 얘기가 많으리라' 생각을 하실 분들을 생각하니, 마땅히 붓을 들어 알고 있는 만큼만이라도 이 기회에 밝혀야겠다는 용기를 갖게 되었다.

지금 내가 다시 아래층 나의 데스크톱에서는 열리지도 않는 이 오리지널(난 컴맹이다)을 가지고 손을 보려, 이렇게 열어만 놓고 쓰잘 데 없는 수다를 떨며 변죽만 울리고 있는 소치는, 그 차명(借名)이란 소리, 누구의 논문에서 나온 것이더라, 그냥 좋아서 따라 쓰긴 썼으나 그러면 안 되겠다는 생각이 들어, 그 단어를 쓰고 싶으면 열 권 중 정확히 어느 어느 책이 '차명'이라든가 하는 식으로 명토를 박아야겠다는 마음이 섰기 때문이다. 절판된 뒤 1960년대 후반부터 새로 조판을 해 '중국 소설 문학 선집' 중에 넣어 본문 활자 8포인트 2단 종조 상·중·하 세 권으로 개정 발간됐으니 열 권을 세 권으로 하고 보면 세 권 가운데 한 권은 옛날 열 권 시절의 세 권은 넘고 네 권은 못될 터, 이젠 몇째 권부터는 박태원의 번역이 아니라는 말도 엄밀하게는 못 하게 된 것이 아닌가 하는 생각도 들었다. 이런 지엽적인 생각까지 하게 되는 건 모두가 다 '차명' 이야기를 전개하기가 좀 내키지 않고 껄끄러워 그렇겠지. 차라리 『수호전』 상·중·하 세 권이라면 그건 사변 전에 발행됐던 거니 완연한 차명인 게 맞는데…… '차명'이 『삼국지』 전체에 해당되는 말이 아님은 분명한 얘기고, 무엇보다 옛날 책 열 권짜리로 얘기를 끌어가야 되는데 절판된 지 오래에 정음사마저 없어진 마당에 굳이 캐낼 건 또 무엇인가 하는 회의도 들어, 그렇다면 설명을 하지 않고 이 글 맺어도 상관없겠다는 소리로 말막음을 하고 싶지만 어쨌거나……

　1950년 3월과 5월 정음사에서 『완역 삼국지』 첫 권과 둘째 권이 박태원의 이름으로 발행된 바 있다. 그 뒤 난리가 나서 정부가 남으로 옮겨가고 정음사도 부산으로 갔는데 원래 나왔던 박태원의 『삼국지』 첫 권과 둘째 권이 발행 겸 역자가 최영해로 바뀌어 세상에 다시 나왔다. 이어 같은 방식으로 출간된 셋째, 넷째 권까지 날개 돋친 듯 팔릴 즈음, 『수호전』 상·중·하가 역시 발행 겸 역자가 최영해로 출간되어 장안의 지가를 올렸음은 알 만한 사람들은 다 인정하고 있다.[15]

---

15) 나는 지금까지 이와 같은 이야기를 어디서도 별로 흘린 적이 없다. 그리고 내가 장성한 다음 일부는 최 사장님으로부터 직접 듣기도 했다. 그런 뒤에 나름대로 기왕에 나온 책들과 대조도 해보고, 여러 분들이 발표한 연구 논문들도 섭렵을 하다 보니 나대로 조각이 맞아들어가는 부분이 있어 '나

내 생각으론 『삼국지』 첫째, 둘째 권은 이미 난리 전에 발행한 것이라 표지가 김용환 화백 것으로 바뀌고 판권의 번역급발행자가 최영해로 찍혔지만 소제목들은 물론 내용에 있어서도 단 한 자(?)도 달라진 게 없으니 재론을 할 필요도 없이 박태원의 번역이다.

아버지는 기왕에 일제 강점기에 단행본으로 나온 박문서관본 『삼국지』 두 권을, 마치 『조광(朝光)』에 연재했던 「수호전」을 책으로 낼 때 손을 보셨듯 손보신 흔적이 있었다. 말하자면 그 남용하시던 문장 부호(무엄하다 하시겠지만, 『신시대』에 연재될 때나 박문서관에서 단행본으로 묶일 때도 마찬가지)가 대폭 정리된 것 외에, 월간지에 연재를 했던 관계로 이야기의 뒤끝을 다음 호와 연결시키려 했던 기술적인(?) 문제나, 매달 지면은 한정되어 있는데 이야기는 다음을 기약하도록 해야 하겠기에 원문에 크게 저촉이 안 되는 한도에서 몇 줄로 줄거리만 들려주고 말았거나 아주 생략을 한 부분의 문제들을 여기저기 손을 보신 흔적이 어렵지 않게 발견되는 것이다.

그중 한 예를 들어보자면, 넷째 권 끝머리에, 주유가 죽기 전에 자기 자리에 노숙을 앉히라는 유서를, 박문서관본(『신시대』 연재분)에서는 생략을 하고, "좌우가 주유의 남기고 간 글을 올린다. 펴보니, 저의 뒤를 이을 사람으로, 노숙을 천거한 것이다"라고 했었는데, 문제가 되고 있는 정음사판 『삼국지』에서는, 유서 전문 10행을 전부 다시 살려놓은 점 등을 들 수 있겠다.

이렇게 아버지는 당신이 어느 대목에서 어떻게 처리했었던 것을 쉽게 생각해내고, 찾아내, 아마 부지런히 권수를 불려나가려 했나 보다.

의 의견'을 사심 없이 피력하는 것일 뿐이다. 이 일로 해서 혹 언짢은 일이 생기길 바라지 않으며 지하에 계신 분들의 눈살을 찌푸려드리는 일도 없었으면 한다. 늘상 존경해왔듯 지금도 그 마음엔 변함이 없음을 강조한다.

3
부

310

그러기에 그 혼란한 와중[16]에도 근 한 권 반이나 되는 새로운 번역을 이루어놓으신 걸 보면 역시 정신 집중은, 번역도 창작이란 말 염두에 두고 생각하면, 『삼국지』 집필은 아버지에게 있어 얼마나 현실을 잊을 도피처였을까 하고도 생각해봤다. 물론 전처럼 우리들에게 『삼국지』 얘기를 저녁마다 해주실 여유는 없으셨던 듯, 인공 치하에서는 들은 기억이 전혀 없다. 여기서 도피처란, 아버지께선 누구의 지시나 함께 어울려 단체 행동을 하는 데는 한참 서투르시기에 한 말이다. 내가 마냥 남들 앞에 숫기가 없어 거북해하는 것처럼.

참, 그런데, 여기서 우선 짚고 넘어갈 일은, 필자는 『삼국지』(깊은샘판) 서문에서 어머니와 함께 9·28수복 직전에 아버지의 『삼국지』 번역 원고를 태웠던 일을 밝힌 바 있다. 이제 생각하면, 노끈(당시는 종이를 꼬아 만든 노끈이 많이 쓰였다)으로 열 십(十) 자로 동인 듯직한 뭉치가 다섯째 권 원고에 해당하고, 나머지 여분이 아마 여섯째 권의 일부였지 않았나 하는 것이, 박문서관 것 둘을 진작 손봐서 정음사 최 사장님 손에 넘겼다고 가정을 하면, (난리 직전 내가 등굣길에 정음사 사장댁으로 나른 원고를) 인공 시절 90일 동안 틈틈이 만지신 건 분명 다섯째 권부터였을 터인데 전처럼 저녁마다 우리들을 불러놓고 원고 쓰신 걸 감정을 넣어 읽어주신다든가 했으면 한참 기억력이 좋던 때니 지금도 생생하게 기억을 하고 있을 텐데, 마음이 안정이 안 돼 그러셨는지 얘기가 전에 해주던 데서 삼고초려가 빠지게 돼 우리들이 재미없어할 것 같아 그러셨는지, 어쨌건 전에 깊은샘 『삼국지』 서문에서 둘째, 셋째 권이라 했던 건 나의 착오였음을 말씀드린다. 부언하면, 셋째, 넷째 권은 기왕에 1943년과 45년, 해방 직전 박문서관에서 단행본으로 나왔기에, 대조해보니 위

---

16) 6월 28일에서 9월 21일까지의 길지 않은 기간 동안에, 두 번의 종군작가행과 6·25 직후, 처음 한 열흘 남짓, 자술서 작성 기간만 빼고.

에서 열거한 것들을 제하고는 크게 달라진 것이 없고, 구두점이나 대사와 지문의 독특한 처리가 아직도 많이 살아 있어(?) 어렵지 않게 구보의 번역이라는 것을 알 수 있었다. 그래 하는 소리이니 그리들 아시기 바란다.

문제는 그 난리 통에 번역을 하신 다섯째, 여섯째 권의 아까운 원고가 세상 빛을 못 보고 아궁이 속으로 들어가버린 것이나, 실제로 구보 자신이야 어차피 북쪽에서 잽쳐서 같은 부분 번역을 하신 셈이니, 예습을 충분히 하신 셈이라 자위를 하며 사셨겠다. 한데, 우리 최 사장님의 경우는 그렇지를 못해, 어머니가 나오시어 건강을 추스르신 다음, 1955년 혹은 1956년 가을껜가, 어머니를 모시고 혜화동을 방문했을 때, 이런저런 얘기 끝에 『삼국지』 원고 얘기가 나와, 당시 총망중에, 그 원고 뭉치들을 아궁이에 넣어 살라버렸단 말씀을 드렸더니,

"아이고, 이 사람들아!"

하시며 못내 아쉬운 표정이시더니, 잠시 후 마음이 다소 준좌가 되신 듯, 예의 그 유머,

"참, 내, 그 원고만 있었음, 내 팔뚝에 땀띠 두어 말(?)은 줄었을 턴데⋯⋯"

하시며, 누우런 성근 베로 지어 시원해 보이는, 좀은 말려 올라간 짧은 소매의 배등거리 아래로 드러난 팔뚝을 내밀어 보이시는데, 아직도 딱쟁이가 남아 있는 땀띠 자국이 선명했다. 그 당시만 해도 사장님들은 하나같이 비대해야만(?) 어울렸던 때였으니, 우리 최영해 사장님 역시 내 기억에 삼삼하셨는데, 그런 분이 온종일 들어앉아, 그것도 한문투성이가 아니라 한문이 종이 위에 전석같이 뒤벽을 한 그런 원서(?)를 펼쳐놓고 골 때리는 한문 공부를 해야만 하는 데다, 그것도, 쓰고 싶은 대로도 아니고, 구보의 흉내(?)를 내야 하는 번역이니 얼마나 힘든 고역이었을까? 내 의견으로는 전체적으로 볼 때 다섯째 권 앞머리의 반은 빼

고, 나머지는 뒤로 가면서 서서히 당신의 페이스를 잡아가신 듯, 대사
와 지문, 그리고 어미들을 이미 앞 권들의 스타일을 좀은 벗어나 당신
뜻대로 처리해나가신 듯한데, 아무려나, 삼복 중에 그 힘든 일 밤낮으로
그렇게 몰아붙였다면(그리도 급히 끝을 내시도록 독자들이 성화를 댔을 테
니) 땀띠에서 그친 게 다행이라고도 생각해봤다.

들은 바로는, 후에 시인도 되고 한학자도 되고 한 분[17]이 있는데, 그
땐 제2국민병에 걸려 남쪽으로 끌려 내려갔다 풀려나, 피골이 상접한
몰골로 피난지 부산에서, 다행스럽게도 사장님을 만나 세월을 기다리며
번역도 좀 하며 거들었던 일이 있었나 본데, 생각지도 않았던 크레디트
(저작권, 한때는 그렇게들 얘기하던 때도 있었다) 문제로 얼마 안 가서 틀어
졌단 소리를 하셨던가…… 지금 와서 이리저리 생각을 하면 짚이는 데
가 좀 있기는 한데, 내가 지금 논문 작성을 하는 처지도 아니고 하니,
전혀 나의 의견을 개진할 의사가 없음을 밝힌다.

하긴 크레디트 문제뿐 아니라, 문체에서도 문제가 있었던 모양인데,
그 원고를 가지고 구보의 문체를 달아 손을 보자니 예삿일이 아닌 데
다, 다른, 지엽적이긴 해도 그럴 만한 일도 생겨서 그렇게 됐으리라 나
대로 생각하는 바다. 그렇다고, 어쨌든 그런 뒷얘기를 듣긴 했지만, 본
인에게 확인을 한 것도 아니고 다섯째 권의 반을 최 사장도 아닌 다른
이의 번역이라 보고 싶진 않다. 물론 교정을 원고부터 서너 번 본다면
누구의 글이건, 괜찮다는 출판사 교정원들에게 걸렸다 하면 바로잡혀버
리는 얘기에다, 그런 교정 보느라 잔역들 참 많이들 했지러, 해가며, 그
래서 그런 말을 하는 거다.[18] 흉내야 낼 수 있는 거니, 단정을 지을 수는

17) 사정상 이 분을 명확히 밝힐 수 없음을 양해 바란다.
18) 교정쟁이가 다 그런 건 절대 아니고, 나처럼 그 옛날에 산전수전(?) 다 겪어보고, 선배들로부터 갖
   은 중역(重譯)들 하던 사계의 권위자들―대부분 왜정 시대 일본 유학들 다녀오신 분들이었고,
   시간에들 쫓기는 데다가 번역료라고 시알따끔 주었으니(당신들이 생각하기에), 데리고 있던 조교
   를 시키는 아량(?)을 보이는 분들도 있긴 했지만, 좀더 아쉬운 분들은 대부분 당신들이 기왕에 일

없지만, 어쨌든 나로서는 여섯째 권부터는 단연코 최영해 사장의 번역이라고 말하고 싶고, 물론 다섯째 권도 마땅히 크레디트는 최 사장께로 가야 한다고 생각하는 바이다.

정음사판 셋째, 넷째 권이 나온 후 8개월이나 걸려 다섯째 권이 나오게 된 까닭은, 위에 열거한 불확실한 연고로도 치부할 수 있겠지만, 전시하에서 그나마 셋째, 넷째 권 원고(구보가 기왕에 손을 본 박문서관판)가 있었으니 피난지에서도 첫째, 둘째 권에 연이어 발행을 할 수가 있었지, 그리고 다섯째 권은 새로(?) 번역을 해야 하는 입장인 데다, 바로 그해에 정음사가 부산에서 서울로 환도를 했는데, 당시로서는 교통편도 그렇고, 운송에 있어서도 부산서 서울로 옮기는 일이라는 것이 꽤나 큰일이었음을 감안하면, 모든 게 생각했던 대로 들어맞는 것도 같다.

여기서 잠깐 정음사 사장 행촌 최영해 씨를 소개하자면, 한글학자 외솔 최현배 박사의 맏아드님으로 부친이 끌고 가시던 한글학회 일과 이른바 한글 운동 그리고 한글 전용에 관한 제반사에 깊숙이 관여를 하시며 자신의 사업보다 부친의 일을 무엇보다 우선했던 효자로, 정말 알 만한 사람은 다 아는 그런 분이다. 하긴 정음사라는 출판사도 연희전문학교 재학 시절 한글에 관한 부친의 책(『우리말본』과 『한글갈』)을 세상에 내놓기 위해 차린 것이니……

무엇보다도 일제 때 저 유명한 '조선어학회' 사건으로 조선의 한글학자들이 함경도 그 추운 '홍원 감옥'에서 모진 고생들을 하고 계실 때, 집안의 기둥뿌리까지 빼가지고 부친 외솔 선생뿐 아니라 그곳에서 고생하시는 모든 '조선말 지킴이'의 아들로서 면회를 다니시며 그 뒷바라지를 도맡아 한 일은, 그분들이 돌아가시는 날까지 잊지 못하던 이야기

본어로 번역된 것 그대로들 간혹가다는 일본말까지 섞어가면서 중역(重譯)하기 일쑤였으니……

들이다. 물론 몇몇 북쪽을 택한 분들의 이야기까진 들은 바 없지만, 내가 출판 관계나 검인정 교과서 원고 관계로 만나 뵈었던 사계의 원로 한글학자들로부터도 직접 들은 바 있다. 그뿐 아니라 당신이 젊었을 적엔 『삼사문학(三四文學)』 동인에다 막역한 친구인 정현웅 화백으로부터는 그림까지 얻어다(?) 간수장에게 선물로 디밀며 고생하시는 분들을 위해 썼다지, 아마. 친구가 좋긴

정음사 사장 최영해의 화수집에 실린 안의섭 씨의 그림.

좋다더니만, 하기야 엄동설한에 옥고를 치르는 우리말 지킴이들을 위한 것이니, 대의명분이 서는 일이고.

행촌 선생은 도서출판 정음사 사장으로서뿐 아니라 도서 유통 과정에 있어 획기적인 업적을 우리 출판계에 남긴 분으로도 널리 알려져 있다.

실은 행촌은 젊어서 문학에 뜻을 두셨던 분으로, 연희전문학교 때부터 부친의 한글에 관한 서적을 출판하고 유통까지 맡아서 해야 했던 일은, 당시 동기들은 물론 선후배 사이에도 잘 알려진 일로, 동기들의 회고담에서 심심찮게 회자되지만, 그분이, 연희전문학교 출신들이 주축을 이뤘던 1934년에 무었던 『삼사문학』 동인이었음을 아는 사람은 많지가 않다. 늘 바쁘게 돌아가야 하는 생활의 주인공이었기에 많은 작품을 발표하지는 않았을지라도 타고난 글재주로 하여, 많은 학자 평론가들이 구보와 행촌의 글을 정음사판 『삼국지』 열 권에서 구별을 못하여, 정음사판 『삼국지』의 구보 번역 부분이 여섯 권, 여덟 권, 심지어 두 권이란

소리까지 나오는 것인데, 어려서부터 서울에 사셔, 양정에, 연희전문을 다니셨던 건 사실이나, 억양은 강한 경상도 사투리가 남아 있는 데다가 (다행스럽게도 글에서는 나타낸달 재주가 없으나), 알다시피 남도 출신들이 (동쪽은 더욱 심하게) 어미(語尾)의 선택(?)이 서울 사람과는 달라, 고런 데서 말고는 구분이 좀 힘들다.

한데, 아는 분들은 아시겠지만 아버지의 문장은, 특히 1930년대 후반에 이르러서는 창작은 물론, 번역물이고 역사물이고 모든 장르에 걸쳐 쓰인 어떤 글도, 그 범람하는 문장부호[19]와 숨이 차게 이어지는 긴 문장이 『삼국지』 번역에서도 예외는 아니어서 조금만 주의를 기울이면 쉽게(?) 구별을 할 수 있다 생각한다.

부언하자면, 역시 다섯째 권은 지문이, 대부분 대사와 문장부호(따옴표: 꺾쇠)로만 구분돼 있음을 본다. 물론 당시 종이 사정을 감안하면 편집실이나 출판사에서 역자가 없었으니 페이지를 줄이기 위해 별행 잡혀 있는 것을 이어버렸다고 볼 수도 있겠으나, 문장 자체에서 풍기는 구보만의 독특한 분위기가 어디라서 찾을 수가 없을 뿐 아니라, 구보가 즐겨 쓰는 극적으로 긴장감을 더해주는 접두사나, 이야기를 바꿀 때 또는 구보의 전용어라고도 말할 수 있는, 가령, '짓쳐들어간다'거나, '한소리' '말께 올라' '비껴들고' '꼬나잡고' '적수가 아니다' 등등, 그리고 이 밖에도 지방 사투리를 쓰는 이들이 따라잡기에는 꽤나 힘이 드는 것들이 있어, 그러한 데서 구보와 구보의 어투를 흉내 내려는 사람 사이에 책

---

19) 물론 어느 평론가의 멋진 해석처럼 공간적인 갭gap, 그 밖에도 시차(時差)를 극복해보려는 시도로 그러한 구두점 남발을 시도한 것이라고 하는 분도 있고, 카메라의 촬영 기법에 비유해서, 사물이나 사건을 따라 이동하는 렌즈의 구조적 역할을 뛰어넘으려는 시도(주관이 배제된)에서 출발한 기발한 착상이란 찬사(?)를 운위한 평자도 있는가 하면, 스페인의 초현실주의 화가 살바도르 달리가 추구한, 영상 매체에 예술을 실어보려던 월트 디즈니와의 교유를 비유해, 구보가 의도했던 바(오늘날과 같은 영상 메커니즘을 1930년대 문학에 도입하려던 착상)를 설명하는 분도 있었지만(?) 이런 모든 것 차치하고 사대기서 번역에 있어서 이야기를 끌고 가는 데 현장감과 박진감을 살려보려고 대사와 지문을 별행 처리했던 점 또한 간과할 수 없는 박태원의 실험정신이라 하겠다.

잡히는 대목이 쉽게 드러난다 하겠다.

위와 같은 것들을 감안하여, 이렇게 저렇게 떨어내다 보면, 역시 구보의 역(譯)은 넷째 권에서 끝이 나야겠다고 생각하는 바이다. 그러니, 혹자는 구보냐 행촌이냐 또는 그 밖의 편집인 아무개냐 혹 다른 번역자가 있었느냐 해가며 따지기를 바라는데, 난 위에서 이미 언급했던 대로 여섯째 권부터는 단연 행촌 최영해의 번역임을, 그리고 다섯째 권 또한 정히 크레디트가 최 사장님에게 가야 한다고 생각하는 바이다.

첫 권은 정음사본, 즉 20년 전 남에서 했던 번역과 거의 대동소이함을 볼 수 있는데, 둘째 권 중반부터 한문 잣귀(字句)를 풀어 특히 인물 간의 대사가 많이 부드러워진 점이 눈에 띈다. 그런데 왜 하필 둘째 권, 그것도 중반부터 달라졌을까. 첫 권이 나오자 한 평론가(박홍병 씨지 아마)가, 아주 호감을 가지고 찬사에 찬사를 아끼지 않았었는데, 그 찬사 말미에 독자 대중이 한자를 모르는 한글세대임[20]을 들며 한자를 쉬운 말로 풀어달라는 간곡한 부탁이 있었단다. 구보가 이를 접했을 때는 이미 둘째 권 반나마는 쓴 후라서 그다음부터 한자를 풀려 노력하신 것이다.[21]

다행스럽게도 북에서 나온 『삼국연의』 초판본을 깊은샘에서 다시 찍을 때 원고 교정을 볼 기회가 있어, 정음사본과 난리 전에 나온 빨간 장정 두 권도 같이 검토를 해나가며 부자간에 무언의 대화를 나누며 우리만의 감회에 젖은 적이 여러 군데 있었는데, 남에서의 오역에 해당하는

---

20) 이북은 한글 전용 정책을 일찌감치 시행한 관계로 내가 1990년에 평양을 방문했을 때도 사오십대라 해도 한문을 모르는 사람들이 대부분이었다.

21) 한데, 그로부터 4반세기가 지난 후 나온 4권으로 된 『삼국연의』를 대할 기회가 있었는데, 푸는 것도 아무나 풀 일은 아닌 듯, 미 국회도서관에서 본 박태원의 개정판(?) 『삼국연의』는, 내용이 정말, 박태원의 번역이라고 하기엔 (기왕의 것을 읽어 본 사람에겐) 무리가 있을 만큼 너무 다르다, 속이 쓰릴 만큼.

부분이 대개 북에서의 것에서 바로잡혔는가 하면, 남에서는 새로운 어휘로 일일이 소제목을 만들었지만, 북에서는 장회 소설의 형태를 그대로 유지하면서(한 권에 20회씩 여섯 권 120회가 들어 있음), 평점과 영사시가 모두 번역되어 있었다.[22]

그런데 우리 대한민국이 중화인민공화국과 국교가 없던 시절의 『삼국지』 원본이란 대개가 대만에서 구해온, 평점이 삭제되었던 구(舊) 모종강본[23]의 모본들이었다. 대만에는 장개석과 같이 본토에서 쫓겨온 저명한 학자 후스(胡適)[24]가 있었는데 이자가 바로 원래 모본에서 평점을 삭제한 장본인이다. 어쩌면 한반도에선 평점과 영사시 삭제에 대한 반론이 있었다는 사실뿐만 아니라 복원본이 나왔다는 사실도 몰랐으리라. 설사 알려졌다고 하더라도 대만에서 후스가 완고하게 버티고 있는 한은 구(舊) 모본만이 통용될 수밖에 없었을 것이다. 각 회의 장편의 논평과 본문의 평문들, 즉 그 많은 평점의 복원이 이루어진 진정한 모종강본을 대본으로 삼았으니, 북에서 쓴 박태원의 『삼국연의』야말로 가히 『삼국지』 중 『삼국지』라 말할 수 있겠다.

그 외에 북에서 쓴 『삼국연의』는 대사와 지문을 하나같이 별행을 잡아 분위기를 살리려 노력한 것이 엿보이나, 여섯 권째에 들어와 꿈에도 그리던 동학혁명을 소재로 한, 『갑오농민전쟁』을, 오래 벼르다 집필을

---

22) 모택동은 『삼국지』의 애독자였다. 중국 혁명사에 길이 남을 역사적인 '만리장정' 북벌 중에도 『삼국지』를 품에 넣고 다니며 틈틈이 읽었다는데, 그는 모종강본 『삼국연의』에서 '영사시(詠史詩)' 부분을 복원케 한 장본인이기도 하다. 당시 전문가들은 모택동의 의견에 동조하였고 인민문학출판사의 섭감노(聶紺弩)가 당 출판사 고전 편집실에 근무하던 주여창(周汝昌)으로 하여금 영사시 복원 작업을 하게 하였다. 이에 새 모종강본 『삼국연의』가 1955년 북경 인민문학출판사에서 나왔는데, 이 모종강본이 최초의 영사시가 복원된 재판본(중국에선 재판이라 한다)이고, 북에서 낸 박태원 『삼국연의』가 바로 위의 새 모종강본을 대본으로 한 『삼국지』인 것이다.

23) 후스의 주장에 따라 평점을 삭제한 모종강본을 말함. 1920년판이 최초의 평점을 삭제한 인쇄본으로 알고 있다.

24) 그는 일찍이 미국 유학을 했던 인물로, 주미 중화민국 대사를 역임한 것을 비롯해서, 대만 정부에 다대한 공적을 남긴 정치가이며, 개혁자이고 학자였다.

필자가 1990년, 40년 만에 평양에 있는 어느 대학에서 영문학을 가르치고 있다는 큰누나 설영을 만나러 가서, 부친의 성묘를 마치고 구보의 서가에 꽂혀 있던 『삼국연의』 초판본을 미국으로 들고 와 보관하고 있다가, 구보 탄생 백 주년 행사의 일환으로 청계천문화관에서 열린 구보 박태원이 지은 책 초판본들과 유물 전시회를 위해 가져온 것이다. 왼쪽 위에 보이는 속표지에 '보존(保存)'이라 쓴 것[왼쪽 것은 '保存'이란 글씨 옆에 방점까지 쳐놓았다]들이 구보의 육필로서, 구보는 자기 작품의 초판본은 언제나 재판이나 개정판을 낼 때 쓰려고 보존본 한 권씩을 자신의 서재에 보관하고 틈틈이 교정을 보셨다.

시작하게 되니 너무 흥분을 하셨음인지, 아니면, 약속했던 기한을(?) 지키지 못해 당과 독자들에게 미안해서였는지, 『계명산천은 밝아오느냐』에서 나오는 궁중 용어들을 『삼국연의』 여섯째 권에서부터는 갑자기 따라가버렸음을 발견해, 그것들을 기존의 것으로 돌려, 앞에 다섯 권과 일관성을 지키려 뒷손을 보느라, 깊은샘의 『삼국지』 원고 교정이 좀은 늦어지기도 했다.

다른 한 가지, 유물사관(唯物史觀)을 신봉(?)하는 북에서의 『삼국연의』 번역에 있어서의 고민(?)은, 샤머니즘의 척결을 전제로 하는 사회 풍토가, 우리의 전통적인 또는 토속적인 풍습 내지는 일상 관례에까지 미치는 경향이 있다는 점이다. 하여 모든 계층의 독자를 상대로 하고 있는 책의 경우 읽고 해석 내지는 소화를 시키는 정도에 따라 저자, 또는 역자로서 반드시 신경을 써야 하는 모양인 듯, 미신을 금기시하는 풍조가 만연한 사회인 까닭에, 『삼국연의』에서 심심치 않게 나오는 예언이라든가 점괘, 그리고 천기를 읽는다든가, 하늘의 별을 보고 사람의 길흉생사를 미리 알아내는 점성술 따위의 범상한 것들도 그곳에서는 금기시되어 있는지, 그런 부분의 번역이 문제가 된다는 것은 읽어가며 느낄 수 있었는데(예를 들어 註의 풀이에서), 대부분이 간략하게, 아니면 이야기 자체를 아주 빼버린 것들도 적잖이 있었다.

한데 문제는, 가령 어떤 예언이, 예를 들면 조조나 촉나라의 장래에 크게, 또는 생사나 흥망에 직접 관련이 되는 그런 예언인 데다, 후에 그것이 그대로 들어맞아 앞부분과 연계를 갖게 되는 경우에는, 역자로서도 아주 빼버릴 수도 없는 노릇이라는 점이다. 앞서 했던 예언이 뒤에 와서 실제로 실현이 되어 이야기가 이어져야 할 경우에 있어서 독자들의 의구심이나 줄거리상의 혼동을 줄여보자는 구보의 대처(착상)가 재미있다.

일일이 대목을 들춰내 지적을 할 생각은 없고, 또한 그럴 시간도 흥미도 없어하시는 독자도 많으시리라 생각해, 내가 발견한 것을 들어보자면, 일례로서, '알음'이나, '앎'이라는 말로써 미신적인 '영령'에 대한 직접적인 어휘를 피해가며 내용을 충분히 전달하려 노력한 부분이 있다. 가령 제사를 지내는 데 "영이 있으시다면 이 정성 어여삐 여기사 부디 운감을 하셔서" 어쩌고 하는 대목에서, "'알음'이 있으시면……" 하고 나오는 걸 보면, 나도 모르게 웃음이 비어져 나온다.

구보의 작품 연보를 훑어보면, 내용이 비슷할 것 같은데 여러 번 중단을 했다 다시 쓰고, 또는 중복을 한 듯한 제목으로 재시도를 한 작품들이 서넛 있다.

즉 1939년에 『신시대』에 연재를 했던 「삼국지」와 해방과 더불어 나온 일련의 충무공 이순신 장군에 관한 책들, 예를 들어 을유문화사에서 나온 『이충무공 행록』과 아협에서 나온 어린이들을 위한 『충무공 이순신 장군』, 그리고 『서울신문』에 연재하다 끝을 못 본 「임진왜란」, 그리고는 북에서 발표한 「리순신 장군전」과 「리순신 장군」 「리순신 장군 이 야기」에 이어 1960년에 나온 『임진조국전쟁』에 이르러서야 '이순신'은 졸업을 한 듯한 성웅 이순신에 관한 것, 그리고 동학란을 주제로 한 소설로서 6·25사변 전 『조선일보』에 연재를 하다 중단했던 「군상(群像)」 이라든가, 그 이전에 발표한 「고부민란」 등, 그리고 북에서 발표한 『계명산천은 밝아오느냐』와 『갑오농민전쟁』 등 모두가 동학란이 일어났던 시대의 언저리를 소재로 한 그런 일련의 작품 등은 모두가 위에 든 카테고리에 속하는 것이라고 할 수 있겠다.

그중 『삼국지』는 일제 강점기부터 연재했던 『신시대』의 신역 『삼국지』가 박문서관에서 두 권, 6·25 나던 해 봄에 정음사에서 완역 『삼국지』를 다시 두 권 내고 난리가 나, 번역하시던 원고만 집에 남겨둔 채 손을 놓고 만 꼴이 되었는데, 어찌어찌 이북에 가서 끝을 내신 것이다.

여기서 위의 『삼국연의』가 무려 50년이 흐른 반세기 만에 남쪽에서도 깊은샘에 의해 열 권으로 출판되었을 때의 사계의 평들을 두어 편 옮겨보련다.

먼저 문학평론가 조성면 님의 「박태원 『삼국지』의 출간이 갖는 의미」에서 발췌해 옮긴다. 이 글은 깊은샘에서 출간한 박태원 완역 『삼국지』 첫 권 말미에 실려 있는 글임을 밝힌다.

'박태원 삼국지'가 돌아왔다! 반세기를 넘긴 두 세대만의 극적인 귀환이다. 다시 쓰기re-writing와 리메이크가 『삼국지』의 텍스트 논리라 하지만, 강력한 원본성을 지닌 걸작의 출현에 이제 시뮬라크르들은 바짝 긴장하지 않을 수 없게 됐다. 앞으로 『삼국지』의 판도가 한바탕 크게 요동을 치게 될 것 같다.

[……]

판본사textual history의 관점에서 '박태원 삼국지'는 '한국어판 삼국지 현대화'의 종착점이면서 시발점이라 할 수 있다. 우리의 경우, 『삼국지』는 목판본과 활자본 등 다양한 형태로 유통되다가 1904년 박문서관에서 펴낸 『수정 삼국지』를 기점으로 근대식 활판본들이 출판되기 시작했다. 이후 한동안 딱지본 형태의 이야기책 시대를 이어오다가 양백화와 한용운에 와서 의고적인 편역과 언해의 단계에서 확실하게 벗어나 근대적인 텍스트로 분화되기 시작했고, 마침내 박태원의 손을 거치면서 오늘날의 우리가 생각하는 현대적인 '한국형 삼국지'가 탄생하였다. 그러면 이른바 '박태원 삼국지'의 판본사적 획기성과 의미는 무엇이며, 그것은 왜 중요한가.

우선 '박태원 삼국지'는 그 자체가 작은 문학사이며 현대사라 할 수 있다. 여기에는 그의 문학적 여정과 한국 현대 문학사의 파란곡절이 투영되어 있기 때문이다. 뿐만 아니라 이 걸작은 코에이KOEI사(社)의 전략 시뮬레이션 게임 '삼국지 시리즈'를 즐기는 오늘날의 유저들이 읽어도 좋을 만큼 빼어난 가독성과 동시대성 그리고 순도 높은 완성도를 지닌 '작품'이기도 하다. 박종화(1901~1981), 김동리(1913~1995), 황순원(1915~2000), 김구용(1922~2001), 이문열(1948~), 황석영(1943~) 등 한 시대를 풍미한 대표 작가들의 텍스트들을 부정하는 것은 아니지만, 아무래도 박태원이 처음으로 이룩하고 도달했던 '삼국지 한국화의 현대화'라는 압도적 성취에서 좀더 묵직한 존재감을 느끼게 되는 것은 어쩔 수 없는 노릇이다. 더구나 남북의 화해와 교류 협력이라는 지난 시대의 성과들이 보수의 논리 앞에서 크게 훼손되고 또다시 대결적 상황으로 내몰리고 있는 현 국면에서 박태원이 1964년 북에서 완결지은 『삼국지』가 다시 출판된다는 이 문화사적 사건은 결코 가볍지 않은 것이다.

[……]

이번에 깊은샘에서 새롭게 펴내는 박태원 『삼국지』는 그가 1959년 북한의 국립 문학예술서적출판사에서 번역, 출판하기 시작하여 1964년 총

6권 분량으로 완결된 판본을 저본으로 한 것으로 '삼국지 마니아'들이 반세기 이상 기다려 왔던 '박태원 삼국지'의 결정판이며, '한국판 현대 삼국지'들의 좌장 격인 진짜 원본의 복원이라는 점에서 큰 의미가 있다. 그럼에도 한국 근대 문학을 전공한 연구자들이나 박종화나 최영해를 찾아 읽을 정도로 내공이 심후한 '삼국지 광팬'이 아니라면, 21세기의 젊은 독자들에게 '박태원 삼국지'는 다소 낯설지도 모르겠다. 특히 박태원 문학을, 경성 거리를 배회하던 식민지 지식 청년의 고독한 산책길과 갑오년 농민군들의 뜨거운 함성으로 기억하는 독자들에게 '박태원'과 '삼국지'는 뜻밖의 조합으로 받아들여질 수도 있을 것이다. 그러나 '박태원 삼국지'는 『소설가 구보씨의 일일』이란 첨단 모더니즘과 『갑오농민전쟁』이란 웅장한 민중적 대하소설 사이의 낙차를 메우는 교량형의 작품이면서 『갑오농민전쟁』의 밑바탕이 되는 미완의 가작 「군상」의 탄생을 예비하는 것이니, 작품사적 의미 또한 결코 간단하지 않다. 여기에 『삼국지』를 한국 문학 사상 최초로 신문에 연재한 바 있었고 동양 고전에 해박했던 양백화(1889~1944)에게 전수받은 탄탄한 한문 실력에 한국 모더니즘 문학을 이끌었던 탁발한 문장력이 뒷받침 되고 있으니 그야말로 이보다 더 완벽할 수는 없겠다.

다음은 중국 문학 전문 번역가로서 온라인에서 『삼국지』 칼럼니스트로 활동하는 『삼국지』 전문 비평가 송강호 씨의 글 「박태원, 운명으로서의 번역과 『삼국지』」를 발췌하여 옮긴 것이다.

월북 이후 박태원의 『삼국지』 번역은 사상적으로 고난을 마무리하는 단계에서 시작되었다. 일제 말 억압적인 상황에서 탄생한 것이 『삼국지』 번역이었는데 북한에서 사상적인 억압을 겪은 이후에 나온 작품이 『삼국지』 번역이라는 데는 기연을 느끼지 않을 수 없다.

[······]

이번에 나온 박태원의 『삼국지』의 가장 큰 특징은 우선 과거 『신시대』 연재분을 단행본으로 내던 시절의 박문서관본이나 정음사본과 달리 전체를 번역한 점이다. 따라서 모종강본에 실렸던 원문 한시를 모두 번역하였다는 점에서도 과거 번역본들과 차별성을 지닌다. 국내 『삼국지』 번역본들 가운데 민음사의 이문열 『삼국지』가 놀라운 판매부수에도 불구하고 모종강본의 한시를 모두 번역하여 수록하지 못하는 아쉬움을 남긴 바 있고, 또 이에 대한 보완 차원에서 창비사의 황석영 『삼국지』가 원문의 한시를 모두 번역하는 노력을 기울였으나 황석영의 『삼국지』는 그 계보를 따르자면 과거 박태원 『삼국지』의 그림자가 드리워져 있는 작품의 하나이다. 그러나 이들 『삼국지』가 어느 하나로 귀결되어야 할 필요는 없을 것이다. 역자의 번역 태도나 방법 그리고 문장이나 맛이 다르므로 독자들은 취향에 따라 다양하게 읽는 재미를 더할 수 있어서 좋을 것이다.

번역에 사용한 어휘에서도 '민울', '모꼬지', '서랑' 같은 표현들이 등장해서 또한 묘한 느낌을 준다. 민울하다는 것은 '민망스러운 걱정으로 가슴이 답답함'이라는 뜻이며, 모꼬지는 '놀이, 잔치 그 밖의 일로 여러 사람이 모임'이란 뜻이다. 이 같은 어휘의 사용에 대해서도 박태원 연구자들이 향후 관심을 갖고 연구해야 할 것이다.

이 밖에 한시 번역에서 보여주는 박태원의 유려한 한시 독해 능력은 이번 『삼국지』 번역본의 압권이라고 해도 과언이 아닐 것이다. 근자의 『삼국지』 번역본들은 이런 점에서 전공자들의 적지 않은 의문을 자아냈으나 박태원은 놀랍게도 한시의 의취를 잘 꿰뚫어서 풀어내고 있을 뿐만 아니라 리듬감 있는 우리말로 번역하였다.

그중 서모찬(徐母讚)이 있다.

어질도다 그 어머니

꽃다운 그 이름이 천추 유전하리로다

홀어미 절개 지켜 집을 옳게 다스리고

아들을 가르치되 내 몸 돌아 안보도다

산같이 높은 기개 의기도 장할시고

유예주 찬미하고 위무제를 꾸짖도다

가마와 도끼도 두려울 줄 있으랴

자식 욕이 조상에게 미칠 것만 겁내도다

복검(伏劍)과 동무되고 단기(斷機)와 짝하리라

살아서 이름나고 죽어 제 곳 찾았으니

어질도다 그 어머니

꽃다운 그 이름이 천추 유전하리로다

(복검은 한고조 유방을 도운 왕릉의 어머니 고사, 단기는 맹모단기지교라는
고사에서 유래)

뿐만 아니라 원문에서도 국내 번역본들이 지닌 의문점을 능가하는 좋은 번역을 보여 주고 있다. 유비가 조조와 대면했을 때 조조의 입에서 나온 영웅론도 그중의 한 예이다. 모종강본으로 보면 제21회로 제2권 273쪽에 나온다.

"대저 영웅이란 가슴에는 크나큰 뜻을 품고 뱃속에는 좋은 계책을 가지고 있는 사람이니 곧 그에게는 능히 우주를 싸고 감출 기모(機謨)와 가히 천지를 삼켰다 토했다 할 대지(大志)가 있는 자라야 하오"(박태원, 『삼국지』 제2권, 2008).

이 밖에 이 책에 실린 삽화도 그 유래와 인연이 다 있는 것이다. 원래 삽화로 사용된 등장인물도는 청대 모종강본에서 서문과 독법 등이 나오는 첫째 권에서 취한 것인데 이것은 이보다 앞서 1950년 정음사에서 나온 박태원의 『삼국지』에 이미 이들과 유사한 그림이 삽화로 사용된 바 있어

서 이번 삽화 사용도 더욱 의미가 크다고 할 수 있다. 특히 이번 박태원의
『삼국지』는 등장 인물도의 화상찬(畵像讚)에 해당하는 한문을 모두 푼 것
도 주목할 만하다. 해서체도 있지만 초서와 전서가 대부분이라 석초(釋草)
과정의 어려움도 느껴지는 대목이다. 이 자체로도 독자들에게 좋은 삽화
감상의 기회를 제공할 것으로 생각한다.

이상으로 북에서 출간된 지 반세기 만에 남에서 햇빛을 본 박태원
『삼국지』의 평을 미루어 짐작할 때, 근래에 우후죽순 격으로 나타나는
번역본 중 박태원의 『삼국지』가 단연 타 번역들의 추종을 불허하는, 걸
출한 것임을 알겠다.

1989년 한글 전용 세대가 90퍼센트나 되는 북한의 독자들을 감안해
기존의 박태원의 『삼국연의』에서 한자나 한문 용어를 대부분(?) 풀고
개정판이라 붙여 네 권으로 나온 것을 미국 국회도서관에서 접할 기회
가 있었다. 책을 대하고 보니, 초판에 실렸던 주여창 시대(1955)에 걸맞
던 전언이 사라지고 그 자리를 '준박사' 왕준섭의 해설이 차지하고 있던
데, 그 글의 일부를 발췌해 옮겨보겠다.

우에서 본 바와 같이 『삼국연의』는 옛날 삼국 시기의 중국의 역사를
주로 그 당시 반동적 봉건 통치배들과 군벌 집단들 사이의 호상 알륵 관
계와 영웅호걸들의 활동에 대한 이야기를 통하여 흥미있게 재현한 력사
소설이다.
    [······]
    이자들의 관심사는 오직 자기 일신의 이익과 향락을 위해 수단과 방법
을 가리지 않는, 나라와 인민의 운명에 대해서는 아랑곳하지 않는 야심가
들이며 포학무도한 자들이나, 유비만은 항상 나라와 인민을 걱정하는 긍

정 인물로 제갈량과 함께 내세워, 조조의 부정적 측면을 강조해나갔다고 보겠다. 그래서 120회나 되는 긴 이야기 중 제갈량의 이야기가 근 70회나 되는 것으로도 '촉한정통론(蜀韓正統論)'으로 끌고 나가는 소이를 쉽게 볼 수 있다.

그러나, 다른 한편 이 소설은 작가의 관념론적 역사관과 계급적 제한성이 그대로 반영되어 있다. 그것은 소설에서, 주체인 인민 대중이 력사를 창조하는 데서 노는 역할이 무시되고, 제갈량, 유비를 비롯한 영웅호걸들이 문제를 결정하는 듯 이야기되고 있으며, 비과학적이며 미신적인 이야기가 많이 나오고, 농민 봉기자들이 '도적떼'로 묘사되고 있는 점에서 알 수 있다. 그리고 이 소설의 미숙한 점은 산 인간과 생활을 자연스럽게 반영하지 못한 점, 그리고 제갈량이 동남풍을 기원하는 제를 지낸다든가, 손책이 우길의 목을 베었으나 목이 다시 제자리로 돌아가 붙었다든가, 꿈의 계시가 사건의 발전과 전환의 주요 계기가 되며, 주인공들의 운명이 '하늘의 뜻'에 의하여 결정되는 중세기적 현실 인식의 제한성을 보여 주고 있는 것이다.

이러한 제한성은 있으나, 삼국 시기의 복잡한 력사적 현실을 생동하게 재현했으며 반동적 봉건 통치배들과 군벌들의 죄행을 폭로하고 당시 사람들의 지향과 념원을 반영한 문학 작품으로서, 중국 문학사에서의 첫 장회체 소설로서 중요한 문학사적 의의를 가지고 있다.

북에서의 『삼국연의』가 절판 상태인 데다, 개정판이 저 모양이라 허탈해지려다가, 문득 우리에겐 깊은샘에서 나온 박태원의 『삼국지』가 있다는 사실을 생각해내곤 한 가닥 위안이 되어 가슴을 쓸어내렸다. 내가 1990년, 그러니까 지금으로부터 20여 년 전 북에 가서 『삼국연의』를 부친의 서재에서 꺼내 올 때 여섯째 권이 없었는데, 의붓동생 태은이가 아버지의 손길이 닿았던 것을 고이 물려주기 위해 이가 빠진 여섯째 권

을 구하고자 헌책방과 도서관 이곳저곳을 톺아보았으나 어디서도 구할
수가 없었다고 했다.

이북에서도 책이 나온 지 이미 4반세기가 지난 당시였기에 그럴 수
도 있겠다고 생각을 했지만, 우여곡절(?) 끝에 다섯 해가 걸려 매 책이
4백 쪽이 훨씬 넘어가는 책 여섯 권을 시까지 말끔히 완역을 해놓은 것
이 온전히 보존되지 못하고 있는 점은 참으로 안타까웠다. 그리고 쉽게
납득이 되지도 않았다. 말하자면 책이 나왔을 때 전국 각 도서관에 배
부가 되었다고도 하고 처음 다섯 권이 1만 부씩을 찍었고(셋째 권은 8천
부), 1964년 마지막 여섯째 권은 2만 부를 찍었던데, 상식적으로 생각해
여섯째 권이 2만 부가 나왔다면 앞선 다섯 권도 부리를 맞추어 만 부씩
증쇄를 했을 터, 아무리 25년이 지났다 하더라도, 그렇게 도서관에서조
차 볼 수가 없게 될 것 같지가 않았기 때문이다. 우연의 일치인지는 모
르겠으나 이곳 미국 국회도서관에서도 초판 『삼국연의』 여섯 권이 10년
동안에 단 한 권도 남아 있지 않고 말끔히 사라져버렸다.

그렇게 종적이 묘연하던 책이 재판(?)에다 개정판이랍시고 나와 있
는데 저렇게 '초판본과는 전혀 다른' 걸 보면, 2008년에 우리가 갖게 된
깊은샘에서 나온 『삼국지』 열 권이야말로 참으로 귀한 책이 되겠다. 이
에 대해서는 전문가들의 비교 해석 내지는 해설이 필요치 않을까 생각
해본다.

건강 악화

　　　　　　　　　1965년 3월 『계명산천은 밝아오느냐』
제1부 1권을 탈고할 즈음이었다.

아직은 원고지 한 칸이나마 보여, 당신은 결코 밝음을 등지지 않은
대명천지(大明天地)에 사는 사람 축에 낀다고 늘 말씀하시던, 낙천적이

려 최면을 걸며 사신 게 그 몇 해런가? 이 소린 참, 내가 뉘게 들은 말이었던가, 새어머닌가, 큰누나 설영의 편지에서였나, 그도 아니면, 내가 추측을 해가며 측은해하다가 내 것으로 해버린 내 소산(所産)인가……

흰머리가 다시 까매지기 시작한다고 기뻐하시며, '내가 아주 오래오래 살아서 조국 통일이 되는 날, 나는 남쪽에 두고 온 이령이 소영이, 재영이 은영이를 모두모두 만나보게 될 거라고 지레 기뻐하셨다는데, 확대경을 가지고 당신의 흰머리가 까매지는 걸 보실 순 없었을 테고, 하면 누군가가 듣기 좋으라고 그랬었는지, 한두 오리 검은 머리카락이라도 발견하고 그런 말을 해드렸었는지, 아니면 나 듣기 좋으란 소린지, 당신 듣기 좋으라고 입방아를 찧은 건지, 예 앉아 그 먼 곳으로 상상의 나래를 펼 수는 없는 노릇에, 나도 이젠 서리가 내렸단 말 들은 게 까마아득했던 옛날이고 보니…… 도무지, 도무질세.

어쨌거나 북으로 올라가시어 가장 의욕에 찬 창작을 하신 것으로 생각하고 싶은 작품이 『계명산천은 밝아오느냐』이다. 첫 권 첫머리, 예의 반 장이 넘는 허두를 단숨에 읽고 나서 내린 결론인데, 첫 장부터 정말, 「고부민란」에서, 「만석보」에서, 또 「군상」에서 모두모두 하늘을 바라 솟아, 뿜어 올랐다가 한곳으로 쏟아져 내려오며 합수하여, 그 넓디넓은 천리 천 평 이야기를 펼칠 자리의 확을 채우고 흘러넘치듯 그렇게 시작하는 것부터가 그런 걸 느끼게 했다. 줄곧 내 머릿속에서.

그것은 마치 월척의 입질과도 같은 것이었다……

40여 년 전, 늦게나마 공부를 계속해보겠다고 고국을 떠나게 되자 섭섭해하시는 정음사 최 사장님 부부를 모시고 충청도 계룡 갑사 저수지로 낚시 여행을 떠났다. 계룡산 깊은 골짜기에서 발원하여 저수지로 흘러드는 여울 초입에 자리를 잡은 우리는, 철 이른 장맛비로 물살이 세서 수심이 여섯 자는 실히 되는 저 물 밑으로서 무겁게 엉덩이를 트는 형국으로 용틀임을 하여, 우리 안에 부르르 소름이 끼쳐 오는 흥분을

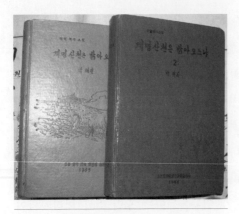

「계명산천은 밝아오느냐」 제1부 1, 2권.

느끼다가, 은은하게 내둘리는 운무에다 서서히 물길을 따라 너울거리는 수초 하며, 하나같이 두 태공의 심기를 잔뜩이나 죄어놓는 것이 아닌가.

새로 개발을 하셨다는(?) 뼘이 넘는 우끼(찌)가 반 남아 지빠져 물결 따라 춤을 추는데, 가끔가다 툭, 투욱 건드리는 품이 자치(한 자짜리

붕어, 햐꾸모노)가 분명했다. 그런 때 꾼이 느끼는 뿌듯한 긴장이야 이 세상 무엇인들 흩트려놓을 수 있으랴! 그런 긴장, 긴박감, 그에 따르는 기대—그런 것이, 『계명산천은 밝아오느냐』 첫머리를 읽고 난 나의 첫인상이었다면 이해가 되실 분이 있으실라나?

아버지는 낚시를 좋아하지 않으셨고 큰아버지께서도 형제분이 함께 낚시 가셨었단 소린 없으셨으며, 낚시꾼이 지렁이 만져야 되는 데 대한 변(辯)은 어디서도 읽은 일이 없지만, 어제도 아니고 또 4반세기 타령이 나오도록 그렇게 오래전에 연통이 닿아, 31년 전이라서 돌아가시기 한 해 전이니, 그때 찾아뵈었더라도 이 얘기 저 얘기 할 기력이 남으셨을라나 모르겠지만, 어쨌든 1985년에 아버지를 만나서, 내가 한때 낚시광이었다고, 당신의 막내 손녀가 칠보(七甫)인데, 그것도 아주 오래전, 한 스무 해 전인가 본데, 고등학교 졸업 기념으로 둘이 고깃배를 반나절, 그것도 아주 선장까지 압령해 세를 내어 바다낚시를 나갔다면, 못 보시는 눈이나마 크게 뜨시고, 흥미를 느끼셔서, 아마, 낚시란 어떤 것인지에 관해, 그리고 당신 벗 중에도 낚시를 무척 좋아하는 사람이 있었는

데…… 하시며, 꼬치꼬치 묻지 않으셨을라나? 저세상 가서 상허 만나 낚시 얘기로 물꼬를 트시려고…… 아니면 저세상 가서 '낚시 아니 하셨던 변(辯)'이라도 쓰시려고……

어찌 되었든 이 『계명산천은 밝아오느냐』는 아버지가 보시면서 어루만지셨던 책이며 1990년 아버지의 서재에서 가져와 나도 한 20년 미국서 보듬고 볼에 비비며 끼고 살았다. 그러다가 2009년에야 구보 탄생백 주년 기념전시를 한대서 나와 아버지의 고향으로 가져와, 성공리에 청계천문화관에서의 전시를 마쳤다. 그러곤 한 해 뒤에 다시 지방 몇 군데서 전시회를 개최할 예정이라고 해서, 우리 사남매는 아버지의 분신이나 다름없는 이 책들을 최신, 최고의 시설을 갖췄다는 청계천문화관 서고에 쟁여둔 채 발길을 돌렸고, 나는 고국을 떠나왔다. 왠지, 허허로워지는 마음을 안고서.

다시 한 번 책장을 열어 첫 쪽을 읽었으나, 다시 되짚어 읽으려 하매, 소리를 내야 할지 입을 다물고 눈으로만 읽어야 할지 망설이다가 책에서 눈을 뗀다, 망연히 북쪽 하늘을 본다─어디로 향을 해야 아버지와 마주 서게 되는지 어림이 서지 않을 그리도 먼 곳에 나앉아, 나는 『계명산천은 밝아오느냐』를 읽으려는 게 아니고 찾고 있는 것임을 하늘에서 읽었다! 구보의 작가적 역량이 그의 생애에 있어 가장 무르익어가던 늦가을녘에 서서, 긴목 있는 대로 뽑아 목청껏 내지르는 신새벽 닭울음소리가 여명(黎明)을 밀어내는 데 걸린 시간이 그 얼마였던고? 언뜻, 「지붕 위의 바이올린Fiddler on the roof」에서의 시작 화면이 어른거린다.

욕심이지만 우리를 만나보고 돌아가시란 소리 말고, 저흰 괜찮으니, 부디 『계명산천은 밝아오느냐』 한 권만이라도 더 쓰고 가시지 했을 텐데, 진작 읽었더라면……

'갑오농민전쟁'을 혁명으로 승화시켜 소설로 형상화하여 당 4차 대회의 선물로 첫선을 보이겠다 소문이 난 박태원의 『계명산천은 밝아오느냐』가 3월에 출간되자, 학계는 물론 일반 독자들이 뜨거운 반응을 보였다. 당초 약속한 데서 무려 4년여가 경과되었건만, 구보의 문장을 대한 독자마다 기다린 보람이 있었다고, 질책은커녕 찬사뿐이었단다. 연전에 『삼국연의』를 2만 부나 찍었다고 할 때부터 예견은 했지만 북에 올라간 뒤 10유여 성상이 지난 후 발표한 그의 대하역사소설의 첫 권 『계명산천은 밝아오느냐』를 초판에 2만 부를 찍었다면 그 명성 알 만도 하겠다.

『문학신문』 주최로, 11월에는 김일성종합대학 어문학부에서 '장편력사소설'『계명산천은 밝아오느냐』에 대해 토론회가 진행됐는데, '피타는 우국지정(憂國之情)을 품었건만' '흥미 있는 구성의 미(美)' '놀라운 언어 구사의 솜씨' '사계의 방조를 바라는 마음으로' '등장인물의 매혹적인 성격들' 등등으로 찬사 일변도의 좌담회(토론회)를 지상중계했는가 하면, 연말에 진행된 해당 연도에 발표한 주요 작품들의 작가들과 독자와의 좌담회에서는,[25] 좌중에 흐른 주제가 『계명산천은 밝아오느냐』로 모아져, 지상 좌담회의 타이틀이 '보람찬 한 해'였는데, 내용은 박태원의 『계명산천은 밝아오느냐』로 보람찬 한 해가 된 듯했다고.

10월 14일 6시에 쓴 네 편지는 어젯밤(18일) 8시에나 받아보았다. 11일 날 집으로 편지를 부치고 사오일 지나서부터 퍽 기다렸다. 그 사이 네가 10일날 쓴 편지를 받아보았지만, 내가 부친 편지의 회답이 오면 쓰려고 그대로 있었다.

---

25) 역시 『문학신문』 주최로 1965년 12월 31일. 신문에는 작가들과 토론자들의 사진이 나와 있는데 구보의 사진은 실명을 한 것 같진 않았다.

박종모 선생에게서 내 소식 들었을 줄 안다. 감기는 나았고, 스팀은 계속 들어온다. 물론 스물네 시간 주는 건 아니나 조금도 춥지는 않다. 그래 박종모 선생 편에 아직 부치지 않았으면 겨울 내의 급히 보낼 것 없다고 일러 보냈는데. 미처 연락을 못 받고 부치지나 않았는지? 부쳤으면 그만이다. 언제나 부쳐야 할 것이니…… 10일 편지에 네가 중구역 병원 한방과에 가서 약 지어왔단 말이 있던데, 계속 지어다 먹느냐? 한동안 심하게 앓은 모양인데 요사이는 좀 어떠한지, 아버지도 앓지 않도록 할 테니 너도 어서 약 부지런히 먹고 건강해다오. 어머니는 요새 어떠시냐? 심히 괴롭단 말씀은 안 하시고 직장에는 여전히 잘 나가시니? 태선이 배우자가 대체로 결정되었다니 반가운 소식이나 어머니가 마음에 썩 탐탁해 아니 하신다니 좀 걱정이다. 어떤 점에서 그러시는지? 나는 그저 '성실' 제일주의다. 사람이 썩 성실하기만 하면 다른 점에서는 좀 빠지는 데가 있더라도 큰 문제가 없다고 본다. 경박하고 진실치 못하고 저 한 일에 책임질 줄 모르는 인간은 아무짝에도 소용이 없다고 본다. 이러한 관점에서 네가 한 번 보고 다음 편지에 그 백 동무를 평가해 보내다오. 저희들끼리 좋아하면 그만이란 말은 제삼자가 마음에 불만이 있어 하는 말이다. 어머니는 어떤 점에 불만이 있으신 것일까? 그것도 함께 적어 보내다오.

한동안 밥 대신 흘레브를 먹다가 요사이는 또 계속 죽을 쑤어 달래서 먹는다. 부식물은 종전이나 마찬가지. 운동 부족으로 소화가 잘 안 되어 반찬을 많이 남긴다(여기까지 썼을 때 점심이 들어와 일단 중지, 먹고 나서 다시 쓴다. 점심은 남기지 않고 다 먹었다, 반찬 말이다). 요샌 무얼 해먹니? 고생스러워도 찬거리 부지런히 사다가 잘 해먹도록 해라. 나만 혼자 잘 지내서 마음에 어째 자꾸 미안한 생각이 드는구나. 집에서 나온 지 어언 한 달이 넘었다. 하루에도 한두 번씩 집 생각을 한다. 얼른 끝을 내야 집에 돌아갈 텐데 하고 원고지와 씨름이다. 고적할 때 네 편지를 꺼내 다시 읽어보기도 한다. 편지 자주 해서 나를 위로해다오. 층장 아주머니, 관리원 아주머니들 이젠 네 이름을 알아 편지 갖다줄 때마다, 선생님 기뻐하십쇼. 따님에게서 편지왔습니다. 그런단다. 박종모 선생한테 책 보낼 사람 명단 일러 보냈는데, 어찌 되었느냐. 참 원고지 맬 끈 말이다. 그것 아직 보내지 않았건, 박종모 선생에게 원고지 부탁하였으니 그것 보내는 데 함께 보내달라고 갖다 맡겨라. 21일껜지 이곳에서 리윤영 동지(단편집 낸 분)가 평양 갔다 수일 후 돌아오기로 되어 있는데, 이 편지 보는 길로 박종모 선생과 연락취하면 된다. 그러나 다른 짐도 있는 모양이니 짐될 것은 부탁하지 말 것.

또 아버지 10월분 당비가 기일이 촉박하다. 어머님께 말씀하고 이 편지 보는 길로 곧 창작실에 가서 납부할 것. 그간 혹시 '천리마'에서 약간 들어온 것이 있는지, 만일 없더라도 무수입으로 말고 한 오십 원이라도 있는 것으로 할 것. 당비 내러 간 김에 창작실 세포 위원장 장형준 동지와 실장 리진화 동지에게 내가 따로 편지 못한다고 사과 말과 함께, 안부 전할 것. 최영화, 강영순 두 부위원장 동지도 한번 찾아가 인사 전했으면 좋겠는데 그렇게 어머니께 말씀해다오. 참 잊어버릴 뻔했다. 양권 아직 안 부쳤거든 곧 보내다오. 봉투에 편지와 함께 넣어 등기로 하면 되겠지. 집에는 아직 스팀이 안 들어오고 또 전처럼 내가 붙어 있지도 않아 방이 써늘하겠다. 요새도 아버지 침대에서 자니? 조석으로 수돗물이나 제대로 나오는지, 2층 오르내리느라 고생은 여전하겠고…… 계희 아버지에게 네 글씨로 아버지 대리하여 ○○○ 동지 혜존, 하고 책 드릴 것. 음악 대학에도 책이 아마 한 열 권 가까이 간 것 같은데 다들 읽기나 했는지, 반영은 어떤지…… 쓸 사연은 얼마든지 있다만 이만 줄인다.

양권과 함께 편지 다오. 당비 납부 급히 해야 한다(편지 보는 길로).

건강에 힘써라. 그럼 이만.

10. 19. 오후 1965년 주을

이 편지는 1965년 10월 구보가 함경북도 주을 온천으로 요양갔을 때 의붓딸 정태은에게 보낸 친필 서신으로 『계명산천은 밝아오느냐』 첫 권을 낸 후 둘째 권의 원고를 위해 집필을 다그치고 있을 때인 듯하다. 역시 다심하신 양반, 전쟁을 치르고도 변한 건 없어, 평양에 남기고 온 가족(?)들의 제반사에 대한 걱정과, 당비니 당의 주요 직책에 있는 이들에의 인사치례에도 온 신경을 쏟고 있음을 엿볼 수 있다. 그리고 원고료나 인세 같은 거야 없겠지만(?) 이미 발간이 된 책에 대한 증정본은 작자에 대해 후한 듯, 음악 대학에 열 권 이상이 갔다는 소리는, 큰딸 설영에게 갔다는 소리 같은데, 잘 읽고들이나 있는지 하는 대목은, 좀 내게, 예의 그 상상의 날갯짓을 하게 만든다. 어디, 엉뚱한 망상 대회 같은 거 없나 몰라, 이 몸이 아주 제격인데…… 무엇보다 혼자 가셨다는 점, 그리고 편지를 손수 쓰셨다는 점이 내게 새로운 용기를 준다!

'원고지 한 칸의 시력'이라더니, 1965년 10월까지는 어쨌건 위에 쓴 대로 『계명산천은 밝아오느냐』 첫 권의 장정(하드커버 마루 양장에 제자가 돋을무늬 글자로 금박을 한 멋진 장정)도 보시고 편지도 한 자나마 손수 쓰실 수 있었던 듯하다. 물론 서신이고 보니 힘이 들더라도 대필은 시키시지 않았을 것이다. 내 알기로는 이때면 원고는 이미 대필을 시키셨다고 보는데, 그 전에도 손녀딸에게 대필을 시켰다는 소릴 들었기 때문이다(언젠가 남쪽 일간지에 실린 사진의 캡션이 '손녀딸에게 대필을 시키는 구보'라고 보도된 적이 있는데 연대도 맞지 않을 뿐 아니라 그 사진 속 침대 옆의 소녀는 의붓딸인 태선의 딸일 뿐, 실제 원고를 받아쓴 '손녀'는 장조카 박상건의 맏딸 박아연이어야 한다고 생각했다).

독자들에게서 가끔 질문을 받는다.
'수동이는 대체 앞으로 어떻게 되느냐?'
'박 첨지는 처음에 잠깐 나오고 그 뒤로는 소식이 감감한데, 다시 나오

기는 나올 테지?'

'어째서 이 소설에는 녀주인공이 없느냐? 녀성들도 많이 나왔으면 좋겠다……'

원, 급하기도들 하시지. 우물에 가서 숭늉 달라시겠네…… 작자로서는 웃음과 함께 이렇게나 대답할 밖엔 없다. 이야기는 이제 겨우 허두를 내여 놓았을 뿐인 것이다.

심지어 어떤 분은, 다음 2부에서는 바로 갑오농민전쟁으로 들어가게 되느냐?—이렇게 묻기까지 한다. 누구나가 알다싶이 갑오농민전쟁은 고종 갑오년(1894)에 일어났다. 그런데 이 소설 첫째 권에서는 철종 임술년(1862)에 있은 '익산 민란'이 이야기 되고 있고 장래 그 력사적인 대 농민전쟁을 조직 지도할 전 봉준(록두)은 아직 아홉 살밖에 안 된 소년으로서 등장하고 있는 것이다. 하룻밤 사이에 이 소년을 사십대 장년으로 만들어 농민군을 거느리고 진주성으로 쳐들어가게 하는 수는 없는 일이요, 또 처음부터 그럴 작정도 아닌 것이다. 첫째 권에서 잠간 이름만 비쳐 두었던 음전이도 둘째 권에서는 독자 앞에 그 면모를 나타낸다. 강 주부의 수양딸 꽃분이도 둘째 권에서는 아직 아홉 살짜리 소녀이지만 이 소설은 물론 두 권으로 끝나는 것이 아니다.

박 첨지로 말한다면, 작자의 욕심으로는 팔십너댓까지 살게 해서 기어이 수동이와 함께 농민 전쟁에 참가시킬 작정이다. 독자는 앞으로 그를 도처에서 만나게 될 것이다.

일부 독자들의 '조급성'은 아마도 『계명산천은 밝아오느냐』의 제1권을 곧 『갑오농민전쟁』의 제1부로, 따라서 앞으로 나올 제2권을 제2부로 잘못 알고 계신 데에 기인하는 것 같다. 『갑오농민전쟁』의 제1부는 대개 여섯 권쯤을 예상하고 있다. 제2부도 그만한 분량이 될 것 같은데, 그것도 독립한 제목을 붙여서, 「밤은 더욱 깊어만 간다」, 제3부는 「보국안민의 기치 아래서」란 이름으로 네 권 정도—도합 열여섯 권은 써야 끝을 맺을 수 있으리라 생각되는데, 본래 남달리 '잔 사설'이 많은 작자의 일이라 권 수가 더 부를지도 모르겠다. 생각하면 실로 창창한 일이다.

내 건강을 아는 이들은 이 '거창한 사업'을 능히 해낼 수 있을까? 하고 은근히 걱정을 해준다.

나도 건강에 대해서는 자신을 가지고 있지 못하다. 건강만이 아니다. 자신의 작가적 력량에 대해서도 그러하다. 내 준비된 정도가 이처럼 '방대한 작품'을 다루게는 아직 되어 있지 못한 것이다. 첫째 권을 내어놓을 때까지도 그렇게까지는 생각지 않았었는데, 둘째 권을 쓰면서 제 자신 아주 절실하게 느꼈다.

지금도 느낀다. 그리고 앞으로 나갈수록 더할 것만 같다.

첫째 권에서만 해도 등장인물이 많지 않았다. 둘째 권에서도 계속 그 인물들만 가지고 다룬다면 또 모르겠는데 새로운 인물이 계속 등장한다. 즉 이미 독자들과는 구면인 수동이, 정한순, 이만선, 박 첨지, 꾸다 령감, 방 서방 같은 인물들 외에 음전이, 음전이 동생 고두쇠, 그들의 아버지 한 서방, 이 생원의 아들 리명식, 그의 안해 안 씨, 의원 강 주부, 그의 수양 딸 꽃분이…… 그리고 력사적 실제 인물들인 홍선군 리 하응, 조 대비, 조 성하, 돈녕 도정 리 하전, 면암 최 익현, 전주 영리 백 낙서 등등…… 이 사람들이 모두 둘째 권에 새로 나와 가지고 저마다 작자에게 소개해 달라고 작자를 조른다. 여기 발췌해서 실은 「충주 비선골 강 주부 집에서」 작자는 강 주부와 꽃분이를 우선 독자들에게 상면시켰는데 이들은 다 작자가 못내 애착을 가지는 인물들로서 독자들도 부디 앞으로 그들을 사랑해 주셨으면 하고 생각하는 것이지만 그들이 과연 누구에게나 사랑을 받을 수 있을 만하게 그려져 있는지 작자는 자신을 못 가진다.

물론 여기에는 강 주부의 이전 경력이 밝혀져 있지 않다. 그것은 이에 계속되는 「아이들의 래력」, 「깨진 약탕관」, 「강동지탕」, 「강 주부 약 한 첩으로 세 사람의 병을 고치다」 등 일련의 '장'들을 아울러 읽으면 강 부주란 인물이 어느 정도 리해되리라 생각하거니와 내가 왜 이런 말을 하느냐 하면 한마디로 작중 인물의 형상이 잘 되었다 안 되었다 하지만 그것이 실지에 있어 참으로 쉽지 않은 일이요, 그것도 여간 수십 명이 아니고 앞으로 수백 명의 대군상을 다루어야 할 이 작자의 사업이 과연 얼마나 힘든 일인가 하는 데 대하여 독자의 리해를 빌고 동정을 얻을가 해서다.

정말 나는 제 력량을 충분히 타산 못하고, 또 건강에 대한 고려도 없이 자신에게는 너무나 지나치게 힘겨운 일을 시작했다고 할밖에 없다. 다만 창작적 정열만은 별로 남에게 지지 않을 만치 가지고 있다. 내가 스스로 믿는 것은 이것이다.

나는 어떻게든 이 작품을 완성해놓고야 말겠다.

작자로부터[26)

『계명산천은 밝아오느냐』의 첫 권을 쓰고 나서부터 구보의 시력은 급격히 저하되었다. 기사의 내용은, 위에 첫 권이 나온 후에 성화를 대는 독자들의 궁금증을 풀어주기 위해 게재된 것인데 그 날짜가 1966년 6월 7일이다. 이는 둘째 권이 나오기 두 달 전으로, 내가 아는 북의 출판 절차에 대한 상식으로는 잘 이해가 되지 않는 부분이다. (하기야 내가 북한 전문가도 아니고, 또 요즈음도 아닌 근 반세기 전 일을 케케묵은 먼지를 털어내가며 쓰고 있는 주제에 무슨 추측인들 씨가 먹히랴! 하지만 생각해보면 좀 그렇다는 얘기다.) 책이 쉬 나오려는데, 신문에, 아직 시력에도 그리 큰 지장이 없는 것처럼 작자가 첫 권을 읽고 궁금해하는 독자들을 위해 속을 풀어주다니…… 하지만 혹 그렇게 하라고, 원고 가지고 있다니, 왜 여태 끼고 묵혔느냐고 했을 수도 있는 일이고……

26) 「『계명산천은 밝아오느냐』 둘째 권을 쓰며」, 『문학신문』 1966년 6월 7일 자.

북에서는 이남과는 달리 1963년까지의 판권에는 인쇄소에 원고 회부한 날짜가 발행 연월일과 나란히 나왔다. 그래서 그 간격이 크다면 채자 과정이 오래 걸렸나 종이 사정이 좋지 않았나 가늠해볼 수도 있고 정치적으로 어려운 입장이 되어 이런 작자의 작품을 계속 낼 건가 말 건가 하고 상부의 의견을 타진하느라 늦어지는 경우도 상상해볼 수 있는 것이다. 물론 어느 시기[27]부터 남쪽에서처럼 인쇄와 발행 날짜가 한 열흘 간격으로 돼버렸는데(남쪽은 주로 5일), 그전에는 인쇄소 송고 후 6개월, 8개월, 어떤 때는 1년 가까이 있다 세상 빛을 보는 책이 허다했다. 그래서 『삼국연의』 다섯째 권과 여섯째 권도 1년을 거르고 두 권이 몰려 발행되었는데, 그때는 용지난 때문이거나 또는 필자가 정치적으로 바람을 맞아서, 또는 맞을 것 같아서, 등등 별의별 생각을 다 하게 만든다.

이러한 인쇄 출판의 관습을 염두에 두고 위의 글을 읽는다면, 원래가 방대한 계획의 다부작이어서 건강에 자신은 없지만 열의만은 누구에게도 지지 않을 만하다면서 '궐 기대하라'는 희망찬 이야기를 했는데, 책이 이로부터 달포가 못 되는 때 출간이 되었으니, 다시 말하자면, 첫째 권이 세상에 나온 후 둘째 권 집필이 시작되었을 거고, 첫 권 원고도 1965년 3월 훨씬 전에 인쇄에 회부되었을 텐데, 근 1년이란 세월을 묵혔다가(?) 허두를 '둘째 권을 쓰며'라고 해놓고 독자들에게 알린 소이가 무엇인지 단순하게 생각을 하려도 도무지 어림이 서질 않는다.

구보는 수기에서(이것도 실명을 한 뒤에 구두로 불러주어 받아쓴 수기이니 1970년대 후반인 듯) 행간도 어림에 넣어야 하겠지만, 위 두 권의 집필 과정과 시력을 잃어가는 과정을 비교적 상세하게 적어놓았을 뿐 아니라, 셋째 권을 집필하는 도중 쓰러져 투병을 하는 과정과 퇴원을 하자

27) 부친의 책 『삼국연의』를 기준으로 1964년부터. 한데 그 전(휴전 직후)에 나온 책 중에도 남에서처럼 인쇄와 발행일을 5일이나 10일씩 차이를 둔 단행본도 내게 있으니 일반론으로 치부하긴 어려울 듯……

마자 밤과 낮을 가릴 수 없는 사람이어서 시도 때도 없이 불러대는 통에 구술을 받아쓰던 주위 사람들을 곤혹스럽게 했다고 술회한 적도 있다. 아무려나 오랜 투병생활 끝에 스스로의 의지였는지 주위의 기대에 부응하려는 심사에서였는지, 필자도 필자지만 주위에서 줄곧 구보를 묘사하는 글귀는 '세상 어디라서 그 유래를 찾을 수 없는 초인적인 노력'으로 집필을 계속하고 있다는 그런 소리뿐……

무려 10년을 그렇게 아프고 다시 아팠다, 구보는.

태은이 보아라.

너를 버려두고 이곳에 온 지 어느덧 두 달이 넘었다. 재작년 가을 내가 함흥 가 있을 때와도 달라 엄마마저 안 계시니 얼마나 외롭고 또 불편하겠니. 더욱이 그 사이 위문 공연 다니느라 또 입학시험을 치르느라 몸고생 마음고생이 이만저만이 아니였을 줄 안다. 그럼 어쩌겠니, 아버지는 일을 해야만 하겠고 일은 빨리 끝나주지를 않는 것을…… 어찌 되었든 일을 끝마쳐야만 돌아가겠으니 너도 그리 알고 부디 몸 성히 잘 있어다오. 아버지도 엄마도 지금 최대한의 노력을 하고 있다. 하루라도 빨리 끝내가지고 돌아가려고…… 용돈이 떨어져 고생인 모양인데 나도 지금 여유가 없다. 급한 대로 돈 삼십 원을 부치니 적으나마 보태 써라. 그리고 연이의 백날은 내가 따로 축하해주지 못하니 네가 생각해서 네 형 내외와 저녁이라도 한 끼 나가서 먹든 적당히 해주었으면 좋겠다.

발표가 5일(五日)이라는데 오늘이 8일(八日), 소식을 모르니 답답하구나. 만일에 일이 뜻과 같이 안 되었다 하더라도 결코 낙망하지 말아라. 아버지는 네게 누누이 말한 바 있지만 시상 그러한 것이 문제가 아니다. 네가 늘 명랑하고 건강해만 주면 아버지나 엄마에게는 그 이상 기쁨이 없다. 아버지와 엄마가 지금 이렇게 객지에 나와 일을 하고 있는 것도 필경 너희들을 위해 하는 것이 아니겠느냐. 그리 알고 언제나 명랑하고 건강해

다오. 그래야 아버지도 빨리 일을 끝내가지고 돌아갈 수 있는 것이다. 바쁘겠지만 편지 자주 해라.

그럼 이만 그친다.

3월 8일 아침
주을 휴양소에서

『계명산천은 밝아오느냐』 두번째 권이 나온 이듬해 셋째 권 원고를 쓰시다 고혈압에 의한 뇌출혈로 쓰러졌다 했는데, 그로부터 다소 회복이 되어, 다시 끓어오르는 창작열을 삭이지 못해 이태 전에는 혼자 와서 원고를 썼었지만, 이번에는 한 글자나마 보이던 시력조차 아주 깜깜절벽이 되어 동부인을 해 원고를 받아쓰고 뒷바라지도 하게 하니, 자연 홀로 남은 태은에게 신경이 쓰였을 것이다. 위 편지는 그때(1967년 3월) 보낸 것으로서, 그곳의 당시의 생활상을 엿볼 수 있으나, 모두가 그런 것이 아니라는 상식은 나도 듣고 가보아 알고 있는 일이다.

하기야 자본주의 국가의 종주국이라는 미국도, 어느 계층 부류들과 어울려 사느냐에 따라, 어떤 사람의 이야기는 믿어지지 않을 만큼 천양지차가 난다는 사실들을 모두 아니까. 마치 장님 코끼리 만지듯이 말이다. 어쨌건 이번엔 새어머니가 전적으로 도울 수 있는 신분(?)이 된 모양이다. 그리고 편지 내용 중 '이태 전 함흥'이란 소리는 잘못 기억한 것으로, 그때도 주을 휴양소였는데(사진에 적혀 있음) 주을 온천은 함경북도 하고도 아주 위 북쪽이니, 함경남도의 도청 소재지인 함흥과는 거리가 먼 곳으로, 아버지께서 그냥 북쪽 한참 위쪽이니 그렇게 하셨거나 아니면 착각인 듯하다.

다른 한 가지. 구보는 1979년에 쓴 수기에서 1965년 3월 3월에 완전히 실명을 했다고 한다. 그러나 의붓딸 정태은의 글에는 다른 날로 되어 있고, 친필 대조를 한바 부친의 육필임이 확실한 먼젓번 1965년 10

완전 실명 후 주을 온천에서 『계명산천은 밝아오느냐』 셋째 권 구술을 받아쓰는 새어머니 권영희 여사(1967년 3월).

월에 보낸 편지는 그 작성 날짜가 10월 19일로 되어 있는 걸로 보아, 1965년 10월 이후가 완전 실명 시기로 더 타당할 것 같다. 아니면 3월에 실명을 했다가 후제 좀 차도를 보인 적이 있었을 수도 있겠다.

그리고, 『계명산천은 밝아오느냐』의 원고에 관해서는, 아마 위 편지를 보낸 후 그닥 오래지 않아 또다시 충격이 왔든지 몸을 못쓰게 생겨서 일단 집필을 중단하고 패전 장군의 기분으로 귀가를 하셨으리라 생각해본다. 그런 뒤 오랫동안 병원 침대 신세를 지게 되었다고 보아야 하는 것이, 구보가 자신의 회복을 기다리고 기다리듯이 온 인민이 하나 되어 구보의 재기(再起)를 바라고 있는 통에 매스컴 또한 시도 때도 없이 구보의 상태를 알리기 위해 구보의 처소를 방문했기에, 새어머니 말로는 언제 기별도 없이 닥칠지 모르는 뉴스 팀의 티브이 카메라를 의식해 아침이면 머리도 단정히 빗겨드리고 입성도 늘 깨끗한 걸로 입혀드렸다고 했다. 나로선 이 시기가 당신이 아무 정신적인 구애를 받지 않고 집필을 할 수 있게 해준 데 대한 보답일 수도 있다고, 여기저기 신문 기사에서 보았듯이 세상 어디에서도 이러한 상태의 건강 조건을 가지고 집필을 할 수 있는 작가란 유일무이하다고,

그러한 불굴의 정신이란 투철한 사상적인 무장 없이는 나올 수 없는 일
이라고 선전을 해대는(?)……

　말을 하고 보니 좀 오버를 했나 싶기도 하고……

　한 가지 덧붙일 일은 위에 인용한 아버지의 1967년 3월 서한은 대
필한 사람이 권영희 여사임이 내게 온 권 여사의 편지들의 필적 대조로
판명이 났다.

　구보의 1979년 수기에 의하면, 『계명산천은 밝아오느냐』 1부의 첫
권을 끝내고 둘째 권 집필에 들어가셨는데, 집필 도중 눈이 갑자기 나
빠져 병원에 가보았더니, 안과 병동의 권위 있는 여러 의사들이 오래도
록 협의한 끝에 병이 심상치 않다는 결론에 이르렀다 한다. 그것은 '양
안시신경위축증'과 '색소성망막염'으로 불치의 병일 뿐 아니라 곧 시력
을 완전히 잃게 되는 무서운 병이었다. 곧 입원을 하고 온갖 성의 있는
치료를 다 받았으나 날이 감에 따라 시야는 자꾸 좁아져, 급기야는 붓
을 들고 원고지를 내려다보면, 처음에는 원고지의 반만이 보이다가 점
점 좁아들어 마지막에는 꼭 글자 한 자를 써넣을 원고지 한 칸만이 보
였다고 수기에서는 말한다.

　보아야 할 자료와 해야 할 일은 끝이 없었으나, 오지 말아야 할 시각
은 너무도 일찍 다가와 원고지 한 칸의 시력마저도 눈에서 완전히 사라져
버린 것이 1965년 봄!

　[……]

　나는 이런 상태에서 아내에게 구술을 하여 『계명산천은 밝아오느냐』
제2권을 끝내 출판에 회부하였다.

　『계명산천은 밝아오느냐』 둘째 권은 1966년 8월에 발행됐으니, 모

든 자료를 하나하나 확인하고 글줄 하나 글자 하나까지 제 눈으로 따져 본 다음 넘겨도 작가의 양심은 늘 편치 않은데, 손더듬이로 원고 뭉치의 높이만 가늠해보고 넘기는 마음이 어떠했을까……

자신의 능력과 육체적 조건을 오래 심사숙고한 끝에, 열여섯 권의 다부작 장편을 세 권의 장편『갑오농민전쟁』으로 계획을 바꾸고서 홀가분한 마음으로 제1부를 아내에게 구술하기 시작하였는데, 제1부가 거의 끝나갈 무렵 고혈압에 의한 뇌출혈로 쓰러져 눕고 만 것이다. 병원에서 응급치료를 받아 의식은 회복되었으나 온몸이 침대에 들러붙은 것처럼 조금도 움직일 수가 없더란다. '―아하, 이것이 반신불수로구나!' 의사들은 현대 의학이 할 수 있는 모든 방도를 다 동원하여 최선을 다하였다. 다행스럽게도 사고 능력에는 별로 지장이 없어 구보는 퇴원하는 즉시 원고 구술을 시작하였단다. 그러나 시각을 잃은 데다 전신의 감각이 거의 없었으므로 밤과 낮을 가리지 못해 밤중이고 새벽이고 어느 때나 원고를 구술하여 식구들을 모두 기진맥진을 만들어버렸지만, 그들은 교대로 밤을 밝히며 입에서 '갑오농민전쟁' 이야기만 나오기를 기다렸다한다. 그러던 중 다시 혈전이 와 사흘을 완전히 의식을 잃고 있다가 깨어나보니 정신이 혼미한 게 입과 성대가 말을 듣지 않는 전신불수가 되고 말았다. 신체의 어느 부분도 애착이 가는 데가 없는 그런 상태로! 이번엔 회복이 정말 더뎠다. 그러다가 당 중앙이 보내준 사향으로 말문이 다시 열렸단다.

1977년 여름에『갑오농민전쟁』제1부가 장서용과 보급용으로 출간되었다. 북에 갔다 본 평양 대동강변 부친의 서재에 꽂혀 있던 것은 두 권 다 장서용이었고 미국 국회도서관에 비치돼 있던 것도『삼국연의』부터 모두가 장서용 하드커버에 금박으로 돋을새김도 한 호화판 양장본들이다. 그런데 본문 용지는 누런 갱지다.

1977년 1월 어느 날, 작가동맹의 한 사람이 김일성 수령의 교시를 전달했다.

　　나는 방금 위대한 수령님의 교시를 받고 오는 길입니다. 수령님께서는 선생이 쓴 소설을 읽으셨는데 작품이 좋다고 만족해하시면서 그 불편한 몸으로 정말 많은 수고를 하였다고 치하의 말씀을 주셨습니다.

　　전달된 교시는,

　　소설 『갑오농민전쟁』은 잘 썼습니다. 박태원 동무가 역사에 대하여 많이 알고 있는 것 같습니다. [……] 박태원 동무와 같이 역사소설을 쓰는 사람이 귀중합니다. 우리나라에 역사소설이 얼마 없는 것이 결함입니다.

　　전축과 귀한 약제, 그리고 내조를 한 새어머니에게도 고급 시계와 양복지를 내려주었다고 한다.

　　구보는 같은 해에 당으로부터 국기 훈장 1급을 받았다. 수여식은 평양 대극장에서 있었으나, 몸이 불편해 답사를 대독시켰는데, 구보는 답사에서 금년 중 『갑오농민전쟁』 제2부를 끝내고 계속해서 제3부를 완성함으로써 후의에 보답하겠다고 했단다.

　　구보는 약속을 지키기 위해 작업을 다그치다 그예 다시 쓰러져 이번엔 말문까지 막히셨다가, 당중앙이 보낸 사향의 효험으로 위기를 넘겨 어눌하게나마 의사표시를 다시 할 수 있게 되었다. 『로동신문』에서는 당과 인민들과의 약속을 지키기 위해 작가가 불철주야 창작에 매진하고 있다고 대서특필을 하는가 하면 침대에서 구술을 하는 장면을 뉴스 시간에 방영하기도 했다.

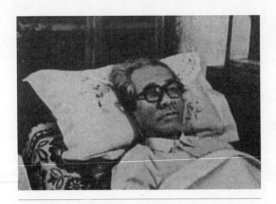

1978년 『갑오농민전쟁』 둘째 권 집필 당시, 누워 있는 구보.

1979년 70세 생일을 맞은 구보는, 『갑오농민전쟁』 제1부와, 『계명산천은 밝아오느냐』의 작품 등이 높은 평가를 받아 당으로부터 진갑상[28]을 받았다. 뒤쪽 오른편 그림은 남에서부터 막역한 사이였던 정종려 화백이 소식을 듣고 밤을 도와 그렸다고 하는 「한모란」[29]이다.

위의 한모란 그림은 좀 밝혀야 할 얘기가 있는 그림이다. 1990년 8월에 큰누나 설영을 만나러 평양엘 갔다가 아버지의 묘역에서 성묘를 하

28) 구보의 70세 생일을 맞아 12월 7일에 내렸다. 만 70세의 생일을 북에서는 진갑이라 하나 보다. 사전에는 진갑(進甲)은 환갑 이듬해를 이름이라 했고, 북에서 나온 『조선말 대사전』에도 진갑이란 육갑(六甲)이 새로 시작된다는 뜻에서 환갑의 이듬해, 또는 그 해의 생일을 이르던 말이라 했는데…… 왜 공공연하게 '진갑상'이라 하는지, 혹 높은 분 중 그리 잘못 알고 쓰는 분이 있는데 그래서, 그냥, 그렇게들, 쓰고 있나도 상상해보았다가, 참 나…… 좀 그랬다.

29) 아버지가 가장 좋아하시던 꽃은 모란이 아니라 작약(芍藥), 즉 함박꽃이었다! 성북동 별장은 지대도 높은 데다 온실이 없어 겨울이 오면 배정국 씨 댁 온실을 같이 썼지만, 그렇게 열심히 겨울이면 옮겨가고 봄이면 옮겨오던 파초가 꼭 한 번 바나나가 조막만 하게 열렸다가 그해 가을, 아주 파초까지 죽어버린 일 이외에 땅이 척박해 그랬는지, 손이 건 사람이 우리 식구 중엔 없어 그랬는지, 그리 재미를 보지는 못했다. 그래도 정원이란 이름값을 할 만큼은 꽃도 피고 실하진 못해도 열매를 맺는 것도 있긴 했지만…… 그래도 작약은 그런대로 잘돼 몇 송이 아버지 원고 쓰시는 교자상에 꽂아드렸던 기억도 난다.

백 주년 기념행사를 준비하면서 생전에 구보가 가장 좋아했던 꽃이 작약이란 말을 한 적이 있다. 그 말을 들은 관계자가 철이 아니라 구할 수 있을지 모르겠다고 해 기대를 안 하고 있었는데, 개막식 날 테이프를 끊고 나서 여러 내빈들 모시고 작품과 유물 설명을 하며 집필실 꾸며놓은 데로 다가가자, 은은히 풍기는 작약 향내라니. 옛 성북동 별장 대청에 어지럽게 늘어놓은 교자상 위며 주위며에 아버지 것들 위로 작약의 향이 어른댔었는데 여기가 거길까? 어렵게 구했노라 속삭이듯 말하는 큐레이터 박민아 씨가 너무도 고마워…… 처음 사날은 '함박꽃'이 담긴 화병(북에서 가져온 것)이 빛을 발해주는 듯해, 그쪽 아버지가 앉아 원고 쓰시던 데가 그중 환한 곳이라고 생각하며, 썩 마음에 들어했다.

1979년 12월 7일 당으로부터 '진갑상'을 받다.　막역한 벗 정종려 화백이 진갑상 소식을 접하고 밤을 도와
그렸다는 축화 「한모란」.

고 아버지가 『삼국연의』와 『계명산천은 밝아오느냐』에 『갑오농민전쟁』
을 집필하시던, 대동강변에 위치한 대동문동 아파트에 가게 되었다. 의
붓동생 정태선, 정태은도 만나볼 수 있었던 자리였는데, 거실 벽에 걸린
정종여 화백이 그렸다는 탐스러운 꽃 그림이 내 눈길을 끌었다. 떠나던
날 새어머니 권영희 여사가, 평양 방문 기념으로 그림을 가져가겠느냐
는 걸,

"고맙습니다, 허나, 더 걸어두고 보시지요. 다음에 와서 가져가겠습
니다" 했더랬는데, 3년(그렇게만 있다 다시 오겠다 했었다)이, 너덧 해만
지나면 30년이 되니, 우리 민족에게 통일이란 그리도 멀기만 한가 보
다······

2008년 3월 『삼국지』 출판 기념회 때문에 귀국을 했다가 여기저기
방송국 대담 출연이다 뭐다 해서 한여름까지 눌러 있게 되었는데, 푹푹
찌던 어느 여름, 지인으로부터 모 미술관에 정 화백이 그린 선친의 '진
갑 축하 그림'이 와 있다는 연락을 받았다. 어찌어찌 방북 이후 오래지
않아 북쪽 가족들과는 연락이 끊겼고, 간간이 생사 정도만 알고 있는
처지였는데 그사이 그런 일이 벌어졌다니······

무슨 일이 있어도 다른 사람 손에 넘기는 일 없이, 길이 이 미술관에

서 여러 사람들이 관람할 수 있도록 소중히 보관하겠다는 말씀 고맙게 듣고 언덕을 내려오며, '1979년이라면 아버지가 보듬고 어루만져보시긴 했겠지만, 눈으로 보시진 못했을 테고(1965년에 실명을 했으니), 이젠 그림이 이미 프레임 안에 갇혀버려, 나는 만져볼 순 없어도 안경 쓴 눈으로 똑똑히 볼 순 있었으니, 우린, 아버지와 난 이 그림 만져도 보고, 가까이 가 자세히 들여다보기도 했고, 그러다 슬며시 손도 한번 잡아봐? 어려서 야구 구경하러 다닐 적, 한 손엔 따끈따끈 콩볶으니 든 누런 편지봉투 들고서 손잡고 혜화동 로터리를 지나 대학천을 끼고 걷다 충신동 지나 동대문 부인병원에 홍인지문 지나서 경성 운동장까지…… 뚫어져라 다시 한 번 들여다보기도 했으니, '우린, 부자(父子)가 이 그림을 꿰뚫어본 셈'이란 생각을 하면서 차가 있는 데까지 걸어 내려오려니, 미술관 있는 언덕이 점점 높아져 한여름 뭉게구름만치나 부풀어 있는 게 아닌가.

권 여사는 몇 해 전, 9년인지 10년인지를 자리보전하다 돌아가셨단 소식 들었는데, 혹 가시기 전 유언으로, 어떻게든 저 그림, 미국 있는 '일영이에게' 전해주란 말 남기셨는지…… 내 손에 들어오지는 않았지만 이렇게 보기도 했고 또 언제든 다시 보고 싶으면 찾아와 볼 수도 있게 되었으니 유언은 성공리에 이행되었다고 하겠다. 그러고 보면 우연이라 치부하기엔 나와 아버지와 그리고 이 그림과의 인연이 너무도 기구하다.

　아버지의 수기는 1979년 7월에 끝이 나는데……

　　나는 지금 『갑오농민전쟁』 제2부를 탈고하고 제3부를 쓰기 시작하였다. 나 자신이 생각해도 참으로 놀라운 일이다. 시력과 신체의 모든 자유를 잃은 이런 속에 1만여 매의 장편소설이 씌어지고 있다는 사실은 평범한 상식으로는 감히 생각조차 하기 힘든 그러한 일이다.

그렇다! 지금의 나의 육체적 조건은 창작은 고사하고 살아가기조차 불가능한 그러한 상태에 놓여 있다.

[……]

나는 집필을 하지 않을 때면 언제나 당중앙에서 보내준 전축을 틀어놓고 음악을 듣는다. 음악은 나의 가장 친근한 벗이며 위안자(慰安者)이다. 눈은 보지 못하지만 귀는 성하며 [……]

아버지가 음악 감상으로 위안을 얻으셨다는 대목에서 내 머릿속에서는 두서없이 여러 음악가와 멜로디가 떠올랐다. 세라핀, 스키파, 엔리코 카루소, 베냐미노 질리, 티토 고비, 잔 피어스, 「벼룩의 노래」 「불의 춤」, 라흐마니노프, 모차르트, 베토벤, 브람스, 차이콥스키, 슈베르트, 구노, 림스키코르사코프, 베르디, 비제, 푸치니, 마스카니, 토셀리…… 유성기 옆 앨범처럼 생긴 책 속에 들어차 있던 12인치 레코드판들…… 「오 솔레미오」 「산타루치아」 「도리꼬의 세레나데」 「토셀리의 세레나데」 「구노의 세레나데」 「솔베이지의 노래」……

이 중에 「솔베이지의 노래」는 어머니가 시집을 오셨을 때 아버지가 심심하면 틀어놓으시더란다. 어머니의 애창곡은 숙명합창단에서 즐겨 부르던 「오호! 히바리(오! 종달새)」나, 디아나 다빈이 출연한 영화 「오케스트라의 소녀」에 나오는 「할렐루야」(모차르트)인데, 듣다 듣다 "신혼 초에 왜 그런 노랠 허구한 날 틀어대느냐?"고 싫은 소리를 했더니만, 그래도 한동안은 바이올린만 들고 씨름을 하시더니, 언제부터인지 심심하면 다시 틀어댔다는데…… 나도 「솔베이지의 노래」를 좋아하는 걸 보면, 그 이후 큰누나에 작은누나, 그리고 내가 태어나서 음악 감상을 할 수 있게 될 나이까지도 계속 그 판을 즐겨들으셨기에 나마저 아버지를 그리며 「솔베이지의 노래」와 더불어 한생을 보냈지……

1980년에 『갑오농민전쟁』 제2부가 출간되었다. 이후 셋째 권 집필 도중 다시 심한 스트로크가 온 뒤 다시 회생을 했으나 그예 말을 잃고 말았다. 소싯적엔 알코올기만 들어가면 다변증 환자라 스스로 진단을 내렸던 구보, 그 말 많던 분이 이후 계속 말을 물고 지낸 것이다.

구보는 1986년 7월 10일, 음력으로는 6월 4일 저녁 9시 30분에 평양시 중구역 대동문동에서 사망한 것으로 기록돼 있다. 남에서도 평양방송을 인용한 '월북 작가 박태원의 사망 소식'이 방송과 일간 신문에 보도된다. 그리고 그해 12월에는 『갑오농민전쟁』 제3부가 권영희와 박태원 공저(共著)로 출간되었다.

이제 붓을 놓으려니 아쉬움이 남는다. 아직도 여물지 않은 것들이 앙금처럼 남아 있어 명치가 답답한 탓이다. 그 하나는 아버지가 북에서 '적응'하기 위해 감당했을 그 많은 사연에 대한 것인데, 많은 저서들의 저술 배경이랄까 그중 몇몇을 마음속에 간직한 대로 다 이야기하지 못한 것이요, 다른 하나는 아버지는 생애를 통해 몇 번이나 '붓을 꺾고 싶었을까'를 나대로 짚어보고 싶었던 것이고, 마지막으로, 구보의 사생활을, 그의 유전자를 물려받은 내가 그의 '속내'를 열어보고 싶었던 것이다.

'8甫'밖에 아니 되는 주제에, '9甫'를 꿰뚫을 수는 없지 않은가 하는 이들을 의식한 까닭에 뒤로 물러앉은 기분이랄까? 언젠가 기회가 온다면, 시원하게 토해버릴 거라고 말이나마 던져놓는다.

부치지 못한 편지
—아들 팔보가 구보에게 쓰다

장하십니다.

썩 좋아요!

역시나 저의 생각이 비슷하게 들어맞은 듯해 가슴이 뿌듯합니다. 『계명산천은 밝아오느냐』를 거의 반 권 분량이나 더 쓰시고 더는 버틸 수 없이 삶의 고갈을 느껴 『갑오농민전쟁』 세 권으로 넘어가야만 했던 당신. 모든 결정이 하나같이 참말로 장하십니다, 행복을 찾은 것처럼…… 어떻게 그런 생각을 해냈냐구요? 아버지, 제가 누굽니까, 아버지의 아들 이령입니다!

편안하시죠, 마음도, 마음 편안하니 만신창이가 된 몸마저 제 손길을 타시듯 그렇고, 거기 계신 삼촌 알라 그렇게……

그래 제가 이 평전을 씀에 있어 삼촌을 끌고 들어가려는 소이가 거기 있었습니다. 물론 끌고 들어간다는 것은 어폐가 있는 얘기겠고, 이제 잼쳐 여몄던 주머니를 열 요량인데요, 혹 아니더라도 노여워는 마십시오, 하지만 끝까지 타향일 순 없듯이 언젠가는 타향이 고향이 되리라 생각해보다가 어느 날 일어나 눈을 떠보니 '鷄鳴山川이 밝아오고 말았구나!' 아니었나요?

나는 앞에서 아버지의 아우 문원, 나의 삼촌, 작은아버지에 관해 꽤는 자주, 그것도 많이씩 거론을 했는데, 북에 가서의 두 분의 관계를 위해서라면 이쯤에서 그만해도 되겠다고 얘기한 적도 있었습니다. 그러곤 다시 끄집어냈다 말고, 다시 그러기를 몇 번이었던고? 혹자는 글 쓰는 이가 가다가 누구를 위한 회고록인지를 잊고, 다시 잊곤 한다고 생각하는 분도 있지 않았을까 생각하면서도 아직도 이러고 있는 것은, 내가 아버지를 마무리하기 위해 문원 삼촌을 끌어들이려는데, 거기가 어디쯤이어야 하는지를 가늠하느라 이렇게 변죽만 울리며 머뭇거리고 있는가 봅니다.

그렇습니다, 이렇게 뜸을 들이고 있는 까닭은 내 안에 아직 생각이 여물지 않은 까닭이요, 여물었대도 젖 먹던 힘까지 모두 해 그러안고서 떨굴 데를 찾지 못하고 있기 때문입니다! 내 섣부른 생각이 혹 누를 끼치지 않을까 하는 마음에서이나, 그저 생각일 뿐이라면 그야말로 대수로울 것도 없겠습니다만 내 안에 이렇게 앙금처럼 남아 가는 걸 어쩝니까, 털어내야죠.

작은아버지는 일찌감치 가셨다지만 형님 안에선 꽤나 오래 사셨기에, 앞이 아니 보여도, 몸에 마비가 와도, 유려한 글을 끊임없이 쏟아낼 수 있는 창작열이 그리로부터 샘솟았으리라 생각해봅니다. 왜냐하면 당신은 그 낯선 데 둥지를 트신 까닭에 마냥 서툴기만 하다가……

난 잘 모르지만 사람 사는 데가 다 거기서 거기인가 보다고, 누구는 '거기도 사람이 살고 있었네' 하더이다만, 그래도 거긴 좀은 다른 것도 같고, 사람들은 그러지요, '힘든 사회'라고. 그런데 마냥 꽤 까다로운 당신이 게서, 그냥이 아니라, 행복하고 자신감 넘치는 당신을, 자신의 행복에의 확신을 지니고 사시는, 그 말은 당신은 눈멀고 입술 멈춰 이제 남은 건 경련뿐이랬지만, 거기서 당신은 마음에 드는 말—행복, 행복을, 행복만을 줄곧 찾고 계시더이다, 가시는 그 순간까지!

당신껜 그게 바로 행복 아니었더이까. 마치 당신이 꾸민 성북동 별장에서 쓰시듯 그렇게.

참, 진작 말씀을 드려야
하는 건데, 전, 1967년 6월
이규정(李圭貞)이라는 정원
(貞遠), 영원(英遠) 아주머니
들이 다니던 학교 출신 규
수와 결혼을 해, 소연(昭妍),
미연(美妍) 두 공주를 얻었
습니다. 아버님은 자랑스
러운 두 손녀딸을 두신 겁
니다!

미연(좌)과 소연(우). 1976년.

왜 자랑스러운고 하면, 큰애는(실은 둘이 다 마흔이 넘었습니다마는) 인
권운동을 한답니다. 불우한, 사회적으로 소외된, 반드시 자본주의 국가
여서만은 아닌 빈부의 차이에서 오는 그런, 어쨌건 그런 아이들을 올바
른 사회의 구성원으로 성장시키려 애쓰는, 지도자들을 길러내는, 그런
일을 하러 미국 전토를 누빈답니다. 아주 출장이 잦지요, 정규적으로.
이곳 미국의 수도 워싱턴에서 시작을 해서 뉴욕, 코네티컷, 시카고, 샌
프란시스코, LA로 뺑뺑이를 치면서 눈코 뜰 새 없이 바쁘게 돌아가긴
하면서도, 신통하게도 내외가 유치원과 초등학교 3학년생인 자매를 아
주 열심히 잘들 키우고 있답니다.

작은애는, 인간에게 인권이 있듯, 동물도 저들의 살 권리, 비록 인간
의 필요에 의해 사육될망정 최소한의 정당한 삶을 누릴 권리(?)를 보장
해주어야 한다는, 좀은 어려운, 하지만 제겐 그리 설명하기가 어렵지만
은 않은, 가령 미국 친구가, 걔는 무슨 일을 하느냐고 묻는다면, '인권'
을 말하면 누구든지 안다죠. 그럼 동물에게도 그런 게 있다면, 하고 휴

먼라이트human right와 마찬가지로 애니멀라이트animal right가 있고 그것을 위해 일하고 있다고 하면, 아주 쉽게 이해들을 한답니다. 곧 동물 애호가라, 또는 채식주의자로 생각들을 하는데, 굳이 긴 설명은 줄이고, 다음은 개가 하는 일로 들어가겠습니다. 그냥 그 친구가 생각하는 그런 정도가 아니고, 세계적으로 가장 큰 규모에, 제일 널리 알려진 단체 'Humane Society'의 부사장으로, 미국은 물론 유럽에도 많이 알려진 인물이 돼버렸는데, 작년부터는 미국 유수의 식료품 체인점의 재벌이 세운 비슷한 성향의 단체(?)의 CEO가 되어 세계 방방곡곡을 누빈답니다. 하긴 작년 10월에도 중국 북경에 강연 갔다가, 할아버지 생신 잔치에, 그것도 광통교 근처 서린정 어디쯤일, 아마 나뭇장 있던 데서 열린 '문학 그림전'에도 참석을 하고 갔답니다.

다시 작은애 얘기로 돌아가서, 인간이 생존권에 침해받지 않을 권리가 있다면, 동물도 저들 수준에서의 최소한의 생존권(?)을 유지해줄 의무가 인간에게 있다는, 사람들이 저들의 필요에 의해 저들을 사육한다면. 그런 철학에서 출발하는데요, 제가 그들이 하는 방법이나 그 지향하는 목표나 남에게 강요(?)를 하는 정도 등에 전적으로 동의를 하는 바는 아니나, 전체적으로 저들의 하는 바를 장하게, 그리고 자랑스럽게 생각하며, 나이가 들수록 마치 제가 그런 대견스러운 일을 하는 듯 때로는 착각에 빠져도 보고, 더욱, 이즈막엔 일종의 '대리 만족'을 하고 있는 저를 발견하게 됐답니다. 가끔 행동이 자유롭지 못한 식물의 보호자도 돼보면서…… 은퇴를 해서 시간이 아주 많아진 요즈음이니까요.

지금 식물을 말하고 있습니다! 노자도 아니면서……

그러면서도, 저로서는 저들의 일에 아무 도움이나 동조를 하는 것도 아니면서, 조금도 어울리지 않는단 생각은 하는 일 없이, 당연히 저 또한 흐뭇해할 권리가 있다고까지 생각하게 되는, 어찌 생각하면 뻔뻔스럽기까지 한데 실은, 저들이 저의 분신이라 생각하면 모든 게 문제가 되지 않는 것 같습니다. 간단히 해결이 난다 이 말씀입니다.

아직 저들과 이런 점에 관한 대화가 없었으니 어찌 나올지는 두고 보아야 하겠지만, 저만 맛보며 이야기를 안으로만 간직하고 있는담 아무 문제가 되지 않는 거 아닙니까?

좀은 엉뚱하고 장황하게 늘어놓았습니다마는, 제가 알고 싶다기보다 느껴왔던 것은, 처음 꽤는 오랫동안 그곳에 가시어 창작 활동을 통 못하시더니 누구보다 어려운 신체적 여건 아래서도 누구보다 더 큰 열의를 가지고 만인의 칭송을 받을 창작을 하셨음은, 아버님 안에서의 정신적 갈등이랄까 불편함 내지는 낯섦에서 벗어날 수 있었음은 당신의 동생을 가까이, 때로는 당신의 분신처럼 당신 안에 품을 수 있었기 때문이 아닐까 하는 생각을 가져보았기 때문입니다. 길지 않은 삼촌의 50유여 성상— 점철된, 그가 소화해버린 그의 예술과 그의 인생이, 그리고 그의 간고한 투쟁이, 당신에겐 그가 흘린 단 한 방울의 땀도 헛되지 않게시리 당신 안으로 흘러들게 해, 설혹 그가 가고 없는 그 뒤에까지도 마치 당신의 것처럼 그렇게, 결코 마르지 않는 샘물처럼 당신 스스로 느끼게 된 뒤로부터, 당신은 다시 자유롭게 붓을 잡을 수 있게 된 것이 아닌가 하는 점을 생각해낸 까닭입니다. 하기야 다소는 생경한, 좀은 허황된 발상이라 생각하실 수도 있으나, 생애를 통해 적어도 저만한 정도는, 그만큼은 늘상 인정하고 있지 않으셨습니까, 젊은 시절의 삼촌의 길 또한!

저는 한때 낚시터에서, 지나가는 소리처럼, 요새 이북에선 애들이 뜻도 모르면서, 북송 재일 교포들을 보면, 손가락질을 하며 '시맛다, 시맛따!' 한다는 소리를 듣고요, 혹시, 걔들이 그 사람들에게만 그러나, 하고 의문을 가져본 적이 있었답니다. 물론 아주 오래전, 지금은 이것도 저것도 아니게 생각하는 것도 아주 어른스러워져(?)버렸지만, 그땐 그랬죠. 물론 새 가정도 꾸미시고 주위에 좋은 벗들과 당신의 글을 아끼는 두터운 독자층이 있어주었다 하더라도, 당신의 철학에 부합하는(?) 당신대로의 합리화가 없이 어찌 그토록 자신만만하게, 굳세게 행복해하기까지 하면서 앞만 바라고 나아가실 수 있었겠습니까? 그 바쁘신 머리로 새 공부를 하셨을 리는 만무겠고요. 무엄하다거나 결례가 아니 되길 바라봅니다.

제가 제 아이들과의 1촌의 끈을 들먹이며 당신의 2촌과의 매듭, 당신 자신들도 어쩌면 느끼지 못했을 형제 사이를 이어주는 정신적 연계를 설명하려고 애를 쓰고 있는데, 그에 대한 의견은 준비해두셨다 후제 들려주십시오. 머지않아 뵈옵게 될 때에.

밤이 깊어가듯 아침이 가까이에 있다는 것을, 아버지도 삼촌도, 그리고 저도 느끼고 있다면, 우리는 쉬 만나 생전에 마음만 해보던 그런 자리 펴고, 성북동 반송 밑 고인돌 같던 널바위 위는 어떻겠습니까? 이미 당신께선 사랑하는 어머니를 대동하시고 거기 어디쯤에서 기다리고 계신 건 아닌가요?

그곳에서 마음 편히 남(?)이 이룬 것 제 것인 양 그렇게 마음 하고 나니, 내 것인 양 행복해버려 마음 편하게 쓰고 다시 쓴 건 아닌지, 싶어서 마음에서 삼촌을 자꾸 생각했던 건데요, 아마 그랬을 거란 생각이 자꾸, 무엄하게시리, 그렇답니다!

마무리 말은 이미 준비해두었답니다.

"幸福하셨습니다, 아버지.
고맙습니다, 아버지,
그리고 고맙습니다, 사랑하는 文遠 아저씨, 나의 작은아버지시여!"

끈— 탯줄처럼 결연히 이어져, 차라리 매듭이 되어버린, 저는, 당신
의 아우 형제가 마냥 부럽습니다, 아버지, 그리고, 삼촌*이.

---

* 삼촌 박문원의 해방 후 족적에 관해서는 단편적으로 여기저기 소개가 돼 있고, 근자에는 동란 후 북
에서 발굴한 고분 벽화에 대한 학술 논문도 나도는 듯한데, 내가 생각하기에는 최열의 『한국근대미술
비평사』(열화당, 2001)에 실린 20쪽에 달하는 대목이 머리말에서 '단독 정부 수립 얼마 뒤 월북했다'
는 대목과 '징용으로 원산에서 과만한 강제 노동을 당하여오다가 8·15에 의하여 해방되어' 하는 대목
만 빼고는 대체로 수긍을 하겠으니 관심 있는 분은 참조하시라.

| 가계도

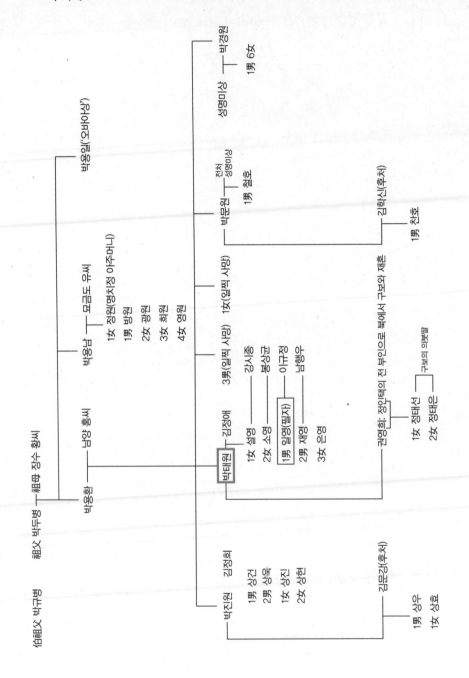

1909(1세) 12월 7일(음력 己酉年) 경성부 다옥정 7번지(지금의 중구 다동)에서 박용환과 남양 홍씨의 4남 2녀 중 차남으로 태어남. 어릴 때는 등 한쪽에 커다란 점이 있어 점성(點星)이라 불림.

1916(8세) 큰할아버지 박규병으로부터 천자문(千字文)과 통감(通鑑) 등 한문 수업을 받기 시작함.

1918(10세) 8월 14일 태원(泰遠)으로 개명. 『춘향전』『심청전』『소대성전』 등을 탐독하고 고소설을 섭렵함. 경성사범부속보통학교 입학.

1922(14세) 경성사범부속보통학교(4년제) 졸업. 경성제일고등보통학교(현재의 경기고등학교) 입학.

1923(15세) 4월 15일 『동명(東明)』〈소년칼럼〉에 작문 「달마지」 당선(제일고보 2학년). 문학동아리를 만들어 창작 활동에 몰두함.

1926(18세) 의사인 숙부 박용남의 소개로 중국문학가 백화 양건식에게 한학을 배움. 이화학당 교사 고모 박용일의 소개로 춘원 이광수에게 문학 수업. 3월 『조선문단』에 시 「누님」이 당선됨으로써 문단 데뷔. 필명(筆名) 박태원(泊太苑) 사용. 『동아일보』『신생』 등에 시, 평론 등을 발표함. 고리키, 투르게네프, 톨스토이, 셰익스피어, 유고, 모파상, 하이네, 맨스필드 등 서양 문학에 심취.

1927(19세) 경성제일고보 휴학. 문학 활동에만 전념. 과도한 독서와 집필, 불규칙한 생활로 시력이 아주 나빠져 안경을 쓰게 됨. 신경쇠약에 소화 기능 이상. 『조선문단』에 수필 「시문잡감」 「병상잡설」을, 『현대평론』에 시 「아들의 불으는 노래」 「힘—시골에서」 발표.

1928(20세) 3월 15일 아버지 사망. 형 진원이 서울대 약대 전신인 조선약학전문학교 본과를 졸업 후 약제사가 되어 가업인 제약 회사(공애당약방)를 물려받음. 경성제일고보 복학.

1929(21세) 3월 17일 경성제일고보 졸업. 12월에 박태원(泊太苑), 몽보(夢甫)라
    는 필명으로 소설, 시, 평론, 번역물 등을 발표. 「무명지」「최후의
    모욕」 발표(『동아일보』). 시 「외로움」 발표(『신생』), 「해하의 일야」
    연재(『동아일보』 12. 17~24).

1930(22세) 동경 법정대학 예과 입학. 『신생』 10월호에 단편 「수염」을 발표하
    여 본격적으로 문단에 데뷔함. 동경 유학생활에 관한 것은 소설 「반
    년간」에 잘 반영되어 있음. 「적멸(寂滅)」 연재(『동아일보』 2. 3~3. 1),
    삽화를 자신이 직접 그림. 「꿈」 발표(『동아일보』 11. 5~12).

1931(23세) 동경 법정대학 예과 2학년 중퇴 후 귀국. 영화, 미술, 음악 등 서양
    예술 전반과 신심리주의 문학에 경도. 「회개한 죄인」 발표(『신생』 4권
    2호).

1933(25세) 이상, 이태준, 정지용, 김기림, 조용만, 이효석과 함께 구인회 활동.
    「반년간」 연재(『동아일보』 6. 15~8. 20 총 57회, 13회까지는 이상범 화
    백이, 14회부터는 작가가 직접 삽화를 그림).

1934(26세) 「소설가 구보씨의 일일」을 연재(『조선중앙일보』 8. 1~9. 19). 10월 24일
    한약국을 경영하던 경주 김씨 김중하와 이연사의 무남독녀로, 숙명
    여고를 수석으로 졸업하고 경성사범학교(서울대학교사범대 전신) 연
    수과를 나와(1931) 진천에서 보통학교 교사를 하던 김정애와 결혼.
    구인회 주최 '문학공개강좌'에서 「언어와 문장」 강연.

1935(27세) 구인회주최 '조선신문예강좌'에서 「소설과 기교」「소설의 감상」 강
    연.

1936(28세) 종로 관철동으로 이사. 1월 16일 장녀 설영(雪英) 출생. 「천변풍경」
    연재(『조광』 2권 2호~10호. 이후 장편으로 개작).

1937(29세) 「속 천변풍경」 연재(『조광』 3권 1호~9호. 이후 장편으로 개작). 7월 30일
    차녀 소영 출생.

1938(30세) 단편집 『소설가 구보씨의 일일』(문장사), 장편소설 『천변풍경』(박문

서관) 출간.

1939(31세) 예지동에서 이사. 9월 27일 장남 일영 출생. 창작집 『박태원 단편집』(학예사) 출간. 중국 전기소설에 큰 관심을 가지고 열두 편을 번역하여 『지나 소설집』(인문사)을 출간.

1940(32세) 돈암동 487-22에 대지를 마련하고 직접 설계해 집을 짓고 이사.

1941(33세) 「신역 삼국지」(『신시대』 4월호~1943. 1월호)에 발표.

1942(34세) 1월 15일 차남 재영 출생. 『수호지』(『조광』 8권 8호~10권 12호) 번역. 『여인성장』(매일신보사), 『군국의 어머니』(조광사), 『아름다운 봄』(영창서관) 출간.

1945(37세) 『매일신보』에 「원구(元寇)」를 연재하다 76회로 중단. 조선문학건설본부 소설부 중앙위원회 조직임원으로 선정.

1946(38세) 조선문학가동맹 집행위원으로 선정.

1947(39세) 7월 24일 삼녀 은영(恩英) 출생. 『약산과 의열단』(백양당), 『홍길동전』(조선금융조합연합회) 출간.

1948(40세) 성북동 230번지로 이사. 보도연맹에 가입.

1949(41세) 『갑오농민전쟁』의 모태가 되는 「군상」을 연재(『조선일보』 6. 15~1950. 2. 2)하다가 중단. 「임진왜란」 연재(『서울신문』 1. 4~12. 14).

1950(42세) 6·25 전쟁 중 북한 쪽 종군기자로 활동. 9월 22일 '남조선문학가동맹평양시찰단' 일원으로 북쪽으로 갔다가 UN군의 인천상륙작전 성공으로 서울로 돌아오지 못함. 일본에서 서양화를 전공하고 해방 직후 최고의 미술운동 이론가로 활동했던 남동생 박문원 또한 남조선 미술가 동맹 대표로 동행했다가 같은 운명.

1951(43세) 숙명여고 졸업 후 좌익에 참여했던 여동생 박경원은 1·4후퇴 때 서울에 왔다가 맏딸 설영을 데리고 월북. 혜산진에서 모녀 상봉.

1952(44세) 「조국의 깃발」을 『문학예술』에 발표. 『리순신 장군전』 발간(국립문학예술서적출판사).

1953(45세) 평양문학대학교수 취임. 국립고전예술극장 전속 작가로 활동. 김아
부, 조운과 함께 『조선 창극집』(국립문학예술서적출판사) 출간.

1955(47세) 『야담집』『정수동 일화집』『리순신 장군 이야기』『춘향전』『흥보전』
(국립문학예술서적출판사) 출간.

1956(48세) 정인택의 미망인 권영희와 재혼. 6개월간 창작 금지 조처를 받음.
『갑오농민전쟁』을 3부작 16권으로 구상하고 동학란에 관련된 자료
들을 수집, 정리하기 시작함. 『삼국지』 번역 진행.

1958(50세) 소설 『심청전』 출간(국립문학예술서적출판사).

1959(51세) 『삼국연의』 1권 출간(국립문학예술서적출판사).

1960(52세) 『임진조국전쟁』 출간(국립문학예술서적출판사). 『삼국연의』 2권 출간
(국립문학예술서적출판사). 『문학신문』(1961. 5. 1)을 통해 갑오농민전
쟁을 배경으로 한 『계명산천은 밝아오느냐』의 구체적인 구상과 내
용을 소개함. 『갑오농민전쟁』(글 박태원, 그림 홍종원, 국립미술출판사)
출간.

1961(53세) 『삼국연의』 3권 출간(국립문학예술서적출판사).

1962(54세) 『삼국연의』 4권 출간(국립문학예술서적출판사).

1964(56세) 대하역사소설 『계명산천은 밝아오느냐』 집필. 『삼국연의』 5, 6권 출
간(국립문학예술서적출판사).

1965(57세) 『갑오농민전쟁』의 1부 『계명산천은 밝아오느냐』 1권 출간(문예출판
사). 양안 시신경 위축증과 색소성 망막염 판정. 실명.

1966(58세) 『갑오농민전쟁』의 1부 『계명산천은 밝아오느냐』 2권 출간(문예출판
사). 3권 집필 중 혈전으로 쓰러졌다 회생한 후 애초의 계획 3부 16
권을 『갑오농민전쟁』 1, 2, 3부로 기획, 집필 시작함(10년 후 첫째 권
이 나오다).

1968(60세) 고혈압에 의한 뇌출혈로 쓰러짐.

1970(62세) 실명은 했으나 거동은 가능해지자 창작실 출퇴근.

1972(64세) 뇌출혈(1차)로 반신불수 후, 원고지 모양의 특수 틀을 이용해 원고를 쓰다가, 부인 권영희에게 구술하여 받아쓰게 함.

1976(68세) 뇌출혈(2차)로 전신불수와 언어장애를 겪다가 부분적 회복.

1977(69세) 4월 15일 장편소설 『갑오농민전쟁』 1부 출간(문예출판사). '수령 교시' 전달과 국기훈장 1급 수여.

1979(71세) 당으로부터 진갑상을 받음.

1980(72세) 『갑오농민전쟁』 2부 출간(문예출판사).

1981(73세) 구술 능력 상실. 수기 「나의 작가 수첩에서」 발표(『조선문학』 7월호).

1986(78세) 7월 10일(음력 6월 4일) 저녁 9시 30분 평양시 중구역 대동문동에서 사망. 12월 20일 『갑오농민전쟁』 3부가 박태원·권영희 공저로 문예출판사에서 출간.

| 서지 목록

1. 단편소설

제목	발표지	발표 시기
최후의 모욕	동아일보	1929. 11. 12
해하(垓下)의 일야(一夜)	동아일보	1929. 12. 17~24(8회)
수염	신생 3권 10호	1930. 10
꿈(필명 몽보)	동아일보	1930. 11. 5~ 11. 12
행인	신생 3권 12호	1930. 12
회개한 죄인	신생 4권 2호	1931. 2
옆집 색시	신가정 1권 2호	1933. 2
사흘 굶은 봄ㅅ달	신동아 3권 4호	1933. 4
피로―어느 반일(半日)의 기록	여명 1권 8호	1933. 7
누이	신가정 1권 8호	1933. 8
오월의 훈풍(薰風)	조선문학	1933. 10
미남 정군의 방비(放屁)	월간매신 1호	1934. 2
식객 오참봉	월간매신(부록)	1934. 6
딱한 사람들	중앙 2권 9호	1934. 9
구흔(舊痕)	학등 4권 1호	1935. 1
길은 어둡고	개벽 2권 2호	1935. 3
제비	조선중앙일보	1935. 2. 22~2. 23
전말	조광 1권 12호	1935. 12
거리	신인문학 11호	1936. 1
철책	매일신보	1936. 2. 25~3. 19
비량(悲凉)	중앙 4권 3호	1936. 3
방란장주인〔성군(星群) 중의 하나〕	시와 소설 1권 1호	1936. 3
이상 애사(哀詞)	조선일보	1936. 4. 22
진통	여성 1권 2호	1936. 5
최후의 억만장자	조선일보(5회)	1936. 6·25~6. 30

보고	여성	1936. 9
향수	여성 1권 7호	1936. 11
여관주인과 여배우	백광 6호	1937. 6
이상의 편모(片貌)	조광 3권 6호	1937. 6
성군	조광 3권 11호	1937. 11
수풍금	여성 2권 11호	1937. 11
성탄제	여성 2권 12 호	1937. 12
염천	요양촌 3권	1938. 10
만인의 행복 (이후 「윤초시의 상경」으로 개제)	가정의 우家庭の友 9호 ~11호	1939. 4~6
이상의 비련	여성 4권 5호	1939. 5
최노인전 초록	문장 1권 7호	1939. 7
음우(陰雨)	문장 1권 9호~10호	1939. 9~10
음우(淫雨, 자화상 3부작 중 첫번째)	조광 6권 10호	1940. 10
우산	백광	1941. 5
재운(財運)	춘추 2권 7호	1941. 8
이발소(理髮所)	매신사진순보 294호	1942. 8. 11
꼬마 반장, 어서크자	조선출판사	1943. 12. 30
고부민란(高阜民亂)	협동 신춘호(3호)	1946
설랑(薛郞)	선문사	1946. 3. 18
춘보(春甫)	신문학 3호	1946. 8
어두운 시절	신세대 2권 1호	1947. 1
귀의 비극	신천지 2권 8호	1948. 8

2. 중편소설

제목	발표지	발표 시기
적멸(필명 泊太苑)	동아일보	1930. 2. 5~3. 1
반년간	동아일보	1933. 6. 15~8. 20
낙조	매일신보	1933. 12. 8~12. 29

소설가 구보씨의 일일	조선중앙일보	1934. 8. 1~9. 19
애욕	조선일보	1934. 10. 6~10. 23 (14회)
악마	조광 2권 3호~4호	1936. 3~4
천변풍경(이후 장편으로 개작)	조광 2권 2호~10호	1936. 8~10
속 천변풍경(이후 장편으로 개작)	조광 3권 1호~9호	1937. 1~9
명랑한 전망 ('단편소설'로 부제가 붙었으나 중편임)	매일신보	1939. 4. 5~5. 21
골목안	문장 1권 임시 증간호	1939. 7
투도(偸盜, 자화상 3부작 중 두번째)	조광 7권 1호	1941. 1
사계와 남매	신시대	1941. 1~2
채가(債家, 자화상 3부작 중 세번째)	문장 3권 4호	1941. 4

3. 장편소설 및 미완성 작품 목록

제목	발표지	발표 시기
청춘송(靑春頌, 미완)	조선중앙일보	1935. 2. 27~5. 18(78회)
우맹(愚氓, 이후 『금은탑』으로 개제)	조선중앙일보	1938. 4. 7~1939. 2. 14(219회)
소년 탐정단(미완, 1948년 단행본으로 完)	소년	1938. 6~11
소설 미녀도	조광 5권 7~12호	1939. 7~12
애경(미완)	문장 2권 1호~7호, 9호	1940. 1~9, 11
점경(미완)	가정의 우家庭の友 37~40	1940. 11~12, 1941. 2
아세아의 여명(미완)	조광 7권 2호	1941. 2
여인성장	매일신보	1941. 8. 1~ 1942. 2. 9

수호전(1947~49 상·중·하로 출간)	조광 8권 8호~10권 12호	1942. 8~1944. 12
원구(元寇)(미완)	매일신보	1945. 5. 16~8. 14(76회)
한양성(미완)	여성문화권 1권 1호	1945. 12
약탈자(미완)	조선주보	1945. 10~1946. 1
태평성대(미완)	경향신문	1946. 11. 18~12. 31
소년 김유신	소년 창간호	1948. 8
임진왜란(미완)	서울신문	1949. 1 .4~12. 14 (173회)
군상(群像)(미완)	조선일보	1949. 6. 15~1950. 2. 2(193회)
이순신 장군	주간 소학생	1946. 11. 25~1947. 11(15회)
소년 삼국지(미완)	소학생	1948. 1~11
손오공	어린이신문	1946. 6. 15~1947. 3. 29
특진생(特進生)	소년중앙 1권 2호~4호	1935 2~4
군국의 어머니	조광사	1942. 10. 20

4. 수필

제목	발표지	발표 시기
백일만필 시 소품 묵상	조선일보	1926. 11. 24, 27
시문잡감	조선문단 4권 1호	1927. 1
병상잡설	조선문단 4권 3호	1927. 3
화요만필—기호품일람표	동아일보	1930. 3. 18~25
초하풍경(初夏風景)	신생 3권 6호	1930. 6
편신(片信)	동아일보	1930. 9. 26
나팔	신생 4권 6호	1931. 6
영일만담(永日漫談)	신생 4권 7호~8호	1931. 7~8

어느 문학소녀에게	신가정 1권 4호	1933. 4
아연(俄然)―문단 주시의 원천 현상 소설 모집의 반향	조선일보	1933. 6
꿈 못 꾼 이야기	신동아 4권 2호	1934. 2
5월 여인의 코―무한한 정취의 동굴	여성	1934. 5
6월의 우울	중앙	1934. 6
괴담 등산가 필독	조선중앙일보	1934. 7. 9
시원한 공상―조선문학건설회	중앙 2권 8호	1934. 8
궁항매문기(窮巷賣文記)	조선일보	1935. 1. 18~19
화단의 가을	매일신보	1935. 10. 30, 11. 1
옆집 중학생	중앙 4권 1호	1936. 1
내 자란 서울서 문학도를 닦다가	조광 2권 2호	1936. 2
R씨와 도야지	시와 소설 1권 1호	1936. 3
문학소년의 일기―구보가 아즉 박태원(泊太苑)일 때	중앙 4권 4호	1936. 4
두꺼비집	조선일보	1936. 5. 28
고등어	조선일보	1936. 5. 29
죄수와 상여	조선일보	1936. 5. 30
모화관 이용두성(里龍頭星)	조선일보	1936. 5. 31
불운한 할멈	조선일보	1936. 6. 2
나의 생활보고서―소설가 구보씨의 일일	조선문단 4권 4호	1936. 7. 19
영일만어(迎日漫語)	매일신보	1936. 7. 28~8. 4(6회)
추풍수상―계절의 청유(淸遊)	중앙 4권 9호	1936. 9
네 자신을 먼저 알라―감리교 총리사 양주삼 씨	조광 3권 4호	1937. 4
유정(裕貞)과 나	조광 3권 5호	1937. 5
우산(雨傘)	백광 5호	1937. 5
바닷가의 노래	여서 2권 8호	1937. 8

순정을 짓밟은 춘자	조광 3권 10호	1937. 10
난숙한 육체와 19세의 정조	조선일보	1937. 10
여자의 결점 허영심 많은 것	조광 3권 12호	1937. 12
에고이스트	조선일보	1937. 12. 3~12. 7
작가 단편 자서전	삼천리문학 1	1938. 1
옹로만어(擁爐漫語) 1 작가와 건강	조선일보	1938. 1. 19
옹로만어 2 나의 일기	조선일보	1938. 1. 20
옹로만어 3 點睛과 蛇足	조선일보	1938. 1. 21
옹로만어 4 여인의 행복	조선일보	1938. 1. 25
옹로만어 5 多作의 辨	조선일보	1938. 1. 26
성문(聲聞)의 매혹	조광 4권 2호	1938. 2
해서기유(海西記遊) 1 白川溫泉	조선일보	1938. 2. 15
해서기유 2 海州로 가는 길	조선일보	1938. 2. 17
해서기유 3 가론 해주의 三多	조선일보	1938. 2. 18
해서기유 4 首陽山의 百世淸風	조선일보	1938. 2. 19
해서기유 5 旅窓爐邊 의 閑話	조선일보	1938. 2. 20
해서기유 6 安岳을 돌아오며	조선일보	1938. 2. 22
문사가 말하는 명화	삼천리	1938. 8
나의 피서 안 가는 변	조선일보	1938. 4. 14
여백을 위한 잡담	박문 2권 3호	1939. 3
차중(車中)의 우울	조선일보	1939. 4. 18
축견무용(畜犬無用)의 변	문장 1권 4호	1939. 5
느티나무 아래—김기림 형에게	여성 4권 5호	1939. 5
조선 여성의 장점, 단점	가정의 우家庭の友 22호	1939. 7
잡설 1	문장 1권 8호	1939. 8
영추잡필(迎秋雜筆) 1 燈火稍家親	매일신보	1939. 8. 24
영추잡필 2 刀工과 小說家	매일신보	1939. 8. 25
영추잡필 3 어린것들	매일신보	1939. 8. 26

영추잡필 4 자연과 도시	매일신보	1939. 8. 28
항간잡필(巷間雜筆)	박문 2권 9호	1939. 9
바둑이	박문 12집	1939. 10
어린것들	조선일보	1939. 11. 29~12. 2 (4회)
잡설 2	문장 1권 11호	1939. 11
신변잡기	박문 13집	1939. 12
결혼 5년의 감상	여성 4권 12호	1939. 12
영춘수감(迎春隨感)	가정의 우家庭の友 28호	1940. 1
원단일기(元旦日記)	가정의 우家庭の友 29호	1940. 2
나의 문학 10년기─춘향전 탐독은 이미 취학 이전	문장 2권 2호	1940. 2
만원전차	박문 3권 4호	1940. 2
그의 감상(感傷)(미완)	태양 1권 2호~3호	1940. 2~3
청춘문사의 연애관	삼천리 12권 5호	1940. 5. 1
우맹	가정의 우家庭の友 32호	1940. 6
어린 벗에게	조선명사 서한대집	1940. 10
충남농촌점묘	반도의 광 44	1941. 6
어린이 일기	어린이신문	1945. 12. 1~1946. 5. 11(9회)

5. 시

제목	발표지	발표 시기
할미꽃	조선일보	1925. 4. 15
누님	조선문단 3권 1호	1926. 3
떠나기 전(前)	신민 2권 12호	1926. 12
아들의 불으는 노래	현대평론 1권 4호	1927. 5
힘─싀골에서	현대평론 1권 4호	1927. 5

외로움	신생 2권 12호	1929. 12
창(窓)	동아일보	1930. 1. 17
수수꺾기	동아일보	1930. 1. 19
실제(失題)	동아일보	1930. 1. 22
한길	동아일보	1930. 1. 23
동모에게 1, 2	동아일보	1930. 1. 24~26
휘파람	동아일보	1930. 1. 28
한시역초(漢詩譯抄)	신생 3권 2호	1930. 2
소곡(小曲, 번역 시)	동아일보	1930. 2. 2
이국억형(異國億兄), 가을바람, 가을마음	신생 4권 2호	1931. 2
녹음(綠陰)	신동아 3권 6호	1933. 6
병원	가톨릭 청년 3권 2호	1935. 2

6. 평론

제목	발표지	발표 시기
묵상록(默想錄)을 읽고	동아일보	1926. 8. 21~24
초하창작평(初夏創作評)	동아일보	1929. 6. 12, 16, 18, 19
아바데이에프의 소설 「괴멸壞滅」 —현대쏘비엘, 푸로레타리아 문학의 최고봉	동아일보	1931. 4. 20
리벤딘스키의 소설 「일주일」 —푸로레타리아 문학의 최고의 연(燕)	동아일보	1931. 4. 27
끄라토코프의 소설 「세멘트」	동아일보	1931. 7. 6
『언문조선구전민요집』 편자의 고심과 간행자의 의기	동아일보	1933. 2. 28
소설을 위하야 (1) 평론가에게 (2) 문예시평	매일신보	1933. 9. 20~21

9월 창작평	매일신보	1933. 9. 22~10. 1 (8회)
3월 창작평	조선중앙일보	1934. 3. 26~31.
흉금을 열어 선배에게 일탄(一彈)을 날림―김동인 씨에게	조선중앙일보	1934. 6. 24
이태준 단편집『달밤』을 읽고	조선일보	1934. 7. 26~7. 27
1934년의 결산서 ―주로 창작에서 본 1934년의 조선문단	중앙 2권 12호	1934. 12
창작여록―표현·묘사·기교	조선중앙일보	1934. 12. 17~31
사회여 문단에도 일고(一顧)를 보내라	조선중앙일보	1935. 1. 2
신춘작품을 중심으로, 작품개관	조선중앙일보	1935. 1. 28~2. 13
일작가의 진정서 ―자작「빈교행(貧交行)」예고	조선일보	1937. 8. 15
내 예술에 대한 항변―작품과 비평가의 책임	조선일보	1937. 10. 21~23
춘원 선생의 근서(近書)『애욕의 피안』	조선일보	1937. 12. 9
우리는 한갓 부끄럽다 ―본보 당선작「남생이」독후감	조선일보	1938. 2. 8
이광수 찬『이광수 단편집』	박문 1권 8호	1938. 8
이광수 단편선	문장 1권 8호	1939. 9
작가가 본 창작계	조선일보	1940. 1. 1~2
작가가 본 창작계 심경소설 미학론 박태원-안회남 대담회	조선일보	1940. 1. 11~12

7. 기타

장르	제목	발표지	발표 시기
콩트	무명지(無名指)	동아일보	1929. 11. 10
동화	방랑아 쮸리앙	매일신보	1933. 4. 7~5. 9

동화	영수증	매일신보	1933. 11. 1~11
설문	문답록	중앙 신년호	1935. 1
동화	숫곱	매일신보	1935. 10. 27, 11. 3
설문	문인 맨탈테스트	백광 4 호	1937. 4
서신	고(故) 유정 군과 엽서	백광 5호	1937. 5
서신	최정희 여사 원고 부탁에 대한 답장	조선명사 서한집	1939. 6
야담	도사와 배장수	소년	1939. 9
전기	전후직(全后稷)	소년	1940. 10
서신	정인택에게, 회남 대인전 (大仁傳)	서간문강화(박문서관)	1943

8. 번역

제목	발표지	발표 시기
〈하르코프〉에 열린 혁명작가회의	동아일보	1931. 5. 6~10
해외신문예소개「도살자」	동아일보	1931. 7. 19~31
해외신문예소개「봄의 파종」	동아일보	1931. 8. 1~6
해외신문예소개「쪼세핀」	동아일보	1931. 8. 7~8. 15
해외신문예소개「차 한잔」	동아일보	1931. 11. 25~12. 10
요술꾼과 복숭아	소년	1938. 1
오양피(五羊皮)	야담 4권 1호	1938. 1
손무자(孫武子) 병법외전(兵法外傳)	야담 4권 2호	1938. 2
매유랑(買油郞)	조광 4권 2호	1938. 2
두십랑(杜十郞)	야담 4권 3호	1938. 3
부용병(芙蓉屛)	야담 4권 7호	1938. 7
망국조(亡國調)	사해공론 4권 8호	1938. 8
온몸에 오리털이 난 사내	소년	1939. 6
역수한(易水寒)	신세기	1939. 10~11
북경호일(北京好日)	삼천리 12권 6호	1940. 6
회피패(廻避牌)	신시대	1941. 4

신역(新譯) 삼국지(三國志)	신시대	1941. 4~ 1943. 1	
수호지(水滸志)	조광 8권 8호~10권 12호	1942. 8~1944. 12	
침중기(枕中記)	춘추 3권 7호	1943. 7	
서유기(西遊記)	신시대	1943. 6~1945. 1	
비령자(丕寧子)	삼천리	1946. 7	
귀의 비극	신천지 8호	1948. 8	
동국 혈사 충무공 이순신장군편	한국문화사	미상(1955 이전)	
동국 혈사 사명당 송운대사 편	한국문화사	미상	

9. 단행본

구분	제목	출판사	출간 시기
소설집	소설가 구보씨의 일일	문장사	1938. 12. 7
장편	천변풍경	박문서관	1938. 3. 1, 1947. 5. 1
소설집	지나 소설집(번역)	인문사	1939. 4. 17
소설집	박태원 단편집	학예사	1939. 11. 1
장편	여인성장	매일신보사	1942
소설집	군국의 어머니	조광사	1942. 10
장편	아름다운 봄	영창서관	1942
장편	신역 삼국지(제갈량 편) (번역)	박문서관	1943
장편	신역 삼국지(적벽대전 편)(번역)	박문서관	1945. 2. 20
교과서	중등문범(中等文範)	정음사	1946
교과서	중등작문	정음사	1946
장편	조선독립순국열사전	유문각	1946
동화집	중국 동화집(번역)	정음사	1946
장편	약산과 의열단	백양당	1947. 1
장편	천변풍경(재판)	박문서관	1947. 5. 1

소설	홍길동전	조선금융조합연합회	1947. 11
장편	이충무공 행록(역주, 李芬 원저)	을유문화사	1948
소설	충무공 이순신 장군	을유문화사	1948
소설집	성탄제	을유문화사	1948. 2
장편	금은탑	한성도서	1948
작품집	중국소설선 1, 2(번역)	정음사	1948. 2~3
장편	이순신 장군	아협	1948. 6
장편	수호전 상중하(번역)	정음사	1948. 9
동화집	중국동화집	정음사	1949
장편	홍길동전	조선금융조합연합	1949. 2
장편	완역 삼국지 1, 2(번역)	정음사	1950

10. 북에서의 작품 및 작품집

장르	제목	출판사 및 발표지	발표 시기
소설	조국의 깃발	국립문학예술서적출판사	1952. 4~6
소설	리순신 장군	노동신문	1952. 6. 3~14
소설	이순신 장군전	국립문학예술서적출판사	1952
소설	리순신 장군 이야기	평양 국립출판사	1955. 12. 20
소설	정수동 일화집	국립출판사	1955
야담	야담집	국립출판사	1955
창극	조선 창극집	국립출판사	1955. 9
소설	심청전	국립문학예술서적출판사	1958
소설	리순신 장군전	국립출판사	1959
번역	삼국연의 1~6	국립출판사	1959~1964
만화	갑오농민전쟁(그림: 홍종원)	국립미술출판사	1960. 2. 20